SUSAN WIGGS
Reflejos del pasado

Editado por Harlequin Ibérica.
Una división de HarperCollins Ibérica, S.A.
Núñez de Balboa, 56
28001 Madrid

© 2015 Susan Wiggs
© 2016 Harlequin Ibérica, una división de HarperCollins Ibérica, S.A.
Reflejos del pasado, n.º 111 - 1.9.16
Título original: Starlight on Willow Lake
Publicada originalmente por Mira Books

Todos los derechos están reservados incluidos los de reproducción, total o parcial. Esta edición ha sido publicada con autorización de Harlequin Books S.A.
Esta es una obra de ficción. Nombres, caracteres, lugares, y situaciones son producto de la imaginación del autor o son utilizados ficticiamente, y cualquier parecido con personas, vivas o muertas, establecimientos de negocios (comerciales), hechos o situaciones son pura coincidencia.
® Harlequin, HQN y logotipo Harlequin son marcas registradas por Harlequin Enterprises Limited.
® y ™ son marcas registradas por Harlequin Enterprises Limited y sus filiales, utilizadas con licencia. Las marcas que lleven ® están registradas en la Oficina Española de Patentes y Marcas y en otros países.
Imagen de cubierta utilizada con permiso de Harlequin Enterprises Limited. Todos los derechos están reservados.

I.S.B.N.: 978-84-687-8432-8
Depósito legal: M-17443-2016

Reflejos del pasado *es un viaje hacia la superación del miedo, el dolor y la pérdida de los seres queridos. Una tierna historia sobre los delicados vínculos que unen a una familia y los secretos que la separan.*

Con su estilo narrativo ágil y fresco, Susan Wiggs nos trasporta a un verano soleado a orillas del lago Willow, donde se va fraguando lentamente el romance entre nuestros protagonistas.

Las emociones y los sentimientos de Faith McCallum y Mason Bellamy están tan bien dibujados que consiguen despertar la empatía del lector. Al igual que ocurre con el resto de los personajes.

Además, la trama tiene un toque de suspense e intriga, los diálogos son ingeniosos y a veces divertidos, sin que falte el dramatismo en su justa medida.

Todo ello hace que **Reflejos del pasado** *se convierta en una lectura absorbente, que tenemos el placer de recomendar a nuestros lectores.*

Los editores

Para mis padres, Nick y Lou Klist, mis primeros y mejores lectores. Vuestro amor, vuestra sabiduría y vuestro valor son mi inspiración.

Primera parte

*De todas las cosas visibles, la más alta es el cielo de
las estrellas fijas.*
Nicolás Copérnico

Capítulo 1

Mason Bellamy miró hacia la montaña que había matado a su padre. Tenía un nombre inocente: Cloud Piercer, «el cortador de nubes». La intensa luz vespertina del invierno de Nueva Zelanda tenía el efecto de un hechizo. Las laderas cubiertas de nieve brillaban con matices rosados y de amatista, como si fueran una rara gema. El telón de fondo de los Alpes del Sur era deslumbrante: un panorama de escarpados picos de granito, cubiertos de hielo perpetuo, contra un cielo tan claro que hacía daño en los ojos.

Las únicas intrusiones en la belleza natural del paisaje eran la estructura blanca de una torre de repetición para teléfonos móviles, que se erguía en una de las cumbres cercanas, y una señal que había en la parte superior de la ladera: una puerta negra y amarilla con un letrero que decía: *Solo expertos* y un dial en el que se advertía de que el peligro de avalancha era moderado.

Se preguntó si alguien subía hasta allí cada día para mover la aguja del dial. Tal vez su padre se hubiera preguntado lo mismo el año anterior, justo antes de que quedara sepultado por doscientos mil metros cúbicos de nieve.

Según algunos testigos del pueblo más cercano a la falda de la montaña, había sido una avalancha de nieve seca que había creado una nube de polvo visible para cualquier residente de Hillside Township. En el informe del accidente se mencionaba que había habido un retraso antes de que se produjera el ruido y que, después, el estruendo se había oído a varios kilómetros a la redonda.

Los maorís de la región tenían leyendas sobre aquella montaña. Los nativos respetaban su belleza amenazadora y su naturaleza letal, y sus mitos estaban llenos de advertencias sobre seres humanos devorados por la nieve para contentar a los dioses. Aquel majestuoso pico, con sus nieves perpetuas, había desafiado a generaciones de esquiadores de todo el mundo, y su brillante cara norte era la pista favorita de Trevor Bellamy. También había sido su descenso final.

El último deseo de Trevor, que figuraba en su testamento, había llevado a Mason al otro lado del mundo, al invierno del hemisferio sur. En aquel momento, sin embargo, no sentía calor. Había empezado a sudar mientras ascendía hacia el pico, y se bajó la cremallera de la parka. Aquel descenso solo era accesible para aquellos que estaban dispuestos a llegar en helicóptero hasta una pista de aterrizaje a tres mil metros de altitud y, después, a subir otros cuantos cientos de metros equipado con esquís de travesía con pieles de foca sintética. Se quitó los esquís, desprendió el velcro de las pieles de foca de la parte inferior y las guardó en la mochila. Después, volvió a estudiar la ladera de la montaña y sintió una descarga de adrenalina.

En lo referente a esquiar en sitios peligrosos, era digno hijo de su padre.

El sonido de un deslizamiento rítmico dirigió su atención hacia el camino por el que acababa de subir. Al mirar, subió el bastón a modo de saludo.

–Qué hay, hermanito.

Adam Bellamy llegó a la cima del camino y se protegió los ojos con la palma de la mano.

–Has dicho que me ibas a dar una paliza, y lo has conseguido –dijo su hermano. Su voz reverberó por el terreno vacío y helado.

Mason sonrió.

–Yo cumplo mis promesas. Pero mira tú, que ni siquiera has sudado.

–Equivalente metabólico. Nos hacen una prueba de las condiciones metabólicas cada tres meses en el trabajo –le explicó su hermano. Adam era bombero y tenía las condiciones físicas necesarias para subir muchos tramos de escaleras cargado con treinta y seis kilos de equipamiento.

–Eso es estupendo. Mi único programa de entrenamiento consiste en correr para alcanzar el metro.

–La dura vida del financiero internacional –dijo Adam–. Oh, qué pena me das.

–No me estoy quejando –respondió Mason, y se quitó las gafas para aplicarles antivaho–. ¿Está cerca Ivy? ¿O ha parado para contratar a un equipo de guías de montaña que la lleven para no tener que subir con los esquís?

–Está muy cerca y puede oírte –dijo Ivy, al tiempo que aparecía por la cima–. ¿Y no están los guías de huelga?

Ivy llevaba una parka de color turquesa muy llamativa, unos pantalones de esquiar blancos, unas gafas de Gucci y unos guantes de cuero blancos. Llevaba el pelo suelto y le salía por debajo del casco. Era rubia, y tenía la melena despeinada por el viento.

Mason recordó nítidamente a su madre. Ivy se parecía mucho a ella. Al pensar en su madre, Alice Bellamy, sintió remordimientos de conciencia. Su último descenso también había sido en aquella montaña, pero, al contrario que su padre, ella había sobrevivido. Sin embargo, algunos dirían que lo que le había ocurrido era peor que morir.

Ivy se acercó a sus hermanos.

–Escuchad bien los dos. Quiero dejar bien claro públicamente que, cuando deje este mundo, no les pediré a mis hijos adultos que arriesguen la vida para dispersar mis restos. Solo que dejen mis cenizas en el mostrador de joyería de Neiman Marcus. Con eso me conformo.

–Pues eso déjalo por escrito –le dijo Mason.

–¿Y cómo sabes que no lo he hecho ya? –preguntó ella, señalando a Adam–. Por favor, ayúdame a quitar las pieles de foca, por favor.

Elevó uno de los esquís y lo clavó en la nieve. Adam le quitó con destreza las pieles sintéticas del primer esquí y, después, del segundo, e hizo lo mismo con las suyas. Las guardó en la mochila.

–Es empinadísimo, exactamente como lo describía papá.

–¿Te da miedo? –le preguntó Ivy, mientras se ajustaba la correa del casco.

–¿Es que me has visto alguna vez tener miedo por un descenso? –preguntó Adam–. Pero voy a tomármelo con calma. Nada de locuras.

Los tres permanecieron en silencio un momento, observando la preciosa ladera. Con aquella luz vespertina daba una imagen de serenidad. Era la primera vez que cualquiera de los tres iba a aquel lugar. Habían esquiado todos juntos, en familia, en muchos sitios, pero allí, no. Aquella montaña siempre había sido un sitio especial para su padre y su madre.

Se colocaron en fila. Primero Mason, el primogénito y el que mejor conocía a su padre. Adam, tres años menor, estaba muy unido a Trevor. Ivy, que todavía no había cumplido los treinta años, era la princesa de la familia por excelencia: una niña adorada que, aunque aparentaba fragilidad, tenía el corazón de una leona. Ella tenía el amor de su padre como solo podía tenerlo una hija.

Mason se preguntó si sus hermanos sabrían alguna vez las cosas que él sabía de su padre. Y, si llegaban a saberlo, ¿cambiaría lo que sentían por él?

El silencio de los tres hermanos era tan poderoso como cualquier conversación que pudieran tener.

–Es increíble –dijo Ivy, después de una larga pausa–. Las fotografías no le hacen justicia. Puede que el último deseo de papá no haya sido tan absurdo, después de todo. Puede que esta sea la montaña más bonita que he visto, y la estoy viendo con mis dos chicos preferidos –explicó. Después, añadió con un suspiro–: Ojalá hubiera podido venir mamá.

–Lo voy a grabar todo en vídeo –dijo Adam–. Podemos verlo todos juntos en Avalon, la semana que viene.

Había pasado un año desde el accidente, y su madre estaba adaptándose a una vida nueva en un nuevo sitio, un pequeño pueblo de Catskills, a orillas de Willow Lake. Mason estaba bastante seguro de que aquella no era la vida que había imaginado.

–¿Lo tienes? –preguntó Adam.

Mason se dio una palmada en la frente.

–¡Demonios, se me ha olvidado! Esperadme aquí mientras bajo otra vez, recojo las cenizas, vuelvo a subir en helicóptero hasta el punto de encuentro y termino la ascensión final.

–Qué gracioso –dijo Adam.

–Claro que lo tengo –dijo Mason. Se quitó la mochila y sacó un objeto envuelto en un pañuelo de bandana azul marino. Lo desenvolvió y le dio el pañuelo a Adam.

–¿Una jarra de cerveza? –preguntó Ivy.

–Es lo único que encontré –respondió Mason. Aquella jarra era un objeto *kitsch* que había comprado cuando estaba en la universidad. Tenía pintado un Falstaff riéndose, y una tapa de latón con bisagra–. La urna que nos dieron era muy grande, y no me cabía en la maleta.

No les explicó a sus hermanos que una buena parte de las cenizas habían acabado en el suelo de su apartamento de Manhattan. Pasar las cenizas de su padre de la urna a la jarra de cerveza había sido más difícil de lo que él pensaba. La idea de que su padre estuviera metido en las fibras de la alfombra le había causado mucha inquietud, así que había pasado la aspiradora, estremeciéndose cada vez que oía el sonido de un pedazo más grande entrando en la bolsa.

Después, se había sentido mal al pensar en que tenía que vaciar la bolsa de la aspiradora en el cubo de la basura, así que había salido al balcón y había echado los residuos al viento, sobre la Avenida de las Américas. Aquel día hacía algo de viento, y su vecina, la quisquillosa de arriba, había asomado la cabeza, blandiendo el puño y amenazándolo con llamar al encargado de mantenimiento del edificio para denunciar aquella transgresión. La mayoría de las cenizas habían vuelto a caer en el balcón, y Mason había tenido que esperar a que amainara el viento. Después, había barrido el suelo de la terraza.

Así pues, en aquella jarra de cerveza solo estaba la mitad de las cenizas de Trevor Bellamy. Él decidió que era lo apropiado: su padre también había estado solo a medias con ellos durante su vida.

—A mí me parece bien —dijo Adam—. A papá le gustaba tomarse unas cervezas.

Mason alzó la jarra al aire, contra el cielo de la tarde, que iba oscureciéndose.

—*Ein prosit* —dijo Adam.

—*Salut* —dijo Mason, en francés, idioma que su padre hablaba como un nativo.

—*Cin cin* —dijo Ivy, que, al ser la artista de la familia, prefería el italiano.

—«Tómate las pastillas de proteínas y ponte el casco» —dijo Mason, citando la letra de la canción de David Bowie—. Vamos allá.

Ivy se bajó las gafas para protegerse los ojos.

—A mamá le gusta tanto esquiar, que me da mucha pena pensar que no vaya a poder hacerlo nunca más.

—Lo voy a grabar todo para que pueda verlo —dijo Adam. Se sacó un guante tirando del dedo índice con los dientes y encendió la cámara GoPro que se había fijado en el casco.

—¿No deberíamos decir unas palabras? —preguntó Ivy.

—Si digo que no, ¿me vas a hacer caso? —preguntó Mason, mientras quitaba el celo de la tapa de la jarra de cerveza.

Ivy le sacó la lengua. Después, miró a Adam y habló hacia la cámara.

—Hola, mamá. Ojalá pudieras estar aquí con nosotros para despedirte de papá. Hemos llegado a la cima del Cloud Piercer, como él quería. Es un poco surrealista encontrarnos con el invierno aquí, cuando el verano está empezando allí donde estás tú, en Willow Lake. Es como si... no sé, como si estuviéramos fuera del resto del mundo —dijo, y la emoción le quebró la voz—. Bueno, pero aquí estoy, con mis dos hermanos mayores. A papá le encantaba que estuviéramos los tres juntos, esquiando y pasándolo bien.

Adam movió la cabeza para grabar el majestuoso paisaje. La silueta de los picos de los Alpes del Sur, que recorrían toda la isla sur de Nueva Zelanda, se recortaba nítidamente en el cielo. Mason se preguntó cómo había sido el día en que sus padres hicieron su último descenso juntos, precisamente en aquella montaña. ¿Estaba el cielo tan azul que hacía daño a los ojos? ¿Les dolían los pulmones al respirar aquel aire tan helado? ¿Era tan absoluto el silencio? ¿Habían tenido el más mínimo presentimiento de que toda la nieve de la ladera de la montaña estaba a punto de enterrarlos?

—¿Listos? —preguntó.

Adam e Ivy asintieron. Él observó la cara de su hermana; tenía una expresión de tristeza por la pérdida de su padre. Ella estaba muy unida a él, de una forma muy especial, y su muerte la había golpeado con mucha dureza. Tal vez, con más dureza incluso que a su madre.

—¿Quién va primero? —preguntó Adam.

–No puedo ser yo –respondió Mason–. Es que... eh... no querréis que os dé el viento con las cenizas en la cara –explicó, haciendo gestos con la jarra de cerveza.

–De acuerdo –dijo Ivy–. Entonces, tú ve el último.

Adam giró la cámara para que grabara por detrás de él.

–Vamos uno a uno, ¿de acuerdo? Para no provocar otra avalancha.

Descender de uno en uno por la ladera de la montaña era una medida de seguridad bien conocida en zonas con peligro de avalanchas. Mason se preguntó si su padre estaba al tanto de aquel procedimiento. Se preguntó si habría violado aquella norma. No creía que fuera capaz de preguntarle a su madre un detalle así. Lo que hubiera ocurrido en aquella montaña un año antes ya no podía cambiarse.

Ivy se quitó las gafas, se inclinó hacia delante y besó la jarra de cerveza.

–Adiós, papá. Vuela hacia la eternidad, pero no te olvides de lo mucho que te queremos aquí. Te guardaré para siempre en mi corazón –dijo, y comenzó a llorar–. Pensaba que se me habían terminado las lágrimas, pero supongo que no. Siempre lloraré por ti, papá.

Adam movió los dedos por delante de la cámara.

–Adiós, papá. Fuiste el mejor. No podría pedir más. Excepto haber tenido más tiempo para estar a tu lado. Hasta luego, amigo.

Cada uno de ellos había conocido a un Trevor Bellamy distinto. Mason hubiera preferido que el suyo fuera el mismo que le inspiraba tanta ternura a Ivy y tanta lealtad a Adam. Él conocía otra faceta de su padre, pero no iba a ser quien destruyera los recuerdos de sus hermanos.

Adam se empujó con los bastones y comenzó el descenso por la montaña, mientras la cámara que llevaba en el casco lo grababa todo.

Ivy esperó unos instantes. Después, siguió a su hermano a una distancia prudencial. Gracias a Adam, el más precavido de los tres, todos llevaban un foco y un *air bag* contra avalanchas especialmente diseñado para detonarse si se producía una.

Su madre lo llevaba puesto el día del accidente. Su padre, no.

Adam esquiaba con destreza y control, descendiendo por la empinada pista con facilidad, dibujando curvas sinuosas en la nieve intacta. Ivy lo seguía con elegancia, convirtiendo su rastro en forma de ese en el dibujo de una hélice doble.

Corría una brisa que, aunque suave, removía el aire helado. Mason pensó que había hecho un esfuerzo demasiado grande para subir a aquella cima como para descender de un modo cauteloso. Siempre había sido el más temerario de los tres, y decidió bajar como, seguramente, lo habría hecho su padre, con euforia, con desenfreno.

–Allá voy –dijo, y abrió la tapa de la jarra con el dedo pulgar. El aire frío debía de haber debilitado la loza, porque se desprendió un fragmento puntiagudo que atravesó el guante y se le clavó en el dedo. No hizo caso del dolor y se concentró en su tarea.

¿Quedaría en aquellas cenizas algún resto de la esencia de su padre? ¿Estaría el espíritu de Trevor Bellamy atrapado en aquella humilde jarra, esperando a que lo liberaran en lo más alto de la montaña?

Él había vivido la vida a su manera. Había dejado atrás todo un legado de secretos. Había pagado un precio muy alto por su libertad, y había dejado aquella carga sobre los hombros de su hijo.

–Que Dios te acompañe, papá –dijo.

Con los bastones en una mano y la jarra en la otra, elevó el brazo y se lanzó hacia abajo por la pista, inclinándose para controlar el descenso. Por un momento, oyó la voz de su padre: «Enfréntate al miedo, hijo. De ahí es de donde sale el poder». Las palabras le llegaron desde un momento pasado en el que todo era fácil, cuando su padre solo era «papá» y le estaba enseñando a bajar una montaña, y gritaba de pura alegría al ver que él conseguía descender con éxito por una pista muy inclinada. Seguramente, aquel era el motivo por el que él prefería los deportes que producían adrenalina, los que le situaban a uno en el límite entre el terror y el triunfo.

Las cenizas crearon una nube al quedar atrás; el viento las dispersó por la cara de la amada y letal montaña de Trevor.

Las cosas más amadas de una persona podían causarle la muerte. Mason había oído aquello en alguna parte o, tal vez, acababa de inventárselo.

A medida que aumentaba la velocidad del descenso, dejaba de inquietarle aquel pensamiento. Esa era la belleza de esquiar en lugares peligrosos. Estaba eufórico, y se daba cuenta vagamente de que la cámara de Adam lo estaba enfocando. No pudo resistir la tentación de lucirse, y dejó un rastro por una expansión de nieve virgen, como una serpiente que se deslizara por la montaña. Vio un saliente de granito, perfecto para hacer un salto, y se dirigió hacia él. «Enfréntate al miedo, hijo». Dirigió los esquís hacia la línea de caída y se lanzó por encima del saliente. Durante unos segundos, voló por el aire, y el viento le agitó la parka y lo convirtió en una cometa humana. Al aterrizar, a una velocidad increíble, se tambaleó, pero consiguió mantenerse en pie sujetando la jarra con el brazo en alto.

Soltó una breve carcajada. «¿Qué te parece, papá? ¿Cómo lo he hecho?». De un modo u otro, toda su vida había sido una demostración para su padre, en los deportes, en el colegio y en el trabajo. Había perdido a su público, y era algo liberador. Eso hacía que se preguntara por qué se le estaban empañando las gafas a causa de las lágrimas. Entonces, cuando la pista iba allanándose y él disminuía de velocidad de una forma natural, vio que Ivy estaba agitando los brazos frenéticamente.

¿Qué pasaba?

Esquió rápidamente hacia ellos. Adam había sacado su teléfono móvil.

—¿Qué pasa? —preguntó—. ¿Es que mi descenso épico no ha sido lo suficientemente bello? ¿O es que ya estás anunciándolo en Twitter?

Pese al frío, Ivy tenía la cara muy pálida.

—Es mamá.

—¿Está al teléfono? Dile «hola» de mi parte.

—No, bobo, a mamá le ha pasado algo.

Capítulo 2

Para Mason, el dinero era una herramienta, no una meta. Y cuando tuvo que trasladarse de un remoto pueblo de montaña hasta un aeropuerto internacional, se alegró de tener mucho. A las pocas horas de arrojar las cenizas de su padre, los tres estaban en la sala de espera de primera clase del Christchurch Airport, esperando a que saliera su vuelo para Nueva York. Desde allí iban a tomar un avión privado que los llevaría directamente a Avalon, en dirección norte hacia Albany, siguiendo el curso del río Hudson. Le había dicho a su secretaria que alquilara un hidroavión, para poder amarar en Willow Lake y bajar en el embarcadero que había frente a la casa de su madre.

El viaje iba a durar veinticuatro horas en total y, gracias al cambio horario, llegarían el mismo día de su salida. El viaje costaba casi treinta mil dólares, que pagó sin pestañear. Solo era dinero. Él tenía un don para ganar dinero, del mismo modo que otros tipos hacían casitas de madera para los pájaros en su garaje durante el fin de semana.

Adam estaba al teléfono con alguien de Avalon.

—Ya vamos para allá —dijo, y miró el reloj de la sala de espera—. Llegaremos cuando lleguemos. Sí, no queda más remedio que esperar.

—¿Te han dicho algo más? —preguntó Mason.

—Se ha caído por las escaleras y se ha roto una clavícula —respondió Adam, y se metió el teléfono móvil al bolsillo—. No se ha roto la cabeza de milagro. Podía haberla aplastado la silla motorizada.

—No puedo creer que se haya caído —dijo Ivy, con la voz temblorosa.

—¿Y qué demonios estaba haciendo en un descansillo? —preguntó Mason—. Todas las escaleras están adaptadas para ella.

—Si te molestaras en ir a verla con más frecuencia, sabrías que han terminado de poner el ascensor —respondió Adam. Él estaba a cargo del cuidado diario, y vivía en la misma finca, que estaba a orillas del lago. Mason se ocupaba de comprar todo lo que su madre pudiera necesitar, de las finanzas y de la logística; aquellas tareas estaban dentro de su zona de confort.

Desdeñó la crítica que acababa de hacerle su hermano.

—Eso no tiene nada que ver. No entiendo cómo se las ha arreglado para caerse por las escaleras. Está tetrapléjica y va en silla de ruedas. No puede moverse.

—Puede mover la boca y conducir la silla con la respiración —explicó Ivy—. Ha estado trabajando con la fisioterapeuta para extender los brazos desde el codo, así que eso también le ayuda a moverse.

—Tampoco entiendo por qué estaba arriba —dijo Mason.

Le latía el corazón con tanta fuerza que le hacía daño en el pecho. Su madre y él habían tenido sus diferencias, pero en momentos como aquel, solo sentía amor y dolor. Y pánico.

—¿Estás seguro de que está bien —preguntó Ivy, que acababa de llevarles una bandeja con tres cafés y tres *cruasanes* a la zona donde estaban sentados.

—Aparte de su rabia y su amargura de costumbre, sí —dijo Adam—. Está bien.

—Dios —murmuró Mason, y se pasó la mano por el pelo.

—No, el asistente que estaba de guardia se llamaba José —dijo Adam, mientras consultaba su correo electrónico en el teléfono.

—Despide a ese cabrón —le ordenó Mason.

—No tuve que hacerlo —respondió Adam—. Él lo dejó. Todos lo dejan. Ninguno de los asistentes ha durado más que unas semanas.

—De todos modos, él no podía haberlo evitado —dijo Ivy—. Según la señora Armentrout, mamá subió en el ascensor hasta arriba sin decírselo a nadie.

—¿Armentrout? ¿El ama de llaves? —preguntó Mason—. Entonces, a ella también hay que despedirla.

—Tú eres el que la contrató —dijo Adam.

—Mi secretaria la contrató. Con mi aprobación.

—Y es estupenda. Además, el que tiene que cuidar de mamá es el asistente, no el ama de llaves.

—Ella necesita ayuda, no que le pongamos vigilancia —dijo Ivy.

—Puede que sí necesite vigilancia, si se escapa escaleras arriba —dijo Mason.

Pasaba más tiempo pensando en su madre del que nadie pudiera imaginar. Hacía un año, su padre había muerto debido a una tragedia. Todos, él incluido, pensaban que su madre tenía suerte de seguir viva.

Sin embargo, ella no se consideraba afortunada. Desde que le habían dicho que la lesión en la columna vertebral significaba que no podría volver a caminar, y mucho menos a bailar, esquiar, bucear ni correr, ni siquiera a conducir, ella se había enfurecido por su destino. Cualquiera que se atreviera a decirle a la cara que podía dar gracias por estar con vida corría el riesgo de llevarse una amarga reprimenda.

Después de muchas operaciones, de terapia y de rehabilitación intensiva, Alice había accedido a ir a vivir a Avalon para adaptarse a su nueva vida de viuda y tetrapléjica, con la determinación de conseguir tanta independencia como pudiera. Avalon era el pueblo en el que vivía Adam; estaba a orillas del lago más bonito de Ulster County, a un par de horas en tren de Nueva York.

Cada uno de los hermanos Bellamy cumplía con su parte. Adam era bombero y tenía la capacitación de Técnico de Emergencias Médicas; en aquel momento estaba viviendo en el cobertizo de los botes de la finca que Mason le había comprado a su madre después del accidente. Adam sabía cuidar de la gente, y era un alivio tener a un miembro de la familia cerca de su madre.

Él era el responsable de que su madre tuviera todo lo que necesitaba para crear su nueva vida en Avalon. Le había proporcionado una finca a orillas del lago y una casa adaptada a su condición con espacio suficiente para alojar a los empleados. Era una residencia antigua que había sido reformada y equipada con rampas, vanos anchos y un ascensor, un sistema de interfonos y una red de caminos preparados con caminos nivelados para que la silla de ruedas motorizada pudiera transitar por ellos. Había un gimnasio privado con equipo especial para terapia física, una piscina climatizada, sauna y spa, y un embarcadero y un cobertizo para botes con rampas y una grúa. Su madre tenía varios empleados de servicio en casa, incluidos un chef balinés formado en la escuela Cordon Bleu, un chófer y un asistente.

Todos tenían su papel. Él pensaba que las cosas estaban funcionando. Sin embargo, parecía que no había ningún asistente en la finca en aquel momento.

—¿Y qué has querido decir con eso de que todos se marchan? —le preguntó a Adam.

—Como ya te he dicho, lo entenderías mejor si fueras a visitarla más a menudo. Ivy vive en la Costa Oeste y va a verla más veces que tú, que vives en Nueva York.

El papel de Ivy era algo vago, pero vital. Algunas veces, él tenía la sensación de que ella cumplía con su parte tan solo siendo ella misma, una chica adorable que sabía cómo apoyar a los demás. Era diez años más joven que él, y era el tipo de persona que podía llenar de luz una habitación nada más entrar en ella. Después del accidente, Ivy era tan vital para su madre como el oxígeno.

—Mamá no necesita compañía —dijo Mason—. Le he comprado la mejor casa que hemos podido encontrar y la he reformado y equipado para su silla de ruedas y he contratado toda una plantilla de empleados que están a su servicio. No sé qué más puedo hacer.

—Algunas veces, no tienes que hacer nada —respondió Ivy—. Solo tienes que estar ahí. Es lo que necesita.

—No, de mí, no —respondió él, y consultó su agenda en su teléfono móvil—. Así que ya le han operado la clavícula. ¿Cuánto tiempo va a tener que estar en el hospital?

—No mucho, seguramente —respondió Adam—. Sabremos más cuando nos reunamos con los médicos —añadió; se inclinó hacia delante y apoyó los codos en las rodillas—. Mira, iba a decírtelo durante la cena de esta noche, pero... Durante los próximos meses vas a tener que hacerte cargo de mamá tú mismo. O, tal vez, un poco más de tiempo.

Mason hizo un gesto con la mano para descartar aquella idea.

—No puedo quedarme ni unas cuantas horas. Se supone que tengo que estar en Los Ángeles con Regina pasado mañana —dijo—. Ha concertado una cita con un cliente muy importante.

No consideró prudente mencionar que, además, había decidido aprovechar aquel viaje de trabajo para pasar unos días haciendo surf en Malibú con Regina, su colega y su novia.

—Pues vas a tener que cancelarlo —dijo Adam—. Tienes que quedarte con mamá.

—¿Qué quieres decir?

—Que vas a tener que vivir en la casa del lago. Conviértela en tu base de operaciones.

Mason se rebeló.

—¿De qué trata todo esto?

—Yo tengo que pasar fuera una temporada —respondió Adam—. Por un entrenamiento especial. Por trabajo.

Mason se giró inmediatamente hacia Ivy.

Ella alzó ambas manos con las palmas hacia fuera.

—¿No te acuerdas de que tengo una beca en París? ¿De que he estado trabajando durante los últimos cinco años para conseguirla? Pues empieza el mes que viene.

—Posponla.

—Sí, claro. Le diré al director del Instituto de Paume que deje mi hueco reservado —dijo Ivy—. Me parece que esta vez te toca a ti, hermano.

—Está bien. Pero no voy a mudarme a Catskills. Le diré a mi secretaria que contrate a otro asistente.

—Demonios —dijo Adam—. Mamá necesita a la familia. Te necesita a ti.

Él le había proporcionado todo lo que podía necesitar en términos materiales, pero no le había dado lo único que no podía darle. Había algunos problemas que ni siquiera podían solucionarse con dinero.

Y no podía imaginarse nada peor que estar atrapado en un pueblecito con su madre, que estaba amargada por lo que le había ocurrido y con la que, al contrario que sus hermanos, tenía una relación difícil desde la adolescencia.

No podía ir a vivir con ella. Ni hablar.

—¿Qué clase de entrenamiento especial? —le preguntó a Adam.

—Voy a conseguir un certificado en investigaciones sobre incendios provocados. Tengo que estar en Albany de doce a dieciséis semanas.

—¿En serio?

—Tiene un problema de mujeres –dijo Ivy–, y va a aplicar la cura geográfica.

—Cállate, mocosa. No tengo ningún problema de ese tipo.

—Bueno, pues, entonces, llamémosle falta de problemas de mujeres.

—¿Cómo? Vamos –dijo Adam y, para sorpresa de Mason, se puso rojo–. Es complicado. Y, hablando de complicaciones, ¿a cuántos sapos has besado tú este año?

Ivy se quejaba a menudo de la situación de su vida amorosa, y Mason no entendía por qué. Era muy guapa, muy buena y un poco alocada, y todos la adoraban. Supuso que el tipo adecuado para ella, no.

—Cállate tú –respondió ella, y Mason oyó ecos de su infancia.

—Callaos los dos –dijo él–. Vamos a pensar en lo que podemos hacer con mamá.

—Ivy se va a París a darse un revolcón...

—Eh –dijo ella, y le dio un puñetazo en el brazo a Adam.

—Y yo no puedo cambiar la fecha del curso de capacitación para ajustarlo a tus viajes. Tú verás, Mason.

—Pero...

—Pero nada. Te toca dar la cara.

Mason miró a sus hermanos con el ceño fruncido. Era difícil creer que tuvieran el mismo ADN, siendo tan distintos.

—Ni hablar. Que yo esté allí no va a ayudar en nada. No voy a ir a vivir a Willow Lake.

Capítulo 3

—Te prepararía un buen asado, pero estoy un poco indispuesta en este momento —dijo Alice Bellamy, cuando Mason llegó a la finca de Willow Lake.
—No te preocupes. De todos modos, soy vegetariano.
Mason se preguntó si su madre se había dado cuenta de que llevaba desde los doce años sin comer carne.
Ella estaba sentada junto a la ventana, y él atravesó la elegante habitación para darle un beso en la mejilla. Jabón y crema, una blusa recién lavada, los olores que siempre había asociado con ella. Con la diferencia de que, antes, ella podía darle un ligero abrazo y apartarle el pelo de la frente.
Mason disimuló el dolor que sentía y se sentó frente a su madre. Observó su rostro y se quedó asombrado de lo poco que había cambiado de cuello para arriba. Pelo rubio y brillante, un precioso cutis, los ojos azul oscuro. Él siempre se había sentido orgulloso de tener una madre tan joven y tan guapa.
—Te has roto la clavícula —comentó.
—Eso me han dicho.
—Pensé que te habrían puesto un cabestrillo, o algo así.
Ella frunció los labios.

—No lo necesito para mantener el brazo inmovilizado.

—Eh, sí —musitó él. Desde el accidente, no sabía cómo hablar con su madre. ¿A quién quería engañar? Él nunca había sabido cómo tratar con ella—. ¿Te... duele?

—Querido hijo, no siento nada por debajo del pecho. Ni dolor, ni placer. Nada.

Mason dejó pasar unos segundos mientras intentaba pensar en una respuesta que no sonara falsa, ni condescendiente.

—Me alegro de que estés bien. Nos diste un buen susto.

Se hizo el silencio en el salón, que tenía una enorme chimenea de piedra, un precioso mobiliario y estanterías llenas de libros. Todo estaba dispuesto de manera que la silla de su madre se moviera con total libertad. Había un estudio en un rincón, con un gran escritorio; en otra de las esquinas de la estancia había un telescopio de latón en un trípode. El piano de cola, que había estado en todas las casas de la familia, se había convertido en un soporte para una colección de fotografías.

Las vistas a Willow Lake estaban enmarcadas por la puerta doble de la terraza, que podía operarse con un interruptor.

—Bueno, pues —continuó Mason— vamos a conseguirte un nuevo asistente enseguida. Mi secretaria ya está trabajando con un par de agencias —dijo, y miró la hora—. Tengo muchas cosas que hacer. El abogado llegará dentro de media hora. ¿Estás lista para eso?

—¿Abogado? —preguntó ella, con extrañeza, y tomó un sorbito con la pajita de una taza de café que estaba sobre la bandeja de su silla.

—Mi abogado de la ciudad me recomendó a alguien de por aquí.

—¿Para qué?

—Para que se ocupe de poner la demanda por negligencia contra el asistente que dejó que te cayeras por la escalera y contra su empresa.

—Oh, no, no. Solo fue un accidente de lo más tonto —dijo ella—. No fue culpa de nadie.

—Mamá, te caíste por un tramo de escaleras con una silla motorizada que pesa ciento cincuenta kilos. No te aplastó de milagro. Alguien cometió una negligencia...

—Yo —dijo ella—. Me incliné sobre el control y me salí de los raíles.

—Entonces, la culpa es del fabricante de la silla.

—No, nada de abogados. Lo que yo hic... Lo que ocurrió no es culpa de nadie. No quiero pleitos. Punto.

—Mamá, tienes derecho a que te paguen una indemnización.

—No. Y no quiero oír ni una palabra más al respecto.

Mason le envió un mensaje a Brenda para que cancelara la cita con el abogado.

—Lo que tú quieras. Esto nos da más tiempo para reunirnos con los posibles asistentes.

—Magnífico.

—Adam ya me advirtió que ibas a comportarte como una aguafiestas.

—Seguro que no dijo «aguafiestas». Él es bombero, así que seguro que dijo algo más imaginativo, como «bruja del infierno».

«Adam es un santo», pensó Mason. Y lo maldijo por haberse marchado ya. Adam e Ivy se habían quedado hasta que le habían dado el alta a su madre, y habían tenido que irse. Adam, a su curso, e Ivy, a Santa Bárbara, a prepararse para su viaje a Europa.

—He imprimido los currículums de los candidatos a los que vamos a entrevistar —dijo—. ¿Quieres que los leamos ahora, o...?

—Creo que ahora me gustaría salir al jardín.

Él apretó los dientes y apartó la mirada para disimular su irritación.

—Estás molesto —dijo su madre—. No ves el momento de irte. Tienes un pie en la puerta.

Vaya. No lo había conseguido. Puso una agradable expresión en su cara.

—No digas bobadas. Me alegro de estar aquí para poder pasar una temporada contigo.

—Sí, claro —dijo ella. Después, empujó una palanca de su silla y se encaminó hacia la puerta de la terraza—. Vamos a ver la finca que has comprado. Nunca la has visto en verano.

Él permaneció a un lado. Se quedó impresionado por la destreza con la que ella utilizó la silla para accionar el interruptor que abría las puertas. Al salir a la terraza, las vistas y la claridad le dejaron sin respiración.

—Vaya —murmuró.

—Lo has hecho muy bien —le dijo su madre—. Te agradezco todo lo que has hecho por mí: traerme a Avalon, arreglar esta casa para adaptarla a mis necesidades y contratar al personal. Si voy a ser una tullida el resto de mi vida, por lo menos lo seré a lo grande.

—Creía que no íbamos a usar la palabra «tullida».

—Cuando estoy siendo cortés, no. Pero no me siento demasiado cortés estos días.

—Deja que disfrute de las vistas un momento, ¿de acuerdo?

La última vez que había visto la finca todo estaba nevado. La propiedad tenía el nombre de Webster House y se había construido en mil novecientos veinte por un descendiente del mismo Daniel Webster. Él, sin embargo, no había tomado la decisión de comprar aquella casa por su importancia histórica, ni por el prestigio, ni siquiera por su valor como inversión. Quería que su madre tuviera un lugar bonito para vivir, cerca de Adam, su hijo favorito, y que la residencia pudiera adaptarse rápidamente a su situación.

Durante el proceso había entendido lo beneficioso que era tener una gran familia que vivía en un pueblo pequeño. Su prima Olivia estaba casada con el constructor que había restaurado la lujosa mansión de madera y piedra y le había devuelto el brillo de residencia veraniega que tenía en tiempos pasados. Su primo Ross estaba casado con una enfermera especializada en la adaptación de viviendas. Otro primo suyo, Greg, era paisajista. Olivia era una gran diseñadora, además; así pues, la casa estaba lista a los pocos meses de empezar las obras para que su madre y Adam pudieran vivir allí.

Él no había reparado en gastos; no tenía necesidad de hacerlo. Durante la década anterior había fundado y dirigido su propia empresa de capital de riesgo, y el negocio iba bien. Tenía todo el dinero del mundo. Claro que, por supuesto, la riqueza tenía sus límites. No podía comprarle a su madre la movilidad. No podía comprar la forma de que volviera a sonreír.

Respiró profundamente el aire matinal y dijo:

–Es muy dulce.

–¿Disculpa?

–El aire de aquí. Es dulce.

–Sí, supongo que sí.

–Y el jardín es maravilloso. ¿Te gusta?

–Tu primo Greg envió a un equipo de jardineros para que cortaran el césped y lo arreglaran todo –dijo ella, señalando con un asentimiento la amplia ladera de hierba que descendía hasta la orilla del lago. Había un embarcadero y una casa para botes de madera y piedra, que albergaba kayaks, un pequeño velero y un Chris-Craft del año mil novecientos cuarenta. Cuando no estaba de servicio en el parque de bomberos, Adam vivía en el piso superior.

Había una fila de enormes sauces llorones cerca de la

orilla; los extremos de las ramas tocaban el agua iluminada por el sol. Aquel era un paisaje que conservaba por completo su belleza natural; Willow Lake era uno de los lagos más bonitos de toda una zona llena de preciosos lagos. Estaba rodeado de colinas verdes que ascendían con suavidad desde la orilla. En el extremo norte había un gran campamento de verano que contaba con unos cien años de edad: Camp Kioga.

En el extremo sur estaba el pueblo, llamado Avalon, y que era tan perfecto como la ilustración de un libro de cuentos, con su estación de tren, la plaza a la vieja usanza, la biblioteca de piedra de estilo neoclásico y los parques sombreados que recorrían las orillas del agua. Había una carretera de montaña que llevaba a una estación de esquí, un campo de béisbol para los entrenamientos del equipo local e iglesias de capiteles blancos, y los barrancos de Shawangunks atraían a escaladores de todas partes del mundo. Seguramente, no muy lejos, a las afueras, habría algunas chabolas, algunas granjas destartaladas y algún centro comercial, pero él no podía ver todo aquello desde allí y, lo más importante de todo, su madre tampoco podía verlo.

La casa que había comprado para ella estaba en la orilla oeste del lago, así que desde allí se veía el amanecer todas las mañanas, algo que el agente inmobiliario le había recalcado cuando él había hecho la compra de la casa. El agente se había puesto a hablar sobre las virtudes de aquella mansión histórica, sin saber que él ya había decidido comprarla. Estaba buscando seguridad para su madre, no una buena inversión.

—¿Por qué se marchan siempre los asistentes? —le preguntó, mientras hojeaba los currículums que tenía en la mano—. ¿Es por el alojamiento?

—¿Has visto el alojamiento del asistente?

Había visto fotografías después de que terminara la remodelación. Las habitaciones del servicio estaban en un ala privada de la casa; tenían vistas al lago y un mobiliario nuevo y lujoso.

—Sí, buena observación. ¿Entonces?

—No lo he preguntado. Estoy segura de que Adam te ha puesto al corriente. Nadie quiere vivir con una vieja triste que no puede cambiar de canal para ver *El precio justo*.

Oh, Dios.

—Tú no eres vieja —replicó él—. Tus padres se quedarían horrorizados si te oyeran decir eso. Y estar triste es algo opcional. Como ver *El precio justo*.

—Gracias, Sigmund Freud. Me acordaré de eso cada vez que esté en la cama, haciendo pis en un tubo de plástico...

—Mamá.

—Oh, lo siento. No quería molestarte con la realidad de mis necesidades fisiológicas.

Ahora entendía por qué todos se marchaban.

—¿Dónde dejo sus cosas, señor Bellamy? —preguntó el ama de llaves.

Mason estaba junto a la ventana, mirando malhumoradamente la preciosa vista de Willow Lake. Aunque había llegado el día anterior, su equipaje se había extraviado entre Nueva Zelanda y Nueva York. En aquel momento, la señora Armentrout entró en la habitación tirando de las dos maletas con ruedas, y él se dio cuenta de que aquel equipaje no le servía de nada, puesto que era ropa de invierno, la que había llevado a esquiar.

—Aquí mismo, gracias —dijo él.

—¿Quiere que le ayude a deshacer las maletas?

—Claro, cuando pueda.

—Puedo ahora mismo.

La señora se puso a trabajar con energía, eficazmente. Colgó su traje en el armario y colocó los jerséis de cachemir doblados en un cajón. Sacó una camisa de vestir y la colocó en una percha, pasando la mano de manera apreciativa por la tela.

Philomena Armentrout parecía más una supermodelo que un ama de llaves. Era de Sudáfrica, alta, esbelta, con una piel de color café con leche, y llevaba unos elegantes pantalones negros y una blusa blanca. Tenía el pelo negro y brillante, y se había maquillado ligeramente. Solamente mirándola con suma atención se distinguían las diminutas cicatrices de la férula que habían tenido que colocar quirúrgicamente para inmovilizarle la mandíbula después de que su marido la agrediera. Mason había dedicado todos sus esfuerzos a encontrar los mejores empleados para la casa, y la señora Armentrout era, claramente, la mejor. Sin embargo, ese no era el único motivo por el que la había contratado. La había conocido cuando estaba sin dinero y había sido maltratada, y cuando necesitaba empezar de cero en la vida. Mason se estaba encargando del proceso de inmigración. Según Adam, la señora Armentrout llevaba la casa como un hotel de lujo, supervisando hasta el último detalle.

El teléfono le avisó de que tenía un mensaje de texto de Regina. No se había tomado bien el cambio de planes, y le había hecho todas las preguntas que él ya les había formulado a sus hermanos: ¿Por qué necesitaba estar allí en persona? ¿No podía ocuparse de contratar al nuevo asistente una agencia? ¿No podían cambiar sus planes Ivy o Adam y hacerse cargo ellos?

No, no podían. Ambos tenían compromisos que no podían anular. Además, a Mason no le apetecía tener un gran debate con Regina en aquel momento, así que ignoró el mensaje.

La noche anterior había dormido como un tronco en la confortable habitación de invitados. Allí había tanta tranquilidad, y el aire era tan dulce, que finalmente el *jet lag* le había vencido.

—¿Se ha levantado ya mi madre? —preguntó.

La señora Armentrout miró el reloj.

—Dentro de poco. Lena, la asistente de las mañanas, la lleva siempre a desayunar al comedor a las nueve. Pero puede ir a verla a su habitación ahora mismo, si quiere.

Sí, quería ver a su madre. Pero... no antes de que estuviera lista.

Una de las cosas más duras para Alice Bellamy era la pérdida de su privacidad. El hecho de necesitar que otra persona se ocupara de sus necesidades era una constante causa de irritación.

—No, voy a esperar —dijo—. A propósito, el café era estupendo. Gracias por enviármelo.

—Wayan tuesta su propio café. Trae los granos de Bali, de lo que cultiva su familia. Tiene un nombre raro, tupac, o algo así.

—Luwak —dijo Mason—. No me extraña que esté tan bueno. Deberías buscar información sobre esto. No te creerás de dónde sale.

—Sí, ya lo sé. Sale del intestino de una civeta, o algo así, ¿no?

—Es orgánico.

Al igual que la señora Armentrout, el cocinero de la casa había sido seleccionado por su excelencia y, al mismo tiempo, por su necesidad de escapar de una situación desesperada. Wayan estaba formándose en un barco escuela de cruceros en las islas Filipinas cuando, de repente, lo apartaron del programa y lo dejaron abandonado a su suerte en un país extranjero. Mason lo había encontrado por medio de un programa de donaciones, y había llevado a Wayan, junto a su esposa y a su hijo, al otro lado del mundo. La familia vivía en el piso superior del antiguo pabellón de carruajes, que ahora era un garaje para cuatro coches con un taller. La esposa de Wayan, Banni, era la asistente del turno de noche y la asistente personal de su madre, y su hijo, Donno, era el chófer de Alice, el mecánico y el encargado de mantenimiento general de la finca. Mason todavía no conocía a Wayan, pero Adam no hacía más que alabar su cocina.

La señora Armentrout comentó, mientras observaba una camiseta de deportes:

—Es una pena que haya tenido que acortar las vacaciones. He oído decir que el surf en Malibú es el mejor del mundo.

—Bueno, ya lo haré en otro momento —dijo él.

—¿Y el esquí ha estado bien?

—Sí, muy bien.

Se le pasó por la cabeza explicarle que no habían sido solo unas vacaciones, sino un viaje para cumplir la última voluntad de su padre, seguido por un viaje de trabajo. Sabía que así parecería menos un idiota egoísta que estaba intentando huir de su madre tetrapléjica.

Sin embargo, no le molestaba demasiado que lo consideraran un egoísta y un idiota. Le facilitaba las cosas.

—¿Y cómo está mi madre? —le preguntó a la señora Armentrout—. No me ha contado mucho sobre su caída.

—El médico ha dicho que la clavícula se le va a soldar bien. Le dieron el alta al día siguiente de la operación.

—Ya he hablado con el médico de la operación de su clavícula. No es eso lo que estoy preguntando.

—Ella está... Es terriblemente duro, señor Bellamy. Su madre sobrelleva la situación lo mejor que puede.

—¿Estaba usted cerca cuando se cayó?

—No, no había nadie cerca. Puede leer el informe de los técnicos médicos de emergencias.

—No, estoy seguro de que Adam revisó ese informe minuciosamente —respondió Mason.

El reloj de la chimenea dio las nueve. Él se dio cuenta de que la señora Armentrout lo estaba observando con atención, y casi pudo oír lo que pensaba. Se preguntaba por qué no parecía que estuviera muy impaciente por adaptarse al lugar.

—Bueno, la dejo para que termine aquí —dijo él; ojalá pudiera estar a un millón de kilómetros de distancia—. Voy a ver a mi madre. Vamos a empezar hoy mismo con las entrevistas.

Mientras bajaba por la escalera curva de la casa, se preguntó si era allí donde su madre se había caído con la silla. ¿Había gritado de terror? ¿Había sentido dolor?

Pasó los dedos por la barandilla de madera. Ella no podía sentir el tacto suave del nogal con los dedos. Cualquier sensación por debajo de la lesión de la espina dorsal había desaparecido. Y, sin embargo, al pensar en la expresión que había visto en su cara la noche anterior, supo que su madre sentía un profundo dolor.

—¿Señora Bellamy? —preguntó la señora Armentrout al tiempo que salía a la terraza—. Ya ha llegado el primer candidato.

—Qué suerte tiene —dijo ella.

—Lo recibiremos allí —dijo Mason, señalando hacia el salón, que se veía a través de las puertas.

Así comenzó la tarea de encontrar al individuo idóneo para hacerle la vida más soportable a una mujer discapacitada, iracunda, con un gran problema de actitud. Se reunieron con los primeros candidatos en una rápida sucesión.

Las reuniones fueron breves y formales, y Mason observó a su madre con atención mientras ella les hacía las preguntas a los entrevistados. Ella no reveló nada de lo que pensaba; mantuvo una expresión benevolente, neutral, y habló en un tono frío que ponía de relieve su perfecta dicción. Alice Bellamy había estudiado en Harvard y, aunque decía que se había pasado la mayor parte del tiempo esquiando, se había licenciado con honores. Después se había labrado una exitosa carrera de especialista en viajes y guía, y había complementado muy bien el trabajo de su marido en las finanzas internacionales.

Mason escuchó atentamente a todos los candidatos, mientras se preguntaba cuál de ellos estaría a la altura de ayudar a su madre a rehacer su vida. ¿Cuál sería la más indicada? ¿La enfermera militar, que parecía un luchador de sumo? ¿La mujer maternal que tenía un máster en nutrición y ciencias de la alimentación? ¿El entrenador personal que había acudido a la entrevista vestido con ropa de licra? ¿La enfermera con un busto que él no podía dejar de mirar? ¿La mujer dura de Brooklyn cuyo último cliente había escrito una carta de referencia de tres páginas sobre ella?

Se alegraba de que Brenda le hubiera facilitado fotografías junto al *currículum vitae*, porque los candidatos estaban empezando a mezclarse unos con otros. Todos ellos tenían muy buenas cualidades, y Mason estaba seguro de que habían encontrado a la persona idónea. Solo tenían que elegirla.

Después de las entrevistas, puso todos los currículums en la mesa y sonrió a su madre para darle ánimos.

—Brenda ha hecho un gran trabajo —dijo—. Son todos estupendos. ¿Tienes algún favorito?

Ella se puso a mirar por la ventana con una expresión indescifrable.

Él tomó el primero de los currículums: Chandler Darrow.

—Este tipo era genial. Tiene unas credenciales impresionantes; fue el primero de su clase en la Universidad New Paltz del Estado de Nueva York, y tiene referencias de familias agradecidas desde hace diez años.

—No —dijo Alice, mirando la fotografía adjunta al currículum con cara de pocos amigos.

—Es perfecto. Soltero y con una personalidad agradable, y parece una persona considerada.

—Tenía una mirada furtiva.
—¿Qué?
—Que tiene una mirada furtiva. Se nota hasta en la fotografía.
—Mamá...
—No.
Mason apretó los dientes y volvió a sonreír. Tomó el siguiente currículum: Marianne Phillips, que también tenía unas referencias impecables, incluyendo el hecho de que había trabajado para la familia Rockefeller.
—Olía a ajo –dijo su madre.
—No, no es cierto.
—He perdido la mayor parte de mis capacidades, pero no el sentido del olfato. No soporto el ajo. Ya lo sabes.
—Está bien, el siguiente. Darryl Smits...
—Ni te molestes. No soporto el nombre de Darryl.
—No sé qué contestar a eso.
—He dicho que no.
—Casey Halberg.
—Es la que llevaba unos zuecos Crocs. ¿Quién se pone eso para una entrevista? Parecen pezuñas.
—Jesús...
—Ese tampoco me ha gustado. Jesús Garza. De hecho, puedes tachar a todos los hombres de la lista y ahorrarnos tiempo –dijo su madre, e hizo una pausa para mirar pensativamente las fotografías familiares que había sobre el piano–. Nunca he tenido suerte con los hombres –añadió, suavemente.
—¿Qué? –preguntó él. No sabía de qué estaba hablando su madre–. No importa. Volvamos a las candidatas.
Ella suspiró con impaciencia y miró de nuevo las fotografías. Había imágenes de los abuelos de Mason, sus padres, que vivían en Florida. Inmediatamente después de que su madre sufriera el accidente, se habían agotado intentando cuidarla. Después, a su padre le habían diag-

nosticado Parkinson, y Mason había tomado las riendas. Los hermanos de su madre, que dirigían un servicio de hidroaviones en Alaska, estaban demasiado lejos como para arrimar el hombro.

—¿Por qué está aquí el piano? —preguntó su madre.

—Has tenido piano toda tu vida. Te encanta la música —respondió Mason—. Todos los miembros de la familia tocamos.

Él había estudiado piano de pequeño y se le daba muy bien, pero llevaba años sin tocar. ¿Y por qué? A él le gustaba tocar, pero ya no se molestaba en hacerlo.

—Cada vez que lo veo —dijo su madre— me recuerda que antes era capaz de tocar una docena de nocturnos de Chopin de memoria. Ahora, el piano no es más que un expositor de fotos.

—Pensamos que te gustaría que alguien tocara para ti de vez en cuando.

—¿Como tú, por ejemplo?

Touché.

—He perdido práctica, pero intentaré tocar siempre que esté por aquí, mamá.

—Lo que pasa es que nunca estás por aquí.

—Eh, mira esto —dijo él, mostrándole uno de los currículums—. Dodie Wechsler ha dicho que sabe tocar el piano y que se ganó la vida mientras estudiaba dando clases de música.

—Ah, la parlanchina —respondió su madre—. Habla demasiado.

—Mamá, entiendo que has perdido tu independencia. Todos desearíamos que no tuviera que cuidarte nadie, pero la realidad es que lo necesitas, así que lo mejor será que elijamos a alguien, y rápido.

—Toda la gente que hemos visto hoy es inaceptable. No soporto a ninguno de ellos.

—Mabel Roberts.

—Demasiado beata.
—¿Cómo?
—No dejaba de decir que todo esto era una bendición: la casa, el lago, el comienzo del verano... Me sentiría como si estuviera juzgándome todo el rato.
—Tenía una actitud positiva. Eso está muy bien.
Alice torció el gesto y apartó la cara.
—Lo entiendo, mamá. La persona que tú necesitas no existe. Porque la persona que tú necesitas es una santa, no basta con que sea una beata.

Habían revisado todos los candidatos que había seleccionado su secretaria, salvo a una que había sido añadida a última hora, una tal Faith McCallum. Su perfil de una página de ofertas de empleo parecía prometedor, pero Brenda todavía no había tenido tiempo de concertar una cita con ella.

¿Cuántas posibilidades había de que ella fuera la persona ideal? ¿Sería lo suficientemente fuerte como para vérselas con Alice Bellamy?

Aunque no tuviera una fotografía suya adjunta al currículum, a él ya le caía bien. Le gustaba su nombre, Faith McCallum. Era un nombre robusto, aunque a su madre tal vez le pareciera un nombre de beata. Era el nombre de una persona organizada, con dominio sobre sí misma y con clase. El nombre de una persona cuya vida corría con tanta suavidad como un motor Tesla, y cuyas cualidades de santidad llevarían la paz a aquella casa.

Capítulo 4

—¡Mierda! —exclamó Faith McCallum, clavando un dedo en el teclado de su viejísimo ordenador heredado—. Vamos, hijo de puta, trabaja para mí por última vez.

Su demanda de empleo había dado resultado: había recibido una respuesta en el correo electrónico. Sin embargo, cuando había hecho clic en el mensaje, la pantalla se había puesto azul.

Lo había reiniciado, pero el ordenador se había quedado enganchado en la página de inicio: *Dedicaciones diarias para diabéticos*. Aquel día, el pensamiento era especialmente molesto: «Salta, y aparecerá la red».

Faith había saltado muchas veces, pero, hasta el momento, solo había conseguido aterrizajes accidentados. Tener fe. Ja, ja.

Se levantó exasperada, salió y le cambió el agua al bebedero del gato. No era su gato; era un gato callejero que había empezado a ir por allí hacía unas semanas. No permitía que nadie se acercara a él, así que ella le había llamado «Asustadizo» y le ponía agua y comida bajo el tejadillo de la entrada.

Volvió al ordenador y se quedó un momento mirando la pantalla congelada. Después, hizo clic de nuevo en el enlace de la página de empleo que siempre consultaba tres veces al día. Su búsqueda de trabajo se estaba volviendo desesperada. La agencia de asistencia de salud en el hogar con la que estaba trabajando llevaba tres meses sin enviarle ningún trabajo; además, cuando se lo encontraban, el sueldo no le daba para mantener ni a un hámster y, mucho menos, a dos hijas en pleno crecimiento. Faith ya debía dos mensualidades de la renta, y aquel lugar tenía un nuevo administrador.

En su desesperación, había enviado su currículum a todas las páginas web de empleo de asistencia de salud en el hogar que había encontrado, con la esperanza de cobrar el sueldo directamente y no tener que entregarle a una agencia un enorme porcentaje de la cantidad.

Por fin, el lentísimo navegador reaccionó. La wifi gratis de la urbanización de casas prefabricadas de alquiler en la que estaban viviendo empezó a funcionar a muy baja velocidad. Normalmente conseguía hacer varias tareas mientras esperaba a que se cargara una página.

—¡Mamáaa! —exclamó Ruby, su hija pequeña, y entró corriendo, dejando la puerta abierta de par en par. El impacto hizo que la construcción temblara—. A Cara se le ha olvidado esperarme en el autobús. Y me ha robado el ticket del almuerzo otra vez.

—No es verdad —dijo Cara, que entró detrás de su hermana pequeña y se dejó caer en el pequeño sofá. Con afectada indiferencia, abrió su libro de Biología.

—Sí que es verdad.

—No.

—Entonces, dónde está mi ticket, ¿eh? —preguntó Ruby. Se quitó la mochila y la dejó sobre la mesa.

—¿Y yo qué sé? —preguntó Cara, sin alzar la vista. Se enroscó un mechón de pelo teñido de rojo en el dedo índice.

—Tú sí lo sabes, porque me lo has robado.

—No, no es verdad.

—Tú eres la que me lo quitó la última vez.

—Eso fue hace un mes, y estabas mala.

—Sí, pero...

—¿Has comido algo? —intervino Faith, con irritación.

Ruby hizo un mohín, y su cara se convirtió en algo más adorable de lo normal. Algunas veces, Faith tenía la sensación de que lo preciosa que era su hija era lo único que la mantenía viva. Era demasiado frágil.

—La señora Geiger me ha dado medio sándwich de atún y un cartón de leche. Y chips de manzana seca, que están asquerosos. Odio el atún. Pero, después del colegio, Charlie O'Donnell me ha dado Bugles en el entrenamiento de fútbol.

Ruby tenía un enamoramiento infantil con Charlie O'Donnell, un chico de octavo curso que ayudaba a entrenar al equipo de fútbol de la escuela primaria.

—Bebe un poco de agua y siéntate —dijo Faith—. Tengo que hacerte un control de glucemia dentro de un poco.

Faith sintió un nudo de tensión muy familiar en el estómago. Todos los días, la diabetes de tipo uno de Ruby le planteaba un nuevo desafío y una nueva preocupación.

Se giró hacia Cara.

—Se suponía que tenías que esperarla en la parada del autobús.

—Se me olvidó.

—¿Cómo se te puede olvidar algo que tienes que hacer todos los días?

—Ella sabe volver a casa.

Faith sospechaba que el verdadero motivo era que Cara no quería que la gente viera dónde vivían. Lakeside Estates Motor Court no estaba tan mal, pero ningún niño quería admitir que vivía en un parque de caravanas. Sin embargo, pese a que no estaba cerca del lago, era un lugar seguro y sí estaba cerca del colegio de las niñas.

Por fin, la página se cargó, y Faith abrió la respuesta a su demanda de empleo. El perro de los Guptas se puso a ladrar como un loco en la calle, anunciando como todos los días la llegada del cartero al patio central. Ruby, que les tenía miedo a los perros, se encogió.

—Voy yo —dijo Cara. Dejó los deberes y fue en busca del correo.

La respuesta a la demanda de empleo de Faith era prometedora. Se inclinó hacia la pantalla con interés.

Buscamos a una persona con experiencia para supervisar todos los detalles de los cuidados en el domicilio de una señora tetrapléjica. El sueldo y los beneficios extrasalariales incluyen el alojamiento.

Vaya, tal vez no era tan apropiado. Las niñas y ella no iban a caber en una habitación de servicio del tamaño de un armario de la casa de alguna señora. Sin embargo, el puesto estaba allí mismo, en Avalon, y por eso merecía la pena enterarse mejor de las condiciones, puesto que las niñas detestaban tener que cambiar de colegio al final de cada año escolar.

Escribió a mano la información de contacto por si acaso el ordenador volvía a quedarse colgado. Después, sugirió que la entrevista de trabajo podía realizarse a la mañana siguiente. El día siguiente era sábado, así que Cara tendría que faltar al trabajo en la panadería para cuidar a Ruby, y eso significaba protestas. Sin embargo, los momentos desesperados exigían medidas desesperadas.

Cara llegó del patio mirando el correo.

—Facturas y propaganda —dijo. Dejó las facturas en la encimera, junto a Faith, y echó el resto de los sobres a reciclar.

Faith recogió un folleto brillante.

—¿Qué es esto de la Johns Hopkins? Va dirigido a ti.

Cara se encogió de hombros y se dio la vuelta.

—Nada, propaganda.

Faith miró la bonita fotografía del campus de la universidad, y del folleto salió una carta que tenía una nota personal al final, firmada a mano por el director de admisiones: *Cara, tienes un gran futuro por delante*.

–Aquí dice que, teniendo en cuenta tus calificaciones académicas, estás invitada a presentar tu solicitud con antelación, y que no tendrás que pagar la matrícula.

Otro gesto de indiferencia.

–No me interesa.

–No me habías dicho que ya te han dado las notas.

–Ah. Pues me han dado las notas.

Cara volvía loca a Faith todos los días.

–¿Y? –preguntó Faith.

–Y bien.

–Cara Rose McCallum.

Con un suspiro de sufrimiento, Cara sacó una hoja impresa de su mochila.

Faith leyó los números y asimiló las notas de su hija. Si lo estaba leyendo bien, Cara había superado con excelentes calificaciones el examen estándar más difícil de todo el instituto Avalon High.

–¿Y cuándo pensabas enseñarme esto?

–Solo son números –dijo Cara. Se dejó caer de nuevo en el sofá y volvió a sus deberes.

–Números que nos dicen que estás en el percentil noventa y nueve de todos los estudiantes que hicieron el examen.

–¿Y eso significa que es muy lista? –preguntó Ruby.

–Muy, muy lista –dijo Faith.

Sintió orgullo, exasperación y frustración a la vez. Cuando una chica era tan inteligente como Cara, debería sentirse orgullosa de su potencial, no indiferente ni derrotada. Faith quería darles lo mejor del mundo a sus dos hijas, pero las tenía viviendo en un parque de caravanas y casas prefabricadas casi sin poder mantenerse.

—Y, si es tan lista, ¿por qué siempre se le olvida esperarme después del colegio?

Faith ignoró la pregunta y miró las facturas, dos terribles y gruesos paquetes del Hospital y Centro de Diabetes St. Francis. Llevaba ya seis años pagando las facturas de un hombre muerto. Los votos decían «hasta que la muerte nos separe», pero, claramente, el sistema de cobros del hospital creía que la facturación no tenía que terminar ni después de la muerte.

El siguiente sobre le causó un sobresalto. Lo abrió y leyó la única hoja.

—Oh, por favor —murmuró—. ¿De verdad?

—¿Y ahora qué pasa? —preguntó Cara.

Faith la miró con una expresión de advertencia, y comenzó a deletrear la palabra «desahucio».

—No es necesario que lo deletrees para que yo no me entere, mamá. Lo he entendido, y sé lo que significa —dijo Ruby. Se levantó y se inclinó sobre el hombro de Faith para leer la carta—. Y también sé lo que significa «último aviso».

La nueva empresa de administración no le daba cuartel. Había intentado razonar con ellos y había conseguido mantenerlos a raya algunas semanas, pero parecía que se habían cansado de esperar. A Faith le desagradó mucho el tono de la carta. ¿Acaso pensaban que tenía el dinero y no quería pagárselo?

Cara cerró el libro de golpe.

—Significa que tenemos que mudarnos de nuevo —espetó—. Maravilloso. Justo dos semanas antes de que termine el instituto. Tal vez pudiéramos entrar en algún libro de récords. ¿Cuántas veces tenemos que cambiarnos de colegio en un año?

—Cara, yo no hago esto a propósito —dijo Faith, con un nudo en el estómago—. Sé que te gusta el Avalon High. Voy a hacer todo lo que pueda para que te quedes en este distrito.

Cara sacó el casco de la bicicleta de un armario cercano.

–Me voy a trabajar. Supongo que tendré que avisar en la panadería.

–Vamos, Cara.

–Dice que tenemos veinticuatro horas –dijo Cara, poniéndole la carta a su madre debajo de la nariz.

–Se me ocurrirá algo –dijo Faith–. Siempre se me ocurre algo.

–Sí, es verdad –dijo Ruby, lealmente.

Faith le dio un abrazo, y abarcó también a Cara.

–¿Qué he hecho yo para mereceros a las dos? No estáis en el percentil noventa y nueve. Estáis en el percentil ciento diez. Sois un ciento diez por cien increíbles.

–Sí –dijo Cara, que sonrió un poco por primera vez, justo antes de salir por la puerta–. Así somos nosotras. Un ciento diez por cien increíbles, asombrosas. Bueno, ahora tengo que irme.

–Tráeme un *kolache* –dijo Ruby.

–Claro –dijo Cara.

La Sky River Bakery, donde trabajaba, hacía unos *kolaches* sin azúcar deliciosos. A la hija de Faith le gustaba trabajar allí. Le gustaba su instituto.

Detestaba estar sin dinero todo el tiempo.

Pero no tanto como ella. Vio a su hija alejarse en la bicicleta que había tomado de la pila de donaciones en la Helpline House, una organización benéfica de la zona. Otros chicos tenían coche, pero Cara ni siquiera tenía el carné todavía, porque la matrícula y las clases eran demasiado caras, por no hablar del seguro para un conductor adolescente.

Se sentó y se colocó a Ruby en el regazo, abrazándola, notando el pequeño cuerpo de su hija. Ruby era tan frágil como un pajarito.

–Vamos a hacerte un control –le dijo. La interminable rutina de comprobar su nivel de azúcar, de administrarle la insulina y de controlar su dieta y su ejercicio siempre estaba presente en su vida.

—Mis medicinas cuestan un ojo de la cara —dijo Ruby.

—¿Dónde has oído tú eso?

—Lo dijo la enfermera del colegio. Se suponía que yo no tenía que oírlo, pero lo oí. Así que le pregunté cuánto costaba un ojo de la cara, y me dijo que es solo una expresión que significa mucho dinero. Y nosotras no tenemos dinero.

—Tenemos exactamente el dinero que necesitamos —respondió Faith.

Sus demonios la visitaban cuando las chicas ya se habían acostado y estaba a solas. Aquellos demonios le prometían que se estaba hundiendo, y que estaba hundiendo a las niñas con ella. Algunas veces, en sus momentos más lunáticos, despotricaba en silencio contra Dennis, como si todo aquello fuera culpa suya. Y, por supuesto, no lo era. Él no tenía la culpa de padecer una diabetes muy grave con complicaciones fatales, ni tampoco tenía la culpa de que ella se hubiera enamorado de él.

No era culpa de Dennis que su hija pequeña hubiera heredado la enfermedad.

No era culpa de nadie, pero era ella la que tenía que enfrentarse a todo.

Aquella noche, la última que iban a pasar en la Unidad 12 de Lakeside Estates, Faith se dio cuenta de que era preferible estar despierta, pensando, que intentando dormir con sus demonios, así que se levantó y terminó de hacer el equipaje. No era mucho. La unidad estaba completamente amueblada, así que solo tenía que recoger sus pertenencias y la ropa, que cabían de sobra en la furgoneta.

La furgoneta era del último año de Dennis, cuando él había quedado postrado en una silla de ruedas, y estaba adaptada para subir y bajar la silla con una plataforma. Él ya sabía que era un enfermo terminal, y había tomado la apresurada decisión de gastar los últimos ahorros viajando por todo el país, desde Los Ángeles a Nueva York, viendo Estados Unidos en medio de un largo y triste adiós. Faith sabía que era una irresponsabilidad gastar todo aquel dinero, pero ¿cómo iba a decirle que no a un hombre que se estaba muriendo?

La mayoría de sus recuerdos eran fotografías digitales, pero había una fotografía impresa y enmarcada que Faith adoraba: ellos cuatro, tendidos en una pradera de hierba en algún lugar de Kentucky. Un lugareño amable había subido a un árbol y les había sacado aquella foto tan especial. Estaban riéndose y tenían una expresión de amor. Dennis tenía una mirada de alegría. Durante aquel inolvidable viaje familiar habían aprendido a disfrutar de momentos como aquel, a aprovechar hasta la última gota de felicidad.

Envolvió cuidadosamente aquella fotografía en el objeto favorito de Dennis: una manta suavísima de lana con el dibujo del tartán de la familia McCallum, de su Escocia natal. Después de su muerte, aquella manta había guardado el olor de su marido algunos meses, pero ya se había desvanecido, y ella casi no podía recordar cómo olía.

Puso la foto enmarcada en una vieja bolsa de lona. En aquel momento, el ordenador emitió un pitido que la avisó de que había recibido un correo electrónico.

Faith se levantó de un salto para leerlo.

Tenía una entrevista de trabajo a primera hora de la mañana.

Capítulo 5

—Así que es impuntual —dijo la madre de Mason, mirando con el ceño fruncido el reloj de la repisa de la chimenea.

—Pues eso significa que está descartada. Despedida antes de ser contratada. Si no puede llegar a tiempo para su primera entrevista con nosotros, Faith McCallum no es la persona a la que buscamos —dijo Mason, y se pasó la mano por la cabeza con exasperación—. Demonios, era la última de la lista —añadió. Miró el currículum, que le había causado tan buena impresión cuando Brenda se lo había enviado—. Hasta la vista, señora McCallum.

Hizo una bola con la hoja de papel y la arrojó a la papelera.

Regina, que había llegado en el tren la noche anterior de la ciudad, se levantó, se acercó a él y le pasó las manos por los hombros. Sus tacones repiquetearon en el suelo de madera. Ella siempre vestía con trajes carísimos, como si siempre tuviera una reunión de la junta directiva. A él le parecía sexy, pero un poco exagerado para una casa junto al lago.

—Es una lástima —dijo ella—. Su currículum era muy prometedor.

Era guapísima, tenía una educación exquisita y era inteligente, y estaba ansiosa por ayudarle a encontrar a alguien para que los dos pudieran volver a la ciudad.

Mason asintió.

—Bueno, y ahora, ¿qué? —dijo él. Sacó el teléfono móvil y le dejó a Brenda un mensaje en el contestador, diciéndole que buscara más candidatos—. Eh, Reg, ¿por qué no te quedas tú con mamá? Las dos hacéis muy buena pareja.

Las dos mujeres lo miraron con tal espanto e incredulidad que Mason se echó a reír. Regina y su madre se llevaban bien, pero la idea de vivir bajo el mismo techo, claramente, no parecía de su agrado.

—Para ser sincera —dijo Regina—, ojalá tuviera la capacidad de poder ayudarte, Alice.

—Si tú tuvieras la capacidad de poder ayudarme, obligaría a mi hijo pródigo a fijar inmediatamente la fecha de la boda —respondió Alice.

Mason mantuvo una expresión impasible. Sabía que su madre estaba intentando que él diera un paso adelante.

—No tenemos prisa —dijo Regina, conciliadoramente—. Yo siempre he sabido que quería un noviazgo largo.

—¿Cuándo te convertiste en una mentirosa tan buena? —preguntó Alice—. Ninguna mujer quiere un noviazgo largo.

—Mamá...

—Tiene razón —dijo Regina—. No quiero eso —añadió, y se arrodilló junto a la silla de ruedas—. Sería maravilloso casarnos enseguida, pero Mason y yo queremos estar seguros de que la boda le viene bien a todo el mundo. Bueno, ¿te apetece tomar algo?

—Un vodka Martini con tres aceitunas.

—Qué graciosa.

—Ah, ¿es demasiado pronto? Bueno, pues entonces, un Bloody Mary.

—Marchando —dijo Regina, y salió para la cocina.

—Es demasiado buena para ser real —dijo, cuando Regina se hubo marchado.

—¿Tú crees?

—Sí. Por eso sé que es una falsa.

–¿Por qué piensas que cualquier mujer que quiere estar conmigo es una falsa?

–Eso no es lo que yo he dicho.

Mason miró el currículum arrugado que había caído en la papelera. Era una pena que Faith McCallum hubiera fallado. Tal y como había dicho Regina, aquella candidata era muy prometedora: treinta y cinco años, una larga experiencia como asistente de salud, unas magníficas referencias, con la posibilidad de empezar inmediatamente y dispuesta a vivir en la finca. No debería sorprenderle que les hubiera dado plantón. La gente nunca era tal y como se presentaba a sí misma.

–¿Nunca se te ha ocurrido pensar que tengo suerte?

Eso era lo que le decía todo el mundo cuando conocían a Regina. Que tenía una inmensa suerte. Los había presentado su propio padre. Cuando Mason se había hecho cargo de la sede neoyorquina de Bellamy Strategic Capital, su padre había contratado a Regina y la había presentado como una rara delicadeza que había conseguido con un gran esfuerzo para su oficina. Él no podía negar que su padre tenía buen gusto, porque Regina era el sueño de cualquier hombre. Era bella, aguda y exitosa, e irradiaba la seguridad de quien se había educado en las mejores instituciones privadas y provenía de una familia rica. Y lo mejor de todo era que no tenía la necesidad de hacer su nido, de establecer un hogar, de pasarse horas decorando su casa con cosas frágiles y de tener tres hijos. En ciertos aspectos era la versión femenina de él mismo, con una notable excepción: ojalá le gustara el sexo tanto como a él. Algunas veces, intentar convencerla para mantener relaciones sexuales era como intentar convencerla de que asistiera a un seminario sobre seguros.

–Todavía no me has contado nada del viaje –dijo Alice, mirándolo con los ojos entrecerrados.

–¿Te refieres al viaje para dispersar las cenizas de papá?

¿El viaje para subir a la misma zona de avalanchas donde murió? ¿El viaje que tuvimos que acortar cuando nos avisaron de que te habías caído por las escaleras? ¿Te refieres a ese viaje?

—Sí, exacto.

—Fue estupendo, mamá. Fantástico.

—Ya sabes lo que te estoy preguntando.

—Sí, hicimos exactamente lo que nos habías dicho. Las tiramos a los cuatro vientos, tal y como él quería.

Su madre miró por la ventana aquel bonito día de primavera.

—Entonces, ya se ha ido definitivamente.

Mason no respondió. ¿Cómo podía irse alguien si sus recuerdos estaban grabados en la mente de uno? Algunas veces, él tenía la sensación de que su padre, divertido, encantador, irritante y con imperfecciones, estaba en la habitación de al lado preparando unas copas.

—Ivy dijo que fue muy bonito.

—Entonces, ¿por qué me lo preguntas a mí?

—Porque me interesa tu punto de vista. Por el amor de Dios, Mason, ¿es que nunca vamos a poder tener una conversación normal?

—Las tenemos todo el tiempo, mamá.

Era cierto. Él la llamaba por videoconferencia varias veces a la semana, pero, en el fondo, entendía lo que quería decirle. Siempre había una distancia entre ellos, siempre existía la sensación de que ninguno de los dos estaba dispuesto a abordar ciertos asuntos directamente.

Sin embargo, no siempre había sido así. Cuando él era pequeño, su madre y su padre eran todo su mundo. Su madre y él se llevaban muy bien y siempre estaban juntos, como un dúo dinámico. Ella era más una compañera de juegos que una madre, y lo llevaba de aventuras por todo el mundo. Un verano podían estar construyendo casas para gente desplazada en Camboya y después, buceando en la costa de Bali. Otro año acampaban en Siberia y formaban parte de un programa artístico para niños sin hogar. Ella tenía el don de saber combinar el trabajo humanitario con la diversión de la familia, y le había inculcado la misma urgencia de hacer el bien en el mundo.

El abismo se había abierto entre ellos en el verano de su décimo séptimo año. Fue el año en que él descubrió un secreto familiar que le había hecho mantenerse a distancia de sus padres. No podía hablar de aquello con uno de sus progenitores sin traicionar al otro, y se había visto en una posición insostenible, así que se había distanciado de ambos y se había dedicado a forjarse su propio camino en la vida. Ellos pensaban que aquel súbito cambio de actitud se debía a una rebelión adolescente, y tal vez fuera cierto, en parte, pero también había tenido la necesidad de construir una barrera a su alrededor para evitar aquellos lazos íntimos.

Miró pensativamente a su madre. Un año antes, ella había hecho un triatlón completo. El *New York Times* había publicado una fotografía suya cruzando la meta la primera de su grupo de edad, con el pelo rubio y húmedo de sudor volando tras ella, las piernas elegantemente estiradas y una expresión triunfante en la cara. El viaje a esquiar a Nueva Zelanda era su recompensa por un trabajo bien hecho.

Después, su vida había dado un giro inesperado y horrible. Estaba confinada en aquella casa, donde tenía que esforzarse por vivir cada nuevo día. Incluso tomarse el desayuno se había convertido en un reto más duro que cualquier triatlón.

Su madre había respondido al trauma y a su nueva vida oscilando entre la tristeza y la rabia. ¿Acaso no sabía que él sufría por ella cada momento? ¿Sabía que deseaba con todas sus fuerzas que hubiera una manera mágica de borrar el dolor que veía en su cara y oía en su voz?

Tal vez aquel fuera el momento. Tal vez aquella fuera la oportunidad perfecta para empezar de cero.

—Mira, mamá...

—¿Dónde demonios está Regina con ese Bloody Mary? —le espetó su madre—. Necesito un sistema de interfonos que sea mejor. El que tú elegiste no funciona.

—Le pediré a alguien que lo revise.

—Hazlo, por favor.

Y, así, tan fácilmente, pasó el momento de intentar llegar hasta ella.

—Discúlpeme, señora Bellamy —dijo el ama de llaves, retorciéndose las manos—. Siento interrumpir, pero hay una joven en la puerta.

—No está en la puerta.

La joven, que era muy joven, entró en el salón. Parecía un personaje de cómic, con unos pantalones cortos y agujereados a propósito, unas medias oscuras llenas de carreras, unas botas militares y una camiseta hecha jirones. Tenía el pelo teñido de morado. Llevaba unas gafas con una montura de pasta muy gruesa, y parecía un búho.

—Necesito un teléfono, rápido —dijo.

—¿Es usted la señorita McCallum?

—Sí, así que, escuche, tengo que llamar al 911 ahora mismo.

—¿Por qué?

—Es una emergencia. Ha habido un accidente. Mi madre necesita ayuda.

Faith estaba apretando la arteria rota con su chaqueta arrugada. Miró desde la cuneta a la furgoneta, que estaba aparcada medio dentro medio fuera de la calzada.

—Date prisa, Cara —murmuró, entre dientes—. Date prisa.

No sabía cuánto tiempo iba a aguantar así.

—¿Cómo estás, cariño? —le preguntó a Ruby.

No veía a la niña, pero le había ordenado que no se moviera de la furgoneta. Había demasiada sangre, y parecía que algo le había atravesado la pierna al herido. Incluso ella, que tenía formación sanitaria, estaba horrorizada.

—Tengo miedo, mamá. ¿Y si no viene nadie?

—Cara ha ido en busca de ayuda —dijo Faith, intentando imbuir a su tono de voz una seguridad que no sentía.

—Cara corre muy rápido, ¿verdad?

—Sí, mucho. ¿No te acuerdas de que ganó una carrera este otoño?

—Sí. Batió el récord de la escuela en los cuatrocientos metros.

Ruby lo sabía perfectamente. Pese a sus quejas, adoraba a su hermana mayor.

Ojalá Cara hubiera podido marcharse en la furgoneta, pero todavía no sabía conducir. Además, la furgoneta tenía marchas, y estaba demasiado vieja incluso para un conductor con experiencia.

El teléfono móvil no funcionaba. La batería se había terminado, o se les habían terminado los minutos de los que disponían por contrato. Siempre ocurría algo con el maldito teléfono. Por suerte, la finca de los Bellamy, adonde se dirigían para que ella pudiera hacer la entrevista de trabajo, estaba después de la siguiente curva.

Tan solo unos momentos antes, iban en la furgoneta llenas de esperanza y habían visto la casa a lo lejos. Había una carretera privada que llevaba a la casa, una mansión de piedra y madera erigida sobre una loma verde con vistas al lago. Si Cara atajaba atravesando una pradera que había junto a la carretera, seguramente podría llegar en pocos minutos.

En aquel momento, Faith tuvo la duda de si la propiedad estaría rodeada por un vallado de seguridad o protegida con perros guardianes. Aunque Cara tenía muchos recursos y, al contrario que su hermana, no tenía miedo. Haría falta algo más que un perro para intimidarla.

La chaqueta con la que estaba taponando la herida estaba prácticamente empapada.

—Ruby, cariño, necesito que me hagas un favor. ¿Puedes buscar alguna toalla dentro de la furgoneta? O algo que pueda utilizar como vendaje.
—No veo nada, mamá.
—Sigue buscando.
—Estoy asustada.
—Busca de todos modos.

Faith apretó los dientes. ¿Cómo había terminado metida en aquel lío? Había utilizado su mejor chaqueta para intentar contener la hemorragia. Y ella que se había arreglado lo mejor posible para la entrevista. Pero, bueno, qué se le iba a hacer...

La víctima tuvo un espasmo y se le arqueó la espalda.
—Tranquilo –le dijo Faith, aunque pareciera que estaba inconsciente–. No debe moverse.

Miró con preocupación la pieza de metal que le había atravesado la pierna. Si le cortaba la arteria femoral, podía morir en cuestión de minutos.

La víctima tenía suerte de que lo hubieran encontrado a los pocos segundos del accidente. La carretera del lago estaba vacía, y su moto había terminado en la cuneta. Si las chicas y ella no hubieran pasado por allí, él ya se habría desangrado.

Había sido Cara, que iba mirando por la ventanilla, la que había visto una nube de polvo y humo en la cuneta, y le había dicho a gritos a su madre que parara. Ella lo había hecho sin dudarlo. Tal vez tuviera algunas diferencias con su hija, pero la muchacha no era de las que se alteraban por minucias.

Ruby apareció al borde de la cuneta.
—Te he traído mi albornoz –dijo. Entonces, se le escapó un jadeo–. Mamá...
—Sé que es horrible, pero tenemos que ayudar a este hombre –dijo Faith. Se dio cuenta de que Ruby estaba tambaleándose–. No te desmayes, nena. Solo puedo gestionar

una crisis a la vez. Tírame el albornoz y vuelve a la furgoneta a esperarme, ¿de acuerdo?

Ruby no vaciló. Le lanzó el albornoz a Faith y salió corriendo hacia la furgoneta. Faith apretó la tela recién lavada sobre la chaqueta empapada. El olor caliente y metálico de la sangre le llenó los sentidos.

¿Dónde demonios estaban los de emergencias?

A medida que pasaban aquellos momentos cruciales, Faith intentó evaluar las heridas del accidentado. Había comprobado que tuviera libres las vías respiratorias inmediatamente y, después, le había envuelto con la chaqueta la herida del brazo. Se le había seccionado la arteria y la sangre brotaba a borbotones. Además del metal que sobresalía de su muslo, tenía una fractura en la parte baja de la pierna. Un hueso ensangrentado salía por la tela rota de sus pantalones vaqueros.

Seguramente había más problemas, pero no podía dejar de apretarle la herida para examinarlo con más detalle. Quería inmovilizar la pieza de metal, pero era demasiado arriesgado. Era un hombre de unos cuarenta o cincuenta años, a juzgar por el rostro que se veía enmarcado por el casco. Parecía que medía un metro ochenta centímetros y que pesaba unos cien kilos. Seguramente era mejor que estuviera inconsciente, porque la fractura debía de ser una de las cosas más dolorosas que había visto en su vida.

Volvió a pensar en Ruby. ¿Qué hora era? Cuando una tenía una hija diabética, siempre necesitaba saber la hora. ¿Cuándo había comido por última vez? ¿Cuándo le había puesto la insulina? ¿Estaba bien su nivel de azúcar?

—Ruby, quiero que me avises si la alarma salta.

—Sí, lo haré —dijo la niña.

Faith miró su reloj, que estaba manchado de sangre. Eran las nueve y veinte. Ya había pasado la hora de la entrevista de trabajo.

Bah. De todos modos, aquel puesto parecía demasiado

bueno para ser verdad. Debía entrevistarse con Alice Bellamy, que vivía en una casa con servicio en una finca de la orilla oeste de Willow Lake. Encontrar a un cliente que pudiera alojarlas a sus dos hijas y a ella era mucho pedir, pero se le habían acabado las opciones.

Por fin, oyó el crujido de unos neumáticos en la gravilla. No se oyó ninguna sirena pero, en aquel momento, estaba dispuesta a aceptar cualquier ayuda.

Vio que se acercaba silenciosamente un coche azul oscuro, muy brillante. Era uno de aquellos nuevos vehículos eléctricos que no hacían ruido. Se abrió la puerta y salió un tipo con un elegante traje, corbata y una camisa blanca. Saltó del coche y se encaminó apresuradamente hacia ella.

—¿Tiene teléfono? —le gritó Faith—. Llame al 911.

—Ya está hecho —dijo él—. Vienen para acá.

En cuanto vio a la víctima, al recién llegado se le escapó un jadeo. Al mirar aquel mar de sangre, se le puso la misma cara que a Ruby.

—Eh, contrólese —dijo ella. En aquel momento, la víctima tuvo otro espasmo. Tenía que tomarle el pulso—. Necesito que me ayude.

—De acuerdo. ¿Qué quiere que haga?

—Está sangrando mucho por la arteria braquial. Por eso hay tanta sangre. Tenemos que aplicarle presión en la herida. Este albornoz ya está empapado —respondió Faith.

—Entonces, ¿tengo que...? De acuerdo —dijo él, y se quitó la chaqueta. Se agachó junto a ella—. ¿Y ahora qué?

—Necesito que apriete aquí —dijo ella.

—Ya estoy listo.

Ella vislumbró la etiqueta de su chaqueta: *Bond Street Tailors, Londres*. Parecía muy fina, pero estaba a punto de estropearse.

—¿Qué hago? ¿Esperamos a que llegue la ayuda?

—Ojalá no se desangre o tenga un derrame cerebral antes de que lleguen.

Claramente, aquel tipo necesitaba instrucciones claras.

–Escuche con atención; esto es muy importante. No mueva la compresa que ya está puesta. Ponga su chaqueta directamente sobre la herida y apriete con fuerza. No se preocupe por la víctima, no le hará daño. Está inconsciente. Lo único que va a impedir que se desangre es la presión que usted haga.

–Dios. No puedo...

–Hágalo. Ahora. Tengo que tomarle el pulso. Tiene espasmos, y eso no es bueno.

Antes de que el tipo pudiera protestar otra vez, le quitó la chaqueta y la puso sobre el albornoz.

–Apriete con fuerza –le dijo.

Él palideció aún más, y los ojos se le pusieron en blanco.

–No se desmaye –le advirtió–. No se le ocurra desmayarse.

Con cuidado, le quitó el casco a la víctima. Tenía la cara gris y las pupilas dilatadas. Volvió a comprobar sus vías respiratorias. Las tenía despejadas, pero casi no tenía pulso. El tipo inútil se tambaleó y, después, luchó por recuperarse. Bueno, no era totalmente inútil. Solo estaba... fuera de su elemento. E iba demasiado elegante para aquella tarea. De todos modos, se alegraba de que hubiera aparecido.

–¿Se salvará?

–No lo sé. No respira bien. Tiene muchas heridas y casi no tiene pulso. No mire su pierna izquierda.

Por supuesto, él miró.

–Oh, Dios.

–Siga apretando con fuerza. Y no mueva para nada su muslo izquierdo.

Aquello iba mal. Faith sabía que la situación estaba fuera de su alcance. Ella tenía formación y mucha experiencia para gestionar traumas, pero no había vuelto a hacer uso de sus conocimientos desde que había cuidado a Dennis.

Se apartó de la cabeza a su difunto marido y se concentró en la víctima.

—Estoy perdiendo su pulso —dijo, y comenzó a desabotonarle la camisa—. Tengo que comenzar a hacerle la reanimación cardiopulmonar.

—¿Cómo? Ah, Dios...

—¿Seguro que los servicios de emergencias vienen para acá? —le preguntó Faith al tipo.

—Sí, seguro —dijo él, entre dientes.

—¿Le dijeron cuánto iban a tardar?

—La operadora me dijo que diez minutos. Eso ha sido hace casi diez minutos, así que...

—Bien, ahora tengo que concentrarme.

Faith sabía que era menos perjudicial hacerle algunas compresiones en el pecho a alguien a quien todavía le latía el corazón, aunque fueran innecesarias, que hacerle las compresiones a alguien en parada cardíaca. Colocó una mano sobre la otra, con los dedos entrelazados, sobre el esternón del accidentado, y comenzó a hacer series de treinta compresiones a una velocidad de cien compresiones por minuto. Visualizó el corazón, un órgano tan frágil, bajo sus manos, mientras le obligaba a bombear una y otra vez para que oxigenara la sangre de la víctima.

—Señora, ¿está segura de que...?

El resto de la pregunta fue acallada por el sonido de una sirena.

—Ya están aquí —dijo el tipo.

—No deje de apretar —le ordenó ella. Estaba cubierta de sangre y sudor, pero no bajaba el ritmo de las compresiones.

—No, no —respondió él.

Los técnicos de emergencias bajaron de la ambulancia.

—Soy Joseph Kowalski —dijo uno de ellos, mientras se ponía el equipo de protección—. ¿Ha visto qué...? Dios mío...

—Es un hombre de unos cuarenta años —dijo Faith, que sabía que necesitaban la información rápidamente—. Me lo he encontrado hace quince minutos. Tiene una hemorragia en la arteria braquial derecha. Fractura abierta en la pierna izquierda y una pieza metálica clavada en el muslo izquierdo. Posible trauma craneal, pupilas dilatadas. Empecé con el masaje cardíaco en cuanto apareció este señor.

El equipo de emergencias se puso a trabajar con traje y guantes protectores; Faith recordó que ni ella ni el otro hombre estaban protegidos. El equipo médico se hizo cargo de la reanimación cardiopulmonar y del control de la hemorragia con rapidez. Uno de los técnicos avisó por radio del accidente, repitiendo la información básica que le había dado Faith.

—¿Quién fue el primer interviniente?

—Yo —dijo ella, que estaba temblando de la descarga de adrenalina—. Pasaba por aquí. Tengo formación para actuar durante una emergencia. Soy enfermera —explicó.

El tipo bien vestido se tambaleó un poco al mirar su ropa manchada de sangre.

—Respire hondo —le dijo Faith—. No le va a pasar nada.

—Señora, ¿conoce el protocolo de exposición a la sangre y los fluidos corporales? —le preguntó uno de los técnicos, mientras le entregaba un taco de toallitas antisépticas. Le ofreció lo mismo al tipo del traje.

—Sí, claro —dijo ella.

—¿Cuál es ese protocolo? —preguntó el tipo del traje.

—Vamos a tener que hacernos unas pruebas post exposición —le explicó ella.

Él tragó saliva y volvió a tambalearse.

—¿Por qué?

—Por los patógenos que pueden transmitirse por la sangre.

Él se puso más pálido de lo que ya estaba.

—Oh. Demonios.

—Entraremos en cuanto podamos —dijo ella, mientras los técnicos terminaban su trabajo. Se limpió gran parte de la sangre de las manos con las toallitas.

Poco después aparecieron dos coches patrulla de la policía municipal y formaron una barrera alrededor del lugar del accidente. Faith se acercó a la furgoneta para ver a Ruby.

—Buen trabajo —le dijo uno de los técnicos de emergencias, mientras metían al accidentado en la parte trasera de la ambulancia—. La víctima va a vivir para contarlo. Seguramente, se habría desangrado si usted no hubiera parado.

Cara apareció en aquel momento, sin aliento a causa de la carrera. Miró a su madre y al desconocido del traje, y abrió unos ojos como platos al ver la sangre.

—Oh, Dios.

—Señora —dijo uno de los agentes de policía, mirando la sangre—. Necesitamos una declaración suya.

—En este momento no tengo tiempo —respondió Faith, hablando por encima del ruido de la sirena de la ambulancia, que se marchaba—. Me llamo Faith McCallum —añadió, y le dictó su número de teléfono.

Él lo anotó.

—Pero, señora.

—Lo siento. Tengo que ver cómo está mi hija pequeña y tengo que ir a Urgencias a que me hagan las pruebas, y ya llego tarde a una cita —explicó Faith. Tal vez la señora Bellamy comprendiera lo que había sucedido—. Tengo una entrevista de trabajo.

—En realidad —dijo el tipo del traje—, no la tiene.

Ella hizo una pausa y miró a su alrededor en busca de sus pertenencias.

—¿Disculpe?

Cara fulminó al hombre con la mirada.

—¿Qué demonios?

—La entrevista de trabajo –dijo él, y miró a Faith. Todavía estaba muy impresionado–. No va a ser necesaria.
—¿Y por qué? –preguntó ella, molesta.
Él se aflojó el cuello de la camisa, manchándose aún más con la sangre del motociclista.
—Porque ya está contratada.

Capítulo 6

Resultó que el tipo inútil era, en realidad, el señor Mason Bellamy, el hijo de su posible clienta, y la persona que tenía que contratar al asistente de Alice Bellamy. Y, claramente, había visto algo en ella que le gustaba, en medio de la escena del baño de sangre.

La furgoneta petardeó tres veces mientras seguía al silencioso coche por la carretera hacia la casa. Él le había dicho que allí podrían lavarse antes de ir a Urgencias. Unos esbeltos álamos flanqueaban la sinuosa carretera, y sus hojas filtraban la luz matinal y proyectaban una sombra moteada sobre el precioso paisaje.

Cuando tomaron la curva de la carretera privada, la mansión apareció ante sus ojos en toda su gloria. Era una preciosa construcción antigua, de estilo Adirondack, de madera y piedra, con un porche que recorría toda la fachada y una torre en uno de los extremos, con ventanas de cuarterones y pasarelas cubiertas con pérgolas de parras. Alrededor de la casa principal se extendía una amplia zona de pradera en la que había una pista de tenis de hierba, una piscina, un cenador sobre una loma y un cobertizo para botes con un largo embarcadero que se adentraba en el lago.

—Ya no estamos en Kansas —murmuró Faith, observando aquel lugar por encima del techo del brillante coche del señor Bellamy. Uno de los técnicos de emergencias le había dado una funda esterilizada para el asiento del coche y un trapo de microfibras para las manos, con el fin de que no manchara el volante con la sangre de la víctima. Iba a necesitar cubos de agua y jabón para lavarse. Mason Bellamy le había prometido que había amplias instalaciones en la casa.

—Sabía que dirías eso —dijo Cara—. Siempre lo dices.

—Es de *El mago de Oz* —le dijo.

—Ya.

—Digo eso cada vez que entramos en un mundo nuevo que no se parece en nada al lugar del que venimos —le explicó Faith a su hija pequeña.

—Ya lo sé, mamá —respondió Ruby.

—Esta carretera de entrada mide cuatrocientos metros. La he hecho corriendo —dijo Cara.

—¿Y cómo sabes que son esos metros? —preguntó Ruby.

—Lo dijo la vieja Bellamy.

—¿La has conocido? —le preguntó Faith, mirando a Cara—. ¿Cómo es?

—Gruñona.

—Cara...

—Tú has preguntado. Bueno, ¿vas a aceptar el trabajo?

—Ya veremos.

—También dices eso siempre —dijo Ruby.

—Porque es cierto. Ya veremos. Antes de saberlo tengo que conocer a la señora Bellamy, a la que, por cierto, nunca debéis llamar la vieja Bellamy, y ver si nos llevamos bien.

—Ese tipo ha dicho que ya estás contratada —dijo Cara—. Lo he oído.

—La clienta es su madre, no él, así que es ella la que tiene la última palabra —respondió Faith—. Sinceramente, en este momento les pagaría yo a ellos con tal de que me dieran la oportunidad de quitarme toda esta sangre de encima.

—Es asqueroso —dijo Ruby—. Pero este sitio es como un castillo —añadió, en voz baja—. Si aceptas el trabajo, ¿vamos a vivir aquí?

—Eso era lo que decía la descripción del puesto, que era un puesto para un empleado interno.

Al responder a la oferta de trabajo, ella había sido franca con su situación, había explicado que tenía dos hijas y que la pequeña tenía necesidades especiales. La respuesta, que firmaba una mujer llamada Brenda, la secretaria del señor Bellamy, le decía que querían entrevistarla de todos modos. Para Faith, eso quería decir o que los Bellamy eran gente de mente abierta o que estaban muy desesperados.

—Quiero vivir aquí —dijo Ruby, observando la entrada en forma de arco que había al final de la carretera.

—Si nos quedáramos aquí, no tendríamos que cambiarnos de colegio —dijo Cara.

Faith captó el tono de anhelo de la voz de su hija mayor. Acababa de terminar su último año en el Avalon High School y quería graduarse con sus amigos. Desde que había muerto Dennis, se habían mudado por lo menos seis o siete veces, y eso era duro para las niñas, porque siempre tenían que ser las nuevas y empezar un nuevo colegio cada vez que su madre cambiaba de trabajo.

Cara sobrellevaba la situación con una aptitud rebelde y tensa. A veces le recordaba a Dennis, sarcástica, pero nunca hiriente. Cara también se parecía en otros aspectos a su difunto padre. Era luchadora y lista, y cautelosa a la hora de establecer relaciones. Los médicos de Dennis decían que había vivido varios años más de los que le habían pronosticado porque era un tipo duro, y Faith veía aquel rasgo en su hija.

Por el contrario, Ruby iba en la dirección contraria. Se

encerraba en sus libros y en sus juguetes, y se escondía detrás de una fachada de timidez. Siempre, incluso de pequeña, había sido más precavida y miedosa que Cara.

Sería agradable darles a las niñas una sensación de seguridad. Por el aspecto de aquel sitio, estaba claro que sí había seguridad. Parecía que aquella casa llevaba siempre a orillas del lago. Era muy grande, tanto como para acoger a un pequeño ejército, y parecía demasiada residencia para una sola mujer.

Aquella fue la primera pista que tuvo de que para mantener a Alice Bellamy no se escatimaba el dinero.

Aparcó frente a un garaje con varias puertas que tenía un piso superior. El coche del señor Bellamy se deslizó a través de una de las puertas, que se cerró automáticamente. Pocos segundos después, se reunió con ellas.

—Bienvenidas a Casa Bellamy —dijo, cuando salían de la furgoneta. Se había quitado la corbata y se había desabotonado el cuello de la camisa, y tenía las mangas remangadas, pero parecía que aún estaba muy incómodo con la ropa manchada de sangre.

—Le presento a Ruby —dijo Faith, señalando a su hija.

—Hola —dijo él, amablemente—. Soy Mason. Te estrecharía la mano, pero estoy muy sucio.

—No importa —dijo la niña, apretándose contra el costado de Faith—. Mamá, tú también estás sucia de sangre.

—Y ya ha conocido a mi otra hija, Cara.

—Sí. Entre tu madre y tú le habéis salvado la vida a ese hombre.

Cara se quedó un poco rezagada, con los brazos cruzados sobre el estómago. Nunca había sido fácil ganársela.

—Bueno —dijo Mason—. Nosotros tenemos que lavarnos.

Miró su falda y su camisa, que estaban cubiertas de sangre, sudor y manchas de hierba. Aquel era su mejor conjunto para ir a las entrevistas de trabajo. Y se había dejado la chaqueta empapada en el lugar del accidente.

—Tengo una muda de ropa en la furgoneta —dijo.

—De acuerdo. Las chicas pueden entrar a tomar un refresco, o lo que les apetezca, mientras usted y yo utilizamos las duchas de la casa de la piscina.

Había una casa de la piscina. Con duchas. Claramente, ya no estaban en Kansas.

—¿Recuerdas por dónde se entra? —le preguntó a Cara.

Ella asintió.

—Dile a Regina que hemos vuelto, que el motorista se va a salvar y que tu madre y yo entraremos en cuanto nos hayamos lavado.

—Claro. De acuerdo. Vamos, Ruby.

Ruby se llevó su Gruffalo. Se aferraba a aquel muñeco de tela en los momentos de estrés.

Faith tomó una bolsa que contenía un vestido limpio.

Mason miró brevemente la furgoneta.

—¿Está adaptada para discapacitados?

Ella asintió.

—Tiene bastantes años, pero el elevador todavía funciona —dijo. Al notar su expresión de curiosidad, añadió—: No se ha usado para transportar a un discapacitado desde hace mucho tiempo.

—¿Es para los clientes? —preguntó él.

—Mi difunto marido estaba en silla de ruedas.

—Ah, ya lo entiendo.

Faith se dio cuenta de cómo procesaba la información. La gente no esperaba que una mujer de treinta y cinco años fuera viuda, así que siempre se sorprendían.

—Murió hace seis años —dijo.

—Lo siento.

Hubo un silencio embarazoso. Nadie sabía nunca qué contestar a eso.

Faith asintió con energía.

—Bueno, vamos a lavarnos.

La casa de la piscina tenía duchas separadas, divididas

con una pared de tablones de cedro. Faith se frotó las manos y los brazos con una pastilla de jabón que olía a limón y a hierbas aromáticas.

—Tengo que admitir que es la primera vez que me ocurre algo así —dijo Mason, desde la cabina de al lado.

Aunque no podían verse, Faith se sentía azorada al ducharse tan cerca de un hombre a quien acababa de conocer.

—Ojalá yo pudiera decir lo mismo —respondió—. En mi trabajo, las cosas a veces son así de sucias.

—¿Cuánto tiempo lleva trabajando de enfermera?

—Toda mi vida. Mi madre era madre soltera, y estaba enferma del corazón. La cuidé hasta que murió, cuando yo tenía más o menos la edad de Cara.

—Vaya, eso es muy duro. Lo siento, Faith.

—Fui al instituto, pero no pude permitirme sacar el título de enfermera. Me formé con un programa de autoestudio y he estado trabajando en este campo desde siempre.

Faith se secó con una toalla de baño muy grande, gruesa y lujosa, y se puso el vestido limpio con la esperanza de que no estuviera demasiado arrugado. Era un vestido azul de algodón, no exactamente el que ella hubiera elegido para su primera entrevista con un cliente, pero tendría que valer.

—Lista —dijo ella, mientras se peinaba el pelo mojado con los dedos al salir de la cabina—. Solo necesito... Oh.

Le falló la voz al ver a Mason Bellamy saliendo de la cabina de la ducha cubierto tan solo con una toalla, y con una sonrisa en los labios.

Tuvo la impresión de que el tiempo se detenía al ver su cuerpo, y sintió calor. Se acordó de cuánto tiempo había pasado desde que había tenido una cita con un hombre. Mason Bellamy tenía las proporciones perfectas de un modelo, con los brazos y los hombros musculosos y los abdominales muy marcados. Se había secado el pelo con la toalla y le caía en ondas húmedas alrededor de la cara.

Tenía los labios curvados hacia arriba, aunque no sonriera, y ella detectó bondad y reserva en su mirada. En uno de los pómulos tenía una cicatriz en forma de media luna que impedía que fuera demasiado perfecto. Ella se recordó con severidad que si un hombre tenía aquel aspecto era porque, sin duda, se pasaba demasiadas horas en el gimnasio. Seguramente estaba obsesionado consigo mismo.

O tal vez solo fuera un tipo que se cuidaba, pensó. Aunque en su profesión, ella veía muy pocos hombres así. Lo mejor sería que se recreara la vista.

–Bueno, yo también tengo que ir a buscar algo de ropa limpia –dijo él–. Hoy no tenía previsto empaparme con la sangre de un desconocido.

–Tengo que hacerle una revisión.

Él enarcó una ceja.

–¿De verdad?

Ella se ruborizó, y se preguntó si le había leído la mente.

–Lo que quiero decir es que debería revisarle las manos para ver si tiene alguna herida abierta. Cuando vayamos al hospital, tendrán que volver a mirarlo.

Mason palideció y le tendió ambas manos. Al instante, la toalla cayó al suelo.

–¡Uyy! –dijo él. Se agachó para recogerla y se la ciñó a la cintura con más seguridad–. Perdón.

–No se preocupe.

Faith se sintió un poco mareada porque, por supuesto, había mirado. Su cuerpo era increíble.

–No estoy preocupado. Es solo que no quiero parecer maleducado –dijo, y alzó ambas manos de nuevo–. Bueno, mencionó usted patógenos en sangre. ¿Como el virus del sida?

–Es muy raro, pero sí. También la hepatitis, la malaria, la hepatitis B... Son todos muy improbables, pero hay que asegurarse de que no están presentes.

—¿Y cómo vamos a saber si el accidentado estaba bien? ¿Nos lo va a decir el hospital?

—Existe el derecho a la privacidad. El accidentado no tiene por qué compartir con nosotros los resultados de sus análisis si no quiere. La mayoría de la gente es muy razonable al respecto —dijo, y se mordió el labio. Decidió no explicar lo que podría ocurrir si la víctima quedaba en coma o si moría—. El hospital nos ayudará a determinar si hay riesgos o no. También puede hacerse pruebas cada pocos meses para estar seguro de que no se ha contagiado de nada.

—Maravilloso.

—Son gajes del oficio.

—De mi oficio, no —murmuró él.

Ella le tomó las manos y se las examinó minuciosamente. Era capaz de saber muchas cosas de una persona solo con ver sus manos. Unas palmas encallecidas significaban que tenía un trabajo manual, o que se pasaba horas en el gimnasio agarrando máquinas de musculación. Él no tenía callos.

Unas uñas sucias significaban falta de higiene. Unas uñas mordidas significaban muchos problemas.

Él tenía las manos bien formadas y bien limpias, lo cual no era nada sorprendente. Tenía la piel cálida y húmeda en aquel momento, y olía muy bien. Hizo que girara las manos en las suyas. Como enfermera, tenía que tocar el cuerpo de los pacientes, pero normalmente lo hacía con un interés meramente clínico. En aquel momento, no sentía solo eso. Tal vez todo pareciera más profesional si él no estuviera allí frente a ella, vestido solo con una toalla y oliendo celestialmente bien.

No tenía alianza, pero no había ninguna posibilidad de que no estuviera casado. Ella pasó un dedo por un corte recién cicatrizado que tenía en el pulgar.

—Me corté con una jarra de cerveza —dijo él.

–¿Se refiere a una jarra de loza?

Él asintió.

–Seguramente, esto le va a parecer muy raro, pero llevaba las cenizas de mi padre en esa jarra. Mi hermano, mi hermana y yo estábamos dispersándolas según sus deseos.

–¿En el lago?

–No. Estábamos los tres en una montaña de Nueva Zelanda. Es una larga historia.

–Nueva Zelanda. Eso sí que está lejos… Lamento lo de su padre.

Entonces, les dio la vuelta de nuevo a sus manos y se sorprendió al darse cuenta de que él estaba temblando. ¿Acaso era una reacción tardía ante lo que acababan de vivir? Faith alzó la vista y observó sus ojos.

–Eh, ¿se encuentra bien? –le preguntó.

Él flexionó las manos y le dio un suave apretón.

–Sí, claro.

Ella percibió una vacilación en su tono de voz.

–Pues no lo dice muy convencido.

–Estas cosas no se me dan bien. Los accidentes, las heridas y la sangre. Pero ya estoy bien –dijo. Miró sus manos agarradas, y la soltó con suavidad–. Muchas gracias por preguntármelo.

Él tenía una manchita de sangre en el cuello.

–Un momento. Se le ha pasado una mota –dijo ella, y se la quitó con una esquina de la toalla. Estaba tan cerca de él como para sentir el calor de su cuerpo y percibir el olor a jabón de ambos, entremezclándose. En su trabajo, ella se acercaba a la gente, pero, en su vida personal, no tanto. Aquel era el momento más íntimo que había tenido con un hombre desde hacía siglos. Necesitaba salir más. Tal vez, ahora que ya no iba a estar sin casa y sin dinero, tuviera que pensarlo.

–Seguramente, está bien –le dijo, acabando rápidamente el examen–. ¿Tiene tiempo para ir al hospital mañana?

—Claro. Supongo que no voy a preocuparme hasta que haya algo de lo que preocuparse —respondió él—. Mira, voy a decirle a alguien de la casa que vaya metiendo sus cosas —dijo, hablando como un hombre que estaba acostumbrado a mandar.

—Bueno, eso es adelantarse un poco —dijo ella. No había puesto un pie en la casa, y ni siquiera conocía a su nueva clienta.

—Pero en su correo electrónico decía que estaba disponible para empezar inmediatamente.

—Suponiendo que su madre y yo estemos de acuerdo. Tengo que saber un poco más del trabajo. Tal vez no sea lo más adecuado para mí.

Como si tuviera elección.

—Haré lo que sea necesario para que sea adecuado.

Ella no supo si aquel comportamiento, como si pudiera conseguir todo lo que quería, le resultaba molesto o atractivo.

—Lo primero es lo primero. Su madre y yo tenemos que conocernos y mantener una conversación.

—Mi madre va a aceptar. Estaría loca si no lo hiciera.

—¿Y por qué dice eso?

Él abrió la puerta y le cedió el paso.

—Porque es usted asombrosa. Nos vemos dentro.

Capítulo 7

Cara intentó que diera la sensación de que se encontraba completamente en su elemento en el salón más lujoso que había visto en su vida. Se apoyó con un codo en el brazo del sofá de cuero, cruzó las piernas a la altura de los tobillos y miró por la puerta de la terraza las increíbles vistas del Willow Lake. Cada pocos segundos observaba a hurtadillas algún detalle de la estancia: un gran reloj de pared, una lámpara de araña perfectamente centrada en el medio de la habitación, un óleo que parecía un Renoir. Seguramente, era un Renoir.

Al otro extremo del sofá estaba Ruby, moviendo los pies en pequeños círculos, con los ojos castaños abiertos como platos y retorciendo la piel de su Gruffalo. Las situaciones nuevas siempre intimidaban mucho a su hermana.

Mientras esperaban a que el señor Bellamy y su madre se ducharan, aquella tal Regina se puso un poco nerviosa. Después de varios minutos de silencio embarazoso, se levantó de un salto y se alisó los pantalones, y dijo:

—Voy a la cocina a buscar algo para picar. Alice, ¿qué te apetece?

—Un *sloe gin fizz*, pero es demasiado pronto para eso —respondió la vieja señora Bellamy, sin sonreír.

—¿Y tú, Cara? ¿Una limonada? ¿Un té helado?

—No, gracias. Estoy bien.

—¿Ruby? —preguntó Regina, con una voz más aguda de lo normal, como hacía mucha gente cuando hablaba con los niños pequeños. Todo el mundo pensaba que Ruby tenía menos años de los que tenía, porque era muy enclenque—. Estoy segura de que Wayan, el cocinero, puede darte un plato de sus galletas especiales con azúcar.

—No, gracias —dijo Ruby con timidez.

—Bueno —dijo Regina, sonriendo con una alegría falsa—. Voy a pedir una bandeja de limonada y algo de picar, por si cambiáis de opinión.

Después, salió casi corriendo del salón. Debía de sentirse tan incómoda como ella misma.

Cara no sabía quién era Regina, ni qué lugar ocupaba en aquella casa. Parecía demasiado elegante como para ser una empleada de servicio. Tenía el pelo liso y brillante, iba muy bien maquillada y tenía un traje de presentadora de televisión. Era atractiva, pero ella no conseguía saber si se debía al peinado y al maquillaje o si era atractiva de verdad.

Su madre era guapa, pero, a pesar de su cansancio, su belleza era natural, porque era esbelta y tenía el pelo castaño claro, los ojos bondadosos y una sonrisa agradable. Algunas veces, ella deseaba que tuviera tiempo para arreglarse bien, pero, claro, nunca tenían tiempo. Ni dinero.

Durante sus estudios en el instituto, ella se había cambiado varias veces de imagen. Una de las poquísimas ventajas de cambiarse de colegio todo el rato era que podía reinventarse y nadie pensaba que era raro. Sin embargo, pese a sus experimentos, no parecía que nada le fuera bien. Había intentado hacerse bohemia, con ropa de algodón y calzado extraño, pero parecía una persona sin hogar. Lo cual, además, era cierto desde que había muerto su padre. El año anterior se había vestido de manera un poco más formal, como una chica de instituto, con ropa de segunda mano, pero parecía una pose. Su apariencia actual era una versión del estilo *steampunk*. Tampoco le gustaba, pero todavía no sabía qué iba a hacer después. Además, no tenía dinero.

Miró de reojo a la señora Bellamy, pero ella la pilló.

—Entonces, el accidente —dijo la señora Bellamy— os lo habéis encontrado por la carretera de camino aquí.

—Sí —dijo Cara.

—Cerca del camino de entrada a la casa.

—Sí, en una cuneta. Era un motorista.

—Cara lo vio la primera —dijo Ruby, con un hilillo de voz.

—Lo vi por la ventanilla —explicó Cara—. Había una columna de humo, y el sol hacía que el metal de la moto brillara mucho. Debía de haberse chocado hacía un momento.

—Entiendo.

Por lo menos, la señora Bellamy no dijo nada condescendiente como que era magnífico que Cara hubiera ido corriendo a buscar ayuda, ni nada de eso. Aquello era una tontería. Habría sido más fácil si su madre le hubiera dejado la furgoneta, pero ella no sabía conducir. Su madre le había enseñado lo más básico, pero el cambio de marchas todavía era difícil para ella. Le daba vergüenza. Todos sus compañeros del instituto sabían conducir o estaban sacándose el carnet. Ella se iba a la biblioteca a estudiar durante esas clases y deseaba con todo su corazón poder estar en ellas. La mayoría de las veces, el único estudiante que estaba en la biblioteca además de ella misma era Milo Waxman, un bicho raro que pensaba que todo el mundo debería ir en bicicleta o en trineo, o en algo que no contaminara el medio ambiente. A Cara le parecía un chico interesante, pero sería un suicidio social hacerse su amiga.

Anhelaba ser normal, fuera lo que fuera eso. Conducir y vivir en el mismo sitio algo más que unos pocos meses. Sin embargo, no le gustaba pedirle nada a su madre, porque sabía muy bien que su madre les daría a Ruby y a ella cualquier cosa si pudiera permitírselo. Y no podía permitírselo.

Cara recordaba el día en que había comprendido que eran pobres. Poco después de morir su padre, habían pasado varias noches, supuestamente, de camping, durmiendo en la furgoneta. Su madre se había comportado como si fuera una aventura para divertirse, aunque por las mañanas hacía tanto frío que las ventanillas estaban llenas de escarcha. Cara fingió que estaba dormida cuando se les acercó un *ranger* del parque y le dijo a su madre que era hora de ir a ver si la agencia de la vivienda del condado les había encontrado ya un lugar para vivir.

—Tienes diecisiete años, según la carta que nos envió ayer tu madre —dijo la señora Bellamy, interrumpiendo sus pensamientos.

No era una pregunta, así que ella se limitó a asentir. Se sintió mejor al dejar de pensar en el pasado.

—Y tú tienes ocho —le dijo la señora a Ruby.

Cara se fijó en que no era vieja, en realidad. Parecía que lo era porque estaba amargada, y porque llevaba el pelo rubio recogido en un moño.

—Sí —dijo Ruby, con la voz temblorosa.

—¿En qué curso estás?

—En segundo. Mi profesora se llama señorita Iversen.

—Tu madre me ha dicho que tienes necesidades especiales. ¿Qué significa eso?

Ruby se echó a temblar.

—Yo... yo...

La señora Bellamy sopló en un tubo de su silla de ruedas y la cosa se acercó a Ruby.

—Habla más alto. No te oigo. ¿Qué has dicho?

—Nada —dijo Ruby.

Regina llegó justo en aquel momento, con una bandeja llena de galletas con un glaseado y vasos helados de limonada.

—He traído para vosotras, por si cambiáis de opinión —dijo, alegremente—. Cuando probéis las delicias que hace Wayan, no podréis resistiros.

—¿Y bien? —preguntó la señora Bellamy, mirando a Ruby—. Te he preguntado cuáles son tus necesidades especiales.

Ruby movió la boca y sus labios formaron las palabras «Soy diabética», pero no consiguió emitir ningún sonido. Cara siempre detestaba que Ruby se avergonzara, como si su enfermedad fuera un defecto suyo.

—Es diabética —dijo Cara—. Y, no, gracias —añadió, mientras Regina dejaba la bandeja en una mesa—. Le agradecemos el ofrecimiento, pero ella no puede tomar las dichosas galletas de Wayan.

Ruby se puso las manos sobre las mejillas y abrió aún más los ojos. Al mismo tiempo, su madre y Mason Bellamy entraron en el salón.

—Bueno —dijo su madre, observando la situación—. Veo que os lleváis muy bien.

Cara cerró la boca, pero no vio ningún motivo para pedirle disculpas a la señora amargada ni a Regina. Aquel exabrupto suyo podía costarle el puesto de trabajo a su madre y, en ese caso, le debería una disculpa a ella, pero a nadie más.

Su madre se acercó a la señora Bellamy y se sentó en una butaca, a su lado.

—Soy Faith McCallum. Encantada de conocerla.

—Lo mismo digo, supongo —respondió la vieja señora Bellamy. Cara ya se había dado cuenta de que aquella mujer evaluaba a la gente con la mirada.

—Le presento a Regina Jeffries —dijo el tal Mason.

Se había quitado la ropa ensangrentada y llevaba unos pantalones vaqueros y una camisa blanca. Era muy guapo para tener más de treinta años. Cara entendió qué pintaba Regina allí: era su novia. Resultaba obvio, por su forma de mirarlo.

Su madre se puso en pie y le estrechó la mano a Regina. Había un contraste obvio entre ellas. Regina estaba impecablemente arreglada, y su madre... Bueno, su madre tenía un aspecto ordinario con un vestido que tenía bolsillos y unos zapatos planos, con el pelo húmedo recogido en una coleta. Sin maquillaje, como siempre.

–Ha habido un gran imprevisto esta mañana –dijo Mason–. ¿Qué os parece si empezamos ya?

–¿Una limonada? –preguntó Regina–. ¿Una galleta?

–No, muchas gracias –dijo su madre, y se giró hacia la señora Bellamy–. Me encantaría que me hablara usted de lo que necesita, de lo que quiere. De cuáles son sus expectativas.

La señora Bellamy entrecerró los ojos.

–Su tarea será ayudarme y supervisar a los otros dos asistentes, el del turno de noche y el del turno de mañana.

Mamá asintió.

–Está bien.

–Los beneficios extrasalariales incluyen el aparcamiento y el alojamiento para una persona. Yo no sabía que vendrían también dos niñas.

–Lo expliqué en mi respuesta –dijo mamá–. Evidentemente, eso no es negociable.

Normalmente, su madre parecía dócil y suave porque era callada y menuda. Sin embargo, en lo referente a su familia o a la gente a la que quería, experimentaba un cambio sutil y se convertía en una roca. En aquel momento estaba haciendo exactamente eso. Miraba a la señora Bellamy con una expresión agradable, pero cualquiera podía darse cuenta de que el poder había cambiado de extremo de la balanza.

Lo cual tenía su gracia, pensó Cara, porque su madre no tenía ni la más mínima ventaja en aquella negociación. No tenía salida. Claro que tampoco tenía nada que perder, porque ya lo habían perdido todo. Si la vieja señora Bellamy decía que no la contrataban, su madre tendría que ponerse a la cola de la agencia de la vivienda otra vez.

Aquella no era una situación nueva para la familia McCallum. Era lo normal, pensó Cara. Se apoyó en el respaldo del sofá y apoyó la barbilla en el pecho.

—Estás encorvada —le dijo, de repente, la señora Bellamy—. Ponte derecha.

Cara la miró con fijeza.

—No me mires así. Soy una persona mayor.

—Sí —murmuró Cara, y se irguió tal y como le había dicho, con cara de inocencia—. Estoy de acuerdo con usted.

Entonces, la señora Bellamy se giró hacia Ruby.

—Eres una niña muy guapa, pero demasiado delgada. Tienes que comer algo. Ahora que sé que no puedes tomar azúcar, tendré que hablar con la cocina. Nos aseguraremos de que tengas muchas cosas sin azúcar para elegir.

«Dios Santo», pensó Cara. Aquella mujer estaba esquizofrénica: ladraba como un perro y, al momento, era amable con todo el mundo.

—¿Y qué es esa cosa con tan mala pinta que tienes en las manos? —le preguntó la mujer a Ruby.

—Mi Gruffalo.

—¿Y qué es un Gruffalo?

—Es de un libro que se llama *The Gruffalo* —explicó Ruby con paciencia—. Cuando era pequeña, era mi libro favorito, y mi madre me hizo el muñeco. Lo cosió con un calcetín y botones. Es único. ¿Usted les hizo muñecos a sus hijos cuando eran pequeños?

—Yo hacía viajes a FAO Schwarz, pero eso es todo.

—¿Qué es FAO Schwarz?

—Es una juguetería muy grande de Nueva York. Deberías ir algún día.

—¿Me va a llevar usted?

—No digas bobadas. Yo no puedo llevarte a ninguna parte —dijo la señora, y giró la silla hacia mamá—. ¿Dónde está su padre? No irá a venir también sin invitación, ¿no?

Mamá la miró fijamente.

—Puedo garantizarle que no.
—¿Son ruidosas? —preguntó la señora Bellamy.
—Son niñas. Hacen ruido.
—Me imagino que también son desordenadas.

Ruby se acercó a su madre y miró a la señora Bellamy a los ojos. Todavía estaba asustada, pero se enfrentó a la vieja con determinación.

—El año pasado gané el primer premio a la pulcritud en el colegio.

—¿Y este año?

—Me estoy esforzando. Pero Shelley Romano está en mi clase, y ella me está haciendo la competencia.

La señora Bellamy miró a la niña con ojos de dragón. Sin embargo, bajo aquella mirada feroz había algo que Cara reconoció con claridad: sentido del humor.

—Supongo que querrás tu propia habitación.

—Sí, sería muy agradable, gracias.

—¿Y tu propio baño?

Ruby cedió.

—Puedo compartirlo.

—¿Por qué no termina de contarnos sus expectativas? —le dijo mamá a la señora Bellamy.

—Espero que cada día sea igual al anterior. Mi horario es muy sencillo —dijo, y comenzó a explicarlo todo en un tono de amargura—: Me despierto a las nueve y tomo café. Después, me bañan y me visten para desayunar. La comida es a la una y la cena, a las siete y media. Siempre me acuesto antes de las diez. ¿Alguna pregunta?

Nadie dijo nada. Entonces, para sorpresa de Cara, Ruby levantó la mano tímidamente.

—¿Sí? —preguntó la señora Bellamy—. ¿De qué se trata?

—Me preguntaba... ¿Qué hace usted?

Oh, Dios mío, pensó Cara, mirando a la señora.

—¿Disculpa? ¿Qué quieres decir con eso de que qué hago?

—Quiero decir que si va a su trabajo, o tiene reuniones, o hace recados. Cosas de esas.

Afortunadamente, Ruby era pequeña y muy mona, porque eso hacía que la gente fuera más tolerante con ella.

Sin embargo, la señora Bellamy, no.

—Niña, ¿es que no ves que estoy confinada en esta silla?

—Sí, señora. Lo veo.

—Entonces, deberías entender que no puedo hacer nada. Puedo estar sentada y, en un día de los buenos, muevo ligeramente los brazos. Pero, en realidad, no tengo días buenos, porque no puedo hacer nada.

—Oh —dijo Ruby, mirándola sin alterarse. Después del susto inicial, la niña estaba mostrando su valentía.

—Estoy abierta a recibir sugerencias, si es que tienes alguna.

—Podría cantar —respondió Ruby rápidamente—. O, si no le gusta cantar...

—¿Cómo lo has adivinado?

—Podría escuchar música. O audiolibros. Yo los escuchaba antes de aprender a leer. También podría contar chistes, hablar por teléfono con un auricular. Podría decirme cuáles son sus flores favoritas, y yo las plantaría en el jardín para que pudiera tener un ramo cuando quisiera —dijo Ruby, y se encogió de hombros—. Puedo pensar más cosas y hacer una lista, si quiere.

El silencio de la habitación era igual que el que precedía a las tormentas. Parecía que mamá estaba mortificada. Si su propia grosería había puesto en peligro el puesto de trabajo para su madre, Ruby había rematado la faena. Pobre mamá.

Entonces, la señora Bellamy sopló en el tubo y la silla se deslizó hacia una puerta en forma de arco que llevaba a un largo pasillo.

Nadie se movió. La señora Bellamy se detuvo y la silla se giró.

—¿Y bien? —le preguntó a Ruby, mirándola fijamente—. ¿No vienes?

Ruby palideció.

—¿Dónde?

—A ver dónde vas a vivir.

La oferta de trabajo solo indicaba que el alojamiento era amplio. Cara pensaba que sabía lo que significaba «amplio», pero aquello era algo mucho más grande que «amplio».

La señora Bellamy encabezó la procesión por el pasillo, a través de la casa. Cada habitación que dejaban atrás era bonita y recibía la luz que se reflejaba en el lago. Las habitaciones tenían nombres a la vieja usanza, como «invernadero», «biblioteca», «sala de cartas», «solárium». El sitio que estaba al final del pasillo se llamaba «dependencias del servicio».

Las dependencias del servicio resultaron ser más grandes que la mayoría de los apartamentos en los que habían vivido. Era una suite muy soleada con dos dormitorios separados por un precioso baño con azulejos blancos y negros, una bañera con patas de garra y una cabina de ducha de cristal. Había un escritorio antiguo y, lo mejor de todo, una terraza con vistas al lago. Todo era muy elegante.

Ruby se comportó como si hubiera entrado en el Mundo Mágico, aunque nadie de la familia McCallum pudiera permitirse ir a Disneylandia.

—¡Esto me recuerda a la casa de Mary Lennox! —exclamó Ruby, y se giró hacia la señora Bellamy—. Mary Lennox es la chica de...

—*El jardín secreto* —dijo la señora Bellamy—. Soy una tullida, no una ignorante.

Cara se preguntó si era políticamente correcto decir que alguien en silla de ruedas se llamara a sí misma «tullida».

—¿Le gustan los libros? —preguntó Ruby—. A mí me encanta leer, y ya puedo leer capítulos yo sola. Pero todavía me gusta leer en alto.

—A mí también. Tendremos que empezar a leer juntas —dijo la señora Bellamy.

—Es precioso, mamá —dijo Ruby—. ¿Nos vamos a quedar?

La señora Bellamy se giró para mirar a mamá. Por primera vez, pareció que la señora sonreía. No era una sonrisa, pero casi. Tenía una mirada clara, como el sol que se reflejaba en el agua del lago. Y Cara se dio cuenta de que la vieja señora Bellamy no era vieja, en realidad, y de que, después de todo, tampoco era una completa amargada.

—Yo estaba a punto de hacer la misma pregunta.

Capítulo 8

Faith pensó que la señora Bellamy prometía ser una clienta difícil e irritable, pero ella había tenido que vérselas ya con gente difícil e irritable. Los altibajos emocionales eran parte del trabajo.

La casa y el jardín eran enormes y parecían salidos de una revista. Ruby no intentó disimular su deleite. En el precioso jardín todo estaba empezando a florecer, los patos anidaban junto a la orilla del lago y aquel lugar tan espectacular ofrecía muchos sitios para que una niña pequeña jugara, se escondiera, imaginara... escapara. Después de todo, no tendrían que cambiar de colegio. Cara podría conservar el trabajo en la panadería, y Ruby estaba deseando que llegaran los largos días de verano para estar junto al lago.

La casa funcionaba con la precisión de un reloj, gracias, en gran parte, a doña Philomena Armentrout, la exótica ama de llaves. La familia balinesa, compuesta por Wayan, Banni y Donno, dirigían la cocina, y Banni era la asistente nocturna. El horario semanal incluía una sesión con un fisioterapeuta, con un psicólogo y con un entrenador de deportes.

Aquella noche, ya tarde, Faith encontró el momento para guardar sus últimas cosas, unos cuantos libros y unos cuantos recuerdos, cosas de antes de que la vida se volviera tan complicada. Era interesante lo poco que necesitaba una persona en su día a día: una muda de ropa, una pastilla de buen jabón, pasta dentífrica y cepillo de dientes. Y le resultaba difícil creer que, una vez, había soñado con tener una casa con jardín, con un árbol donde poder colgar un columpio para Ruby, y con enviar a Cara a la universidad que ella eligiera. El futuro que había imaginado para sí misma era un recuerdo lejano de otra vida, de una vida que casi había olvidado. Aquellos días no tenía tiempo para las esperanzas ni para los planes. Casi había olvidado lo que era eso. Últimamente, solo tenía tiempo para mantener en el aire todas las bolas con las que hacía malabarismos.

Sin embargo, las cosas estaban mejorando. En vez de tener que hacer cola y rellenar humillantes formularios en la Agencia de la Vivienda del Condado del Ulster, estaba en un lujoso dormitorio con una cama antigua, con las puertas de la terraza abiertas, admirando la vista del lago. Las chicas se habían quedado dormidas en la habitación contigua, y lo único que oía Faith era el croar de las ranas.

Terminó de colocar la ropa doblada en un cajón. Después, se preparó un baño y, mientras se hundía entre las burbujas perfumadas, la sensación de gozo fue tan grande, que casi se sintió culpable.

«No seas tonta», se dijo. «Ahora vives aquí. Tienes una bañera, y no es nada vergonzoso utilizarla».

Se dio cuenta de que todavía tenía un poco de sangre reseca debajo de las uñas. Tomó un cepillo y se la quitó.

Después del baño, se puso un viejo camisón y fue a ver a las niñas. En aquel momento, su habitación era como una carrera de obstáculos, porque habían metido sus pertenencias desde la furgoneta apresuradamente. Como siempre, Ruby había dejado encendida la lamparita de su mesilla, porque tenía miedo de la oscuridad. Cara se había quedado dormida como era normal en ella, con su libro abierto por la página que estaba leyendo. Faith lo tomó y lo puso a la luz de la lámpara: *Saving Juliet*. Cara siempre tenía interés en salvar cosas que estaban sentenciadas.

Se inclinó y apagó la lámpara. La luz de la luna entraba por las dos ventanas de la habitación. Ruby estaba dormida con su Gruffalo. Faith le apartó el pelo de la frente con una caricia ligera y le dio un beso.

«Mira tus hijas, Dennis», pensó. «Mira lo preciosas que son».

Observó la cara de Ruby y vio a su marido en la forma de los labios de la niña, y en la inclinación de sus cejas.

«Todavía estás aquí», le dijo a Dennis. «Entonces, ¿por qué tengo la sensación de que te estás alejando?».

Era el paso del tiempo. Eso decían las viudas del grupo de luto al que había asistido durante una temporada. El tiempo curaba, pero también robaba. A medida que pasaban los meses y los años, el dolor de haberlo perdido se iba desvaneciendo, como los recuerdos.

Volvió a su habitación, pero estaba demasiado agitada como para dormir. Salió a la terraza, descalza, y respiró profundamente. Miró a las estrellas y, por fin, se desmoronó y comenzó a llorar de alivio.

Ella no solía llorar, pero la tensión de aquellos últimos meses era como una bomba a punto de estallar. Y ahora que se habían abierto las compuertas, no tuvo fuerzas para contener la riada de alivio.

Después de un momento, o, tal vez, de una eternidad, oyó una puerta que se abría y se cerraba. Alguien carraspeó.

—Ah, hola —dijo el recién llegado.

Ella se puso de pie y se giró, y vio la silueta de Mason Bellamy recortada contra las luces de la casa principal. Rápidamente, se enjugó las lágrimas con las manos.

—¿Va todo bien? —preguntó—. ¿Necesita algo su madre?

—No –dijo él–. Todo va bien. ¿Y usted? ¿Se le ha metido algo en el ojo, o es que se ha emocionado al verme?

—Estoy bien, gracias –dijo ella, con la voz temblorosa–. Estoy llorando de alivio.

Él señaló el columpio que había en la terraza, orientado hacia el lago.

—Siéntese. Quédese aquí, no se mueva. Vuelvo en un minuto.

Ella obedeció. Le agradaba que él no se hubiera horrorizado al encontrarse a una mujer llorando. A Dennis no se le daban bien aquellas crisis, así que ella había aprendido a controlar sus emociones y a soportar sus peores momentos en privado.

La belleza de la luna y las estrellas que se reflejaban en el lago era tan grande que estuvo a punto de echarse a llorar otra vez. Respiró profundamente aquel aire dulce y escuchó a las ranas.

Mason volvió poco después con dos vasos con hielo.

—¿Le gusta el whisky?

—Sí, pero no lo bebo nunca. ¿Qué ha traído?

—Whisky escocés. Me he imaginado que, apellidándose McCallum, le iba a gustar.

—Es mi apellido de casada. Pero voy a probar el whisky.

—Este se llama Lagavulin. Encontré una botella que llevaba dieciséis años esperando a que alguien la abriera –dijo Mason, y sirvió un poco de licor en cada vaso.

—Salud –dijo, tocando el borde del vaso de Faith con el suyo.

El whisky era muy suave. Ella no se esperaba aquel sabor.

—Es la esencia del humo de la turba. Usan turba para tostar la cebada –dijo Mason, y meció suavemente el columpio.

Permanecieron allí sentados en silencio, saboreando el whisky.

—Vaya, gracias. Me gusta. Creo. Me ha calentado el pecho.

—Bueno, ¿y por qué lloraba? —preguntó él.

Faith se preguntó si le importaba de verdad. Era poco probable. Simplemente, quería comprobar que no había contratado a una persona con problemas mentales para que cuidara de su madre.

—Ha sido un raro desahogo. Nada de lo que preocuparse. No ha contratado a una loca.

—Eso ya lo sabía. Ha dicho que sentía alivio, pero ¿por qué?

—Estos últimos meses han sido muy difíciles para nosotras. No conseguía trabajo y, justo antes de que usted se pusiera en contacto conmigo, iba a tener que mudarme de casa justo al final del año escolar. Pensar en tener que desarraigar a las niñas otra vez era horrible.

—Entonces, a sus hijas les gusta Avalon.

—Sí, a todas nos gusta. Es un pueblo pequeño con buenos colegios, y la zona es preciosa. Pero creo que a ellas les gustaría vivir en cualquier lugar donde pudieran tener estabilidad. Hemos tenido muchos traumas desde que murió su padre. Algunas veces me parece que me he pasado la vida de trauma en trauma.

—Lo lamento. ¿Quiere hablar de ello?

Ella sonrió y tomó un sorbito de licor.

—Depende del trauma que esté dispuesto a soportar.

Se quedó callada un momento, pensando en el primer gran golpe de su vida. Cuando ella estaba en el colegio, sus abuelos habían muerto en un momento trágico y habían dejado sola a su hija única, la madre de Faith. La tragedia había ocurrido en Lockerbie, Escocia. Ellos no estaban en el vuelo de PanAm aquel día de 1988, sino visitando a unos amigos de la ciudad, en una callecita llamada Sherwood Crescent.

Sus abuelos llevaban meses ahorrando para hacer aquel viaje al extranjero, porque querían pasar la Navidad con los Henry, un matrimonio a quien conocían por un grupo internacional de su iglesia.

Aquella horrible noche de diciembre, seguramente, estarían cenando con un alegre fuego en la chimenea, junto a sus amigos. Ellos no debieron de enterarse de qué era lo que les caía encima, pero la investigación determinó que había sido un motor Pratt & Whitney gigante, y el impacto fue tan grande que algunas piedras del jardín de los Henry cayeron a tres manzanas de distancia, sobre el tejado de una comisaría.

Ella llegó a casa del colegio al día siguiente, muy emocionada porque se acercaban las vacaciones, y se encontró a su madre llorando mientras veía las noticias en la televisión. Durante meses, sintió terror cada vez que pasaba un avión por encima de su cabeza.

Le contó todo aquello a Mason entre sorbitos de whisky. Él permaneció inmóvil, casi sin pestañear.

–Por eso, supongo que no es raro que tenga una extraña conexión con las cosas escocesas –dijo Faith.

Mason se movió por fin. Apuró su copa.

–Eso es... es increíble. Lo siento muchísimo. Una cosa así puede marcarte para toda la vida. Debe de ser difícil escapar a esos recuerdos. Siempre estarán ahí, apareciendo cuando esté dormida o despierta.

Ella asintió. Le sorprendió que él fuera tan perspicaz.

–Tiene razón. Incluso a estas alturas, cuando entro a una casa a oscuras en la que solo tienen encendida la televisión, me acuerdo de aquel día. No se lo he contado nunca a las niñas. Me imagino que ya han tenido que soportar bastante en la vida.

–¿Qué es lo que han tenido que soportar? Si no le importa contármelo.

–No me importa. Dennis estuvo enfermo durante varios años. Era diabético y hubo complicaciones. Incluyendo el hecho de que era escocés, y nunca se había molestado en sacar la tarjeta de residencia. Se enfrentaba a la deportación, y no podíamos permitirnos luchar contra eso. La deuda médica que tengo por su tratamiento es tan grande, que dudo que consiga pagarla nunca. Y ahora, también tengo que pagar el tratamiento de Ruby y sus medicinas... Bueno, no quiero aburrirle con los detalles.

–No me aburre.

Ella sonrió y tomó otro sorbito de whisky.

–Yo creo que sí. Me estoy aburriendo a mí misma...

–Vamos.

–Deberíamos estar hablando de su madre, no de mí. Me gustaría hablar más de la situación de su madre, porque, cuanto más sepa de ella, mejor podré ayudarla.

–Oh, claro. Mi madre le dirá todo lo que necesite saber, o implícita, o explícitamente. Antes tenía una vida increíble de atleta y viajera. Ahora tiene que arreglárselas para vivir con una tetraplejia. No hay nada que pueda añadir, salvo que está enfadada todo el tiempo, y yo lo entiendo. Usted y yo no podemos imaginarnos lo que es vivir con este nivel de discapacidad.

–No, no podemos. Siempre nos dicen que tenemos que aceptar lo que nos toque y sacar el mejor partido posible de la vida, pero todos huimos de algo así. No tenemos idea de lo que es estar paralizados. La pérdida de privacidad y de independencia es enorme, y su madre estará atravesando un periodo de duelo por la pérdida de su vida anterior.

–Sí. Yo me siento muy mal por ello, pero también eso me enfada a mí, porque no puedo hacer nada para cambiar las cosas.

–Sí. No puede arreglar la lesión de su columna vertebral, y no puede devolverle sus capacidades físicas, pero puede hacer muchas otras cosas.

Hubo un silencio, pero fue un silencio cómodo. Un silencio pensativo.

—No estoy acostumbrado a que las noches sean tan oscuras —comentó él.

—A mí me gusta la oscuridad —dijo ella—. Así, las estrellas se ven mucho mejor.

Mason asintió. Después de un rato, dijo:

—Quiero que sepa que siempre puede llamarme y preguntarme cualquier cosa. Estoy aquí para ayudar, aunque no sepa nada de enfermería.

—Me alegro de saberlo —respondió Faith; se sentía un poco mareada por el whisky—. Esto sí que es fuerte.

Él tenía una expresión un poco irónica, y se le formaban arruguitas en las comisuras de los párpados. Su sonrisa era demasiado encantadora. Faith se dio cuenta de que podría pasarse toda la noche mirándolo.

—Cubre los nervios con felicidad.

—Bien expresado. Bueno, tengo una pregunta. Ha dicho que podía preguntarle cualquier cosa. ¿En qué piensa usted cuando deja vagar la mente?

—No me esperaba ese tipo de pregunta —dijo él—. En realidad, yo nunca dejo vagar la mente. Mi enfoque es como un rayo láser.

Ella no supo si estaba bromeando o no.

—Eso debe de ser un don.

—¿Y usted? ¿En qué piensa usted?

—En mis hijas y en su bienestar. En su futuro. ¿Lo ve? Ya me estoy aburriendo otra vez.

—Pero a mí no me está aburriendo.

Faith estaba sorprendida con aquella atracción que sentía por Mason. Sin embargo, cada vez que notaba uno de aquellos impulsos, lo reprimía rápida y sistemáticamente. Eran de mundos distintos: él había nacido entre algodones, mientras que ella era de clase social más baja. Su madre trabajaba cuando podía, dando clases de costura y vendiendo en una pequeña tienda de telas, pero la mayoría de los días estaba demasiado enferma como para salir. Cuando era pequeña, Faith soñaba con crecer y estudiar Medicina para encontrar la cura para la enfermedad de su madre. A medida que se hacía adulta y entendía lo desesperada que era su situación económica y el enorme coste de la educación, había ido abandonando aquel sueño. Solo deseaba que Cara no tuviera que renunciar a él.

Observó la luna y las estrellas sobre el lago.

—Esto es precioso. ¿Usted se crio en Avalon?

—No. Tenemos familia viviendo en esta zona, y mi hermano, Adam, también vive aquí. Por eso trajimos aquí a mi madre después del accidente.

—¿Voy a conocer yo a Adam?

—Claro. Vive en el apartamento que hay en el piso superior de la casa de los botes. Pero ahora está fuera, haciendo un curso especial para su trabajo. Es bombero y va a sacarse la titulación de investigador en incendios provocados. También va a conocer a nuestra hermana Ivy uno de estos días. Vive en California, pero se va a ir a París para estudiar Arte durante dos años con una beca.

—París. Qué emocionante debe de ser París. ¿Lo conoce?

—Sí, lo conozco —dijo él, después de una breve vacilación.

—¿Y?

—¿Y qué?

—¿Es la Ciudad de las Luces? ¿Es una fiesta continua? ¿O no es tan bueno como lo pintan?

Él apretó el vaso de whisky. Después, apuró el resto del licor.

—Es una ciudad muy grande, muy bulliciosa. Un sitio para perderse.

No parecía que le interesara mucho hablar de París.

—Explíqueme más cosas sobre el accidente de su madre —le dijo ella—. ¿Cómo se enteraron?

—Yo estaba en el trabajo. Era jueves, y estaban a punto

de tocar la campana de cierre de la bolsa. Fue el verano pasado, así que en Nueva Zelanda, donde ellos estaban, era invierno. Llamó mi hermano Adam. Mis padres estaban esquiando en su pista favorita. Los dos son... Los dos eran unos magníficos esquiadores. Sin embargo, aquel día hubo una avalancha. Mi padre murió en la montaña. Mi madre sobrevivió, seguramente, gracias a que su chaqueta iba equipada con un sistema de airbag. Hubo que organizar una escalada muy difícil para llegar hasta ella. Adam y yo aterrizamos justo antes de que entrara en quirófano. Ivy llegó unas horas después.

Faith podía imaginarse el viaje. Él estaba en su trabajo, ocupándose de sus asuntos, cuando aquella noticia le había caído como una bomba.

–Lo siento. Debió de ser una pesadilla.

Sin pensarlo, ella le apretó suavemente el hombro. Notó que se le contrarían los músculos bajo la mano y la apartó rápidamente.

–Lo siento –dijo–. Es mi parte de enfermera. Es una profesión donde se toca a los demás.

–No me importa, Faith –respondió él, y se apoyó con los codos en las rodillas. Miró hacia la oscuridad, y continuó–: Sí, fue surrealista. Sobre todo, al principio. No le dijimos a mi madre que papá había muerto, pero ella ya lo sabía. La estaban preparando para la operación, y nos preguntó si estaba muerto.

–Oh, Dios mío. Qué cosa más horrible para tu familia.

–Yo le dije que sí. Ella no se puso histérica, ni nada por el estilo. Yo esperaba que sucediera eso, porque ella estaba completamente... Quiero decir que papá era su mundo.

–Lo siento. Debía de ser un hombre maravilloso.

–A ella se lo parecía.

Faith se quedó confusa con aquella respuesta. «Pero a ti, no».

—El tratamiento de urgencia fue el mejor que existía, que nosotros sepamos. Le administraron un medicamento... Una especie de esteroide, metil...

—¿Metilprednisolona?

—Creo que sí.

—Puede reducir el daño a las células nerviosas si se administra inmediatamente.

—Esa era la idea. Hubo muchas reuniones y muchas consultas entre los cirujanos y los especialistas. Tuvimos que tomar decisiones. Era una locura. Nuestro mundo había cambiado en un segundo. Lo más importante era conseguir estabilizar a mi madre lo suficiente para que pudiera viajar y, después, instalarla en un sitio donde pudiera empezar a darle forma a su nueva vida. Una vida completamente inesperada. De nosotros tres, Adam es el que está más arraigado, y quería que ella estuviera en Avalon.

—Esto es precioso. Y ella tuvo mucha suerte de que todos sus hijos corrieran a ayudarla.

—Sí, pero no le diga que tiene suerte, o se llevará una buena bronca. Desde que vive aquí, está recibiendo todos los tratamientos disponibles. Tiene la lista, ¿no?

Faith asintió. La señora Bellamy recibía terapia física: movimiento muscular, ejercicios respiratorios, masajes, estimulación eléctrica de los nervios... Cualquier cosa que pudiera mantenerla saludable.

—No he visto su historia clínica, pero parece que todo el mundo está trabajando para que consiga recuperar todo el movimiento posible. ¿Y el apoyo psicológico?

—Tiene un psiquiatra.

—¿Ese es el apoyo? —preguntó Faith.

Le dio la sensación de que Mason no estaba demasiado ansioso por quedarse con su madre. Faith echaba de menos a la suya todos los días, y le resultaba difícil entender a un tipo que mantuviera las distancias de aquella manera.

—Entonces, ¿usted no viene los fines de semana?

—Con mucha frecuencia, no. ¿Cree que tendría que hacerlo?

Ella titubeó. No quería emitir ningún juicio.

—Eso depende de usted.

—Mi madre tiene todos los empleados que necesita, y ahora la tiene a usted. Yo creo que ella tampoco quiere que yo ande por aquí todo el día.

Faith asimiló su respuesta. Entrar de repente en una situación familiar siempre era un desafío, porque tenía que entender bien la dinámica. Tenía la impresión de que Mason quería a su madre, y se ocupaba de ella, pero estaba manteniendo las distancias, y ella no entendía por qué.

—En fin –dijo él–. Me alegro de que esté a bordo para ayudarla.

—Se convertirá en mi misión diaria.

—Bien. Gracias. Bueno, ¿las niñas están bien instaladas?

—Sí. Ahora ya están durmiendo plácidamente. Ruby ya se ha enamorado de este sitio, y Cara... A Cara le gusta tanto como puede gustarle a cualquier adolescente. Yo me siento aliviada de tener un techo –respondió Faith. Lo miró, pero no pudo distinguir su cara en la oscuridad.

Terminó el whisky, y dijo:

—Tengo que irme a la cama. Mañana madrugo con las niñas. Su autobús escolar no llega tan lejos, así que van a tener que caminar ochocientos metros para llegar a la primera parada de la ruta.

—No tienen por qué ir en el autobús –dijo él–. Puede llevarlas Donno.

¿Un chófer?

—No es necesario, gracias.

—Pero es fácil de hacer.

Ella se imaginó a sus hijas subiéndose al todoterreno brillante y negro y llegando al colegio como si fueran dignatarias extranjeras.

—No creo que...
—Donno está de servicio conduzca o no. Puede utilizar sus servicios.
Para las niñas sería muy bueno poder dormir cuarenta minutos más.
—Está bien —dijo Faith—. Seguro que les encantará.
—Bien. Quiero que esto funcione, señora McCallum.
—Yo también. Y, por favor, llámeme Faith.
—De acuerdo, Faith. Pero solo si tú me llamas Mason.
Ambos se pusieron en pie para entrar en la casa.
Faith estaba sorprendida de sentirse tan cómoda con un tipo como aquel. Obviamente, era muy rico, y parecía que daba por sentado que su ejército de sirvientes y trabajadores iban a encargarse de todo. Sin embargo, ella se sentía completamente relajada en su presencia.
—¿Cuándo te viene bien ir al hospital para hacer los análisis, Mason? —le preguntó.
—Temprano. Iba a marcharme pronto a la ciudad —dijo—. Regina necesita ir a trabajar. Y de paso, yo también.
—Sí, claro —respondió ella, sintiéndose como una idiota por haber olvidado a la novia perfecta—. Gracias de nuevo por el whisky. Buenas noches, Mason.
—Buenas noches, Faith —dijo él, y vaciló un instante. Después, añadió—. Me alegro de que estés aquí, de verdad. Espero que disfrutes de la paz y la tranquilidad de Willow Lake.

Por la mañana, Faith esperó a Mason en el vestíbulo, porque quería hacer la visita al hospital antes de que la señora Bellamy se despertara. Apareció Regina, repiqueteando con sus tacones, con un maletín de Chanel en la mano, con el teléfono al oído, hablando de alguna estrategia de marketing. Tenía tanta elegancia y tanto estilo que Faith se preguntó si había una cámara oculta. ¿Cómo conseguían aquello algunas mujeres? ¿Cómo era posible que tuvieran cada pelo en su sitio y el maquillaje perfecto?

Faith movió los pies nerviosamente y sacó su cartera para comprobar que llevaba el carné de identidad, la tarjeta de la seguridad social y un poco de dinero.

—Lo siento —dijo Regina. Había colgado, pero seguía observando la pantalla del móvil—. Empiezo a trabajar muy pronto.

—Ah. Eh... ya veo —dijo Faith, con una sonrisa.

—Necesito tomar el primer tren —dijo Regina, y pasó varias pantallas con el dedo pulgar.

Una de las ventanas mostró una serie de trajes de novia. Faith vio que la pasaba de largo.

Regina dio una patadita con el pie en el suelo.

—La puntualidad no es el punto fuerte de Donno. Tal vez sea algo cultural. Creo que aquí entendemos el tiempo de una manera distinta a como lo entienden en Bali —dijo, y suspiró. Guardó el teléfono y sonrió brevemente a Faith—. Bueno, me alegro de que haya venido a ayudar. ¿Cómo se llamaba usted?

—Faith. Faith McCallum.

—Eso es. Y sus hijas son Cara y Ruby. La pequeña es adorable.

—Gracias.

—Y la mayor... —Regina adoptó una expresión comprensiva—. Supongo que algunas chicas pasan esa fase.

—¿Qué fase?

—La adolescencia —dijo Regina, y vaciló mientras observaba a Faith un momento—. Parece usted muy joven para tener una niña adolescente.

—Era joven cuando tuve a Cara.

—¿Y de qué la ha rescatado él?

—¿Disculpe?

—Mason. Todo aquel a quien contrata tiene una vida difícil, y él les da una segunda oportunidad. El ama de llaves tenía un marido importante, pero la pegaba. El cocinero y su familia estaban en la indigencia y Lena, la otra asistente... No estoy segura de cuál es su historia.

En cierto modo, Mason sí la había rescatado, pensó Faith. Sin embargo, no sabía si le sentaba bien que Regina hiciera aquella suposición.

Regina se giró hacia el gran espejo que había sobre la consola del vestíbulo y se cercioró de que llevaba bien pintados los labios. Un momento más tarde apareció Mason, con un traje a medida, unos zapatos relucientes, una corbata y una impecable camisa blanca.

—Aquí estás —dijo Regina—. ¿Y dónde está Donno? Tengo que irme ya a la estación.

—Te dejaremos allí de camino al hospital —dijo él, relajadamente.

Ella le dedicó una sonrisa resplandeciente.

—Siempre estás salvándole la vida a los demás. Justamente se lo estaba contando a Faith.

—Ella ha visto mis habilidades a la hora de salvar vidas en directo —respondió él—. Las tengo muy olvidadas, por decirlo suavemente.

Regina lo tomó del brazo.

—Yo nunca diría que tú tienes algo olvidado.

Aquella mujer iba arreglada hasta el último detalle de su persona, y conseguía que Faith se sintiera zarrapastrosa en comparación con ella.

Normalmente, no era de las que comparaban. Su mejor amiga, Kim, era impresionantemente guapa y no tenía que hacer ningún esfuerzo para ser elegante y estilosa. Sin embargo, ella nunca se sentía azorada cuando estaba con Kim. Aquello era distinto, tal vez porque Regina se comportaba con Mason como si fuera de su propiedad.

Mason metió la documentación del hospital en su maletín. Era la primera vez que le hacían un análisis de sangre y de fluidos corporales, pero había salido bien. El accidentado era un hombre llamado Richard Sanders y había dado su consentimiento para que lo examinaran también a él, y no había ningún problema, afortunadamente. Por seguridad, volverían a los seis meses para hacerse otro análisis.

Regina había dejado bien claro que no le agradaba marcharse a la ciudad sin él, pero él seguía pensando en la conversación que había mantenido con Faith la noche anterior. Parecía que se había quedado sorprendida al comprobar que él tenía mucha prisa por salir corriendo. No tenía nada urgente que hacer, así que pensó que podía quedarse un poco más.

Y, casi inmediatamente, sintió que estaba fuera de lugar. La casa funcionaba como la seda, y ahora que Faith estaba a bordo, él no era necesario. Sin embargo, le pareció buena idea asegurarse de que la nueva asistente era la persona que ellos necesitaban.

La mañana era preciosa, y fuera, en la terraza que daba al lago, Faith y su madre iban a dar comienzo a la jornada. Oía sus voces a través de la mosquitera de la puerta. No quería escuchar, pero sentía mucha curiosidad por saber cómo iban a llevarse.

—Según la programación, debe pasar de dos a cuatro horas al día haciendo ejercicio –dijo Faith.

—¿Dice eso? —inquirió su madre, en un tono de desinterés—. Supongo que sí.

—Vamos a empezar, ¿de acuerdo?

—No, gracias. No me apetece hacer ejercicio.

—Lo entiendo, pero es necesario para conservar su tono muscular lo máximo posible.

—Hoy no, gracias.

Mason percibió cierta tensión en la voz de su madre. En el estudio, donde había ido a mirar el correo, giró el cuello para ver qué estaba sucediendo.

Las dos mujeres estaban sentadas una frente a la otra; su madre, en la silla, y Faith, en un banco de la terraza. Sobre una pequeña mesa había algunos papeles y un iPad.

–Eso no es una buena idea –le dijo Faith a su madre, y alzó ligeramente la barbilla, cosa que denotaba un rasgo de obstinación. No era grande, físicamente hablando. En realidad, era bastante menuda. Sin embargo, su personalidad era poderosa–. Seguro que su equipo de rehabilitación le ha explicado que es crucial mantener el tono muscular. Y usted, siendo una gran atleta, entenderá que saltarse el entrenamiento es engañarse a uno mismo.

–Usted es mi asistente, y entenderá que la decisión es mía.

–Por supuesto. ¿Tiene algo mejor que hacer?

–Eso es irrelevante. Lo que ocurre es que no me gusta ese ejercicio aburrido e inútil.

Faith consultó la aplicación del iPad de su madre.

–Vamos a empezar con la parte superior del cuerpo. Según el cuadro, su cabeza, cuello, hombros y pecho pueden funcionar. Tiene también funcionamiento en los bíceps, pero no en los tríceps. Si la mantenemos fuerte, estará más cómoda y podrá tener más independencia. Vamos a empezar a ejercitar la parte superior.

–No. Me he roto la clavícula, por si se le había olvidado.

–La operación se la estabilizó, y el médico ha recomendado que empiece a usarla con normalidad enseguida para que los músculos no se atrofien. Deje que haga mi trabajo, Alice. Comience con algunas respiraciones profundas y gire los hombros. Adelante.

Su madre hizo un intento desganado.

–Use el diafragma –le ordenó Faith–. Hágalo con fuerza. Es su salvación.

Ayudó a su madre a hacer algunos movimientos con los brazos, manipulándole los codos y las manos.

Después de unos minutos, su madre dijo:

—Estoy cansada. Lo único que siento es dolor e incomodidad.

—Entonces, diga: «Hola, dolor e incomodidad. Os estaba esperando. Sois el motivo por el que hago esto».

—Cuando me duele, paro, así de sencillo. Es lo que haría cualquier persona sensata.

—No, porque usted está recuperándose e intentando ganar fuerza. Vamos a seguir.

—Eso es una bobada.

—Hágame caso, soy una profesional.

—Qué graciosa.

—Estoy aquí para ayudarla, pero no puedo hacer el trabajo por usted. Esfuércese, Alice. Es usted la única que puede conseguirlo.

—Este ejercicio es ridículo e inútil.

Faith no dejó de trabajar con su antebrazo.

—Siga, Alice. Lo está haciendo muy bien.

—No puedo. Me duele.

—Eso es porque está trabajando. Es buena señal. Vamos, puede hacerlo.

—Pare, por favor —dijo Alice. Parecía que iba a ponerse a llorar.

Mason tenía la mandíbula tan apretada que casi le dolía la cabeza. Estaba sufriendo por su madre. Había pasado por un infierno, y todavía estaba allí. Faith McCallum la estaba presionando demasiado. La estaba desmoralizando. Tal vez, después de todo, no fuera la persona adecuada.

—Está despedida —dijo su madre, como si le hubiera leído la mente.

—Muy bien. Puede despedirme. Pero solo después de haber hecho ocho estiramientos más del codo con cada brazo.

—¿Es que no sabe lo doloroso que es esto?

—No lo sé –dijo Faith–. Pero sé que puede hacerlo. Tiene que hacerlo, Alice.

—No puedo. Déjeme en paz –dijo su madre, que estaba a punto de desmoronarse.

Mason se puso en pie. Estaba a punto de salir al patio y despedir a Faith él mismo.

—Cuatro, tres, dos, uno –dijo Faith, contando las repeticiones–. Buen trabajo, Alice. Sé que es difícil...

—Cállese. Por favor, déjeme en paz –respondió Alice, y se alejó.

«Ya está bien», pensó Mason. Atravesó la habitación y salió a la terraza. Su madre había desaparecido; mejor. Así podría decirle a Faith McCallum lo que pensaba.

Ella estaba sentada a la mesa, con el iPad y los papeles de la terapia delante, con la cabeza agachada. Tomó los papeles con las manos temblorosas y los dobló cuidadosamente. Cuando alzó la vista y lo miró, él se quedó asombrado al ver su semblante.

—Recuérdame lo que dijiste anoche –dijo Faith–. Algo de disfrutar de la paz y la tranquilidad de este sitio.

La ira de Mason se desvaneció. Hasta aquel momento, no se le había ocurrido pensar lo duro que sería para la asistente el hecho de ayudar a su madre.

—¿Va todo bien?

—Sí, bien. Acabamos de terminar nuestra primera sesión de ejercicios.

—¿Y cómo ha ido?

—Tu madre tiene una personalidad muy fuerte. Eso es bueno, va a necesitar todas sus fuerzas para hacer progresos.

—Seguro que entrará por el aro. Puede ser muy agradable cuando quiere.

—Perfecto. Si no nos asesinamos la una a la otra antes, claro.

Capítulo 9

Mientras recorría el pasillo, Faith oyó a la señora Bellamy protestar.

–No soporto el olor del romero –le estaba diciendo a Lena, la asistente del turno de mañana–. Y, si prestara atención, lo sabría.

Faith se detuvo y llamó suavemente a la puerta.

–Pase –ladró la señora Bellamy–. Estoy completamente desnuda, pero no parece que eso impida a nadie entrar cuando le da la gana.

–Estamos terminando el baño –dijo Lena, con una sonrisa tensa.

–Ese jabón de romero es repugnante –dijo la señora Bellamy–. Busca otro.

Lena dijo algo en voz baja.

–¿Cómo? –preguntó la señora Bellamy–. No te oigo.

–He dicho que no es de romero. Es de lavanda.

–Tonterías. Distingo perfectamente la lavanda del romero.

Faith se adelantó y tomó el dispensador de jabón.

–Buenos días a usted también. No sé francés, pero supongo que *huile de lavande* no significa «romero».

–Entonces, debe de estar mal etiquetado –le espetó Alice.

—Sí, es probable —dijo Faith—, porque se sabe que la lavanda tiene propiedades relajantes, y usted tiene un ataque de rabia —añadió. Después de la desastrosa sesión de ejercicio del día anterior, Faith sabía que tenía que pararle los pies a su clienta. Miró a Lena, y se dio cuenta de que la muchacha estaba a punto de echarse a llorar—. ¿Por qué no vas a ver qué tal va el desayuno?

La chica salió prácticamente corriendo.

—Debería despedirla. La semana pasada, la carne de cerdo tenía romero, y no puedo soportarlo.

—No va a despedirla.

—¿No? Míreme.

—No sea mala. Cuesta una fortuna conseguir la tarjeta de residencia. Ella necesita este trabajo.

—Yo no soy una ONG. Si hace mal su trabajo, se merece que la despidan.

Faith no quería discutir más. Alzó una falda, mostrándosela a Alice.

Alice frunció el ceño, pero asintió, y Faith la ayudó a vestirse. Se sentía bien por poder trabajar de nuevo, y sabía que lo hacía muy bien. Tenía un don para cuidar a la gente, y le gustaba que surgiera una conexión a la vez que sus clientes se iban curando. Con el paso de los años, había aprendido que todo el mundo tenía la capacidad de curar, al menos, espiritualmente, si no físicamente. Aunque algunas personas eran más difíciles que otras.

Le cepilló el pelo a Alice. Era largo y rubio, y no tenía canas. Tenía una suavidad deliciosa, pero Alice se empeñaba en que se lo recogieran en un moño.

—Antes lo llevaba suelto —dijo—, pero ahora se me cae en la cara todo el tiempo, y no puedo apartármelo.

A Faith se le ablandó el corazón, y se tomó su tiempo cepillándola con delicadeza.

—¿No ha pensado en hacerse un corte distinto? Una melenita corta, por ejemplo.

—¿A mi edad? Parecería una boba.

—¿Una boba, como Jamie Lee Curtis? ¿Como Sharon Stone? ¿Como Ellen DeGeneres? Todas tienen su edad.

Alice suspiró.

—Es asombroso todo lo que daba por sentado antes de que ocurriera esto. Pintarme los labios. Oh, Dios, lo que daría si pudiera pintarme los labios.

—Con eso puedo ayudarla —dijo Faith.

—Muy bien. Las barras están en el cajón del armario.

Faith abrió el cajón. Había una buena cantidad de cosméticos caros. La mayoría estaban intactos.

—¿Vino de sandía? —preguntó, leyendo los colores—. ¿Beso de coral?

—Vino de sandía, que, aunque es un nombre espantoso, se trata de un color muy bonito.

Faith le pintó los labios suavemente. La señora Bellamy tenía una cara muy bella. Tenía los labios carnosos y el cutis blanco, y los ojos muy azules y muy brillantes. Sin embargo, apenas se miró cuando Faith le puso el espejo delante.

—Vamos a empezar, ¿de acuerdo?

—Sí, estoy impaciente —respondió la señora Bellamy malhumoradamente.

Sin embargo, no consiguió amedrentarla. Mucha de la gente con la que ella había trabajado tenía que luchar contra la ira y la depresión. Faith sabía que no tenía que tomárselo por lo personal.

—Cuando esté preparada —le dijo, suavemente.

La señora Bellamy suspiró.

—Como quiera —dijo—. Vamos a empezar.

—He revisado el plan de terapia de su equipo. Parece que los ejercicios de esta mañana son para mejorar la dirección.

—Por supuesto.

—Ya que estoy aquí, podría empezar por enseñarme todo esto.

—Me encantaría –respondió Alice, con sarcasmo.
—La sigo.

Alice se adelantó con la silla y comenzó el recorrido. Primero entraron al despacho, que estaba junto al soleado salón. Allí era donde ella pasaba la mayor parte del tiempo, seguramente, porque allí podía ejercer algo de control. El escritorio contaba con un monitor enorme, un micrófono para dar órdenes por voz al ordenador y algunos interruptores que podían activarse empujándolos con la silla de ruedas.

Por toda la casa había adaptaciones muy bien pensadas. Alice le mostró el uso del ascensor, que tenía el tamaño preciso para acoger la silla y a otra persona. En el segundo piso, Faith se encontró en la parte superior de una alta escalera curva que descendía hasta el vestíbulo de mármol. Miró por la barandilla y tuvo un escalofrío.

—¿Es aquí donde se cayó?

Pasó un instante.

—Sí –dijo Alice.

—Cuénteme lo que ocurrió. Todo lo que recuerde.

—Fue un accidente –respondió Alice, y retrocedió para entrar de nuevo en el ascensor.

Faith frunció los labios y no insistió. Sin embargo, tenía más preguntas que hacerle. Alice parecía muy habilidosa manejando la silla. ¿Qué hacía en lo alto de la escalera ella sola? ¿Se movía sola por la casa con frecuencia? ¿Había habido otros incidentes?

Bajaron de nuevo, y fueron a la cocina. Allí se encontraron con Phil, el ama de llaves.

—Tiene visita –dijo.

—No tengo ganas de ver a nadie –dijo Alice.

—Entonces, no nos quedamos mucho –dijo una guapísima mujer, alta y pelirroja, que se acercaba con un ramo de flores en la mano–. Solo quería ver un momento a mis dos personas favoritas.

Kim Crutcher, la amiga de Faith, dejó el ramo en la mesa y se inclinó para darle un beso a Alice.

–Pasábamos por aquí.

La madre de Kim, Penelope Fairfield, se acercó también.

–Mi hija miente –dijo Penelope–. Queríamos cerciorarnos de que estás bien. ¿Tienes dolores? Me preocupé mucho al saber que te habías caído.

Alice frunció los labios.

–Los pueblos son maravillosos para esto. Todo el mundo se entera de los asuntos de los demás. Y, para responder a tu pregunta, me rompí una clavícula, pero me han dicho que se va a curar –respondió. Después, miró alternativamente a Faith y a Kim–. Entonces, ¿os conocéis?

–Sí, esto es un pueblo –dijo Kim, asintiendo–. Hace unos años, Faith salvó a mis hijos.

–Eso es una exageración –dijo Faith.

–¿Te refieres a los gemelos? –preguntó Alice.

Kim asintió.

–Ahora ya tienen cuatro años, pero Willie y Joe fueron prematuros.

–Estuvieron en peligro varias semanas –dijo Penelope–. Después, cuando les dieron el alta, en casa de Kim y Bo hubo un caos al tener que cuidar y alimentar a dos bebés con bajo peso.

–Conocí a Faith por medio de una agencia de cuidados para recién nacidos –explicó Kim–. Cuando Bo y yo ya no sabíamos qué hacer, llegó ella y le dio la vuelta a todo. Ahora es la madrina de los niños, y las chicas, sus tías honorarias.

–Qué historia tan bonita –dijo Alice–. Y ahora, los niños están como robles. Siempre me han gustado los finales felices.

Penelope le apretó suavemente el hombro.

–Me alegro de que os hayáis conocido. Bueno, no queremos entreteneros más. Seguro que tenéis cosas que hacer.

Alice sonrió con ironía.

–Sí, tengo tantas ocupaciones...

–Íbamos a salir a dar un paseo –dijo Faith–. Todavía estoy conociendo la casa.

–Y nosotras tenemos que ir a la peluquería Twisted Scissors –dijo Dim–. Bo tiene un partido contra los Kansas City Royals este fin de semana, y hay una fiesta.

–Los dejarás a todos boquiabiertos, como de costumbre –dijo Faith.

Después de tener a sus niños, Kim había interrumpido su carrera profesional, en el campo del periodismo deportivo, para cuidarlos. En aquel momento estaba abriéndose paso de nuevo en aquel mundo. Como era la mujer de un *pitcher* de primera división, tenía muchas oportunidades.

–Gracias –dijo ella–. Eso es lo que tengo planeado.

Las cuatro salieron al porche.

–Espero que nos veamos pronto –le dijo Penelope a Alice–. Echamos de menos tu punto de vista en el grupo de lectura.

–¿Estáis juntas en un grupo de lectura? –preguntó Faith.

–Solo nos reunimos una vez al mes, como excusa para charlar y chismorrear –admitió Penelope.

–Algunas veces leemos el libro que toca –dijo Alice.

–Deberías venir algún viernes por la noche a la Hilltop Tavern –le dijo Kim a Faith–. Y tú también, Alice. Somos un grupo de mujeres, y ni siquiera fingimos que vamos a leer un libro. Nuestro grupo se llama Club de Copas de la Noche del Viernes.

Faith sonrió.

–Gracias, pero a mí me gusta leer.

Después de que Kim y Penelope se marcharan, Alice dijo:

–Hay algo que no incluí en la descripción del puesto de trabajo.

–¿Y qué es?

—Además de ser mi asistente interna, uno de los requisitos es que tengas vida propia.

Faith se echó a reír.

—No hay problema –dijo. Se detuvo, y recogió un pedazo de papel–. Es una etiqueta de Air New Zealand. Su hijo ha viajado mucho.

Alice asintió.

—Siempre está deseando salir corriendo de aquí.

—¿Mason?

—Sí. Él y Regina. Tienen unos trabajos muy exigentes en la ciudad. Mason tiene una empresa muy próspera, así que no debería quejarme. Tengo que agradecerle que me instalara aquí –dijo Alice, aunque no parecía que estuviera demasiado agradecida–. Tiene tendencia a no intervenir en nada, pero se ocupa de las cosas.

—Una persona que resuelve los problemas sin emociones de por medio –dijo Faith, aunque recordó la cara de Mason cuando miraba a su madre.

—Sí. Yo le inculqué el sentido de la responsabilidad – respondió Alice–. Algunas veces me preocupa su corazón.

Alice descendió por un camino asfaltado que discurría entre la piscina y la casa de la piscina. Faith no pudo evitar pensar en el momento que había pasado allí con Mason. Cuando él había salido de la ducha, ella había estado a punto de perder la cabeza. Y, después, estaba ese otro momento, cuando habían tomado juntos un vaso de whisky y habían compartido demasiada información, seguramente. Menos mal que él no tenía pensado quedarse por allí.

—¿Sus hijas han salido contentas para el colegio? –le preguntó Alice.

—Sí, muchas gracias. Esta es la primera vez que viven en el sitio de trabajo de su madre, así que tendrán que adaptarse. Están emocionadas por poder vivir en un sitio tan maravilloso.

—Ah, sí.

Faith no sabía si la mujer estaba verdaderamente interesada o si solo estaba hablando para llenar el silencio.

—Para Ruby es como si se hubiera mudado al Reino Mágico.

—No habló mucho ayer, durante la cena.

—Siempre es muy tímida en las situaciones nuevas. Para ser sincera, tiene mucho miedo de muchas cosas. Su estado de salud es una de las causas de ello, pero yo tengo la esperanza de que, a medida que crezca, gane confianza y seguridad.

—¿Qué cosas le dan miedo?

«Usted, para empezar», pensó Faith, aunque no dijo nada.

—Hay una lista muy larga. Cosas como los perros que ladran, nadar, empezar el tercer curso el año que viene...

—¿Empezar el tercer curso? ¿Y por qué le da miedo eso?

—Algún listillo de su clase le dijo que a todas las niñas de segundo les agujerean las orejas antes de empezar tercero.

—¿Y ella se lo creyó?

—Es muy ingenua. Aunque le expliqué que no es verdad, ella sigue preocupándose.

—La gente que no hace algunas cosas por miedo se pierde la mejor parte de la vida —declaró Alice—. Aunque si yo hubiera tenido demasiado miedo como para bajar esquiando una montaña, ahora no estaría en esta silla, así que tal vez la cobardía tenga algo de positivo.

Giró en una esquina y el paisaje se abrió a una ladera soleada con algunos parterres elevados.

—Mason le pidió a su primo Greg que hiciera esos parterres cuando compró la finca. Es para hacer un jardín, pero, claramente, no estoy como para hacer ningún jardín.

—Puedo ayudarla a plantar algunas cosas —dijo Faith.

—Gracias, pero no quiero.

Faith se había dado cuenta enseguida de que la señora

Bellamy se fijaba solo en las cosas que no podía hacer, en vez de en las que podía hacer. Por supuesto, aquello era algo en lo que debía trabajar.

—¿Y su otra hija, Cara? Ella tampoco tenía mucho que decir, aunque sospecho que era por otros motivos distintos.

—Cara es muy dura —dijo Faith.

—La mayoría de las personas duras que he conocido tenían algo que esconder.

—¿Habla por propia experiencia?

—Puede ser.

El camino bajaba suavemente en zigzag hacia el lago. Había una rampa que unía el camino al embarcadero de la casa de botes.

—Siempre me ha encantado Willow Lake —dijo Faith—. Yo me crie en Kingston, y era un lujo venir aquí algún día caluroso del verano. Nunca pensé que tuviera la oportunidad de vivir aquí.

—Como puede ver, Mason se ha ocupado de todo.

—Es muy considerado por su parte. Una vez oí decir que, si alguien quiere saber cómo va a tratar un hombre a su esposa, debe saber cómo trata a su madre.

—Yo también he oído decir eso. Lo mejor será no decírselo a su prometida —dijo Alice—. Mi hijo es capaz de hacer cualquier cosa con tal de no tener que vérselas conmigo.

Faith no respondió. Había trabajado con muchas familias a lo largo de los años, y había descubierto que cada una tenía su propia dinámica.

—La gente demuestra su amor y su preocupación de diferentes formas.

—O no lo demuestra en absoluto —dijo Alice agriamente.

Durante su recorrido por la finca, Faith se fijó en lo hábil que era su clienta conduciendo la silla de ruedas. Torcía las esquinas y pasaba por los espacios pequeños con una coordinación perfecta.

–¿Es esta la misma silla que llevaba cuando se cayó?

–No, esa sufrió muchos daños, así que esta es nueva. ¿Por qué lo pregunta?

–Porque es usted una conductora excelente. Cuénteme de nuevo cómo se cayó.

Alice la miró con mal humor.

–Seguro que está todo en los informes que ha leído. Subí en el ascensor. Ni siquiera me acuerdo de por qué subí.

Por supuesto, Faith había estudiado el informe del accidente. El asistente que estaba de guardia había llevado el correo aquel día a Alice. Como de costumbre, le había abierto las cartas para que Alice pudiera leerlas. Todo parecía normal, cotidiano, aunque hubo una carta un poco especial. Era un documento en francés. El ama de llaves había firmado su recepción. Alice le pidió al asistente que fuera a buscar algo que se le había olvidado y, en esos pocos minutos, ella había subido las escaleras en el ascensor.

Alice giró hacia la casa.

–Estoy cansada –dijo–. Voy a descansar un rato.

Faith la acompañó a una habitación destinada a solárium, un pequeño porche cerrado con muchas plantas en macetas. Sobre todo, aspidistras y helechos.

–¿Podría poner música? –pidió Alice.

–¿Le apetece algo en concreto?

–No, la selección al azar está bien. Tengo miles de horas de música, pero no la he organizado.

–Cara puede ayudarla con eso. Es una experta haciendo listas de canciones.

–Oh, seguro que le encantará hacerlo –respondió Alice–. Qué chica tan afortunada.

–Se lo propondré cuando llegue esta noche del trabajo. Tiene un trabajo en la Sky River Bakery, en el pueblo.

–Me alegro de saber que la muchacha tiene empleo.

Eso refuerza la independencia, y aprenderá que no hay excusa para estar sin dinero. Es una cuestión de ser listo gestionando el dinero de uno y de trabajar duro.

–¿Y cómo sabe usted todo eso?

–Sé que piensa que he sido una mujer superficial y caprichosa, y que no sé lo que significa ser pobre.

–En realidad, usted no sabe lo que pienso. Pero está bastante cerca. Y que conste –dijo Faith– que a mí se me da muy bien gestionar el dinero, y que trabajo mucho. Sin embargo, estoy sin blanca.

–¿Y cuál es el problema?

–Facturas médicas.

–Ah. Entonces, debería haber contratado un buen seguro de salud.

–Sí –dijo Faith–. Debería. Qué tonta fui.

Ella había luchado. Tanto Dennis como ella tenían trabajo y cobertura. Sin embargo, la enfermedad de su marido y su situación legal habían podido con todo, y les habían negado las reclamaciones.

–Está bien, ya ha dicho lo que pensaba.

–Y usted también.

–Es usted una impertinente. Eso no lo puso en su currículum.

–Bueno –dijo Faith; le gustaba cómo le brillaban los ojos a Alice cuando alguien la desafiaba–. ¿Qué más hay en la programación de hoy? Ya hemos revisado las rabietas y el acoso. Había una nota en su plan de tratamientos que recomendaba un mayor trabajo con respecto al manejo de la ira.

–No creo que sea extraño que esté enfadada con el mundo –replicó Alice–. Cualquiera lo estaría, en mi situación.

–Estar paralizado es un estado físico. Estar enfadado es una elección.

–Eso es una tontería. Imagínese no ser capaz de andar ni de peinarse...

A Faith se le encogió el corazón.

—No puedo —dijo—. Pero sí puedo imaginarme permitiendo a la gente que me ayude a hacer todo eso.

—No es solo mi incapacidad. Aquel día perdí algo más que la capacidad de moverme. Mi independencia, mi carrera profesional, mi privacidad. Y usted ni se imagina lo que es perder a un marido para siempre.

—Eso es algo que no tengo que imaginarme.

—¿Por qué no?

—Ya sé lo que es.

—Que un hombre la haya abandonado no significa que sepa lo que es perder a alguien.

—Yo no he dicho que me hayan abandonado —repuso Faith—. Mi marido murió, así que no me diga que no puedo imaginarme una pérdida como la suya.

—Oh, por el amor de Dios. Tenía que habérmelo dicho.

—Acabo de decírselo.

—No, me refiero a que tenía que habérmelo contado.

Faith vio una emoción sincera reflejada en el rostro de Alice y, por primera vez, algo más, aparte de la rabia y el miedo. Algo como empatía.

—Es una larga historia —dijo.

—¿Y cree que tengo algo mejor que hacer con mi tiempo?

Cuando Faith tenía diecisiete años, su madre murió de una enfermedad congénita del corazón. Al día siguiente de que se graduara en el instituto, descubrió que su madre había muerto mientras dormía. Recordaba que se había quedado sentada en la pequeña casa donde había crecido, con un sentimiento de pérdida tan profundo que casi no podía respirar. Se había quedado con su madre mucho tiempo, llorando, con el teléfono en la mano, con los dedos entumecidos y sin poder llamar para pedir ayuda.

Era una edad demasiado temprana para conocer el verdadero significado de la soledad. Solo tenía un diploma del instituto y la cuenta bancaria vacía de su madre, así que había tenido que aceptar cualquier trabajo que pudiera reportarle una suma de dinero, por pequeña que fuera.

Siendo tan joven y estando tan sola, un tipo como Dennis McCallum podía volver loca a cualquiera. Era muy guapo, y hablaba con acento escocés. Tenía una moto negra y plateada, tocaba muy bien la guitarra y vivía como si el mañana no existiera. Lo cual, en su caso, resultó ser cierto.

Faith se quedó embarazada a los diecisiete años y Dennis, con su insaciable apetito por todo lo que pudiera ofrecerle la vida, se sintió emocionado y se casó con ella rápidamente. La gente pensaba que lo había hecho para conseguir el permiso de residencia, pero ella sabía que no era cierto. Nunca se había sentido tan querida como cuando estaba entre los brazos de Dennis o cuando él tocaba la guitarra, suavemente, un domingo por la tarde, después de que todos sus trabajos de la semana estuvieran terminados.

Contra todo pronóstico, fueron muy felices. Cara, nombre escocés que eligió Dennis, fue un bebé mágico, muy sano, muy bueno y muy alegre.

Ellos casi no se daban cuenta de que no tenían dinero, o no les importaba. Ella trabajaba de asistente de salud a domicilio y él, de mecánico de motos, pero sin la tarjeta de residencia ni la de trabajo, apenas ganaba dinero para cubrir los gastos. Ella se quedó embarazada de nuevo. Las cosas iban mejorando. Vivían con esperanza y felicidad, y nada les asustaba, hasta que un día, Cara, que estaba jugando con Dennis en el patio del colegio que había junto a su apartamento, llegó a casa corriendo. La niña tenía ocho años.

—Papá está en el suelo y no se levanta.

Aquella semana había tenido un virus, y más tarde se

descubrió que fue el detonante de todo lo que ocurrió después.

Así comenzó la terrible odisea de su diagnóstico y su pronóstico de vida. Al principio, los médicos estaban desconcertados, porque sus síntomas eran muy extraños. No tenía el historial médico de su familia, porque se había escapado de casa en Escocia.

Al final, sin embargo, aquellos síntomas sutiles aumentaron. Siempre tenía sed y, a veces, le salían manchas negras bajo los brazos. No conseguía engordar, y sudaba a mares.

Dennis se tomó su diagnóstico como todo lo demás en la vida: como una broma. La cobertura de su seguro de salud era mínima, y no les permitía acceder a los tratamientos más eficaces, que eran muy caros. Él hizo todo lo posible por adaptarse a los cambios de estilo de vida que le recomendaron, y se empeñó en hacer un viaje por carretera de costa a costa por el país, con sus chicas, como llamaba a Cara y a Faith.

Entonces, su salud empeoró, y se vio mermada por las peores complicaciones de la diabetes del tipo 1. Cuando nació Ruby, estaba muy enfermo y ya no podía hacer nada. Faith trabajaba noche y día para cuidar a su recién nacida y a su marido. Contrajeron más y más deudas médicas, que iban aumentando a medida que la compañía de seguros les negaba sus reclamaciones. Ella conseguía planes de pago siempre que era posible. Dennis superó en varios años de vida la predicción que le habían hecho los médicos; nadie entendía cómo, pero ella sospechaba que había sido por pura fuerza de voluntad y por determinación.

Un día, ella vio de pasada una carta con un sello oficial que estaba guardada en la funda de su guitarra. Era un requerimiento de la Oficina de Inmigración y Ciudadanía de los Estados Unidos; Dennis debía presentarse a una vista de deportación.

—Esto es de hace seis meses —dijo ella, con el corazón encogido de miedo—. ¿Cuándo ibas a contármelo?

—No voy a gastarme el dinero en abogados, Faith —dijo él.

—Tenemos que hacerlo. Tenemos que luchar. Tenemos que...

—Faith —dijo él, con una mirada de tristeza—. No tiene sentido. Yo ya no estaré aquí cuando ellos vengan a buscarme. Deja que esté con mis chicas. Tú eres mi razón para vivir.

El golpe final llegó cuando a Ruby también le diagnosticaron la diabetes del tipo 1.

El mundo dejó de ser divertido, incluso para Dennis. Las complicaciones de su enfermedad aumentaban incluso más rápido que las facturas. Ya casi no podía caminar, y tenía que moverse en silla de ruedas.

Pasaron la última semana de la vida de Dennis en Camp Kioga, en Willow Lake. Aquel lugar histórico pertenecía a la familia Bellamy, sí, a algún tío abuelo lejano de Mason Bellamy. Pudieron pasar unas vacaciones familiares a la orilla del lago gracias a un proyecto caritativo llamado Cottage Dreams. El programa ofrecía una casita junto al lago a familias que estuvieran enfrentándose a una enfermedad grave.

Faith recordaba aquel tiempo con una tristeza dulce. Era otoño. Dennis reunió fuerzas suficientes para dar un corto paseo en silla de ruedas por la finca. Después, ellos dos se sentaron en el porche y miraron las hojas de colores que habían caído en la superficie del agua. Cara y Ruby estaban cerca, riéndose y jugando en un columpio que estaba colgado de la rama de un viejo y enorme arce.

Aquel momento fue perfecto. Faith recordaba bien el azul del cielo otoñal y los rayos del sol reflejándose en el lago. El sonido del viento, que hacía caer las hojas de los árboles.

Todavía sentía el tacto de la mano de Dennis sobre la suya. Todavía oía su voz y veía su sonrisa.

—Has sido lo mejor que me ha pasado, Faith.

Él tenía los dedos helados, y sus orejas, y la punta de la nariz, habían perdido todo el color. Ella sabía lo que estaba pasando y él, también. Dennis debió de ver el pánico en su mirada.

—No —dijo él—. Por favor, envuélveme en la manta.

Ella lo hizo, con la cara llena de lágrimas, y se acercó para apoyar la cara en su hombro. Se quedaron en silencio, escuchando el sonido del viento y las risas de sus hijas.

—¿Quieres que les diga que vengan?

—No, amor mío. No es necesario. Solo quiero cerrar los ojos y oírlas reírse. Y, para ser sincero, ahora quiero estar contigo a solas. ¿Soy egoísta?

—No. Dios mío, no. Respira hondo, Dennis. Siente todo mi amor. Siente el calor del sol en la cara.

—Sí. Siento todo eso.

—Dennis, no puedo...

Faith se mordió el labio para no pronunciar palabras de desesperación. Sin embargo, ¿cómo iba a poder continuar sin él?

—Escúchame, Faith. No voy a dejarte. He dicho que nunca me marcharía, y no voy a hacerlo. Tienes que creerlo. La parte de mí que te ama no va a morir nunca. Di que lo crees, porque te juro que es verdad.

—Sí, lo creo —dijo ella, a duras penas—. Y tú tienes que creerlo también.

—Por supuesto, amor. Por supuesto.

Ya habían dicho todo lo que tenían que decir, una y otra vez, durante los meses y los años de su deterioro. Ella se inclinó y lo besó. Aunque su respiración era muy débil, Dennis tenía los labios calientes. «Oh, Dios mío», pensó ella. «Esta es la última vez que voy a besarlo».

Le sujetó la mano durante mucho tiempo. Dennis tenía los dedos fríos y rígidos, y ella no supo con exactitud cuál fue el momento de su muerte. Cuando miró hacia arriba y vio sus ojos abiertos, pero sin vida, se dio cuenta de que él se había marchado con la delicadeza y el silencio de una hoja cayendo de la rama de un árbol, arrancada por la brisa.

Cuando se había sentado en aquel porche, un rato antes, era una esposa y una madre joven; tan solo tenía veintiocho años, y estaba en el principio de la mejor parte de la vida.

Cuando se levantó de la silla, era viuda y estaba a punto de empezar una lucha titánica para sobrevivir.

–Lo siento –dijo Alice, mirándola con otros ojos–. Aunque las dos sabemos que, por mucho que diga que lo siento, nada va a arreglarse.

–Sí, eso es cierto. Seguro que las dos hemos oído muchas veces cosas torpes y tontas de gente bienintencionada. Sin embargo, es agradable sentir el apoyo de alguien –dijo Faith y, discretamente, le enjugó a Alice una lágrima de la mejilla.

–Gracias por contármelo.

–Me alegro de que me lo preguntara. Antes, cada vez que tenía que explicar mi situación, me desmoronaba. Al final, Dennis intentó explicarme que una persona no se va de verdad si los demás siguen pensando en ella. Si puedes cerrar los ojos y ver su rostro, si oyes su voz llamándote, o el sonido de su risa, significa que vive en algún lugar.

No pareció que Alice comprendiera mucho aquellas palabras.

–¿Y tienes otra familia? –le preguntó a Faith.

–No. No conocí a mi padre. Cuando era pequeña, preguntaba, pero mi madre decía que era el mayor error que había cometido y que no quería hablar de él.

A ella nunca le había gustado aquella respuesta, porque significaba que ella era fruto del mayor error de su madre.

–Ella me dijo cómo se llamaba, pero yo no lo busqué. No sabía qué podía decirle a esa persona.

—¿Y la familia de su marido?

—No conocí a ninguno de sus parientes de Escocia. No tenían relación. Él se escapó de casa a los dieciséis años y, mientras estuvo enfermo, nadie vino a verlo. Después de que muriera, escribí a su madre y a su tía unas cuantas veces, y ellas respondieron, pero fuimos perdiendo el contacto. Creo que les preocupaba que yo acudiera a ellas buscando dinero.

—Ah, es una pena. Me alegro de que tenga a sus hijas. He oído decir que las hijas son la recompensa que da la vida por todo el trabajo y la lucha. ¿Lo cree usted?

—Por supuesto. Cara tiene sus cosas, pero es lista y fuerte, y la adoro.

—Es usted una mujer admirable, Faith. Siento lo de su marido.

—Y yo siento lo del suyo.

Alice se quedó callada unos instantes. Después, dijo:

—A Mason no le he contado esto, pero Trevor todavía estaba vivo. Aquel día, en la montaña. Yo no podía moverme, pero podía verlo. Estaba tosiendo sangre. Le dije que lo sentía, y que le quería, pero nunca sabré si me oyó o si me entendió. Solo tosía, y su sangre salpicaba la nieve blanca.

Faith intentó no estremecerse. Al mismo tiempo, se preguntó cómo era posible que Alice tuviera tanto dominio sobre sí misma.

—Espero que, según vaya pasando el tiempo, recuerde usted las cosas maravillosas que pasó con él, y no solo ese momento —le dijo.

Tenía la sensación de que los Bellamy se protegían los unos a los otros. Aquella era una costumbre que, a veces, era perjudicial, puesto que significaba que había que ocultar cosas importantes.

—Hábleme de su hija Ivy.

—Te la presentaré. Va a venir de visita de camino a París.

Capítulo 10

Ivy Bellamy llegó en medio de una tormenta. Faith y la señora Armentrout estaban mirando por la ventana del vestíbulo cuando apareció el coche y se acercó por la carretera circular de la entrada.

Donno, que la había recogido en la estación, saltó del coche con un paraguas, pero ella rechazó el ofrecimiento y corrió hacia la puerta mientras él llevaba su maleta.

Ivy se reía mientras la señora Armentrout la ayudaba a quitarse el abrigo.

–Lo siento. Lo voy a mojar todo.

–¿Quiere ir a su habitación a arreglarse un poco?

–Después –dijo Ivy, y se giró hacia Faith con una sonrisa–. Tú debes de ser la famosa Faith McCallum.

–Sí, soy Faith, pero no sé si soy famosa.

–Bueno, tu fama te precede. Según mi hermano, eres una trabajadora milagrosa.

–¿Ha dicho eso? –preguntó Faith. Sintió un entusiasmo extraño, pequeño, inmerecido, que reprimió rápidamente.

–Sí, de verdad –dijo Ivy, alzando la mano derecha–. Lo prometo.

–Vamos a buscar a tu madre –dijo Faith, preguntándose qué clase de informes habría recibido Ivy de ella.

Alice estaba en el solárium, observando las vistas del

lago por las puertas dobles de la terraza. La tormenta se abatió sobre el lago con grandes ráfagas de viento que doblaban los árboles y golpeaban las ventanas. Dentro de la casa hacía una temperatura cálida y acogedora. La chimenea estaba encendida. Alice estaba pensativa y muy triste cuando entraron. Faith se la encontraba así a menudo. Demasiado a menudo.

–Aquí está mi guapísima madre –declaró Ivy, y se acercó a ella para darle un abrazo.

Alice sonrió ligeramente con una mirada de calidez en los ojos. La tristeza desapareció como una sombra iluminada por la luz.

–Hola, guapísima hija mía –respondió Alice–. Bienvenida al lugar más húmedo de la tierra.

–No me importa nada –dijo Ivy–. El sol eterno de Santa Bárbara llega a aburrirme –añadió, y sonrió a Faith–. Soy muy dramática. Me encanta el drama.

–Tu madre lo mencionó. Parecéis... hermanas –comentó Faith. Ambas tenían el cutis blanco y el pelo rubio, los ojos de un azul violeta y una sonrisa perfecta.

–Sí, es verdad –dijo Ivy–, pero ella es más bajita.

–Eso no tiene gracia –dijo Alice.

–Bueno, pues voy a golpearme el pecho y a retorcerme las manos.

A Faith le cayó bien, solo por cómo se animaba Alice al ver a su hija. Y le cayó aún mejor cuando sus hijas llegaron del colegio y entraron a conocerla. Ivy ni siquiera se inmutó al ver el último estilismo de Cara: pantalones caídos, con adornos de arandelas y correas, una camiseta de Buckethead y el pelo recogido en un moño despeinado. Y, al conocer a Ruby, se derritió, como la mayoría de la gente.

–Segundo curso –exclamó, agarrándose las manos mientras miraba a Ruby–. Me encantó el segundo curso. Mi profesora fue la señorita Mary Beth Smith, y olía a caramelos de menta. Durante los últimos veinte minutos del día nos dejaba dibujar.

—A mí me gusta dibujar —dijo Ruby.

—Yo dibujo y pinto en mi trabajo. Ahora me voy a París a estudiar y mejorar.

—¿Eres pintora?

—Exacto. Siempre he querido serlo, y tengo la suerte de poder pintar todos los días.

—Yo he dibujado un plano del huerto —dijo Ruby. Sacó una hoja de papel de un cajón del escritorio y se lo enseñó a Ivy—. La señora Bellamy me dijo lo que quería plantar, y yo lo dibujé en filas, ¿ves? Girasoles, fresas, tomates... Va a ser increíble.

—Un huerto —dijo Ivy—. Qué buena idea. Será el primero de mi madre.

—Al principio, ella no quería, pero yo la convencí —dijo Ruby.

—No presumas tanto —dijo Faith—. Por lo menos, hasta que estés comiendo fresas y tomates.

Sonó un trueno tan fuerte que hizo vibrar la casa. De un salto, Ruby terminó en brazos de Faith.

Cara puso los ojos en blanco. Alice se giró hacia ella y dijo:

—Déjame adivinarlo. Le dan miedo los truenos.

—Y los rayos —dijo Cara—. Por no mencionar su propia sombra.

—Mamá —dijo Ruby—, Cara está enfadada porque sé que le gusta Leighton Hayes.

—Cállate, mocosa —dijo Cara, ruborizándose.

—Ivy acaba de llegar —les advirtió Faith—. Nada de discusiones. Id a hacer los deberes.

—Pero...

—Vamos, niñas —dijo Faith, y las miró de una manera que no requería explicación. Las dos sabían lo que significaba.

Cuando se marcharon, Alice cabeceó.

—Criar a una niña es difícil, ¿verdad?

—Yo creo que es difícil criar a cualquier niño.

—Sí, pero a mí me parece que es más fácil criar a un niño.

Aunque Alice hubiera dicho eso, parecía que su vínculo con Ivy era mucho más fuerte que su relación con Mason, y ella se preguntó por qué. Entonces, se preguntó si era asunto suyo. Vivir con una clienta era peliagudo en ese sentido: los límites se desdibujaban.

A pesar de la tormenta, aquel fue uno de los mejores días de Alice. La presencia de Ivy la tenía contenta y ocupada. Faith y las niñas cenaron con ellas; la mayoría de los días cenaban con Alice, porque Alice había decidido que no le gustaba comer sola. Algunas veces era brusca con las niñas, pero parecía que disfrutaba de su compañía. Aquella cena fue un festín con todos los platos favoritos de Ivy: macarrones con queso, ensalada César, trucha recién pescada en el lago y tarta de ruibarbo de postre.

—Me vuelve loca el queso —dijo Ivy, añadiéndole más parmesano a la ensalada—. Soy una adicta. Estos dos años en Francia van a ser mi muerte. Cuando estaba en el instituto, durante las vacaciones, trabajé en París, y sobreviví a base de baguetes, queso y chocolate.

—¿Y en dónde trabajabas? —preguntó Cara.

—En una ONG llamada AIDE. Significa *Alliance Internationale pour le Développement de l'éducation*. Su principal patrocinador es una fundación de la empresa de mi padre, y todos pudimos ir a trabajar allí de adolescentes.

—A mí siempre me ha puesto nerviosa lo de París —dijo Alice—. La beca de Mason no fue tan bien.

—¿Qué ocurrió? —preguntó Faith.

—Bueno, no tiene importancia —respondió Alice rápidamente—. Él te lo contará alguna vez. Hoy día es él quien lleva los patrocinios.

—Allí van adolescentes de todo el mundo a trabajar, y la organización aporta fondos para educación en zonas donde es muy necesario —explicó Ivy.

Mientras Faith se preguntaba por qué había respondido Alice de una forma tan críptica, Cara escuchaba con embeleso. Al ver a su hija, Faith supo que estaba deseando ver el mundo. Ella esperaba que algún día hubiera un modo de que su hija pudiera hacerlo. Aquella niña era tan inteligente, y tenía tantos sueños... Siempre le había encantado conocer sitios nuevos, pero tenían pocas oportunidades.

«Ah, hija, ojalá pudiera darte el mundo entero», pensó Faith. «¿A quién quiero engañar? Casi no puedo mantener a mi familia».

—La empresa de mi padre tiene un apartamento en París, y yo viví allí aquel verano. Estaba cerca de Rivoli y, a día de hoy, ese es mi barrio favorito —dijo Ivy—. ¿Quién vive ahora allí, mamá? Si está vacío, yo podría...

—No —dijo Alice bruscamente, y todos dieron un respingo. Ella tomó un sorbo de vino con una pajita—. No está disponible.

—Eso ya lo sé —dijo Ivy—. Solo estaba preguntando quién está allí.

—No lo recuerdo —respondió Alice—. Ruby, supongo que después de cenar vas a terminar de leerme *La caseta mágica*.

—De acuerdo. Solo nos queda un capítulo —dijo Ruby.

Alice y la niña se habían acostumbrado a leer juntas por las noches, y a Faith le encantaba. Tanto Alice como Ruby adoraban leer, y la niña estaba entusiasmada por tener público.

Ivy alzó su copa de vino.

—Brindo por ello. A mí me encantó *La caseta mágica*.

—Después vamos a leer *Charlotte's Web*.

—Otro clásico —dijo Ivy—. Mi madre elige los mejores libros, ¿a que sí?

—Sí, pero es muy mandona.

—Ruby —dijo Faith.
—No soy mandona —replicó Alice—. Lo que pasa es que tengo opiniones muy firmes.

—Voy a pedirte que te quedes un rato conmigo —le dijo Ivy a Faith, después de que le dieran las buenas noches a Alice y la asistente de noche la ayudara a marcharse a su dormitorio—. Todavía tengo el horario cambiado de California, y estoy completamente despierta. Lo siento.
—No me importa —respondió Faith—. Vamos a sentarnos junto a la chimenea.
El viento había amainado, y el aguacero se había convertido en una llovizna. Se sentaron en el sofá de cuero y miraron el fuego.
—No me sorprendería que estuvieras deseando escapar —dijo Ivy—. Los días son largos, y mi madre no es la persona más fácil del mundo.
—Yo me llevo bien con ella. Creo que tu madre y yo vamos a congeniar mucho. Y es maravillosa con las niñas.
—Es un gran alivio oírte decir eso. Encontrar a alguien que pudiera hacerse cargo de su cuidado ha sido muy difícil —dijo Ivy, y se le llenaron los ojos de lágrimas—. Disculpa —jadeó, entre sollozos—, es que todo ha sido muy duro. La veía luchar, y no sabía qué hacer.
Faith fue en busca de un paquete de pañuelos de papel y la botella de vino de la mesa, con dos copas.
—Queda un poco —dijo, y lo puso todo sobre la mesa de centro.
Ivy se sirvió de ambas cosas.
—Mason dijo que eres una enfermera asombrosa, y tenía razón.
—Es muy técnico —dijo Faith. Entonces, destapó una bombonera en la que había una selección de trufas de chocolate—. *Voilà!* La terapia perfecta.

Ivy suspiró y tomó una de las trufas.

—¿Qué más dijo tu hermano sobre mí? —preguntó Faith.

—Dijo que eras increíble en una situación de emergencia, y que tenías una personalidad fuerte y perfecta para estar con mamá.

Increíble. ¿Había dicho de verdad «increíble»?

—Es muy triste. Y ella va empeorando, no mejorando, en lo que a su actitud se refiere.

—Justo antes de que se cayera por las escaleras, ¿había habido algún cambio?

—No, que yo sepa. Creía que las cosas iban mejorando poco a poco. Mis hermanos y yo estábamos en Nueva Zelanda, tirando las cenizas de mi padre, cuando nos llamaron para avisarnos del accidente. Nos quedamos horrorizados. Había sobrevivido a una avalancha y, después, se cae por las escaleras... Yo no podía soportar la idea de perder a mis dos padres.

Faith no dijo nada más inmediatamente. Sin embargo, tenía preguntas. El ama de llaves le había dicho que justo antes de la caída, parecía que Alice estaba un poco mejor, cooperaba más con sus asistentes y estaba menos enfadada. El asistente que estaba de servicio llevaba en el puesto más que ninguno de sus predecesores.

Alice estaba trabajando con ahínco en las sesiones de fisioterapia y había hecho algunos progresos. Había animado a sus tres hijos a que se marcharan a cumplir la voluntad de su padre. De hecho, había insistido en ello. Adam no quería irse tan lejos, pero ella le había asegurado que estaría perfectamente, con toda la ayuda que tenía. Sin embargo, estaba claro que había habido algún cambio.

—¿Cómo era tu padre? —le preguntó Faith a Ivy.

—¿Por dónde podría empezar?

La expresión de Ivy se volvió de adoración, y Faith pensó en la cara de Cara cuando hablaba de Dennis. Unos recuerdos llenos de amor podían suavizar el corazón de una persona, y eso siempre se reflejaba en el semblante. Por algún motivo, ella no había percibido lo mismo en Alice cuando le había hablado de Trevor. Tal vez lo echara de menos... o, tal vez, los recuerdos de Alice no fueran tan amorosos como creía Ivy.

Ivy se acercó al piano y tomó una de las fotografías enmarcadas. En ella, Trevor Bellamy aparecía en una estación de tren, en uno de los andenes, que estaba lleno de humo. Era una fotografía en blanco y negro, y parecía una foto antigua de la revista *LIFE*.

—Siempre me ha gustado esta fotografía. Creo que la sacó Mason en París y, desde luego, consiguió captar la energía de mi padre. Crecer con él fue como correr para alcanzar un tren a toda marcha. Siempre pasaba de una aventura a la siguiente.

Mason debía de ser un adolescente cuando hizo aquella foto. ¿Le gustaba a él tener un padre que fuera como un tren a toda velocidad?

Miró a Ivy. A la muchacha se le habían secado las lágrimas en las mejillas y le habían dejado unas marcas blancas.

—¿Fue divertido para ti?

—Sí, muchísimo, pero a mí siempre me han gustado la espontaneidad y lo impredecible. Aunque, seguramente, no es lo mejor para todo el mundo. La muerte de papá estuvo a punto de destruirme, pero, aunque resulta extraño, no me sorprendió que muriera en una avalancha y no de anciano, apagándose lentamente. De todos modos, su muerte fue muy inesperada y muy triste —explicó Ivy. Mirando al fuego, cabeceó con suavidad—. Casi no me explico cómo ha sobrevivido mamá. Quiero decir emocionalmente. Tenían una relación complicada, pero apasionada. Ella lo adoraba. Cuando él se iba, se quedaba perdida.

«Complicado». Sí, Faith lo percibía así.

—¿Qué quiere decir eso de que él se iba?

—Tenía que viajar mucho por trabajo, y por la fundación. Tenía tanto trabajo en París, que compró un piso y estableció una oficina allí.

—¿Y ella no fue con él?

—Los dos tenían trabajos muy absorbentes y, además, los dos estaban muy dedicados a la fundación. Mi madre apenas iba a París. De niños, nos llevaban de viaje por turnos. Era muy divertido, aunque fueran unas vacaciones de trabajo.

—¿Y qué tipo de vacaciones son esas?

—Bueno, íbamos a algún sitio increíble, como el Machu Picchu, o Alaska, o Angkor Wat, y mi madre siempre encontraba la manera de ayudar en las comunidades de la zona. Para ella, eso siempre fue prioritario. Un verano, Adam y yo nos pusimos muy celosos, porque Mason fue a París para estar con papá y trabajar en la fundación.

—¿El verano que sacó esa foto?

—Sí. Había terminado su tercer año de instituto. Yo era pequeña, pero recuerdo que, cuando volvió de París, todo era distinto. Creo que debió de ocurrir algo allí.

—Tu madre empezó a decir algo durante la cena.

—Yo solo tenía seis o siete años, y Mason no se quedaba en casa más de cinco minutos cada vez. Recuerdo que, cuando volvió de París, estaba golpeado, como si hubiera tenido un accidente. Tal vez se metiera en una pelea. Puedes preguntárselo a mi hermano alguna vez.

Tal vez tuviera que hacerlo.

—Bueno, y con respecto a tu madre otra vez –dijo Faith, e Ivy dejó la foto sobre el piano–. Cuando ocurre un trauma de este tipo, se produce un cambio de vida radical, pero tú has dicho que parecía que ella estaba haciendo progresos.

—Sí, lo he dicho, pero yo no soy ninguna experta. Es un cambio demasiado radical para cualquiera y, para alguien como mi madre, que era tan activa todo el tiempo, fue como si una bomba hubiera explotado en su vida –dijo

Ivy, y se le cayó otra lágrima por la mejilla–. Espero equivocarme, pero... algunas veces creo que quiere liberarse.

–Liberarse. Explícame qué significa eso.

–Que no quiere continuar.

A Faith se le cortó la respiración.

–¿Te dijo eso?

–Directamente, no. Esta mañana ha dicho que no le veía el sentido a nada, y no es propio de ella rendirse así. Toda su vida se ha enfrentado a los desafíos, y yo pensaba que también se enfrentaría a este, pero está demasiado enfadada y deprimida.

Faith pensó en Dennis. Él había vivido con pasión e imprudencia, pero, al final, había conseguido encontrar la paz. Su apetito vital se calmó e, inesperadamente, en medio de la tormenta, encontró una forma de satisfacción. La maldita enfermedad. Él había sido sincero con lo que sentía, y nunca había dicho que anhelara liberarse de todo aquello.

Ivy tocó suavemente la tapa del teclado del piano.

–Mamá tocaba muy bien. Todo lo hacía bien. Me pregunto si tener aquí el piano le molesta.

–¿Se lo has preguntado?

–Claro.

–Dice que es para cuando viene Mason.

–¿Tu hermano sabe tocar?

–Sí. Todos sabemos tocar un poco, pero Mason es el mejor. Mamá le enseñó cuando era pequeño. Uno de mis primeros recuerdos es verlos tocar *Heart and Soul*. Y un popurrí de *Chopsticks* que iba cada vez más rápido. Los dos acababan riéndose como locos cada vez que la tocaban.

Faith intentó imaginarse a Mason y a su madre riéndose juntos. Ella los había visto tan tensos el uno con el otro... ¿Qué era lo que había cambiado? ¿Habría cambiado antes, o después del accidente de Alice? ¿Había algo más entre Alice y su hijo mayor?

Ivy le mostró otra fotografía a Faith. En ella aparecían Trevor y Alice en medio de un salto desde un acantilado.

—Acapulco —dijo la muchacha—. Cuando tenían mi edad, ya estaban casados y tenían dos hijos. A veces me pregunto por qué nosotros tres tenemos tantas dificultades con las relaciones sentimentales.

—¿Sí? ¿En qué sentido?

—Yo nunca he tenido una relación duradera, y no sé por qué. En realidad, nunca he deseado de verdad que alguna de mis relaciones durara. Y Adam... Me da la sensación de que quiere algo que no puede tener. O que no encuentra. Aunque nunca lo ha admitido, ese es uno de los motivos por los que se ha ido al curso de investigación sobre incendios. Y Mason...

—Él está con Regina. Yo tenía la impresión de que están comprometidos.

—Creo que Regina también tiene esa impresión. Y, sí, Mason diría que están comprometidos, pero ni siquiera han encontrado el momento de ir a elegir un anillo. Ni una fecha. Ni siquiera un motivo por el que deberían estar juntos para toda la vida. A mí me encantaría que se casaran, pero ninguno de los dos da el paso. No sé por qué, y sospecho que ellos, tampoco —explicó Ivy. Después, tomó otra trufa, y añadió—: Bueno, pues ya lo sabes todo. Nuestra extraña familia, resumida.

—¿Y si conocieras a alguien en París? —le preguntó Faith—. Eso sería muy romántico.

—Muchísimo. Me preocupa irme tan lejos. Le dije a mamá que iba a posponer la beca, pero no quiso ni oírlo.

—Sí, es lógico que tu madre reaccionara así. Desde el principio me dijo que no quería impediros a ninguno hacer lo que queréis hacer.

Faith lo entendía perfectamente. Había un motivo por el que se sentía tan culpable por Cara y sus estudios en la universidad. Sabía que su hija quería ir a la universidad, y tenía la intención de que pudiera cumplir su sueño. Cuando había mirado en Internet todo lo que costaba una carrera, casi había tenido palpitaciones. Sin embargo, no iba a cejar en su empeño.

—Tengo pensado venir de visita cada dos o tres meses —dijo Ivy—. Y vendré con más frecuencia, si tú piensas que mamá me necesita.

—Nos mantendremos en contacto —le prometió Faith.

—Gracias. Te agradezco mucho que estés aquí con mamá.

Observaron unos instantes más el fuego, que iba apagándose. Entonces, Faith se puso en pie.

—Bueno, me voy a acostar. Que duermas bien, hasta mañana.

—Sí. Mi vuelo no sale hasta por la noche, así que puedo pasar otro medio día con mamá.

—Buenas noches.

—Eh, Faith...

—¿Sí?

—¿No te pareció que mi madre ha respondido de una forma rara cuando le he preguntado por el apartamento de París?

—¿Rara, en qué sentido?

—Bueno, con brusquedad, como si no quisiera hablar de ello.

—Um... Puede ser.

—¿Y no te parece que también contesta de un modo raro a las preguntas sobre su caída por las escaleras? —preguntó Ivy—. Como si se hubiera asustado mucho más de lo que quiere reconocer.

Faith quería conocer algunos detalles más sobre el accidente antes de contarle a Ivy lo que pensaba que había ocurrido aquel día.

—Mira, tú concéntrate en instalarte bien en París. Tu madre va a estar bien.

Capítulo 11

Algunas veces, Cara tomaba el autobús del instituto en vez de ir con Donno. El colegio de su hermana empezaba antes que sus clases, y ella no quería que Donno tuviera que hacer el trayecto dos veces.

Al principio, cuando habían llegado a vivir a Downton Abbey, el nombre que ella le había puesto en secreto a la finca, era estupendo salir de aquel elegante coche negro como si fuera una diplomática o una persona importante, pero se había cansado de explicarles a sus amigos que no, que a su madre no le había tocado la lotería, y bla, bla, bla...

Después de bajar del autobús, caminaba unos ochocientos metros por la carretera serpenteante que conducía a la casa. Le gustaba fingir que vivía de verdad en la mansión Bellamy, no que era una residente temporal. Aquella carretera de llegada a la finca era tan larga que incluso tenía nombre, Webster Lane, en honor al hombre que había construido la casa hacía cien años. La carretera estaba flanqueada por filas de árboles altos y rectos; la brisa les arrancaba pétalos a sus flores, y parecían copos de nieve. La hierba era verde esmeralda y estaba perfectamente cortada y, al final de la carretera, había dos pilares de piedra de río y una puerta de hierro forjado que se abría a una vista gloriosa de la mansión y del lago.

Formar parte de aquella imagen idílica hacía que Cara olvidase temporalmente que solo era una visitante. Que olvidara que llevaba una mochila cargada de libros de texto y que se sintiera como la heroína de una obra de teatro, que no tenía nada más urgente que hacer que arreglarse para tomar el té.

Se imaginó que llevaba un vestido de época, algo con volantes, algo que le sentara bien, y que iba caminando junto a Leighton Hayes, el chico más guapo de su curso. En su imaginación, él iba vestido como el señor Darcy, con una camisa blanca con volantes en la pechera y el pelo negro cayéndole por la frente. Se giraba hacia ella y le decía:

—Señorita McCallum, estoy completamente enamorado de usted. No descansaré hasta que comprenda la intensidad de mis emociones.

Y ella giraría sobre sí misma y dejaría que la falda de su vestido volara al viento.

—Vaya, Leighton Hayes, tengo que decirte que yo siento lo mismo, y que me gustaría lo que tienes pensado hacer al respecto.

—Bueno —dijo alguien—. Iba a tocar el timbre, pero pensé que sería más discreto si tocaba con los nudillos.

Por un momento, Cara se sintió como si no pudiera respirar. Milo Waxman, el chico más raro de su clase, estaba junto a la puerta principal. Su bicicleta estaba apoyada contra el muro del jardín, y tenía una mirada de diversión. Era muy delgado, y los pantalones vaqueros le quedaban demasiado cortos. Llevaba unas gafas de montura metálica que hacían que pareciera más listo de lo que ya era de por sí. Y, con el casco de la bici, parecía un champiñón.

—Siento interrumpiros a ti y a tu amigo imaginario —le dijo, mientras se quitaba el casco y lo ataba a las barras de la bici. Tenía el pelo de color castaño, y se le había pegado a la frente—. Iba a entrar para ocuparme de un asunto —añadió, y le dio un golpecito a la tablilla que llevaba en las manos.

Ella tuvo ganas de que la tragara la tierra. Por un segundo pensó en darle una explicación, pero se dio cuenta de que a él no iba a poder engañarlo. La había pillado siendo tan tonta y predecible como cualquiera de las animadoras del instituto, enamorada del chico más guapo del instituto, que ni siquiera sabía que ella existía.

Milo Waxman lo había comprendido todo con observarla durante un instante. Ella lo notó al ver su cara de diversión y de sabiduría.

—Me decepciona, señorita McCallum. Pensaba que usted era miembro de la inteligencia.

Ella echó hacia atrás la cabeza.

—Corta el rollo, Milo.

—Bueno, ¿es que no me vas a invitar a entrar? ¿Te da miedo que me ría de tus pósteres de Justin Bieber?

—No, estoy intentando protegerte de la ira de la señora Bellamy. A ella no le gustan las visitas, ni siquiera cuando viene gente por invitación. Me imagino lo que le haría a un visitante espontáneo.

—Estoy recogiendo fondos para el refugio de animales del pueblo —dijo él, enseñándole la hoja de información que tenía en la tablilla—. Perritos y gatitos. ¿A quién no le gustan los cachorros?

Ella lo fulminó con la mirada. Le estaría bien empleado que la señora Bellamy le echara una bronca.

—Por aquí —le dijo, y lo llevó escalones arriba hacia la gran entrada principal. Se vio reflejada en el enorme espejo que había sobre la mesa del vestíbulo, y sus fantasías sobre Leighton Hayes se desvanecieron. La realidad se impuso sobre todo al verse acompañada con uno de los pocos chicos que se molestaba en hablarle: Milo Waxman. Y allí estaba ella, con sus mallas y su chaqueta militar, y su absurdo peinado: se había teñido el pelo de morado y se lo había peinado de punta. Era uno de sus muchos momentos de «en qué estaría yo pensando».

Tenía muchos de esos.

La casa estaba muy silenciosa, como de costumbre. Cara se dirigió a la cocina y saludó a Wayan, que estaba cortando las puntas de unos espárragos.

—Hola, Wayan, te presento a Milo —dijo Cara—. Ha venido a ver a la señora Bellamy.

—Seguro que os apetece picotear algo —dijo Wayan, con una sonrisa. Le encantaba dar de comer a la gente; parecía que era la pasión de su vida—. He hecho unas barritas de cacahuetes y mantequilla sin azúcar.

—Gracias.

Cara y Milo tomaron una cada uno.

—Está delicioso —dijo Cara—. Te agradezco muchísimo que hagas cosas sin azúcar para Ruby.

—No es ningún problema. Me encanta probar cosas nuevas. Y esa niña es tan dulce que no necesita azúcares añadidos.

Cara asintió.

—Eso es cierto.

—Pues tienes suerte —dijo Milo—. Mi hermana pequeña es un cruce entre rata y comadreja. No te puedes meter con ella.

Cara contuvo la sonrisa.

—Ruby tiene sus momentos, pero la mayoría de la gente se vuelve loca con ella.

Su hermana pequeña era como un gatito, adorable, juguetona y, seguramente, igual de asustadiza.

Todo lo contrario a ella, que era quisquillosa y desagradable, y que tenía la costumbre de decir lo peor que podía decir en el peor momento. Además, ella no tenía miedo de nada. Si había podido sobrevivir a la pérdida de su padre, podía superarlo todo.

—¿Ha llegado a casa ya? —le preguntó Cara al cocinero.

Antes de que Wayan pudiera responder, sonó el piano. Alguien estaba tocando. O, más bien, intentando tocar.

Desde el primer día, Ruby se había quedado fascinada con el Steinway negro y brillante que había en el salón, aunque no sabía tocar.

Cara tomó una barrita, la puso en una servilleta y llevó a Milo al salón.

—Hola, Ruby, te presento a Milo Waxman. Está...

—Te conozco —dijo Ruby, y lo miró con adoración—. Tu hermana Wanda está en mi curso.

—Ah —dijo él—. ¿Y sois amigas?

Ruby bajó la mirada.

—Bueno, da un poco de miedo.

Milo asintió.

—Sí, esa es Wanda.

—Viniste a mi clase la semana pasada a hablar sobre el cuidado de las mascotas —dijo Ruby, y se giró hacia su hermana—. Trajo un gatito que se había quedado huérfano y que tenía que tomar el biberón, pero no estaba permitido acariciarlo.

—De todos modos, a ti te dan miedo los gatos —dijo Cara, y miró a Milo—: Les tiene miedo a los gatos.

—Algún día podrías venir al refugio y conocer a algunos de los gatos y gatitos que hay allí.

Ruby se echó a temblar.

—Bueno, tal vez —dijo. Se giró hacia el teclado y tocó unas pocas notas. Después, intentó tocar un acorde—. Me gusta cómo suenan estas notas juntas —comentó, y tocó unas cuantas más.

—¿Qué crees que estás haciendo?

Ruby saltó hacia atrás como si el teclado se hubiera convertido en un cocodrilo hambriento.

Cara se colocó delante de su hermana con una actitud defensiva mientras Alice Bellamy se deslizaba dentro del salón.

—Solo estaba...

—Sé lo que estaba haciendo —ladró la señora Bellamy.

Cara entrecerró los ojos.

–Usted preguntó.

–Era una pregunta retórica –dijo, y miró agriamente a Milo–. ¿Quién es tu amigo?

–No es mi... Le presento a Milo Waxman. Va a mi instituto. Dice que ha venido para recaudar fondos.

La señora Bellamy frunció los labios.

–Tengo una fundación sin ánimo de lucro. Puedes pedir una beca y pasar el mismo proceso de evaluación que todos los demás aspirantes.

Milo la miró plácidamente, sin alterarse por su actitud. Le tendió la página de información.

–¿Gatitos y perritos?

Ella miró fulminantemente la hoja, que estaba llena de criaturas adorables.

–Toma una tarjeta de la mesa del vestíbulo cuando salgas. Blaine Hopper, mi administrador. Dile que haga una donación de cincuenta dólares.

–Estábamos buscando un compromiso de trescientos cincuenta –dijo Milo–. Con eso, conseguirá una placa en una jaula para gatos del refugio.

–No necesito ninguna placa. Cien dólares.

–Doscientos cincuenta –dijo él, sin vacilar–. Y pondremos su nombre en la pared de los patrocinadores de Happy Helpers.

–Doscientos –le espetó ella–. Y ahora, ve a buscar la puerta de salida.

Milo sonrió de oreja a oreja. Por un momento, a Cara no le pareció tan bicho raro. Le pareció... listo e inteligente.

–Eso es increíble, señora Bellamy. Le alegrará saber que una donación de ese nivel supone una placa con su nombre en el contenedor de comida para perros.

–Oh, por el amor de Dios, no necesito... –se quedó callada, y giró la silla hacia Ruby–. Poned el nombre de la niña en la placa.

Ruby se entusiasmó.

—¿Mi nombre? ¿De verdad? ¡Muy bien!

—Lo haremos, señora Bellamy.

—Por favor, no me llames señora Bellamy. No soy la señora nada. Me llamo Alice.

—¿Podemos llamarla Alice nosotras también? —preguntó Ruby.

La señora Bellamy le lanzó una mirada monstruosa.

—¿Señora? —preguntó Ruby, dócilmente.

—Está bien. Alice. Es mejor así. «Señora» implica que estoy casada, cosa que ya no estoy. Soy viuda, y tengo que decir que no me gusta lo de «señora».

—Gracias de parte de los animales, Alice —dijo Milo—. Y recuerda que siempre hay mascotas que necesitan un hogar. Así que, si alguna vez...

—Es muy improbable —dijo Alice.

—Lo entiendo. Bueno, me marcho —dijo Milo, y sonrió a Cara—. Supongo que ya me enseñarás tu colección de Justin Bieber en otro momento.

—Cara no soporta a Justin Bieber —dijo Ruby.

—Es todo por las apariencias —dijo él—. Está obsesionada con ese tipo.

Y, con aquellas palabras, Milo se marchó.

—Vaya un fresco —dijo Alice, elevando la barbilla.

—Es muy majo —replicó Cara, y se sorprendió a sí misma al defenderlo.

En el colegio, Milo era un solitario; no formaba parte de ningún grupo. En aquel momento, ella se preguntó si había elegido el hecho de no tener amigos, o si había terminado así. Se preguntó si, algunas veces, él se sentía tan solo que tenía ganas de gritar. Era un sentimiento que ella podría entender bien, aunque en el instituto Avalon High y en la panadería, había hecho algunos amigos muy buenos. Gracias a Dios, iban a quedarse allí otro año, o un poco más.

—¿Estás dando clases de piano? —le preguntó Alice a Ruby.

—No —dijo Ruby—. No sé tocar.

—Bueno, pues este es un instrumento muy bueno. No es un juguete.

Ruby balanceó los pies suavemente, mirando el teclado. Alice acercó la silla de ruedas.

—Lo primero es lo primero. Tienes que sentarte a la altura adecuada; ahora estás muy baja. Cara, ayuda a tu hermana a ajustar el banco. Tiene que estar cinco centímetros más alto.

Cara se quedó tan asombrada como Ruby. Sin embargo, ninguna de las dos hizo ninguna pregunta. Con una palanca que había debajo del banco, subió el asiento.

—Cuando pongas las manos en el teclado, tus brazos tienen que formar una ele —le explicó Alice.

Ruby puso ambas manos sobre las teclas.

—¿Así?

—Sí, así. Ahora, piensa en tu postura. Has de sentarte recta, con los hombros bajos y echados hacia atrás. Bien. También es muy importante la colocación de las manos. Es como si estuvieras agarrando una pelota de tenis con la mano relajada. Saca un poco los pulgares. Sí. Ya lo tienes.

Parecía que a Ruby le encantaba estar allí sentada, preparada para tocar.

—Y ahora, ¿qué? —preguntó—. ¿Cuándo empiezo a hacer música?

—Ahora mismo —dijo Alice—. Empecé a enseñarles a todos mis hijos una cancioncilla muy fácil. Toca esa tecla blanca. No, la siguiente a esa. Es el do central. Memorízala.

Ruby tocó la nota. Cara se apartó silenciosamente, asombrada con lo que estaba viendo. Aquel momento era el más largo que Alice había pasado sin ponerse de mal humor por cualquier cosa. No sonreía, pero se estaba comportando como si... bueno, casi de una forma agradable.

Le explicó a Ruby cómo tocar tres sencillos intervalos de dos notas. Después de unos cuantos comienzos en falso, Ruby lo aprendió y, al poco rato, las notas dieron forma a una canción que parecía música. La primera vez que Ruby consiguió tocarla sin un fallo, miró a Alice con una expresión maravillada.

—¿Puedes enseñarme más? —le preguntó, suavemente.

—Claro que sí. Pero todavía no. Debes practicar esta parte hasta que la toques automáticamente. Está basada en una composición de Mozart, y seguiremos añadiendo fragmentos hasta que sepas tocarla entera.

Trabajaron juntas en otras cosas. Cara se quedó con ellas. Estaba fascinada con el cambio de la dinámica. Tomó un libro de fotografías que estaba sobre la mesa de centro y empezó a pasar las páginas. Entendía el atractivo de aquel tipo de libros. Estaban llenos de colores y no exigían al lector que pensara ni que hiciera juicios, ni que leyera demasiadas palabras. Una solo tenía que pasar páginas y disfrutar.

A Cara no le gustaban los libros destinados a adornar las mesas de centro. Eran demasiado grandes y difíciles de manejar, y ocupaban mucho espacio. Además, lo retrataban todo de una forma poco realista: comida que una persona normal nunca podría preparar, ropa que ninguna mujer de verdad podría ponerse y lugares maravillosos del mundo que ella nunca podría visitar.

Aquel que estaba hojeando tenía una ola perfecta en la portada, y había una chica diminuta surfeando por el túnel de la ola. Dentro había fotografías de una pareja joven y bronceada, que corría hacia la orilla del mar tomada de la mano. Eran perfectos, impecables, imposibles. Eran delgados y rubios, y se reían con desenfreno, como si no tuvieran la más mínima preocupación. Las siguientes fotografías mostraban a la misma pareja en lugares tan impresionantes como el primero: arrojándose desde un precipicio a una catarata prístina, esquiando una montaña con la inconfundible forma del Cervino de fondo, montando a caballo en un bosque esmeralda, caminando por un antiguo castillo en la puesta de sol.

Parecían la pareja más perfecta del universo, pero Cara se recordó a sí misma que eran modelos o actores. Parecer perfectos era su trabajo.

Pasó unas cuantas páginas más de aquel libro, titulado *Viaje*, y se fijó en los pies de foto: Cap d'Antibes, Francia. Bora Bora. Monte Rainier. Había un primer plano de la pareja perfecta bajo el Arco del Triunfo, en París. Al verlo, Cara se dio cuenta, por fin, de a quién estaba mirando.

—Son fotos tuyas —dijo, en voz alta.

Alice se alejó un poco del piano. De nuevo, tenía una mirada malhumorada.

—¿Disculpa?

—Las fotos de este libro son tuyas —dijo Cara—. Yo creía que eran de gente famosa.

—Ah —dijo Alice—, eso. Mis hijos lo hicieron mientras yo estaba en el hospital. Es un recordatorio fotográfico de todas las cosas que no voy a poder hacer nunca más.

Cara pasó la palma de la mano por una doble página en la que aparecía Alice, posando en la cima de una montaña, con el equipo de escalada puesto y una sonrisa de triunfo.

—Sí, pero, por lo menos, pudiste hacerlo.

—Quiero verlo —dijo Ruby. Se levantó del banco de un salto y se acercó a mirar el libro por encima del hombro de su hermana.

—Vaya, Alice. Sabes hacer muchas cosas increíbles.

—Ya no puedo hacerlas.

—Sí, pero sabes cómo hacerlas.

—¿Y de qué me sirve?

Tal vez Alice todavía no lo supiera, pero Ruby tenía respuesta para todo.

—Puedes acordarte de cómo era. Puedes contárselo a la gente, si quieres. O podrías enseñarnos, como me estás enseñando a tocar el piano. Si quieres —repitió.

—Eres una niña muy precoz, ¿no? —preguntó Alice.

Ruby ignoró su mirada y el comentario, y señaló una fotografía de Alice nadando en medio de un lago.

—¿Te da miedo no hacer pie?

—Claro que no. Para eso sirve nadar, ¿no?

Ruby se encogió de hombros.

—Yo no sé nadar.

—Eso es una tontería. Tienes ocho años. Ya deberías saber nadar.

Ruby se cruzó de brazos.

—Bueno, pues no sé.

Alice miró a Cara.

—¿Y tú?

—Sí, yo sí. Mi padre me enseñó cuando era pequeña. Ruby no ha aprendido porque tiene miedo del agua.

—Ahora vivís junto a un lago, y en la finca hay una piscina —le dijo Alice a Ruby—. Tienes que aprender a nadar por una cuestión de seguridad.

—¿Me vas a enseñar? —preguntó Ruby.

—No puedo... —Alice se detuvo y miró con ferocidad a la niña—. Ya veremos lo que puedo hacer.

—Tengo miedo.

—Jovencita, yo ya no puedo mover ni los brazos ni las piernas. Si yo entro al agua sin miedo, tú también.

—Pero...

—Nada de peros. He dicho que vería lo que puedo hacer. Me he cansado de hablar de esto.

En aquel momento llegó la señora Armentrout con el correo diario.

—¿Le gustaría leerlo ahora, o se lo dejo en el despacho?

—Estas jóvenes pueden ayudarme a despacharlo.

Cara intentó no sentirse molesta por el hecho de que

Alice pensara que no tenían nada mejor que hacer. Claro que, por otro lado, era cierto; ella apenas tenía deberes, porque parecía que los profesores ya solo estaban dejando pasar el tiempo que faltaba para el verano. En vacaciones, ella trabajaría más horas en la panadería, pero aún no, así que no tenía nada mejor que hacer que ayudar allí.

Tomó el montón de cartas y sujetó cada una de las hojas para que Alice pudiera leerlas. La mayoría de las cosas eran catálogos, folletos y ofertas especiales de empresas de tarjetas de crédito, y postales de agentes inmobiliarios sonrientes. Casi todo aquello fue a reciclar.

Las facturas, los extractos bancarios y los documentos financieros fueron a un montón para el archivista, que iba a la casa todos los viernes. También había correo para su madre, sobres que parecían facturas, y para la otra asistente.

—Mira, una postal de Ivy —dijo Ruby—. Es una fotografía de... —frunció el ceño al ver las palabras—. De jar... jardín...

—*Jardin des Tuileries* —dijo Alice, e hizo que Ruby repitiera la pronunciación unas cuantas veces—. Muy bien. Pareces una chica francesa.

No sonrió, pero su voz tenía un tono complacido.

—Hablas muy bien francés —comentó Cara. Ella había estado estudiándolo en el instituto durante tres años, y se había convertido en una de sus asignaturas favoritas.

A Alice se le agrió la expresión.

—Sí, bueno. No tan bien como mi marido —dijo.

Cara distrajo su atención de aquel pensamiento con el resto del correo, dividiéndolo en diferentes montones para los residentes de la mansión. Ruby se aburrió y salió al jardín a jugar. Alice la observó por la ventana, y dijo:

—La niña necesita un columpio.

—Eso sería divertido, suponiendo que no se asuste.

—Voy a pedir que cuelguen uno de ese enorme nogal de allí.

—Me parece bien –dijo Cara.

Los dos últimos sobres del montón eran muy gruesos. Cuando Cara vio lo que eran, se le aceleró el corazón, y se ruborizó.

—¿Qué es eso? –le preguntó Alice inmediatamente. A aquella mujer no se le escapaba una.

—Estos son para mí –respondió Cara. Parecía que no los había escondido con la suficiente rapidez.

—¿Tienes una carta del MIT? –preguntó Alice–. ¿Y otra de Harvard?

Cara tiró los dos sobres sin abrir a la papelera de reciclaje. Tuvo la sensación de que su corazón se iba con ellos.

—Es propaganda –dijo–. No necesito abrirlos.

—¿Y qué dice?

—Lo mismo que las otras cartas de propaganda. Está generada por ordenador.

—¿Has recibido cartas de otras universidades?

Cara asintió. No quería hablar de ello.

—¿De qué otras?

—Columbia, Cornell, Renssalaer, la Universidad de Nueva York, Rutgers...

—¿Y por qué te envían propaganda?

Cara se encogió de hombros. Ojalá Alice dejara de entrometerse.

—Empezaron después de los exámenes del colegio. Es un gasto de papel.

—¿Por qué dices eso? ¿Es que no quieres estudiar en la universidad?

—No.

—¿Por qué no? A mí me pareces una chica lista.

—Lo suficientemente lista como para saber que esas universidades no son para gente como yo.

—¿Y qué tipo de gente es esa?

—Gente que no se puede permitir el lujo de pasarse cuatro años estudiando cosas como *Zombis en la Cultura*

Popular y hablando interminablemente de *El rizo robado*.

—Yo siempre he creído que *El rizo robado* es un gran poema. Gracias por trivializar toda mi experiencia académica —dijo Alice—. ¿Puedo ver una de esas cartas?

Cara se encogió de hombros otra vez.

—¿Cuál de ellas?

—La de Harvard. Es mi *alma mater*.

—¿Estudiaste allí?

—No te sorprendas de todo. Creo que me siento ofendida.

—Hablas francés, tocas el piano, tienes una medalla de bronce... ¿Y eres licenciada por Harvard? La mayoría de la gente se conformaría con hacer una de esas cosas.

—A mí siempre me han gustado los desafíos.

Cara decidió ser franca. Señaló la silla de ruedas con la cabeza.

—Menos ese desafío.

—Eres una impertinente.

—Tú también.

—Léeme la carta.

—Todas son iguales.

Cara suspiró y abrió el sobre. Había pasado por aquello varias veces con su madre, y no quería pasar por lo mismo con Alice. Era agradable y halagador que las mejores universidades del país se interesaran por ella, pero sabía perfectamente que una buena calificación en un examen y sus deseos de estudiar no podían modificar el futuro.

Sin embargo, la carta le aceleró el corazón. La sacó del sobre. El papel era grueso, de color crema. Leyó el texto. El decano de la Facultad de Arte y Ciencias estaba interesado en recibir su solicitud, bla, bla, bla, y estaba invitada a asistir a una jornada de información para los alumnos, para saber cómo sería la vida de un estudiante en la universidad más antigua y venerada de la nación...

Era un truco de marketing, nada más. Sin embargo, a medida que iba leyendo aquellas palabras mágicas, iba sintiendo una urgencia cada vez más intensa. Quería ir a la universidad, lo deseaba tanto que se le formó un nudo en la garganta. Aunque intentó mantener una expresión impertérrita mientras leía, no lo consiguió, porque Alice la observaba con una expresión sabia.

—Esto no se puede pasar por alto así como así —dijo Alice—. Están muy interesados en ti.

—Pero soy pobre como una rata. Cuando vinimos aquí, estábamos a punto de quedarnos en la calle.

—¿Qué?

Vaya.

—Nada. Por favor, no le cuentes a mi madre que te lo he dicho.

—Ahora que lo has dicho, tienes que explicármelo.

Cara bajó la carta.

—Mi madre acabó con una deuda médica muy grande cuando murió mi padre. Las complicaciones de una muerte por diabetes son muy caras. Además, a él iban a deportarlo porque era escocés y se le había acabado el tiempo, y no tenía la tarjeta de residencia. Seguramente, hay más cosas, pero mi madre no me las cuenta porque no quiere que me preocupe. De todos modos, yo me preocupo —dijo, y notó que se le llenaban los ojos de lágrimas—. Después del instituto, voy a trabajar. Iré a la facultad del pueblo en el turno de noche, o lo que encaje con mi jornada laboral, e intentaré licenciarme cuando pueda. Pero esto... Harvard, el MIT y lo demás, no es para mí. No voy a perder el tiempo pensando que podría ocurrir.

—Lo siento, pero hay algo que deberías preguntarte.

—¿Y qué es?

—¿Tu mala situación económica es un impedimento real para ti, o la estás usando como excusa para no hacer algo que te asusta?

Capítulo 12

Algunas veces, pensó Mason, que estaba sentado en la cabecera de la mesa de la sala de reuniones de su oficina de Manhattan, hacer un buen negocio era tan satisfactorio como las buenas relaciones sexuales. Bueno, casi, se corrigió, mirando la delantera de la mujer que estaba inclinándose sobre su hombro para firmar el contrato.

Lisa Dorfman, la asesora jurídica de la empresa, era la única persona que él conociera que podía hacer que unas baterías de almacenamiento de energía solar parecieran sexis. A pesar de su nombre, parecía una animadora de la liga de fútbol americano profesional y, además, tenía la mejor cabeza del país para las cuestiones legales. Tenía una mirada que desarmaba, y la utilizaba muy bien. Mason era una de las pocas personas que sabía que tenía un ojo de cristal. Y una de las pocas personas que sabía el motivo.

Ivan Bondi, el fundador de la empresa, estaba tan complacido como sus inversores. Fue hacia una mesa lateral y sacó una botella de Dom Pérignon de un cubo de hielo.

–Sé que es muy temprano –dijo–, pero me gustaría darle las gracias a todo el mundo. Esta tecnología tiene el poder de cambiarlo todo, y su compromiso hace posible que sigamos adelante.

El corcho salió volando con un alegre pop, e Ivan sirvió una copa para cada uno.

Los inversores, los oficinistas, los consejeros y el resto de los empleados se pusieron en pie y alzaron su copa. Mason, que era el que había hecho el trato, saboreó aquel momento. El método que había ideado Bondi para almacenar la energía solar tenía un potencial enorme para beneficiar al mundo entero y, con la inyección de dinero del grupo inversor, aquel potencial iba a convertirse en realidad. Los inversores también estaban muy contentos por haberse implicado en una empresa nueva de aquellas características, y esperaban ganar una fortuna.

Y Mason cobraría una abultada comisión como intermediario. Hizo una fotografía mental de la ocasión: todo eran sonrisas. El ventanal de la sala de juntas, en el piso número sesenta del edificio, enmarcaba una vista de Manhattan y del puerto de Nueva York a más distancia. El sol derramaba su luz y arrancaba brillos de las copas de champán.

Algunos días, la vida era maravillosa.

–¿Señor Bellamy? –dijo su secretaria, que entró en la sala con agitación–. Lamento interrumpirle, pero dice que es urgente.

–¿Quién? –preguntó él. Dejó la copa sobre la mesa sin haber probado el champán.

–Dice que es Faith McCallum.

Maldición. ¿Qué demonios estaba haciendo allí? Se giró hacia sus clientes, que lo miraron con asombro.

–Disculpen. Necesito salir un momento.

Abandonó la sala de juntas y cerró la puerta. Faith estaba esperando en la zona de recepción, vestida con unos pantalones vaqueros desgastados y unas zapatillas de deportes, una cazadora gris con capucha y una mochila.

–Llevo toda la mañana intentando hablar contigo –dijo, sin preámbulo.

—He tenido reuniones todo el tiempo, y nunca me llevo el teléfono a las reuniones.

—Lo sé. Tu secretaria me lo ha dicho, y no quería interrumpirte a menos que fuera por una emergencia.

—Bueno, entonces no hay ninguna emergencia. Gracias a Dios.

—No, pero se trata de algo grave.

A él se le encogió el estómago al pensar en su madre.

—¿Qué ha ocurrido?

Ella bajó la cabeza.

—No sé por dónde empezar, aunque he estado pensando en ello durante todo el camino. He venido en el tren exprés.

—Demonios, dímelo ya.

Ella vaciló y miró las puertas que había en el pasillo.

—Por aquí —dijo él, y la llevó a su despacho.

Faith miró de pasada las vistas que había desde el ventanal, pero se concentró en él rápidamente.

—Como ya te he dicho, no se trata de una emergencia, pero no puede esperar. Tu madre está hoy con Lena, hasta que nosotros lleguemos a Avalon.

Nosotros. Había dicho nosotros.

—Bueno, espera un momento. Has venido desde Avalon en tren porque...

—Porque tenía que verte en persona.

—¿Y por qué en persona? Dios Santo, dímelo ya.

—Es por algo sobre la caída de tu madre por las escaleras. No fue un accidente.

—Entonces, ¿qué fue? —preguntó él. De repente, sintió pánico—. ¿Un intento de asesinato?

—No. Mason, fue un intento de suicidio.

Mason se quedó inmóvil, y palideció. Lo que sintió fue muy parecido a lo que había sentido cuando le habían llamado para informarle de la muerte de su padre: incomprensión e, inmediatamente, un inmenso dolor por dentro. Después de aquella descarga, no hubo nada más. Ni pensamientos, ni emociones. Solo un dolor frío como el hielo.

—Eso es una gilipollez —le espetó a Faith.

Ella ni siquiera pestañeó. Debía de esperarse aquella reacción por su parte.

—Lo siento —dijo—. Lo siento muchísimo. Sé que es un shock, pero ahora está a salvo con Lena y los demás.

—¿Cómo demonios puedes venir aquí, meterte en la oficina y soltarme algo así?

—No quería mantener esta conversación por teléfono.

—No sé qué decir. Esto es... Dios mío —musitó él, y se pasó una mano por el pelo—. Espera. Estás diciendo que mi madre intentó suicidarse.

Faith asintió.

—Tirándose con la silla por las escaleras.

Mason estaba intentando asimilar aquella noticia. Sin darse cuenta, tomó de las manos a Faith y la miró a los ojos un momento. No vio nada en ellos, salvo verdadera preocupación. Faith era muy distinta a cualquier otra mujer que él hubiera conocido. Sabia y compasiva.

—Lo dices en serio.

Ella asintió.

—Lo siento —repitió y, con suavidad, se liberó de sus manos.

—¿Y cómo sabes que intentó suicidarse? Ella se estaba acostumbrando a su nueva vida, por fin. No tiene sentido.

—No, no tiene sentido. En el caso de Alice, no. Y, sin embargo... —dijo ella, mirándolo con tristeza—. Tu madre te necesita —añadió—. No me he puesto en contacto con tus hermanos. Pensé que querrías hacerlo tú mismo.

—¿Quién está con ella ahora? —preguntó Mason, con un nudo de miedo en el estómago.

—Lena y Phil. Les di órdenes estrictas de que no la dejaran a solas hasta que...

—¿Hasta qué?
—¿Cuándo puedes estar listo?
—¿Para qué?
—Para ir a Avalon.
—¿Ahora? —preguntó Mason. Le daba vueltas la cabeza. Ella asintió.
—Gracias a Dios, tu madre se salvó. Pero tenemos mucho que hacer. Tenemos que averiguar por qué lo hizo, y asegurarnos de que no vuelve a intentarlo.

Mentalmente, Mason repasó su jornada. Tenía una videoconferencia y una comida de trabajo, una reunión en un banco, una copa con un cliente y, al final del día, había quedado con Regina para cenar *sushi* en un restaurante.

Sin embargo, cuando miró a Faith, solo tenía una cosa en la cabeza.

—Vamos. Yo conduzco.

El coche de Mason entró por el carril de prepago de la autopista y, después, salió disparado, dejando a los demás vehículos atrás. Mason intentó no parecer el típico imbécil que está enamorado de su coche, pero, algunas veces, no podía evitarlo. Aquel coche le encantaba.

Faith miró a su alrededor por la cabina del Tesla.

—Este coche es fantástico. ¿De verdad es todo eléctrico?

—Sí. No necesita gasolina —dijo él, y pisó el acelerador. El coche saltó hacia delante y siguió deslizándose por la calzada.

Faith dio un gritito.

—Vaya, qué divertido.

—Has gritado. Hace mucho tiempo que no hacía que una mujer gritara.

—Pero si tienes novia.

—Regina.

—Y ¿nunca le has hecho...? Bah, no importa –dijo Faith, ruborizándose–. No respondas a eso. Solo conduce. Y, por favor, no olvides que estoy gritando en silencio.

—Antes pensaba que los tipos que adoran su coche eran idiotas. Entonces, me enamoré de este.

—No pudiste evitarlo. Una sola vuelta en él, y ya estabas perdido.

—Exactamente.

—Lo siento.

—No te disculpes nunca por enamorarte.

—Me gusta tu forma de pensar.

A Mason le gustaban muchas cosas de ella, salvo el hecho de que le hubiera dado aquella noticia aterradora.

—Vamos, empieza a contármelo todo –le dijo–. Necesito saber lo que está pasando. No puedo asimilar lo del intento de suicidio.

—Me imagino que debe de ser espantoso para ti. Pero hay forma de salir de todo esto.

—Eso espero –dijo él, apretando el volante con las manos frías. Miró a Faith; ella tenía la vista puesta en la carretera–. ¿Cuándo te lo dijo?

—¿El qué?

—Que había intentado suicidarse.

—No, ella no me lo ha dicho.

—Entonces, ¿cómo lo sabes?

—Lo deduje. Ella lo ha negado todo.

—Un momento, ¿que ella lo ha negado?

—Sí, dijo que estoy completamente equivocada –respondió Faith, y se giró lentamente hacia él–. Pero no lo estoy. He interrogado a todo el mundo y he estudiado a fondo el informe del Servicio de Emergencias.

Las dudas se apoderaron de Mason.

—No lo entiendo. Dios Santo, ¿me has hecho ir a Avalon por un presentimiento?

—Es algo más que un presentimiento.

—De acuerdo, suponiendo que sepas de lo que estás hablando, ¿por qué ahora? Ya ha pasado la peor parte del accidente. ¿Por qué ha elegido este momento?

—Eso es lo que quiero que le preguntes a ella. El día que ocurrió el accidente, ¿pasó algo inusual?

—Mis hermanos y yo estábamos en Nueva Zelanda –dijo Mason. Todavía recordaba la euforia que habían sentido todos en la montaña aquel día, y cómo aquella sensación se había convertido en pánico–. ¿Crees que se deprimió porque estábamos dispersando las cenizas?

—¿Y tú?

—Yo no soy ningún experto, pero no me parece que eso pueda empujar a mi madre a tirarse por las escaleras.

Miró brevemente a Faith; su semblante reflejaba una emoción contenida.

—Mi madre sobrevivió a una avalancha y a todas las operaciones, tratamientos y terapias posteriores al accidente. Por fin estaba haciéndose una vida nueva en Avalon.

—Entonces, tenemos que averiguar por qué quiere hacerse daño a sí misma.

—Y tú piensas que con una visita mía conseguiremos llegar al fondo de la cuestión.

—Ella necesita algo más que una visita tuya. ¿Hay algún modo de que puedas pasar allí una temporada larga?

El nudo se le tensó aún más en el estómago.

—Quiero ayudar, de verdad. Pero mi vida y mi trabajo están lejos de Avalon.

—¿Y no puedes ir a la ciudad todos los días en el tren? Sé que es mucho trayecto, pero...

—Es factible. Tú lo has hecho esta mañana. Sin embargo, no veo en qué va a ayudarla que yo esté allí. Mi madre y yo... no estamos muy unidos.

—Ahora tienes la oportunidad de cambiar eso. Um... suponiendo que quieras cambiarlo.

–¿Crees que es necesario cambiarlo?

–Puede que sea exactamente lo que hace falta. Tú le has dado todo lo que necesita, salvo lo que puede ayudarla a superar este momento tan difícil: tu presencia y tu apoyo emocional.

–Está bien, lo entiendo. Puedo estar presente. Pero lo del apoyo emocional nunca ha sido mi fuerte.

–Nunca es tarde para aprender.

–Claro, pero ¿qué voy a hacer? ¿Mudarme? ¿Estar siempre con ella? Eso no va a resolver el problema como por arte de magia.

–Por supuesto que no. Solo es un comienzo.

–¿Y por qué crees que ella iba a agradecer mi presencia? ¿Es que ha dicho que quería verme?

Ella emitió un sonido de exasperación.

–Ya le he concertado una cita con el doctor Rose, y tú deberías acompañarla.

–El doctor Rose, el psiquiatra. «Eh, mamá, ¿de verdad has intentado matarte?».

La mera idea de hacer aquella pregunta le helaba la sangre.

–Yo odio que haya ocurrido esto –dijo Faith–, pero tienes que llegar al fondo de la cuestión. Les he preguntado a los demás si aquel día tuvo alguna visita fuera de lo corriente, o recibió alguna noticia que la disgustara, si ocurrieron cosas de ese tipo el día que se cayó.

–¿Y?

–Nadie recordaba nada, salvo…

–¿Salvo qué?

Ella se giró hacia él en el asiento.

–¿Has oído hablar alguna vez de alguien llamado Celeste Gauthier?

A él se le encogió el corazón al oír aquel nombre. Quiso decir que no, pero no pudo. Sabía perfectamente quién era.

Después de todo aquel tiempo, pensaba que aquel secreto había quedado en el pasado y que allí iba a permanecer. Sin embargo, había llegado a oídos de su madre y, si la teoría de Faith era cierta, la había destrozado.

—¿Mason? —preguntó Faith, con suavidad, como si notara la explosión que estaba sufriendo por dentro.

Él mantuvo el control del coche y respiró profundamente. Apagó la radio. En el momento que pasó antes de que comenzara a hablar, percibió detalles arbitrarios, el olor a limpio de la camisa de Faith, el ángulo de su pierna en el asiento, el zumbido de los neumáticos en la carretera, el sonido de los otros coches... Tuvo la sensación de que el paisaje pasaba a cámara lenta a su alrededor.

—Sí —dijo—. Sé quién es Celeste Gauthier. ¿Es que ha aparecido en la casa?

—No. El asistente que estaba de servicio ese día dijo que había llegado de Francia un sobre muy grande lleno de documentos en francés.

—¿Has hablado con el asistente al que despedí?

—Por supuesto. Y he repasado los informes del Servicio de Emergencias y del hospital. El asistente dijo que él sujetó todas las hojas mientras tu madre las leía. Me explicó que Alice se quedó muy silenciosa después de leerlo todo, pero que no parecía que estuviera disgustada. Sin embargo, aquel mismo día se cayó por la escalera, aunque no tenemos ni idea de si ambos sucesos están relacionados. ¿Quién es ella?

Mason apretó los dientes.

—Celeste Gauthier era la amante francesa de mi padre.

Ella se giró de nuevo en el asiento y miró hacia delante.

—Uau... Vaya. ¿Y crees que es la primera vez que tu madre sabía algo de ella?

—Eso creo, sí. Celeste era un secreto. Esa situación entera era un secreto. No sé ni cómo llamarlo. Creía que era un secreto que había quedado en el pasado –dijo él, y dio un golpe en el volante con la palma de la mano.

–Es un secreto muy grande para llevarlo a cuestas. ¿Hace cuánto que lo sabes?

–Desde que tenía diecisiete años. Pasé el verano en París, y entonces fue cuando me enteré.

Segunda parte

Ningún pesimista ha descubierto el secreto de las estrellas, ni ha navegado hasta tierras ignotas, ni ha abierto una puerta nueva para el espíritu humano.

Helen Keller

Capítulo 13

París, 1995

Mientras el vuelo 747 de Air France daba vueltas sobre el aeropuerto Charles de Gaulle, Mason intentó aceptar el hecho de que aquel verano iba a ser horrible. Sabía que era un desagradecido y un idiota por pensar eso. ¿Quién, en su sano juicio, pensaría que un verano en París podía ser horrible?

Pero, demonios... Todos sus amigos estaban en Montauk, al final de Long Island, haciendo surf, yendo de fiesta en fiesta y ligando.

Él, sin embargo, iba a estar trabajando en un despacho. No importaba que su oficina estuviera justo al lado de la Torre Eiffel, y que la agencia para la que iba a trabajar tuviera la importante tarea de recaudar fondos para misiones humanitarias. Era una ONG llamada AIDE, *Alliance Internationale pour le Développement de l'éducation*, que había sido fundada por su propio abuelo, George Bellamy, y Mason iba a París a cumplir con una tradición familiar, igual que había hecho su padre antes que él. Iba a pasar el verano de sus diecisiete años con un grupo de jóvenes como becario de la agencia. Era el verano que sus padres le habían estado prometiendo desde que había comenzado el instituto. Él intentaba sentirse entusiasmado por las semanas que se avecinaban; no quería ser un niño privilegiado que no sabía lo que era trabajar de verdad.

Los otros becarios eran de todas partes: de Estados Unidos, de Europa, de África y de Asia. Era una oportunidad muy valiosa. Sus padres le habían repetido durante toda la vida que siempre debía hacer un buen trabajo. Que él tenía mucha suerte. Y eso significaba que tenía responsabilidades hacia los menos afortunados.

«Está bien», pensó Mason. «Eso lo entiendo. Pero preferiría estar haciendo surf».

Había leído la lista de los otros becarios y se preguntaba si alguno de ellos sería una chica guapa. Los nombres eran tan exóticos que a veces no sabía si eran de chico o de chica.

Apoyó la frente en el cristal de la ventanilla y miró las curvas del Sena, que dividía París en la orilla derecha y la orilla izquierda. E intentó no mover la pierna para no molestar al señor del asiento de al lado.

Casi no había podido dormir durante el vuelo. Había visto una película llamada *Antes del amanecer*, sobre un chico norteamericano y una chica francesa que se conocían en un tren, iban a Viena y se enamoraban aunque sabían que no iban a verse nunca más. Era bastante aburrida, pero la chica francesa era muy guapa, y cuando el tirante del vestido se le deslizó por el hombro hacia abajo, Mason se excitó. Todo lo relacionado con las mujeres tenía aquel efecto en él.

Más tarde, había terminado un libro de John Grisham, en el que parecía que ser abogado era mucho más emocionante y peligroso de lo que era en realidad. Después, se había comido la cena y el desayuno. La gente se quejaba de la comida de los aviones, pero a él le parecía buenísima.

En realidad, toda la comida le parecía increíble. Y en París, por supuesto, la comida iba a alcanzar un nivel más alto aún. De increíble pasaría a ser formidable, como dirían los franceses. Él hablaba muy bien francés; su padre siempre se había empeñado en que aprendieran bien el idioma a causa del negocio familiar.

Se dio cuenta de que estaba moviendo la pierna de nuevo. Se agarró la rodilla con la mano para detener el temblor. El avión aterrizó y se detuvo. Él se levantó, recogió su mochila y se dirigió hacia la salida, avanzando lentamente por el pasillo detrás de un hombre de negocios que bostezaba y de unos turistas que pestañeaban de sueño.

Les dio las gracias a las azafatas en francés, y se ganó varias sonrisas condescendientes porque, seguramente, ellas pensaban que había agotado todo su vocabulario. Después, salió junto a los demás pasajeros por la pasarela de acceso y se puso a hacer cola en el control de pasaportes. La fila era muy larga, y avanzaba con lentitud, y tenía muchas ganas de ir al servicio.

Mason apretó los dientes y guardó la fila como todos los demás. Los niños y sus padres iban tomados de la mano. La mayoría de los franceses sacaron un cigarro para encendérselo en cuanto salieran de la terminal. Parecía que, para los fumadores, la nueva prohibición de fumar en los vuelos era una tortura.

El hombre del control casi ni lo miró; se limitó a sellarle el pasaporte y asintió brevemente.

Después, fue a recoger la maleta a la cinta y pasó por el control de aduanas. Por suerte, no pareció que los agentes sospecharan nada de él. Su madre siempre le obligaba a vestirse decentemente para los vuelos, porque decía que uno recibía mejor trato de esa forma. Así que llevaba un polo con el logotipo de Dalton School, unos pantalones de pinzas de algodón y unos mocasines de cuero. Seguramente, parecía un niño de papá, pero no creía que fuera a encontrarse con nadie conocido. Todos los chicos que conocía estaban de fiesta, en casa.

Por fin, pudo ir al servicio, y estuvo a punto de desmayarse de alivio. Después, se lavó la cara con agua fría para espabilarse y fue a buscar a su padre. Lo vio enseguida. Habían quedado en una cafetería del Charles de Gaulle que tenía la cerveza favorita de Trevor, Blanche de Belgique, y que la servía en jarras de cerámica con tapa. Fuera la hora que fuera, cuando Trevor iba a recoger a alguien al aeropuerto, siempre podía encontrársele con una cerveza fría en una de las mesas de aquella cafetería, con una gran sonrisa de Falstaff.

Mason corrió hacia él.

—¡Papá! —exclamó, mientras se abrazaban.

—Eh, hijo, me alegro de verte. ¿Qué tal el vuelo?

—Bueno, me ha traído hasta aquí.

—Ya lo veo. Qué bien que hayas llegado ya. Va a ser un verano estupendo.

Trabajando en una oficina. ¡Fantástico!

—Sí, ese es el plan —dijo Mason, fingiendo alegría.

—¿Lo tienes ya todo?

Él asintió. Se metió el pasaporte en el bolsillo de la chaqueta y agarró el mango de la maleta.

—Omar está esperando para llevarnos a casa.

—¿Quién es Omar?

—El señor Hamini. El nuevo chófer. Es de Argelia. Un tipo muy majo.

Fueron al aparcamiento y encontraron el coche. Era un Citroën negro que parecía de diplomático. A su padre le gustaba tener chófer en la ciudad porque aparcar era misión imposible. Sin embargo, tenía coche propio, y ya le había prometido que iban a hacer un par de viajes a la costa. Mason estaba emocionado por la posibilidad de conducir por Francia.

Se fijó en alguien que había en el asiento del pasajero.

—Ah, se me había olvidado decírtelo: la hija de Omar está en el coche. Es otra de las becarias de la agencia, así que le he dicho que la trajera. Esta noche hay una fiesta, y he pensado que te gustaría conocer a alguien del grupo.

Mason bostezó y se estiró.

—Muy bien, papá.

Omar salió del coche.

—Bienvenido, bienvenido. Me alegro de conocerlo, por fin.

El chófer hablaba francés con un marcado acento árabe. Mason le estrechó la mano.

—Muchas gracias.

—Recuerde que, si quiere ir a algún sitio, estoy a su servicio —dijo Omar.

Era un hombre moreno y fornido; llevaba unos pantalones arrugados y un abrigo de lana que parecía demasiado grueso para aquel día caluroso. Tenía un gran bigote y, con una sonrisa, metió su maleta al maletero.

—Gracias.

Todos entraron en el coche.

—Mi hija, Katia —dijo Omar, señalando a la pasajera del asiento delantero—. Katia, el señor Bellamy.

Mason asintió para saludar a la chica. Ella llevaba un velo en la cabeza y otro que le tapaba la parte inferior del rostro. Por encima del velo se le veían unos ojos castaños, muy grandes, con unas pestañas espesas. Él supo que estaba sonriendo porque tenía una chispa amigable en los ojos.

—Hola, señor Bellamy —dijo Katia. Su voz era agradable.

—Llámame Mason —dijo él.

—*D'accord* —respondió ella, asintiendo.

—Creo que tenéis la misma edad —comentó el padre de Mason—. Diecisiete, ¿no?

Katia asintió de nuevo.

—Acaba de terminar el colegio —dijo Omar, mientras tomaba la autopista que rodeaba la ciudad—. Este verano va a servir a su familia y seguir con sus estudios.

—Vaya, qué impresionante —murmuró Mason en voz baja, en inglés, para que lo entendiera solo su padre.

—Mi padre está bromeando —dijo Katia, en un perfecto inglés británico—. Voy a trabajar en la ONG durante el verano, como tú. Y te aseguro que será impresionante.

Mason notó que se le ponían calientes las orejas.

—Ah, estupendo.

Ella sonrió de nuevo con la mirada, y se volvió hacia delante. Sacó una novela en francés y empezó a leer. Su padre le dijo algo en árabe, y ella le lanzó una mirada de desafío. ¿Desafío? ¿Las chicas con velo desafiaban a sus padres?

—Hablando de trabajo —dijo su padre—, esto es lo que vas a hacer: vas a trabajar en la oficina tres o cuatro días a la semana. Estarás con Thierry Rousseau. Es el responsable de las comunicaciones y las iniciativas para recaudar fondos.

—Me parece bien.

A decir verdad, Mason estaba ligeramente emocionado por el hecho de trabajar con cuestiones financieras. Su padre siempre había dejado bien claro que Adam, Ivy y él deberían aprender cómo era el negocio de la familia, y había ciertas cosas de ese negocio que eran muy interesantes. Las finanzas internacionales eran interesantes. Su padre hacía negocios, y debía de ser muy bueno, porque ganaba mucho dinero.

—Los demás días son tuyos —prosiguió su padre—. Quiero que disfrutes de la ciudad y del campo. Te he sacado un bono de tren para estudiantes para que puedas hacer todos los viajes que quieras.

Mason se puso las manos detrás de la cabeza y sonrió. Eso sonaba muy bien. Ya que estaba allí, iba a sacar lo mejor de la situación. Aunque aquello era muy distinto a la forma en la que había pasado los otros veranos.

La mayoría de esos otros veranos, sus hermanos y él iban de campamento. Y los campamentos de verano eran muy divertidos. Allí era donde él había aprendido a navegar, a pescar con mosca, a escalar una pared de roca... En el campamento, había besado por primera vez a una chica, había bebido su primera cerveza y había hecho amigos de todas partes. A finales de verano, toda la familia iba a alguno de los lugares en los que la ONG tenía un proyecto, y entonces era cuando comenzaba el trabajo de verdad. Habían construido casas en Camboya, excavado pozos en Ghana, ayudado a trabajadores emigrantes en Kentucky, trabajado en una clínica de vacunación en Perú... Ya casi no se acordaba de todos los lugares en los que habían estado. Muchas veces, las condiciones eran horribles: un calor asfixiante, bichos, letrinas, camastros... Pero había otra parte que hacía olvidar las cosas malas.

Ayudar era reconfortante, así de sencillo. A él no le gustaba hablar de ello, ni pensar en ello. Le gustaba sentirlo. Y, por mucho que le irritara que sus padres lo llevaran por todo el mundo cuando quería quedarse con sus amigos, siempre terminaba encontrando aquel momento. El que hacía que los bichos y el calor merecieran la pena.

Lo había sentido por primera vez a los doce años. Aquel año, Ivy se había puesto enferma de neumonía, y su madre había tenido que quedarse con ella durante semanas. Adam y Mason terminaron todo el verano en Montauk, con su abuelo George Bellamy.

El abuelo George era mágico. Mason siempre lo había sabido, desde que tenía uso de razón. Aquel verano de sus doce años, el abuelo los había llevado a Adam y a él a trabajar a un refugio de animales, PAWS, que estaba cerca de su casa de verano de Long Island.

A principio, los dos se habían quedado horrorizados. Mientras sus amigos estaban jugando a la Nintendo o yendo a la playa, Mason y Adam estaban recogiendo excrementos de perro y limpiando las perreras con la manguera. Por mucho limpiador con olor a limón que utilizaran, aquel sitio apestaba. Mason estaba seguro de que su abuelo se había vuelto loco por obligarlos a trabajar como mulas.

Entonces, había conocido a Sam, un perro teckel diminuto y tímido, tan delgado que se podían contar sus costillas, si acaso le permitía a uno acercarse tanto como para poder hacerlo. Tenía muy malas pintas y un aspecto divertido, con el morro puntiagudo, los dientes afilados y las orejas largas y caídas.

A pesar de los gruñidos y los ladridos, Mason sintió un flechazo por el perro en cuanto lo vio, acurrucado y tembloroso en un rincón de su caja, con la cola metida entre las caderas huesudas. Se acercó al cajón lentamente, y le tiró un premio justo al lado de la puerta. El perro, que estaba hambriento, se lo comió rápidamente y volvió a su rincón. Mason repitió el proceso. Varias veces al día, le lanzaba un premio dentro del cajón. El perro se lanzaba como un rayo por él y se lo comía. Al final del segundo día, Sam ya tomaba los premios de su mano. Y, al día siguiente, permitió que Mason le acariciara un poco en el pecho. Al final, dejó que Mason lo tomara en brazos.

Tener a aquel cachorro tembloroso contra el pecho fue como un pequeño milagro. Sam le lamió la barbilla a Mason. Después de varios días de juegos, caricias y lametones, Sam permitió que Mason le diera un baño. Mason lo sujetó mientras un voluntario le cortaba las uñas. A las tres semanas, el pequeño Sam estaba bien alimentado y tenía un aspecto estupendo. Una señora muy agradable llamada Mindy fue al refugio, conoció a Sam y lo tomó en brazos, y dijo:

—Bueno, pues me lo voy a llevar.

Lo adoptó allí mismo, y llamó a su marido para decirle que iba a llevar un perrito a casa.

Cuando Mason se despidió del pequeño perro teckel,

notó que se le encogía el corazón con un sentimiento agridulce. El abuelo George le dijo:

−Así es como funciona el amor algunas veces. Puedes estar con alguien durante una temporada y, después, tienes que dejar que se aleje. Y eso está bien, porque has hecho algo bueno en el mundo.

−Preferiría tener el tipo de amor que puedo conservar, abuelo.

−Eso es lo que sentimos todos, hijo. Vamos a tomar un helado.

Ayudar se convirtió en una tradición veraniega para los Bellamy.

En sus momentos más irónicos, Mason pensaba que sus padres se empeñaban en que hiciera trabajo voluntario para que tuviera un tema decente sobre el que escribir en sus ensayos para las solicitudes a las universidades. Sin embargo, no podía negar que se le encogía el corazón una y otra vez, estuviera ayudando a un perro callejero en Nueva York, o a una anciana de Trinidad que estaba demasiado débil como para ir sola al pozo del pueblo a sacar agua.

Cuando llegó al apartamento de su padre, en París, sacó las maletas y le dio las gracias a Omar. Mientras su padre le explicaba cuál era el código del ascensor y de la puerta, él no podía dejar de pensar en los ojos grandes y oscuros de Katia, ni de preguntarse cómo era detrás del velo que cubría su cara.

−¿Qué pasa con ella? −le preguntó a su padre.

Su padre se encogió de hombros.

−¿Te refieres a Katia? Parece una niña muy maja. Es reservada. Omar y su mujer son muy tradicionales.

−¿Tú crees?

−Si necesitas que te lleve a algún sitio, hay un botón de aviso en el apartamento.

−Creo que paso, gracias.

Su padre asintió.

–De todos modos, el metro es más rápido. La estación más cercana es Rivoli, pero es más fácil cruzar el puente a St. Michel. Allí hay más conexiones.

El ascensor se abría directamente al apartamento, motivo por el que las medidas de seguridad eran tan estrictas. Sus padres habían comprado el apartamento hacía años, cuando su padre se dio cuenta de que iba a pasar mucho tiempo trabajando en París. Era mucho más pequeño que su casa de Manhattan. Tenía una cocina, un salón con un balcón que daba a un parque y un par de habitaciones. La de invitados era casi como un armario.

Pensó que estaba demasiado excitado como para dormir, pero en cuanto metió el equipaje en la habitación, se dejó caer en la cama y se quedó dormido durante varias horas. Cuando se despertó, el sol estaba bajo y, por un momento, no supo si estaba atardeciendo o amaneciendo. Se quedó asombrado al ver la hora: las siete. Casi se había terminado el día, y tenía que ir a aquella fiesta para los becarios. Se levantó, bostezando, y fue al baño. Después, fue a la cocina, porque se moría de hambre.

Cuando se acercaba a la nevera, oyó un ruido. Era la voz de su padre, que le llegaba desde alguna parte del apartamento. Lo vio fuera, en el balcón; estaba hablando en francés por un teléfono inalámbrico.

–¿Y qué te parece Cancale? –estaba preguntando–. Siempre te ha gustado estar allí. A Simon le encanta –dijo. Hubo una pausa–. Por supuesto que yo iría de visita, *chère*, ¿por qué no iba a ir? Es solo que, con Mason aquí, debemos... Sí. Lo entiendo. Yo, también.

Chère. Querida. Una expresión de cariño. Aquella palabra le puso el vello de punta.

Abrió la puerta del balcón y salió.

–*D'accord. À bientôt* –dijo su padre, y colgó.

–¿Quién es Simon? –preguntó Mason.

—¿Qué? —preguntó su padre, distraídamente, mientras dejaba el teléfono en una mesilla.
—Simon. Al que le gusta Cancale.
—Ah. Una amiga. El hijo de una amiga.
Chère. ¿Con qué tipo de amiga se hablaba así?
Mason miró el cigarro que su padre tenía en la mano.
—Estás fumando.
—En París fuma todo el mundo —dijo su padre, y apagó el cigarro en una maceta que había sobre la mesa.
—Muy bien —dijo Mason, y agarró el paquete de Gauloises—. Yo también.
Su padre se lo quitó.
—No te hagas el gracioso.
—Nunca te había visto fumar.
—Es un hábito desagradable.
—Entonces, ¿por qué lo haces? Vaya, papá.
—Lo sé. Perdona. Lo dejaré.
Mason apoyó los codos en la barandilla y miró la ciudad. Estaba muy animada a aquella hora; el aire cálido del verano olía a café y, entre el tráfico, de vez en cuando se oía una sirena.
—Tenemos que irnos. Tú tienes la recepción de bienvenida para becarios de la agencia. ¿Te apetece?
Mason se encogió de hombros.
—Supongo que sí.
—No está lejos. Podemos ir andando.
Se dio una ducha rápida y se vistió con ropa que pensó que le gustaría a su madre: unos pantalones de algodón azul marino y una camisa que no estaba demasiado arrugada. Atravesaron el río por el Pont Royal y caminaron por la Quai d'Orsay, junto a las terrazas de las cafeterías y los turistas que paseaban, y los vendedores de flores. Gente que estaba empezando la noche. Su padre le enseñó la estación de metro de St Michel, donde podía tomar el metro o el tren express si lo necesitaba. Cerca de la catedral de Notre

Dame había un grupo de francesas cantando una versión de *Kiss from a Rose*. Aunque tenían muy mal acento en inglés, cantaban muy bien.

Junto al Sena estaban los *bouqinistes*, que vendían libros en unos puestos de metal color verde adosados a los muros de piedra que contenían el río. La variedad de libros y de baratijas era asombrosa. Vio de todo, desde antiguos cómics hasta revistas pornográficas, y tonterías para los turistas, llaveros, marionetas y bufandas estampadas con escenas de la ciudad.

En París había acción y ajetreo. Siempre había algo a lo que mirar, como una mujer vestida exactamente igual que la Mona Lisa, sujetando un marco dorado y pidiendo propinas. Señores mayores con una gorra de lana jugando a la petanca en un parquecillo. Una mujer con un turbante, que estaba colocando sus jaulas de pájaros para aquella noche. Alguien tocando una melodía triste al saxofón.

Olía a café, a comida y a orines, y el tráfico avanzaba sin descanso por las calles principales. Su padre se movía como un parisino, y llegaron a la fiesta pocos minutos tarde. El director los saludó y les dio unas placas identificativas.

Entonces llegó el momento de socializar. Mason lo odiaba. Todo le parecía falso y forzado, pero aquella gente iba a ser lo más importante de su vida social durante todo el verano, así que lo mejor sería que congeniara con ellos. Además, se estaba muriendo de hambre, así que, cuanto antes terminara con los saludos y las presentaciones de rigor, mejor.

En el grupo estaban Taye, un nigeriano que llevaba una camiseta de fútbol y que se había llenado el plato de comida del bufé. Malcolm, un británico, era sombrío, y contestaba con monosílabos a todas las preguntas de cortesía. Había una estadounidense, Lisa Dorfman, que durante los cinco primeros minutos de conversación informó a todo el mundo de que estudiaba en Andover y tenía la intención de ir a Princeton, que su madre era jueza y que su padre era autor de teatro. A Mason le pareció una chica muy molesta. La otra estudiante, Katia Himini, llegó con su padre y sus velos, y se quedó en silencio observando el evento.

Inadaptados, bichos raros y elitistas.

—Mis favoritos —refunfuñó.

—Eh —murmuró su padre.

—Sí, sí, ya lo sé —dijo Mason, adelantándose al reproche.

Hubo una charla de bienvenida y de orientación. Les dieron los horarios y la información de contacto de todos los demás. Iban a tener que hacer viajes de trabajo a la sede central de SHAPE, cerca de Bruselas, y a La Haya, donde se celebraban las reuniones de las Naciones Unidas. Increíble, pensó Mason sombríamente. Había muchos sitios en Europa que quería conocer y explorar, pero esos dos no estaban en su lista.

Lisa Dorfman se paseó por delante de él varias veces para captar su atención. Era mona, sí; tenía el pelo rubio y un cuerpo de tenista, pero su personalidad engreída y su complejo de superioridad borraban de un plumazo su belleza.

Cuando se acercó a la mesa para tomar un poco de queso con nueces, ella se puso a su lado.

—Prueba el Reblochon —le sugirió—. Ni siquiera puedes llevarlo a Estados Unidos porque tiene organismos que no están permitidos por la Agencia de Alimentos y Medicamentos.

Él puso un pedazo en su plato.

—No sé mucho de quesos. Me bastaría un poco de Cheez Whiz con galletas Ritz.

Ella se echó a reír como si hubiera dicho algo hilarante.

—Y tú vas a Dalton School, ¿no?

—¿Cómo lo sabes?

—¿Es que no has leído la información de bienvenida? Se

mencionan las escuelas de todos los becarios. Además, mi madre los buscó a todos en Internet.

—Muy atento por su parte.

Él no pasaba demasiado tiempo en Internet. Era lento, y el teléfono pitaba de un modo desagradable cuando se conectaba.

Lisa volvió a reírse. Qué fácil de divertir era aquella chica. Demasiado fácil.

—Mi madre solo quería asegurarse de que yo iba a pasar el verano con gente apropiada —dijo, y señaló al chico de Nigeria con la cabeza—. Su padre es el ministro de Cultura. La madre de Malcolm es un miembro del parlamento y conoce a todo el mundo. No pudimos encontrar nada sobre la chica del burka.

—No es un burka. Lleva un *hijab* y un *niqab*.

Mason se quedó sorprendido por el hecho de recordar cómo se llamaban aquellas prendas; lo había estudiado en su asignatura de Religión Comparada.

—Vaya, qué listo eres. A mí me parece muy raro hoy día, y a su edad. Represivo —dijo Lisa, y se estremeció.

—Puede ser que tenga sus motivos.

—Sí, tal vez es que es muy fea —susurró Lisa, con una sonrisa despreciativa.

Mason ya había tenido suficiente conversación con aquella chica.

—Disculpa —le dijo—. Parece que la gente se está despidiendo.

Se acercó a su padre, y le dijo:

—Eh, el *jet lag* me está pasando factura. ¿Podemos irnos a casa?

—Claro, hijo.

Le dieron las buenas noches a todo el mundo y decidieron volver en metro al apartamento. Era tarde, y pasaban pocos trenes, pero desde la escalera oyeron que llegaba uno a la estación.

—¡Vamos, hijo! —exclamó su padre—. ¡Corre!

Mason se echó a reír y adelantó a su padre escaleras abajo; recorrió el pasillo de azulejo con la intención de alcanzar el primero al tren. Lo consiguió, y se giró justo a tiempo de ver a su padre corriendo por el andén, con el brazo levantado y una gran sonrisa. Mason sacó la cámara impulsivamente e hizo una foto justo cuando el metro entraba en la estación. Subieron al vagón y él miró la foto en la pequeña pantalla. Captaba perfectamente el espíritu de su padre, la energía y la risa. En la foto parecía que sobre él caía una sombra misteriosa.

—Bueno, tenemos este fin de semana libre antes de que empieces a trabajar —dijo su padre—. He pensado que fuéramos a la costa. Hay un pueblecito precioso en Bretaña, y un amigo mío nos presta una cabaña durante unos días.

Eso estaba muy bien.

—Estupendo —dijo Mason—. ¿Puedo conducir?

—Un poco. Pero aquí no es legal. Tienes que tener dieciocho años para poder conducir en Francia.

—Me portaré bien.

Su padre le repitió los códigos del ascensor y de la puerta para asegurarse de que podía entrar y salir del apartamento.

—Yo también me voy a acostar —dijo.

—Yo estoy completamente despierto —respondió Mason—. Solo quería salir de allí. Era muy embarazoso.

—Esas cosas siempre lo son. Te has portado como un caballero. Tu madre estaría orgullosa. ¿Quieres llamarla para decirle que estás bien?

—Sí.

—Y, después, intenta dormir un poco.

—De acuerdo —respondió Mason—. Aunque voy a comer algo antes.

Su padre le dio un abrazo.

—Buenas noches, hijo. Nos vemos por la mañana.

—Por supuesto que sí.

Mason se comió tres yogures con fresas. El único cereal que había en la cocina era muesli, que le gustaba, pero la única leche era una cosa extraña en un cartón. Los franceses no sabían nada de cereales. Tal vez sí supieran mucho de la alta cocina, pero nunca habían creado algo como los cereales tostados y crujientes con canela, que era lo único que merecía la pena comer cuando uno se moría de hambre por las noches.

Tomó un pedazo de pan con queso y se bebió una botella de agua. Sin embargo, todavía no tenía sueño. Intentó hablar con su madre, pero solo le respondió el buzón de voz.

—Ya estoy aquí –dijo–. Papá ha dicho que me he portado como un caballero en la reunión informativa y que vamos a la costa este fin de semana. Dile «hola» al abuelo George de mi parte.

Sintió una punzada de envidia al pensar en que sus hermanos y su madre estaban en Montauk con su abuelo. Se recordó que él estaba en París, por Dios, y que sería mejor que le gustara.

Intentó leer, pero se aburrió. Intentó navegar por Internet. El módem, por supuesto, no funcionó. Nunca funcionaba.

En el exterior, la ciudad estaba tan despierta como él. Las calles estaban bañadas por la luz dorada de las farolas de vapor de sodio. Pasó por delante de la habitación de su padre de puntillas, tomó algunos billetes de veinte francos de la mesa del vestíbulo y entró al ascensor. Cuando bajó al portal y salió a la calle, no sabía exactamente adónde quería ir, pero quería salir al mundo. Todavía tenía hambre. Pensaba en la comida casi tanto como en las chicas. Lo que de verdad quería era un plato de patatas fritas.

Estaba a punto de atravesar el callejón de servicio del edificio cuando salió una *scooter* que estuvo a punto de chocarse contra él.

—¡Eh! —gritó, retrocediendo de un salto—. ¿Qué demonios...?

—*Salaud* —dijo la motorista—. Mira por dónde vas —le espetó, y se subió la visera del casco para fulminarlo con la mirada.

Aquellos ojos... Mason se tambaleó ligeramente en la acera. Él conocía aquellos ojos.

—Eres Katia —le dijo, en inglés.

—Sí.

—Yo soy Mason, ¿no te acuerdas de la reunión de esta noche?

—¿Y qué?

Él no podía evitar mirarla fijamente, porque estaba completamente distinta: llevaba unos pantalones vaqueros ajustados y una camiseta que dejaba al descubierto su estómago, y tenía el pelo negro, muy largo, suelto por la espalda. ¡Vaya!

—Vamos, sube. Deprisa —dijo ella.

Él no se lo pensó dos veces. Se montó en la moto detrás de ella. Katia olía a un jabón o un champú especiado. Él encontró los estribos para los pies y se agarró a la barra de atrás. Bueno, por fin aquella noche se estaba poniendo interesante.

—*Allons-y* —dijo.

Ella aceleró y se alejó del edificio por un bulevar, hacia las luces de la ciudad. Mason echó la cabeza hacia atrás y miró el cielo nocturno con una sonrisa. Después de todo, aquel verano no iba a estar tan mal.

No hacía falta ser un genio para darse cuenta de que Katia estaba saltándose las normas que le imponían sus padres.

—Así es más divertido —explicó ella, mientras aparcaba la Vespa frente a un club en St. Germain.

—Sí, pero imagínate que te pillan —dijo Mason—. Eso no sería divertido.

—No, no lo sería.

—¿Y si a mí me pillan contigo? —continuó él, sujetándole la puerta—. ¿Qué me harían, me cortarían la nariz?

—No seas idiota.

—Es verdad, perdona.

—Mi familia... Bueno, principalmente mi madre, es bastante conservadora.

—Ah. Los padres pueden ser un problema, sí.

Llegó el camarero, y Katia pidió un anís llamado Ricard para los dos. Se lo sirvieron en vasos altos, con hielo, junto a una jarra de agua.

—Nunca lo he probado —dijo él—. Tienes que enseñarme cómo se hace.

Ella le añadió un poco de agua a sus bebidas e hizo chocar los vasos.

—Salud.

—Salud —respondió Mason. Tomó un sorbo e hizo un mohín—. Sabe a pastillas de la garganta.

—Supongo que hay que acostumbrarse a su gusto.

Para él era imposible no mirar a Katia. La cara que se escondía tras aquel velo era tan bella como sus ojos. Tenía una piel perfecta que parecía muy suave, y una boca muy bonita que él quería...

—¿Te gusta ir al cine? —preguntó, de repente.

—Pues claro. A todo el mundo le gusta.

—Durante el vuelo he visto *Antes del amanecer*. ¿La has visto?

—¿Y de qué va?

—Es de un chico que conoce a una chica en un tren, y se gustan mucho, pero saben que solo tienen una noche para estar juntos. Así que se bajan del tren en Viena y salen por ahí toda la noche —explicó Mason, y se rio—. Así explicado no parece tan buena como es. Es buenísima. Parece... real. No parece una película. Deberíamos ir a verla, si todavía la echan.

—En París echan todas las películas.
—Cierto. Entonces, deberíamos ir.
—¿Y por qué Viena?
—¿Qué?
—Que por qué se bajan en Viena.
—No sé. Podría ser cualquier ciudad donde nadie los conozca y tengan toda la noche para ellos.
—Ah, entiendo. Suena bien.
—Si tú pudieras hacer eso, si pudieras salir toda la noche con cualquier chico...
—¿Con cualquier chico?
Él sonrió.
—Bueno, conmigo.
—¿Y?
—En cualquier ciudad. ¿Qué ciudad elegirías?
—Fácil. París. Es mi ciudad favorita del mundo.
—¿Has visto muchos sitios?
—Los suficientes. Para mí, esta ciudad es el centro de todo, no solo por lo que más atrae a los turistas, el arte, la arquitectura, los museos, los restaurantes... Me encanta la energía que hay aquí. Con torcer una esquina puedes encontrarte en un barrio diferente. Llevamos aquí cinco años, y estoy segura de que solo he visto la superficie.
—Pues entonces, vamos a hacerlo.
—¿El qué?
—Vamos a salir por París toda la noche.
—Ya estamos saliendo.
—Pero estamos en un sitio de turistas. Vamos a buscar otra cosa. Podemos volver antes de que amanezca.
Ella apoyó los codos en la mesa y la barbilla en una mano. Tenía los dedos delicados, y las uñas como el nácar. Parecía que su sonrisa emanaba de sus ojos, y que iluminaba el resto de su cara lentamente.
—Está bien.
Mason pagó sus copas. Salieron del club y montaron

en la moto. A él le pareció genial que ella se moviera en moto por la ciudad; a su padre le daría un ataque si se enteraba de que había ido en moto en la parte trasera y sin casco, pero, seguramente, le parecería bien la chica que había elegido. Tenía clase, era lista, era guapa y era divertida. Y Mason sabía, por instinto, que había mucho más que descubrir en ella.

Katia lo llevó al Décimo Noveno Distrito, un barrio llamado el Mouzaïa, donde podrían encontrar la mejor comida magrebí. Katia le explicó que «magrebí» es el gentilicio para designar a los oriundos del norte de África: Túnez, Argelia y Marruecos. También era el dialecto del árabe que hablaba ella. El barrio era una parte de París que él no había visto nunca, duro y oscuro en algunas partes, vibrante y brillante en otras. Comieron *falafel* y bebieron café solo y dulce, y ella le hizo probar la *mahjouba*, que era algo parecido a una crepe rellena de mermelada de tomate picante.

El hecho de oírla hablar en árabe con la gente de aquel barrio tenía algo muy sexy, aunque fuera incomprensible. Sin embargo, también habló mucho con él. Lo miraba con aquellos increíbles ojos oscuros, de largas pestañas, y parecía que quería estar con él toda la noche.

–Te pareces muchísimo a tu padre –le dijo–. ¿No te lo dice la gente?

–Sí, supongo que sí.

–Cuéntame cosas del negocio de tu familia –le pidió ella–. ¿Es a lo que os dedicáis todos cuando termináis la universidad?

–Bueno, es lo que a mis padres les gustaría que hiciera. Yo no les he prometido nada. Cuando era pequeño pensaba que mi familia se dedicaba a hacer dinero. A fabricarlo, es decir, como la otra gente hacía pipas de fumar, o ropa, o máquinas o pan. Sin embargo, mi padre venía a casa con papeles y más papeles. El término «finanzas internacionales» suena aburrido, pero a mí me gusta cómo funcionan esas cosas. Mi abuelo y mi padre hacen posible que otras personas cumplan sus sueños, porque encuentran la manera de que esa gente consiga la financiación que necesita para hacer lo que quiere hacer.

–Vaya, sí, suena bien –dijo ella, sonriendo–. ¿Con qué sueñas tú, Mason?

Con las chicas. Con el sexo. Con la comida.

–Con muchas cosas –respondió él–. Me gusta ver el mundo. ¿Has ido alguna vez a Estados Unidos?

–No, pero me gustaría ir. ¿Cómo es?

–Yo vivo en Nueva York, en Manhattan, la parte más bulliciosa. Es una ciudad muy grande, increíble. Tenemos una casa en Long Island. Es una casa de playa. Y tengo parientes que viven en una ciudad junto a un lago en las montañas de Catskill. Es un sitio precioso, pero hace muchísimo frío en invierno. Cae más nieve de la que hayas visto en tu vida.

Ella lo miró por encima del borde del vaso.

–Yo nunca he visto la nieve.

–¿En serio?

–Soy del Sáhara –le recordó ella.

–Vaya. Pues me encantaría enseñarte sitios, si alguna vez vas a Estados Unidos. El invierno en las montañas, el verano en la playa. Te encantaría. Puedo enseñarte a hacer surf.

–No nado muy bien. No he vuelto a ver el mar desde que era pequeña.

–¿Es que no te gusta?

–No me gusta bañarme con la ropa. Cuando llegas a la pubertad tienes que ponerte el velo, incluso para bañarte en el mar. ¿Has probado alguna vez a bañarte con pantalones largos, una camisa de manga larga y un pañuelo en la cabeza?

–No, no lo he probado. Yo no te obligaría a llevar todo eso en el agua.

Ella se apretó con un dedo el labio inferior, justo donde él quería empezar a besarla.

—No, supongo que no.

Mason no podía dejar de mirarla. Era tan guapa, y tan *cool*... Ya estaba medio enamorado de ella.

Capítulo 14

—¿Lo pasaste bien anoche?

A Mason se le cayó el alma a los pies. Demonios, ¿su padre ya sabía que se había escapado la noche anterior?

—Um... —murmuró, con la boca llena de tartaleta.

—Me pareció que los otros estudiantes son un grupo interesante.

Mason miró por la ventana para disimular su alivio. Sería un rollo que lo pillaran antes de haber podido salir un poco más con Katia.

—Sí, papá. Son interesantes.

—Eh, cuando yo vine a trabajar durante el verano a la agencia, conocí a tipos que siguen siendo amigos míos.

Él podía imaginarse que seguía siendo amigo de aquella chica para siempre.

—Eso es genial —dijo él. Devoró el resto de la tartaleta y metió el plato al lavavajillas—. Tengo que irme a hacer la bolsa para el fin de semana.

—No necesitas muchas cosas. Unas cuantas mudas y el bañador. En la cabaña tendrás todo lo que necesites.

Se pusieron en marcha en el pequeño Renault de su padre, escuchando en la radio canciones pop francesas increíblemente malas. Su padre conducía aquel coche de marchas como un piloto profesional por las calles abarrotadas y sinuosas de París, y Mason se sintió emocionado.

Su padre bajó el volumen de la radio.

—Creía que la chica era maja.

A Mason empezó a movérsele la pierna de nerviosismo. Tal vez su padre se hubiera dado cuenta de todo, finalmente. Decidió hacerse el tonto.

—¿Qué?

—Solo digo que me pareció que estabas haciendo buenas migas con la chica estadounidense.

—Lisa Dorfman. Vaya una pedante.

Atravesaron el Bois de Boulogne de camino al oeste, y Mason fue mirando la ciudad por la ventanilla. El París que todo el mundo conocía y adoraba, el de los bulevares sombreados, los monumentos, los restaurantes y los preciosos jardines, dejó paso a una parte industrial que era igual que la de cualquier otra ciudad.

—Me dijo que su madre buscaba a todo el mundo en Internet.

—No sabía que se podía hacer eso.

—Supongo que se puede si uno tiene demasiado tiempo libre. Los otros chicos parecían muy majos. ¿Cuál es la historia de la hija de Omar?

—Omar era conductor de ambulancia en Argelia. Emigró hace unos diez años. Es digno de confianza y muy reservado. No conozco a su mujer, y Katia es hija única. Aparte de eso, no sé mucho más.

Mason contuvo las ganas de seguir preguntando. No quería que se notara que estaba interesado. Pero lo estaba, y mucho. Katia era dos personas diferentes, una chica musulmana muy tradicional, envuelta en velos y misterio, y una chica moderna que iba en moto por la ciudad y que mostraba sus músculos abdominales.

Muy pronto, la zona industrial que rodeaba la ciudad terminó. Al dejar la periferia, salieron al campo y, de nuevo, se sintió como si estuvieran en una postal. Había molinos sobre colinas verdes, viñedos de filas perfectamente rectas que parecían infinitas y castillos en medio de los cultivos. Las carreteras cada vez eran más estrechas y pasaban por pueblos de casas de piedra que tenían cabras y patos en los jardines, huertos con árboles frutales, verduras y flores, y pilas de heno.

En los establecimientos de la ruta ofrecían Calvados y galletas de mantequilla. Pararon a comer en un pueblo de la costa llamado Deauville, que tenía una playa larga de arena fina. Parecía que todas las mujeres francesas hacían *topless*.

Mason se quedó allí sentado, en la terraza del café, mirando y mirando.

—No me voy a marchar nunca de aquí —dijo.

Su padre se echó a reír y pidió un cubo de mejillones y un plato de patatas fritas. Cada uno pidió una cerveza. Era estupendo poder tomarse legalmente una cerveza con su padre.

—Hay algunas cosas que los franceses hacen mejor que nadie.

—Síii... —dijo Mason, mirando a una mujer en *topless*, con el cuerpo brillante de crema bronceadora.

—Estaba hablando de los mejillones, pequeño pervertido.

—Claro, claro —dijo Mason, y se comió uno de los mejillones.

Su padre le dio un sorbo a la cerveza.

—Me gusta salir contigo cuando estamos los dos solos.

Aquello hizo que Mason se sintiera orgulloso.

—Lo mismo digo.

—Ojalá tuviéramos tiempo para hacerlo más a menudo —dijo su padre, y se apoyó en el respaldo de la silla—. Te va a encantar Cancale. El paisaje es precioso y hay una playa estupenda, si no te importa bajar un acantilado para llegar, claro.

Cancale. Mason le había oído mencionar aquel lugar cuando hablaba por teléfono el día anterior. Por la tarde, el trayecto les llevó más allá de Mont St. Michel, una gran construcción gótica del siglo IX. No se detuvieron a visitarlo. Mason ya lo conocía, y estaba lleno de turistas. Lo recordaba bien, porque habían ido en familia; Ivy era un bebé gruñón, pero Adam y él se lo habían pasado en grande, corriendo por las calles empedradas y retándose a duelo con espadas de plástico que habían comprado en un puesto.

Por algún motivo, aquel recuerdo lo entristeció. Pensándolo bien, se daba cuenta de que habían viajado muy pocas veces los cinco juntos. Entonces, se recordó a sí mismo lo estupendo que era tener a su padre para él solo.

Cancale le sorprendió, porque era un pueblecito que no había sido invadido por los turistas. Casi todo era gente de la localidad, pescadores, granjeros y obreros con monos de trabajo y un cigarro entre los labios. La casita era de piedra, con los muros encalados y el tejado de teja, y estaba sobre un acantilado rocoso desde el que se divisaba el Canal de la Mancha. En las ventanas había maceteros con flores, y la casa tenía un pequeño jardín bien mantenido. El interior estaba amueblado con sencillez; no había televisión, solo un equipo de música, y las estanterías estaban llenas de libros en inglés y en francés.

El jardín tenía vistas a la costa y al agua azul del Atlántico. A Mason se le hinchó el pecho con solo verlo.

—¿Cómo has conocido este sitio? —le preguntó a su padre.

—Por medio de un amigo.

—¿Qué amigo?

A él no se le había ocurrido pensar que su padre tuviera amigos allí. Pensaba que solo estaba en París para trabajar. Sin embargo, se dio cuenta de que su padre se había construido una vida en Francia.

—Mira las vistas —le dijo su padre, mientras le entregaba unos prismáticos—. Aquellas dos islas son Jersey y Guernsey.

Mason observó el paisaje a través de las lentes.

—Es bonito. ¿Está muy lejos la playa?

—A unos cien metros en línea recta. Podemos ir ahora mismo. Ponte el bañador.

Fue una tarde épica. Su padre y él bajaron por las piedras del acantilado a la playa, se tendieron al sol y tomaron pan, queso y zumo de naranja embotellado. Pasaron horas en el agua, entre las olas, riéndose y nadando, tomando el sol en la arena cálida y mojándose los pies en la orilla.

A Mason le gustaba aquel lado divertido de su padre. Normalmente, estaba tan ocupado trabajando o viajando que no tenía tiempo para jugar. Aquellos dos días que pasaron juntos fueron estupendos. Incluso probó el vino, aunque no le gustó demasiado. Comió una ostra por primera vez en su vida. Escucharon música y leyeron y, por la noche, él soñó con Katia.

La casa tenía algo extrañamente familiar para él, y no estaba seguro de por qué.

—¿He estado antes aquí? —le preguntó a su padre. Las breves vacaciones habían terminado, y estaban recogiendo las cosas para marcharse.

—No —le dijo su padre—, pero espero que podamos volver.

Cuando estaba guardándolo todo en su mochila, le dio un golpe a una pequeña repisa que había en su habitación. Se agachó para recoger los libros, y de entre las páginas de uno de ellos cayó una fotografía. La recogió. Era la imagen de una mujer joven a la que no conocía, que estaba de pie junto a un niño pequeño, delante del mar. No había nada reseñable en aquella fotografía... salvo que el niño tenía algo peculiar; era como si él lo hubiera visto antes. En realidad, lo que ocurría era que se parecía mucho a él.

Aunque eso, por supuesto, era imposible, porque Mason nunca había estado allí, y no sabía quién podía ser aquella mujer.

—¿Lo tienes todo listo? —le preguntó su padre, asomando la cabeza por la puerta.

—¿Quiénes son? —le preguntó Mason, al tiempo que le mostraba la fotografía.

Su padre miró brevemente la foto, le dio la vuelta y se encogió de hombros.

—No lo sé. ¿De dónde la has sacado?

—Se ha caído de un libro —dijo Mason—. *Le Petit Prince*, de Antoine de Saint-Exupéry.

—Ah. Pues no tengo ni idea.

—El niño es igual que yo de pequeño —dijo Mason—. Mira, mira.

Su padre negó con la cabeza.

—Yo no le veo ningún parecido. Vamos, hijo.

Tercera parte

Puedo decir que no sé nada con certeza,
pero que mirar las estrellas me hace soñar.
Vincent Van Gogh

Capítulo 15

Mason salió de la autopista para recargar el coche. Mientras maniobraba para acercarse al cargador, Faith observó su perfil para imaginarse cómo era de adolescente. Joven y trabajador, y decidido a hacer el bien en el mundo. Lleno de emoción por estar en París. Enamorado por primera vez. Y además, descubriendo una faceta nueva y oculta de su padre.

Debió de sentir algo extraño en el núcleo de una familia que creía que conocía. Y, para un niño, el hecho de presentir pero no saber era una sensación terrible.

Ella sintió el impulso de tenderle la mano a aquel niño y de darle un abrazo; quiso decirle que todo iba a ir bien. Sin embargo, no podía decirlo, porque él no se lo había contado todavía, y ella tenía la sensación de que iban directos al momento en que todo se había vuelto del revés.

—Vaya verano tuviste —dijo—. Entonces, esa casita en la costa era de Celeste, o de...

—Sí. Creo que de su familia, aunque no lo averigüé hasta mucho después.

—¿Le pediste los detalles a tu padre?

—No, en ese momento, no —respondió él. Conectó el coche al cargador y dijo—: Va a tardar unos quince minutos. ¿Te apetece tomar una taza de café o comer algo?

–No, gracias.

A Faith le gustaba hablar con Mason. Podría escucharle todo el día, pero no entendía por qué. Eran completamente distintos; el mundo de Mason eran las altas finanzas y los viajes al extranjero, y su mundo eran sus hijas y los clientes a los que tenía que cuidar. Tal vez el origen de aquel sentimiento fuera su preocupación compartida por Alice.

No. Tenía que admitir que era algo más que eso. Aquel hombre la atraía en muchos sentidos. Sin embargo, lo principal era que él averiguase lo que le estaba pasando a Alice. Faith miró los mensajes en el teléfono que le había cedido Alice, un *smartphone* que funcionaba de verdad. Tenía un mensaje de texto en el que Lena le decía que Alice estaba bien.

–Seguramente, esta es la historia de un primer amor más exótica que he oído en mi vida –dijo después, retomando la conversación con Mason–. París, una chica de un país lejano, una escapada nocturna…

Él la observó durante un instante.

–¿Quién fue tu primer amor?

–Billy Banner, quinto curso. Tenía el pelo largo y un flequillo que se le metía en los ojos, y montaba en monopatín como si fuera el Silver Surfer. Me llevó a ver *Hook*, la película de Robin Williams, y nos tomamos de la mano. Desde entonces, soy admiradora de los cómicos que también son buenos actores, como era Robin Williams, o como Bill Hader ahora.

–Bueno, pero eso es amor infantil –dijo Mason, riéndose–. No es el tipo de amor del que estoy hablando yo.

Ella se ruborizó.

–Ah. ¿Y de qué tipo de amor estás hablando tú?

–Del amor de verdad. Quiero saber cuándo fue la primera vez que el amor se apoderó de ti y no te soltó. Yo ni siquiera sabía lo que era cuando lo experimenté con Katia –continuó Mason–. Fue la primera persona con la que me sentí yo mismo. Podía bajar la guardia y dejar que viera exactamente quién era yo. Quería... Lo quería todo. Aquel sentimiento cambió la forma en que yo veía el mundo.

–Vaya. Eso sí que es un primer amor –dijo Faith. Él no tenía ni idea de lo romántico que sonaba, y ella se sintió azorada–. Esta conversación es muy personal. ¿Cómo es que ha llegado a ser una conversación tan personal?

Mason no respondió, sino que esperó. Se hizo otro de aquellos silencios embarazosos que se producían entre ellos algunas veces.

Faith se apoyó en el coche.

–Mi primer amor de verdad también fue el último. Dennis.

Mason la miró sombríamente.

–Siento mucho lo de tu marido. De verdad.

Ella miró al pavimento. Tenía fisuras causadas por el tiempo.

–Ya hace unos años que murió, pero todavía lo echo de menos. ¿Ha sufrido mucho tu madre por tu padre?

–Todos pensamos que sí. Supongo que ahora está sufriendo por otra cosa.

Para Alice, la pérdida se había convertido en una traición.

–La ayudaremos a superarlo –dijo Faith–. Lo juro.

Notó que Mason la miraba de nuevo. Que se quedaba mirándola fijamente, con una mirada suave.

–¿Qué ocurre?

–Eres muy distinta a otras mujeres que conozco, Faith.

Ella se cruzó de brazos y miró hacia abajo. Vio sus pantalones vaqueros desgastados y sus zapatillas de deporte. La mujer a la que había visto de pasada en la oficina de Mason era como Regina, sofisticada y elegante. Ella sabía que ni en uno de sus mejores días sería considerada como alguien sofisticado. Era demasiado práctica, y tenía demasiado poco dinero, como para comprar maquillaje y ropa.

—Y lo decía como un cumplido —aclaró él.

Ella frunció el ceño.

—¿En qué sentido soy diferente?

—Haces tu trabajo como si fuera algo más que un trabajo. Te entregas a tu tarea. Lo vi desde el principio. Conectaste con mi madre...

—Te refieres a que nos embestimos de cabeza.

—Al principio, dudé que fueras a permanecer mucho tiempo en el puesto. Ella tiene tendencia a dar órdenes y a hacerse un poco la víctima, y tú te diste cuenta y cortaste por lo sano con esas tonterías. Por eso me pareces diferente. Diariamente veo a gente que va a trabajar aunque no quiera ir. Dejan atrás una parte muy importante de sí mismos.

—Sí, pero nosotros tenemos trabajos muy diferentes.

Faith se preguntó cómo iba a desenvolverse él teniendo que implicarse más en el cuidado de su madre. Pero lo primero era lo primero; tenían que llegar al fondo del intento de suicidio de Alice.

—¿Y tu madre? ¿Crees que tu padre y ella estaban enamorados?

—Hasta aquel verano, eso era lo que yo creía. Cuando empecé a tener dudas, me sentí como si me hubieran dado un puñetazo en el estómago. Así que me imagino cómo ha sido para mi madre.

Como una pérdida repentina y absoluta de seguridad, pensó Faith. Recordaba que eso era lo que había sentido al quedarse sin sus abuelos y, después, sin su madre. Fue como si hubieran tirado de la alfombra que tenía bajo los pies. Había perdido el equilibrio en la vida.

Mason se marchó hacia una tienda cercana y volvió con dos botellas de color cobalto muy frías.

—Agua mineral de Gales —dijo, entregándole una de las botellas.

Ella miró el precio. Aquella era la primera botella de agua de seis dólares que se iba a tomar en la vida.

—Tú tampoco eres como nadie que haya conocido nunca —le dijo.
—¿En el buen sentido, o en el malo? —preguntó Mason, con una sonrisa.
—Todavía me lo estoy pensando.

Faith tomó un sorbo de agua. Tenía burbujas, y aquel era un día perfecto para aquella bebida. El sol del mediodía se filtraba entre las hojas de los árboles del aparcamiento, y el cielo estaba muy azul. Faith se preguntó, con tristeza, qué tiempo hacía el día que Alice se había tirado por las escaleras. ¿Tenía alguna importancia? ¿Se daba cuenta alguien del tiempo que hacía cuando su mundo se desmoronaba?

—Parece que conseguiste algunas pistas sobre tu padre cuando te llevó a aquella casa junto al mar —le comentó a Mason.
—Sí, supongo que sí. Pero acuérdate de que yo era un crío. Estaba loco por aquella chica tan exótica que acababa de conocer y eso me distrajo de todo lo demás.
—¿Le dijiste algo a tu padre?
—Seguramente, pensé en preguntarle algo en algún momento, pero entonces todo saltó por los aires, literalmente hablando.
—No lo entiendo.
—Veinticinco de julio de 1995.
—¿Tiene algo de especial esa fecha?
—No creo que aquí le dieran importancia en las noticias. Pero, teniendo en cuenta todo lo que ha ocurrido después, deberían haberlo hecho.

En verano de 1995, ella estaba trabajando media jornada y cuidando de su madre el resto del tiempo. No recordaba ninguna noticia de aquel año.

—¿Y por qué?
—Porque fue un atentado terrorista.

Cuarta parte

El corazón humano es una nave frágil en la que queremos llegar a las estrellas.
Giotto di Bondone

Capítulo 16

París, julio de 1995

Mason y los otros becarios trabajaron duramente en la ONG. El nombre de su puesto de trabajo era «asistente político», pero, en realidad, solo era un contable de tres al cuarto y el chico de la oficina. No le importaba hacer recados y repartos, porque podía ir en bicicleta a llevar los documentos de oficina en oficina. Era emocionante y peligroso esquivar el tráfico e ir por distintos carriles con la mochila de repartidor a la espalda. A las pocas semanas, ya se había aprendido barrios enteros de la ciudad. Su francés se volvió más fluido y más natural, sobre todo el argot. Aprendió muy pronto a decir palabrotas como un verdadero francés cuando un conductor descuidado se le cruzaba por delante o no le cedía el paso.

El trabajo de contabilidad era más tedioso, pero el hecho de poder ver a Katia en la oficina, envuelta en sus velos, le mantenía tan eufórico que casi no podía pensar con claridad. No hablaban mucho ni se reunían durante la jornada de trabajo, pero de noche se encontraban en secreto. Ella era una artista del cambio de ropa. Se quitaba la túnica y los velos y dejaba al descubierto un cuerpo de modelo de lencería y una sonrisa más resplandeciente que el sol. Podían meterse en un buen lío si los pillaban, pero eso hacía que todo fuera aún más emocionante.

En el trabajo, cuadrar números y hacer informes le mantenía con los ojos abiertos. Para hacer el bien en el mundo hacía falta financiación. Aprendió lo que costaban las medicinas y el transporte. Aprendió que, si las cosas no funcionaban, la gente sufría.

Mason empezó a tomar más conciencia de aquello. Mientras revisaba un correo electrónico que Thierry le había pedido que leyera, se encontró con una carta con dos fotografías adjuntas. La primera mostraba a una mujer con un bebé malnutrido en brazos. En la segunda, la misma mujer aparecía con el niño rebosante de salud, regordete y sonriente. La carta estaba llena de agradecimientos para la agencia. El niño enfermo se había convertido en un niño feliz.

Mason fue corriendo a mostrarle las fotografías a su jefe. Thierry las estudió y sonrió.

—Estas cartas son las mejores que uno puede recibir, ¿a que sí?

—Sí, las mejores —dijo Mason.

Thierry le devolvió la carta.

—Tal vez te gustara trabajar en el boletín trimestral. Lo publicamos para que la gente conozca el trabajo que hacemos. Los testimonios de este tipo son la mejor forma de explicar cuál es nuestra misión.

—Claro.

Thierry le dio instrucciones a su ayudante.

La mujer que estaba a cargo de la revista le dio una gruesa carpeta y lo miró con alivio.

—Me vendría muy bien tener ayuda con esto —dijo.

Así supo Mason lo importante que era aquella misión. Había ido a disfrutar de aquella beca pensando que iba a ser un aburrimiento. Sin embargo, le encantaba ir a la oficina y trabajar contabilizando hasta el último céntimo que entraba o salía de las cuentas.

Y, por encima de todo, le encantaban sus encuentros secretos con Katia. Estaba locamente enamorado de ella. Y ella, siempre que podía escapar de la vigilancia de su padre, le mostraba la ciudad, en moto o en metro. Fueron a ver el enorme rinoceronte del Centro Pompidou, esquivando a los que intentaban timar y robar carteras a los turistas. Vieron a bandas de *reggae* por la calle, fueron al Estadio de Francia a ver un partido, pasearon por el Canal St. Martin y curiosearon por el rastro de la zona, fueron al Museo de Orsay para ver el *Retrato de la madre del artista*. Recorrieron las colinas del Montmartre y se acercaron al Moulin Rouge, siguiendo la pista de Toulouse-Lautrec, entraron a bares muy concurridos y visitaron parques y jardines.

Vieron las actuaciones de algunas bandas callejeras y les dieron francos incluso a los que eran muy malos. Decidieron no esperar la cola para entrar al Louvre y fueron a la mansión del Museo Rodin, a sus tranquilos jardines. Él miró la firma de *El beso* e intentó pensar cuál era el mejor modo de conseguir un beso de Katia.

En realidad, no importaba lo que estuvieran haciendo. Lo que realmente ocurría era que se estaban explorando el uno al otro.

Katia le tomaba el pelo acerca de su apetito. Él tenía hambre todo el tiempo. En vez de buscar sitios donde sirvieran platos franceses clásicos, como caracoles y *tartare de boeuf*, comieron en pequeños restaurantes vietnamitas y en furgonetas de comida en Clignancourt, y probaron más platos magrebíes en Belleville.

En una ocasión, se llevaron un buen susto en aquel barrio; estaban mirando los grafitis y buscando el mejor sitio para comer un cuscús vegetariano, cuando Katia lo empujó al interior de un soportal.

–Agáchate –le dijo–. Esos tíos no pueden verme.

Mason vio acercarse a dos magrebíes que llevaban trajes viejos y estropeados y zapatos muy desgastados. Iban fumando y gesticulando por una de las abarrotadas calles del mercado.

—¿Quiénes son? ¿Los conoces?

—Más o menos. Los conoce mi padre. Son hermanos, y no quiero que me reconozcan. Solo dan problemas.

—¿Qué tipo de problemas?

—Se dedican a organizar protestas y concentraciones, cosas de esas. Están en un grupo que quiere traer la guerra civil de Argelia hasta Francia.

—¿En Argelia hay guerra?

Ella esperó hasta que los dos hombres pasaron de largo.

—Sí, desde hace unos años —respondió—. El otro día, unos extremistas mataron a un señor de ochenta años aquí mismo, en París. En mi casa no se habla de otra cosa. Mi padre dice que ya no hay ni la más mínima esperanza de llegar a un acuerdo de paz.

—¿Y esos dos participaron en el asesinato?

—No lo sé. Son agitadores. Y son... chivatos. Si me vieran, se lo dirían corriendo a mis padres, y yo sería...

—Mujer muerta —dijo él.

—Exacto.

Mason tuvo un arrebato protector hacia Katia. Le ponía furioso que tuviera que esconderse para poder ponerse la ropa que quería y salir con sus amigos. Se puso delante de ella para taparla lo más posible, hasta que los tipos torcieron una esquina.

Para su alivio, los dos hermanos parecían muy concentrados en su conversación, demasiado como para fijarse en dos niños que estaban en un soportal.

Mason sabía que tenía que hacer algo. Nunca había conocido a nadie como Katia, nunca había sentido aquello por ninguna chica.

Planearon una excursión de un día a Fontainebleu, a las

afueras de la ciudad. Él no estaba seguro de lo que Katia les habría dicho a sus padres, pero allí estaba, en su punto de encuentro habitual, cerca de la estación de metro de St. Michel. Llevaba ropa occidental; estaba increíblemente guapa con unos pantalones cortos y una camiseta de tirantes. Había metido su vestimenta tradicional en la mochila que llevaba a la espalda. Tomaron un tren con destino a Fontainebleu y fueron caminando hasta el castillo, bajo el sol. Era un lugar de cuento de hadas, rodeado de jardines y bosques bellísimos. Compraron pan, queso y cerezas para comer, y se sentaron en una pradera de césped junto a una fuente.

Disfrutaron de cada hora que pasaron juntos. Hablaron de todo y de nada, de sus esperanzas y de sus preocupaciones, de películas y de música, y de los sitios del mundo que querían conocer.

Todo les parecía gracioso, y se rieron incluso cuando no tenían nada de lo que reírse. Él tomó una cereza y se la comió, y le tendió una a Katia. La visión de la fruta roja en sus labios lo volvió loco, y ya no pudo soportarlo más. Se inclinó y la besó. Le dio un beso largo y dulce que lo excitó e hizo que le diera vueltas la cabeza. Ella le devolvió el beso, con una respiración tan sutil como la brisa de verano.

Mason se había besado con otras chicas, pero nunca había sido como aquello. Cuando, por fin, el beso terminó, él estaba sonriendo.

—Llevaba todo el verano queriendo hacer esto.

—Lo sé —dijo ella. Se tendió en la hierba y le devolvió la sonrisa.

—¿Qué quieres decir con eso de que lo sabías?

—Una chica se da cuenta de esas cosas.

—¿Ah, sí?

—Claro.

—¿Y sabes lo que quiero hacer ahora?

—No me lo digas —replicó ella—. Hazlo.

Oh, Dios. Mason pensó que iba a flotar por el aire.

Entonces, se inclinó sobre ella y la besó de nuevo, profundamente, dejándose llevar por las sensaciones.

Mientras la besaba, se dio cuenta de que aquello que sentía era amor. Se besaron y se susurraron el uno al otro sin separar los labios, en inglés y en francés, y ella dijo algo en árabe que sonó tan dulce como el canto de un pájaro.

Él lo repitió, y ella se echó a reír.

—No —le dijo Katia—. Se dice así —añadió, y repitió lo que había dicho en árabe.

Él lo dijo una vez más.

—¿Qué tal?

—No está mal, para un norteamericano.

—¿Qué significa?

—No estoy segura de que te lo vaya a decir.

—Bueno. Pues se lo diré yo a tu padre la próxima vez que lo vea.

Aquella respuesta consiguió que Katia se riera a carcajadas.

—Como quieras, pero seguramente te llevarás una buena bronca.

Él le agarró las muñecas y se las sujetó contra el suelo.

—No te voy a soltar hasta que me lo digas —le advirtió, y le besó los labios, los ojos y el cuello, donde su olor a especias era cálido y dulce—. Te lo sacaré con tortura, si es necesario.

Ella se echó a reír de nuevo, pero, en aquella ocasión, con más suavidad.

—Está bien, Mason. Te lo voy a decir.

—¡Bien! Lo he conseguido con tormentos, ¿ves? —dijo, y volvió a besarla durante un largo instante. Ella suspiró. Entonces, él repitió las palabras en árabe y preguntó—: ¿Qué significa?

Ella lo miró fijamente, y él creyó que iba a derretírsele el corazón.

—Significa «Quiero que tú seas el primero para mí».

Oh, Dios.

—¿En serio?

—¿Y tú qué crees? Claro que sí, en serio. ¿Lo has hecho alguna vez?

Tuvo la tentación de decir que sí, que lo había hecho, para parecer un hombre de mundo. Sin embargo, cuando la miró a los ojos, solo le salió la verdad.

—No. Nunca.

Después de pasar aquel día en Fontainebleu, el mundo le parecía más brillante, más claro y más delicioso. Mason no podía dejar de pensar en Katia, ni en el trabajo, ni cuando salía a cenar con su padre, ni cuando estaba en la ducha ni cuando estaba haciendo repartos y recados en bicicleta. No era como otros enamoramientos que había tenido, como cuando Lacey Jackson se había puesto un disfraz de mujer pirata que le marcaba unos pechos estupendos, ni cuando Jenna Albertson había bailado una canción lenta con él en séptimo y él había tenido una inmediata y humillante erección. Aquello era otra cosa completamente distinta. Tenía un dolor en el corazón, tan fuerte que le dolía, pero quería sentirlo porque era inmensamente poderoso.

Además, iban a llegar hasta el final.

—¿Cuándo? —le preguntó ella.

Estaban juntos en la sala del correo, organizando la correspondencia.

—Tenemos que encontrar un lugar privado.

No podían contar con el apartamento, porque su padre tenía horarios impredecibles. Trabajaba mucho hasta muy tarde. Algunas veces, no volvía a casa hasta medianoche. En otras ocasiones aparecía de repente en casa.

La casa de Katia, por supuesto, tampoco. Aunque ella se echaba a reír cuando él mencionaba todos los tormentos que podrían idear sus padres sobreprotectores, Mason no quería tentar al destino.

—¿Un hotel? —preguntó él.

—Supongo que podríamos, pero...—Katia miró a su alrededor y bajó la voz—. Quiero estar contigo toda la noche.

—Sí, yo también.

—Tengo una idea —dijo ella, con los ojos muy brillantes, entrecerrados a causa de su sonrisa. Era genial el hecho de que él pudiera ver aquella sonrisa aunque no pudiera verle la cara.

—Cuéntamela.

—Se supone que tenemos que hacer un viaje a La Haya, para ver una reunión de las Naciones Unidas. Convenceré a mis padres de que tengo que hacer este viaje con todos los demás.

Mason no podía respirar. Pensó en abrazarla como se abrazaban los amantes de la escultura *El beso*. Pensó en que iba a estar con ella toda una noche, y la idea estuvo a punto de hacer que estallara.

—De acuerdo.

Los ojos de Katia sonrieron de nuevo.

—De acuerdo.

Mason encontró preservativos en el baño de su padre, en un cajón, junto a la espuma de afeitar, algodones y botellitas de champú de los hoteles.

Si se hubiera parado a pensar, le habría parecido extraño que su padre tuviera preservativos; pero, claro, solo podía pensar en Katia y en que iban a hacer el amor por primera vez. Le habría parecido extraño porque, después de tener a Ivy, su madre se había ligado las trompas de Falopio. Al menos, él creía que lo había hecho, puesto que había sucedido hacía mucho tiempo. Tal vez lo estuviera recordando mal.

Sin embargo, aquello no tenía importancia, ni se le ocurrió pensarlo con detenimiento, porque le daba vueltas la cabeza.

Estuvo muy nervioso durante toda la cena con su padre. Intentando que no se le moviera la pierna, dijo la mentira de la mejor manera posible.

–¿Puedo irme la semana que viene? –preguntó.

–¿Adónde? –preguntó su padre, que parecía un poco distraído.

–A La Haya. Nos han invitado a ver una reunión de las Naciones Unidas. Es un comité especial...

–¿Y habrá supervisión?

Mason estaba preparado. Puso un horario de trenes sobre la mesa.

–Nos vamos el día veinticinco después del trabajo. Y nos quedaríamos en un hostal para jóvenes justo en La Haya. El último tren sale muy tarde, así que me quedaría dos noches.

Su padre asintió sin objeciones.

–Está bien –dijo–. Parece una buena oportunidad.

Sí, desde luego que lo era.

–No te metas en líos.

–Papá.

–Solo es un consejo. Que lo pases muy bien.

–Gracias, papá. Bueno, y tú, ¿vas a estar bien sin mí?

Su padre todavía parecía distraído.

–¿Cómo? Oh, sí. Claro. Ya se me ocurrirá algo que hacer.

–No te metas en líos –le dijo Mason, imitando su voz.

Su padre se aturulló durante un momento. Después, sonrió.

–Eh, eso tengo que decirlo yo –sacó la cartera y le dio a Mason unos cuantos francos extra–. En serio, que lo pases muy bien allí. No te separes del pasaporte. Nunca se sabe lo que puede pasar.

«No te haces una idea», pensó Mason.

Fue casi corriendo hasta el punto de encuentro en St. Michel. Estaba enamorado, y no podía dejar de pensar en la noche que les esperaba a Katia y a él al final de aquel viaje en tren. Por fin iban a estar solos los dos.

Se preguntó si a Katia le habría resultado tan fácil convencer a sus padres. Iba a averiguarlo muy pronto.

Parecía que había más gente de lo normal en el metro. Observó a los pasajeros que bajaban las escaleras y recorrían los pasillos en medio de la cacofonía de los músicos que tocaban, los mendigos y los turistas. Katia y él quedaban siempre en una de las entradas del metro, la que estaba junto a la Brasserie St. Andre, pero él todavía no la había visto llegar. Iban a tomar la línea que les llevaría a la Gare du Nord y, una vez allí, el tren hacia Holanda.

Miró el reloj. Habían pasado unos minutos de las seis, la hora a la que habían quedado. Él comenzó a sentirse nervioso otra vez, y comenzó a pasearse. ¿Dónde estaba Katia?

Recorrió el perímetro de la plaza. A lo lejos se recortaban contra el cielo azul las torres de piedra y los contrafuertes curvos de Notre Dame. Vio a tres de sus amigos del grupo, a Lisa Dorfman, que estaba dando órdenes, como de costumbre, y a Malcolm y a Taye, que la estaban ignorando, como de costumbre también.

—Nuestro primer viajecito —dijo Malcolm, y señaló la boca del metro con la cabeza—. ¿Vienes?

—Estoy esperando a Katia —dijo Mason.

—Oooh, Katia —dijo Taye, fingiendo que se abanicaba.

—No va a venir —afirmó Lisa, en su habitual tono de prepotencia—. Sus padres no la van a dejar.

Vaya, ¿tendría razón Lisa? Mason la miró con cara de pocos amigos.

—Yo voy a esperar. Nos vemos en la estación.

—Muy bien, acuérdate de que el tren sale a las siete.

Sus tres compañeros bajaron juntos las escaleras.

Mason vio a un par de gendarmes al otro lado de la plaza. Una mujer pasó junto a él, y la brisa le arrancó un pañuelo de color rosa que llevaba al cuello. No se dio cuenta, y se dirigió hacia las escaleras del metro a toda prisa. Él recogió el pañuelo y la siguió.

—*Excusez-moi, madame* —le dijo—. *Votre écharpe...*

Ella se giró hacia él, con la mano en la barandilla.

—*Merci*, ¿eh? —dijo, con una sonrisa.

Era increíblemente guapa, como una supermodelo. Tenía el pelo rubio y brillante, y unas piernas muy esbeltas. Era tan impresionante que él se quedó sin habla.

—*Je vous en prie* —respondió, tartamudeando.

Cuando la mujer desapareció en el interior de la estación, él volvió a mirar a su alrededor por la plaza, en busca de Katia. Katia no era una supermodelo, pero era mucho más atractiva para él que cualquier otra mujer. Justo cuando empezaba a pensar que no iba a aparecer, la vio acercarse por la pequeña calle de Suger, que discurría entre dos muros altos. Por un momento, él tuvo la sensación de que ella estaba en otro tiempo; su figura envuelta en velos destacaba contra la piedra de color arena de la antigua casa de la moneda.

Los velos le cubrían el pelo y el cuello, y solo se le veía la cara. Tenía un aspecto efímero, como si la brisa que había hecho volar el pañuelo rosa pudiera llevársela volando a ella también.

Entonces, Katia lo vio y alzó un brazo para saludarlo. Mientras ella avanzaba hacia él, esquivando bicicletas y motos, con la bolsa de viaje rebotando contra su pierna, Mason percibió el momento en que sus preocupaciones y sus dudas desaparecieron, y el alivio se le reflejó en la mirada.

Él pensó que todo iba a salir bien. Iba a ser increíble. O eso esperaba, al menos. De repente, deseo no ser tan inexperto. En un pasado no muy lejano, cada uno de sus progenitores había cumplido con su obligación de mantener una conversación sobre el sexo con él. Por supuesto, había sido embarazoso e incómodo, y no demasiado útil, pero los elementos más importantes sí le habían quedado claros: seguridad, amor y respeto. No era tan difícil.

Sus padres no habían entrado en explicaciones sobre la mecánica, que era lo que más necesitaba saber una persona. Para ese tipo de consejos siempre había compañeros del colegio a quienes les gustaba hablar de lo que habían hecho o, quizá, mentir. Mason siempre había mantenido los oídos bien abiertos. Había muchas posibilidades de que sus compañeros no supieran mucho más que él, pero tal vez hubiera sacado algo en claro de sus fanfarronerías.

Cuando Katia le dio la mano y él le pasó el brazo alrededor de la cintura y la atrajo hacia sí para darle un beso, Mason se dio cuenta de que ya tenía toda la información que necesitaba.

—Un momento —dijo ella—. Tengo mucho calor con todo esto.

Entonces, se quitó la túnica de manga larga y la metió en la mochila, con las demás cosas.

—Así, mucho mejor.

—Estás increíble —dijo Mason, y la besó de nuevo. Se preguntó qué dirían los otros becarios cuando la vieran con su ropa occidental.

—Eres muy amable. Siento llegar tarde, pero, bueno, a esta hora pasan muchos trenes hacia la Gare du Nord.

Habían llegado a la entrada de la línea de metro que iba al norte cuando Mason oyó una voz ronca que gritaba el nombre de Katia y soltaba una retahíla de palabras en árabe.

No tuvo que entender nada para saber que los dos tipos que se acercaban estaban enfadados por algo. Iban vestidos con monos azules de obrero y llevaban unas gorras negras.

—*Merde* —dijo Katia, tomándolo de la mano—. Haz como si no oyeras nada.

Mason los reconoció.

—Son los hombres a los que vimos en Belleville aquel día —dijo.

Los dos hombres los alcanzaron enseguida. Ambos comenzaron a hablar con ella rápidamente. Mason entendió algo de la conversación y, el resto, lo dedujo por sus gestos.

—Mira cómo vas. Eres una desgracia para tu familia —decían, refiriéndose a su ropa.

Entonces, uno de los tipos gritó y gesticuló. Ella se quedó pálida y se giró rápidamente hacia Mason.

—Tengo que volver rápidamente a casa.

—¿Qué ha pasado?

—Dicen que mi padre se ha puesto enfermo.

—Oh, Dios... —murmuró Mason, y empezó a imaginarse un infarto, un derrame, un accidente...—. ¿Qué ha pasado?

Los dos hombres siguieron hablando sin parar. Estaban sudando, y el más joven de los dos casi echaba espuma por la boca.

—Tengo que irme —repitió ella.

—Te acompaño.

El mayor de los dos dijo algo más.

—Tiene moto —dijo ella.

—Ah. Entonces...

—Lo siento —dijo Katia, en inglés, mientras uno de los tipos la agarraba del brazo y tiraba de ella.

Mason tuvo un arrebato de protección. Dio un paso hacia delante.

—Eh...

—Intentaré llegar a la Gare du Nord después —dijo ella, en inglés, lanzándole una mirada de advertencia.

Uno de los tipos le soltó algo a Katia. Ella abrió mucho los ojos y subió en la *scooter*.

—Mason, nos vemos después, ¿de acuerdo?

—No, no estoy de acuerdo. Debería ir contigo...

Uno de los dos tipos le clavó un codo en las costillas y lo tiró al suelo. Katia gritó algo en su lengua materna. El ruido de la moto ahogó sus palabras mientras se alejaban. El segundo hombre se marchó a pie, primero caminando de prisa y, después, corriendo.

Mucho más tarde, Mason se preguntaría por qué estaban ellos dos aquella noche en St. Michel, y cómo se las habían arreglado para localizarla.

Se levantó del suelo y se sacudió la ropa. No sabía qué hacer. ¿Renunciaba a hacer aquel viaje, o seguía? Si de verdad le había ocurrido algo al padre de Katia, entonces, él quería estar a su lado, aunque su familia no iba a permitirle que se le acercara.

—¡Eh, Mason! ¡Hola!

Se dio la vuelta y vio a Taye acercándose hacia él. Estaba con Lisa y con Malcolm, y los tres llevaban sus mochilas.

—¿Estás preparado? —le preguntó Lisa, dándose un golpecito en la bolsita que llevaba colgada del cuello, donde guardaba el pasaporte.

—¿Dónde está Katia? —preguntó Malcolm, mirando a su alrededor.

—Al final, no va a poder venir —dijo Mason, con el corazón encogido.

—Bueno —dijo Lisa—. Vamos a darnos prisa para poder tomar el siguiente metro.

Los tres empezaron a bajar las escaleras con el resto de los viandantes.

Él, sin saber qué hacer, exasperado, soltó una palabrota

y comenzó a bajar las escaleras para entrar al metro. Tal vez la enfermedad del señor Hamini no fuera nada, y Katia pudiera reunirse con ellos en la estación de metro.

El metro estaba abarrotado. Olía a comida, a sudor y a goma quemada. Su abuelo le había contado que, antes, se podía fumar en el metro. Aunque ya no estaba permitido, aquel lugar todavía olía a humo.

Mason se estaba acercando al andén de la línea norte cuando, al otro lado de las vías llegó un tren que venía del sur. Los frenos del primer vagón chirriaron. Él alzó el cuello para intentar ver a los demás. Era la típica hora punta del fin de semana, pero nada se salía de lo normal. Sin embargo, unos segundos después, el túnel explotó.

Comenzó como un solo golpe de tambor y, después, la vibración estalló a través del túnel como un tren desbocado. Mason tuvo la sensación de que lo había atropellado un vagón. Sintió un tremendo impacto en la mandíbula y en el estómago, y una oleada de presión aplastó todo su cuerpo, huesos y partes blandas. La estación se llenó de humo. Hubo una pausa infinitesimal y, después, la onda expansiva lo recorrió todo. Y después, se formó una bola de fuego y una llamarada de viento que lo succionó todo hacia la explosión. Él se agarró a una barandilla. El metal ardía, pero no se soltó. Las piedras y el escombro del túnel le golpearon la cara y la cabeza, y vio brillos de color naranja brillante delante de sus ojos. A su alrededor, todo se puso rojo a causa de los pedazos de metal al rojo vivo que volaban por los aires.

«Corre. Corre, no mueras aquí, corre, no mueras aquí, corre, no mueras aquí...». Era lo único que podía pensar. Se mordió la lengua y notó el sabor de la sangre en la garganta. No oía nada, y se estaba ahogando. Intentó gritar, pero no pudo emitir ningún sonido. Tenía los pantalones mojados, pero no de sangre, sino de orina.

De algún modo consiguió llegar a una salida. Todo estaba lleno de gente horrorizada que gritaba, pero él no podía oír los gritos. Había un hombre intentando subir las escaleras, pero tenía un pie girado hacia atrás en un extraño ángulo. Mason le agarró el brazo y se lo puso por encima de los hombros, y lo llevó hasta el pavimento. El hombre cayó como un saco de piedras. Un gendarme se acercó corriendo, con la cara llena de sangre, y se agachó para ayudar. Le dijo a Mason que se alejara.

Cerca de él pasó una mujer conmocionada, que se comportaba como si no hubiera ocurrido nada. Mason no podía oírla, pero leyó sus labios.

—Tengo que ir al metro. Tengo que ir a casa.

No se daba cuenta de que había perdido la mayoría de la ropa en la explosión, ni de que tenía la cara, el estómago y el pecho llenos de hollín.

Él se miró la ropa. Tenía el pantalón y la camisa hechos girones, y había perdido un zapato. La Place St. Michel era como una zona de guerra. No parecía el corazón del Barrio Latino. Las terrazas, que unos minutos antes estaban llenas de estudiantes, estaban ocupadas por gente en estado de terror. Los conductores abandonaban los coches en plena calle. Era una escena surrealista; él veía a la gente llorar, veía a los heridos, pero no oía nada.

Pensó en Katia y, en silencio, le dio las gracias al tipo que se la había llevado en la moto. Entonces, recordó a Taye, a Malcolm y a Lisa, y se le heló la sangre en las venas. Ellos iban por delante de él en el andén. Dios, ¿y si...?

Comenzaron a llegar ambulancias y camiones de bomberos a las orillas del Sena. Varios helicópteros rojos de defensa civil sobrevolaban la zona, y la policía formó barreras para cerrar las calles y callejones, mientras el personal sanitario atendía a los heridos. Él reconoció los uniformes negros de la policía antiterrorista francesa, que corría al interior del metro.

Un paramédico con una bata verde se acercó a él y le

dijo algo. Mason se señaló los oídos y negó con la cabeza. El médico volvió a hablar, pero alguien se le acercó corriendo con una mujer en brazos. Mason se fijó en el pañuelo rosa que todavía llevaba al cuello y recordó que era la bella mujer que le había dado las gracias un poco antes; había perdido una de las piernas, y el hueso y los tendones asomaban ensangrentados a la altura de la rodilla.

Mason apenas sentía su propio cuerpo mientras se alejaba. Notaba las vibraciones de las sirenas y de las bocinas de los coches, y del vuelo de los helicópteros. Había añicos de cristal y escombros en el pavimento. Encontró una sandalia tirada, se la puso en el pie descalzo y siguió caminando.

Más allá de la zona de la explosión, las cosas parecían normales. La gente iba a hacer los recados, entraban en la panadería para comprar una baguette para la cena o tomaban algo en las terrazas de las cafeterías. Algunos se percataron de que había ocurrido algo grave y alzaron la vista hacia los helicópteros y la columna de humo negro. Los tenderos salieron a la acera, rascándose la cabeza con desconcierto.

Mason empezó a oír de nuevo, aunque solo los sonidos amortiguados del tráfico y las sirenas. Atravesó el río en Pont Royal y recorrió un bulevar bajo la sombra de los árboles, hacia casa de su padre. La gente lo miraba con extrañeza, y una mujer se cruzó de calle para evitarlo.

Cuando fue a marcar el código en la entrada, apenas reconoció su propia mano, que estaba ennegrecida por el hollín y llena de cortes diminutos y ensangrentados.

Mientras subía en el ascensor, le latía el corazón tan rápido que pensó que le iba a explotar el pecho. ¿Sería como la explosión de St. Michel? ¿Notaría que el fuego le quemaba la piel y que se le salían los tímpanos de los oídos?

La puerta del ascensor se abrió, y se oyó una melodía francesa. Su padre estaba en la cocina con una mujer morena.

Ella se echó a reír y él la tomó entre sus brazos y la besó en los labios. Había un niño pequeño sentado en uno de los taburetes de la encimera, haciendo una construcción de Lego.

La escena que Mason tenía ante sí le resultó tan incomprensible como la explosión del metro. Fue una conmoción que lo dejó tambaleándose.

–¿Qué demonios es esto? –preguntó, en voz alta.

A la mujer se le escapó un grito de alarma, y saltó hacia atrás, plantándose directamente delante del niño.

Su padre palideció.

–¿Mason? Dios mío, ¿qué te ha pasado?

–¿Qué te ha pasado a ti? –preguntó él, con furia.

Su padre le murmuró algo rápidamente en francés a la mujer, pero Mason no se quedó allí a escucharlo. Fue a su habitación y cerró de un portazo.

El ruido de la puerta lo partió en mil pedazos. Cayó de rodillas en el suelo y vomitó.

Quinta parte

*¿De qué sirven tus estrellas y tus árboles, tu amanecer
y el viento, si no forman parte de nuestra vida diaria?*
                                                    E. M. Forster.

Capítulo 17

El puente cubierto, de color rojo, que atravesaba el río Rchuyler, apareció detrás de una curva de la carretera. Faith se dio cuenta de que el viaje desde la ciudad había transcurrido casi volando. Pestañeó, como si estuviera despertando de un sueño. Los kilómetros habían pasado rápidamente mientras ella escuchaba la historia de Mason como hipnotizada.

–Lo siento –dijo en voz baja–. Es horrible tener que ser testigo de algo tan horrible, y más para alguien tan joven. Tenías la misma edad que tiene ahora Cara. Debió de ser horrible.

–Es raro hablar de ello ahora. Aquella era una vida distinta para mí; yo era una persona distinta –respondió él–. El hecho de sobrevivir a aquel atentado me cambió por completo en muchos sentidos, en cosas que todavía estoy descubriendo. No podía hacer nada salvo dejarlo en el pasado y seguir adelante. Al menos, eso fue lo que pensé.

Mason flexionó y extendió los dedos sobre el volante.

Ella sabía que una persona no seguía adelante tan fácilmente después de un trauma como el que él había sufrido aquel verano en París. Se giró hacia él y observó su perfil, su rostro bello y con una expresión de preocupación. Se le había caído un mechón de pelo por la frente, y ella tuvo la tentación de apartárselo. Metió la mano bajo el muslo para resistirse.

—¿Cuál fue la causa de la explosión? ¿Llegó a saberse?

—Claro. Cuando sucedió, fue noticia en todos los medios. Pusieron una bomba bajo uno de los asientos de un metro que iba para el sur. Era una bomba de fabricación casera llena de explosivos, clavos y tuercas.

—Es horrible. ¿Quién puede hacer algo así?

—Un grupo de extremistas minoritario. Querían que Francia dejara de ayudar a Argelia. Hubo ocho o diez muertos aquella noche, no lo recuerdo bien. Y un centenar de heridos. La gente perdió miembros, sufrió quemaduras, traumas, heridas internas...

—Debió de ser una pesadilla —dijo ella en voz baja.

—Es imposible de describir. Mi vida cambió en diez segundos.

—¿En qué sentido?

—Para mí aquello fue un punto de inflexión. Me obligó a ver el mundo de una manera distinta. Ya no era un lugar seguro.

Recordó la conversación que habían mantenido durante aquella noche, bajo la luz de las estrellas, cuando ella le había contado cómo había sido la muerte de sus abuelos. La historia de Mason le recordó el horrible día de diciembre en que sus abuelos habían perdido la vida a causa de un avión que cayó del cielo justo cuando ellos se sentaban a cenar. El atentado de Lockerbie fue distinto, pero algunas de las imágenes de terror y confusión que le había descrito Mason le resultaron muy familiares. Ella también había sobrevivido, como Mason, pero los dos tenían las cicatrices de aquellos sucesos.

En aquel momento, Faith entendió por qué él la había mirado de aquella manera aquella noche, y por qué la había entendido. Y comprendió también el motivo de que Mason hubiera reaccionado así ante las heridas de la víctima del accidente de moto. La sangre y las lesiones de la víctima debían de haberle despertado todos los recuerdos del horrible atentado de París.

–Lamento muchísimo que tuvieras que pasar por todo eso –le dijo–. Y, después, tener que volver a casa con esa carga sobre los hombros...

Él asintió.

–Me vi obligado a ver a mi familia de otro modo.

–Tu familia también dejó de ser algo seguro.

–Sí, más o menos. No es que tuviera miedo por mi seguridad, pero dejé de confiar en lo que pensaba que sabía. Mi padre era un mentiroso y un infiel, y mi madre... Era alguien a quien pensaba que tenía que proteger. No podía permitir que averiguara lo que estaba pasando. Me vi en una posición muy difícil, porque no quería ser yo el que se lo dijera... Después de todo eso, me distancié.

Una familia destruida.

–Cuéntame más cosas sobre la mujer y el niño que estaban con tu padre –le dijo Faith.

Mason asintió mientras aminoraba la velocidad para atravesar la plaza principal de Avalon. Aquella tarde de verano era muy plácida, muy tranquila. El parque estaba lleno de paseantes, y había muchos veraneantes por las calles.

–La mujer se llamaba Celeste, y el niño, Simon. Ellos se marcharon, y mi padre me llevó al médico. Los hospitales estaban llenos, pero encontramos una clínica en Neuilly, un poco alejada de la ciudad.

–Estabas herido.

Él se tocó la cicatriz en forma de media luna que tenía en la mejilla.

–Cortes y quemaduras.

–Tu padre debió de ponerse frenético.

–Toda la ciudad fue presa del pánico. Hubo registros en los barrios argelinos y la policía estableció medidas de seguridad por todas partes. Se suponía que yo tenía que declarar, pero no llegué a hacerlo. Solo quería salir de allí. Mi padre y yo nos fuimos aquella misma noche; yo le grité que me llevara al aeropuerto. Ni siquiera podía empezar a procesarlo todo.

—¿Tu madre sabía algo de Celeste?

—No, nunca. Durante una temporada, me pregunté si lo sabía y se hacía la tonta. Sin embargo, ahora ha quedado bastante claro que no tenía ni idea de los secretos de mi padre hasta que Celeste se ha puesto en contacto con ella —respondió Mason, y apretó la mandíbula.

Faith detestaba los secretos. Dennis le había ocultado durante demasiado tiempo que su enfermedad empeoraba, pensando que la estaba protegiendo; sin embargo, le había robado la oportunidad de ayudarlo, tal vez, incluso de salvarlo, o al menos, de tenerlo a su lado durante más tiempo.

Mason miró con dureza hacia delante. Estaba muy tenso, y apretó el volante con las manos.

—Mi padre tenía muchas excusas. Me dijo que Celeste y él solo eran amigos. Claro, lógico que dijera eso: lo que dicen todos los que engañan a sus mujeres. Me dijo que ella estaba pasando por una situación difícil y que él solo la estaba consolando.

—Pero si tú los viste besándose.

—Sí. Y no era un beso de consuelo. Pero yo solo era un chaval, y me tragué la historia porque era la única forma de poder pensar que no ocurría nada malo. Una parte de mí quería creer eso. Dejé que me convenciera de que lo que había visto era algo aislado. Mi padre tenía el don de saber decir lo que los demás querían oír. Utilizó todos los clichés posibles: «No es lo que parece. Solo somos amigos. Te juro que no voy a volver a verla. Tu madre no puede enterarse, porque no lo entendería». Ese tipo de cosas. Y yo me lo tragué todo como si fuera un perro hambriento.

—Es comprensible. Cualquier niño querría pensar lo mejor de sus padres.

—Me manipuló y yo se lo permití –dijo Mason, y exhaló un suspiro de frustración–. Aquella noche, en la clínica, mi padre me dijo tres mentiras: que la amistad entre Celeste y él había terminado, que no sabía quién era el padre de Simon...

—¿Y la tercera?

—Me dijo que, si no decía nada, mi familia no tenía por qué cambiar.

—Pero aquello lo cambió todo, ¿no?

—Desde mi perspectiva, sí. Él hizo que yo creyera que, si le contaba a mi madre lo que había visto, provocaría el final de nuestra familia.

A ella se le encogió el corazón.

—Eso es una carga muy pesada para un niño.

—No me ordenó que no lo contara. Me dijo que yo debía tomar la decisión.

—Incluso peor. Te puso en una situación horrible.

Él asintió.

—Yo cumplí con mi parte. Supongo que es lo que hicimos todos. Lo que está muy claro para mí es que a partir de aquello, me distancié de mis padres. Iba a suceder de todos modos, porque yo me marchaba a la universidad –explicó–. Ni que decir tiene que mi verano en París terminó de repente. Mi padre y yo conseguimos billetes para volver a Nueva York. En el aeropuerto, él fue al *duty-free* y compró una pulsera de Bulgari para mi madre. Yo no hablé con él en todo el vuelo. En la clínica me habían dado analgésicos, y solo recuerdo que fui todo el viaje durmiendo.

—Vaya. Qué historia, Dios mío.

Mason ajustó el retrovisor para evitar que la luz del sol se reflejara en el espejo y lo cegara.

—Pasamos el resto del verano en casa de mi abuelo, en Montauk. Yo fui a hacer surf con mis amigos, como había querido todo el tiempo –dijo, y se quedó callado unos segundos–. Claro que, después de lo que había ocurrido en París, ya no estaba muy interesado en el surf.

–¿Qué fue de Katia?

Él volvió a suspirar.

–Necesitaríamos un trayecto en coche hasta Chicago para terminar esa parte de la historia.

La idea de ir a Chicago con él, en su coche, le resultó bastante interesante a Faith.

–Bueno, pues en otra ocasión...

Él asintió.

–Nosotros cinco, Taye, Malcolm, Lisa, Katia y yo, seguimos en contacto. Lisa perdió un ojo en el atentado, y se casó tres veces. Ahora está soltera, y es la mejor abogada que conozco. Está especializada en Derecho Mercantil y Societario, y mi empresa cuenta con sus servicios constantemente. Taye trabaja en el departamento financiero de las Naciones Unidas. Malcolm es diseñador de zapatos. Y Katia... ella estudió Medicina y se hizo cirujana traumatóloga. Está especializada en cirugía para la gente que haya sido víctima de atentados terroristas.

–Traumatóloga. ¿Le has hablado sobre el accidente de tu madre?

–No, pero no sería mala idea. Katia trabaja para una ONG que envía cirujanos traumatólogos para que ayuden a las víctimas del terrorismo, así que está viajando constantemente. Hace un par de años que no hablamos directamente.

–Te agradezco que me cuentes todo esto. No tenía ni idea de si había relación entre el hecho de que tu madre recibiera una carta de Celeste Gauthier y el hecho de que sufriera un accidente aquella misma noche.

Él la miró brevemente, y volvió a fijar la vista en la carretera.

–Eres la primera persona a la que se lo cuento.

—¿En serio? ¿Ni siquiera se lo has contado a tu prometida?

—¿A Regina? —preguntó él, e hizo un movimiento negativo con la cabeza—. Hace veinte años que sucedió. Para ser sincero, no pienso en ello todos los días.

—Pero es un secreto muy grande como para haberlo guardado durante tantos años.

—Creo que no me quedaba más remedio. Y, cuando mi padre me juró que ya no veía a Celeste, decidí creerlo. Ahora también me siento engañado.

—Entiendo que te distanciaras de tu padre, pero ¿y tu madre?

—Cuando volví de París, ella se dio cuenta de que yo había cambiado en algo, así que dejé que pensara que todo se debía al atentado. Sin embargo, ella... bueno, ya la conoces. Es muy intuitiva.

—Sí, mis hijas y yo ya nos hemos dado cuenta de eso.

—No quería que me hiciera preguntas que no iba a poder responderle. Siempre se me ha dado fatal mentir, pero se me da bien tener la boca cerrada. Terminé el instituto y me marché a la universidad, y seguí con la esperanza de que mi padre tuviera razón en lo de que nada iba a cambiar para mi familia —dijo Mason. Cuando giró en la entrada de la casa, miró a Faith—. ¿Cuánto hace que mi madre lo sabe?

—Tendrás que preguntárselo a ella.

—Increíble —murmuró él.

—Te necesita, Mason. Necesita no sentirse sola.

Faith sabía que aquel comentario salía de un lugar que casi nunca le mostraba a la gente: el lugar donde escondía su dolor. De vez en cuando quería dejar que alguien entrara en aquel lugar, quería apoyarse en alguien, pero no tenía a nadie. Alice sí tenía a alguien, sin embargo. Tenía a Mason.

—Está bien —dijo él—. De todos modos, será un alivio terminar con esto de una vez.

—Es más fácil decir la verdad que guardar un secreto.
—Si tú lo dices...
—Los secretos siempre acaban escapándose.
—O explotando —dijo él.

Mason se quedó en la puerta de la sala, observando a su madre sin que ella lo viera. Alice estaba mirándose la mano como si en ella tuviera todos los secretos del universo. Muy lentamente, casi como empujados por una brisa, sus dos primeros dedos se movieron.

—Maravilloso, Alice —dijo Deborah, su fisioterapeuta—. Estás haciendo un buen progreso.

Mason siguió observando a su madre, una mujer que se lanzaba de cabeza al agua desde los acantilados y que montaba en bicicleta por las laderas de un volcán. Se le rompió el corazón, y se preguntó si su intento de suicidio había tenido algo que ver, de verdad, con Celeste.

—Eh, mamá —dijo, por fin, mientras entraba en la sala.

Ella enarcó las cejas.

—Vaya, vaya, qué sorpresa.

—Me apetecía mucho venir —dijo él, y se inclinó para darle un beso en la mejilla. Le estrechó la mano a la fisioterapeuta, y le dijo—: Me alegro de verla de nuevo.

—Su madre y yo estábamos terminando. Esta mujer me deja agotada.

Mason sonrió.

—Esa es mi madre.

Cuando se quedaron a solas, él se sentó frente a ella y apoyó los codos en las rodillas.

—No sé cómo empezar esta conversación —dijo—. Así que iré directamente al grano.

Ella esperó, mirándolo impasible.

—Has recibido algo por correo de Celeste Gauthier.

—¿Y?

—¿Decía por qué se ponía en contacto contigo?
—Imagino que se ha enterado de que Trevor murió.
A Mason se le secó la garganta.
—¿Y qué quiere?
—Te contestaré a eso dentro de un momento. Entiendo que conoces a Celeste Gauthier.
—No, no la conozco. Los vi a ella y al niño solo una vez, hace veinte años, cuando estaba en París con papá.
A ella se le cortó la respiración un momento, y aquella fue la primera indicación de su sorpresa.
—El verano del atentado del metro.
—Sí. Los vi la misma noche del atentado.
Ella lo miró con frialdad.
—¿Y no te pareció que debías decirme lo que estaba pasando entre tu padre y Celeste?
—Mamá, yo no entendí nada esa noche. Llegué al apartamento después de la explosión, tambaleándome, y ellos estaban allí. Es obvio que no me esperaban.
—Pero podías habérmelo dicho después, cuando ya estabas de vuelta en casa. ¿No se te ocurrió que tal vez tuvieras que decirme que tu padre tenía una aventura, que me merecía saber que mi marido tenía una amante y un hijo?
—Sí, claro que te merecías saberlo –dijo Mason–. Pero no era tu hijo quien debía decírtelo.
Ella tomó aire profundamente.
—En eso estoy de acuerdo contigo –respondió–. Era cosa de tu padre, pero él no me dijo nada. ¿Lo saben tus hermanos?
—No. Mira, papá me juró que solo eran amigos. Me dijo que ella estaba pasándolo mal y que necesitaba un amigo.
—Y tú te lo creíste.
—Era papá.
—¿Te explicó que el niño era suyo?
Mason recordó la fotografía que había encontrado en la casita de la playa.

–Lo deduje después, supongo. Mamá, lo siento. Lo que hizo es repugnante. No sé cuánto tiempo duró. Papá me dijo que no iba a volver a verla, y nosotros dos no volvimos a hablar de ello. Yo quería confiar en él. Parecía que vosotros dos... que todo iba bien. Yo pensé que todo había vuelto a la normalidad.

Ella se quedó callada. Tenía una expresión de calma, y se quedó mirando por la ventana.

–Normalidad –dijo–. Ya casi no recuerdo lo que es la normalidad.

–¿Qué quería Celeste Gauthier?

Ella frunció los labios y giró la cabeza hacia él.

–El apartamento de París. Le he dicho que podía quedárselo. Yo no voy a volver a usarlo.

–Eso es muy generoso por tu parte.

–No se trata de generosidad. Tu padre no dejó nada estipulado en su testamento, ni para ella, ni para el niño. Supongo que ahora será un joven. Y Dios sabe que él no pidió que su padre fuera un hombre casado.

Trevor Bellamy tenía muchas explicaciones que dar, pero ¿cómo se le pedían explicaciones a un hombre que había muerto? Era imposible. Podían enfadarse todo lo que quisieran con él, pero su enfado no iba a servir de nada.

–No he venido por Celeste Gauthier –dijo él, al final–. Tampoco he venido por lo que hizo o dejó de hacer papá, porque eso ya no importa–. He venido por ti.

Ella volvió a mostrar su sorpresa con un suave jadeo.

–¿Y por qué ahora?

–Porque tu caída por las escaleras no fue accidental. Tú la provocaste.

La expresión de su madre no se alteró, pero su mirada, sí. Por un momento, se llenó de pánico.

–No seas absurdo, Mason.

–Estoy de acuerdo contigo, suena absurdo decir en voz alta que mi madre ha intentado suicidarse.

Por fin había pronunciado aquellas palabras. Faith le había dicho que fuera sincero. Que dijera la verdad.

—Entonces, ¿por qué lo has dicho? —preguntó su madre.

—Porque eso es lo que sucedió, y no he venido conduciendo hasta aquí para debatir el asunto contigo. Estoy preocupado, y he venido a ayudar.

A su madre se le pusieron rojas las mejillas.

—Esto te lo ha dicho Faith.

—Sí.

—Voy a despedirla inmediatamente. No quiero tener trabajando para mí a una alarmista y una mentirosa.

—No vas a despedirla. Es lo mejor que nos ha ocurrido desde tu accidente.

—¿Que nos ha ocurrido? ¿A los dos? ¿Acaso eso ha sido un lapsus freudiano?

Él no estaba dispuesto a responder a aquello.

—Escucha, mamá, despidiendo a Faith no vas a resolver nada. ¿Por qué no dejas de pensar un momento en ti misma y en la mala suerte que has tenido, y piensas en los demás? Esa mujer está intentando hacer las cosas lo mejor que puede. Está haciendo un trabajo estupendo, comparados con los que han venido antes.

—Es una entrometida. No conoce su sitio. Y saca conclusiones descabelladas.

—No te cae bien porque no se deja amedrentar por ti y te planta cara —dijo él. Se levantó, comenzó a pasearse de un sitio a otro y se pasó una mano por el pelo—. Tampoco he venido para hablar de Faith —dijo, zanjando la cuestión—. Quiero hablar de ti.

—Bueno, pues yo no. Estoy harta de mí misma.

—Mamá, estoy preocupado por ti.

—Pues no te preocupes más. Yo estoy bien. Vuelve a Nueva York con Regina.

—No, de eso nada. He decidido hacer un gran cambio.

Voy a montar una oficina aquí, en Avalon. Voy a vivir en el apartamento de Adam, aquí en la finca.

–Vaya, qué maravilloso tenerte cerca, recordándome mis defectos todo el rato. ¿Cómo puedo ser tan afortunada?

Él ignoró aquel comentario.

–No tengo intención de marcharme hasta que sepa que estás a salvo.

–Muy bien. Pues estoy a salvo.

–Necesito asegurarme de que no vas a volver a intentar suicidarte.

Ella hizo un gesto desdeñoso.

–Estás exagerando.

–Y tú estás restándole importancia a lo sucedido y eludiendo el problema. Mamá, desde aquel verano no hemos vuelto a tener nunca una conversación sincera. Después de saber lo de Celeste, yo no sabía cómo hablar contigo de las cosas importantes. Hablábamos de la universidad, de política y de asuntos sociales, y del tiempo, pero nunca volvimos a conectar. Así que sé perfectamente cuándo alguien está evitando un tema.

–¿Y tú crees que yo no me di cuenta de eso? Cuando volviste de París aquel verano, eras un extraño. Pensé que se trataba del Síndrome de Estrés Postraumático, y claro que se trataba de eso. Pero no era lo único que te pasaba.

Prácticamente desde el mismo momento en que él había bajado del avión, ella le había conseguido los tratamientos más eficaces que había podido encontrar: terapia cognitiva enfocada a los traumas, medicación, terapia de grupo, y algo relativo al movimiento ocular que ya casi ni recordaba. Durante las primeras semanas que había pasado en Estados Unidos había tenido muchas citas en diferentes consultas. Recordó que había llegado a desear que su madre dejara de llevarlo de sitio en sitio y lo abrazara, pero eso no ocurrió. Y nunca, ni durante la terapia de grupo, ni durante la terapia por escrito, ni durante los ejercicios de visualización, había mencionado ni una sola vez lo que había visto en el apartamento de su padre.

—Eché mucho de menos lo unidos que estábamos antes de aquel verano —dijo su madre, en un susurro—. No entendía por qué te encerraste en ti mismo de esa manera. Y ahora lo sé.

El tono de dolor de su voz conmovió profundamente a Mason.

—Siento haberme comportado como un extraño. No quería que adivinaras que te estaba ocultando algo que no tenía nada que ver con el atentado.

—Cuánto lamento, cuánto odio que ese secreto nos apartara el uno del otro —dijo ella—. Daños colaterales.

Mason se dio cuenta de que le temblaban las manos. Respiró profundamente y notó un gran alivio. Había mantenido en secreto aquello durante muchos años, y era una liberación confesarlo todo.

—Bueno, pues aquí estamos, tantos años después, y el secreto ha salido a la luz. Y supongo que este es mi modo de decirte que tengo intención de quedarme en casa y aprender a hablar contigo de nuevo.

Ella lo miró con una expresión que él no había visto nunca: emoción, asombro y un poco de felicidad.

—¿Quién es usted, y qué ha hecho con mi hijo?

—Y ahora, ¿quién es la que está exagerando?

—Mason, de veras, te agradezco mucho tu preocupación, pero no es necesario. No necesito un vigilante.

—¿Y no se te ha ocurrido pensar que lo que pasa es que quiero quedarme aquí?

—Tú nunca has vivido en una ciudad que tenga menos de diez millones de habitantes. Te vas a volver loco en setenta y dos horas, hazme caso —dijo ella—. Además, ¿qué pasa con Regina?

«Que se va a poner hecha una furia».

—Lo entenderá perfectamente.

—¿Y qué vas a hacer tú durante todo el día, todos los días?

—Lo mismo que hago en la ciudad. Ir a trabajar y hacer negocios. Solo que, en vez de volver a mi apartamento, vendré a casa contigo. Puedo ir a la ciudad en tren alguna vez, cuando sea necesario.

—Esa no es vida para un hombre como tú.

—Pues es exactamente la vida que voy a vivir.

—¿Hasta cuándo?

—Hasta que sepa que estás bien.

—Yo ya nunca voy a estar bien.

—Tonterías. La gente puede vivir con discapacidades. No es lo que ninguno hubiéramos elegido, pero es lo que tenemos, y tú vas a estar muy bien –dijo Mason, mirándola fijamente a los ojos–. Has intentado suicidarte, mamá. Eso me tiene aterrorizado. Y… lo siento. Siento que sufrieras tanto como para no querer seguir viviendo.

Ella se quedó silenciosa durante un largo instante.

—Te equivocas con respecto a eso. Faith es una alarmista. Te prometo que tendré más cuidado de aquí en adelante. No habrá ningún otro accidente.

Mason se preguntó si alguna vez iba a conseguir una respuesta sincera de su madre.

—Necesito algo más que una promesa. Necesito saberlo con seguridad.

—Antes creía que no había nada garantizado en la vida, pero no es así –dijo ella, en voz baja, pero con convicción–. Lo que está garantizado es que la vida termina. Así que lo más importante es cómo pasa. Yo daría todos los años que me quedan de vida si pudiera recuperar la movilidad. Dios mío, ojalá pudiera echarme la aceituna en el Martini. Con eso ya me sentiría agradecida.

Aunque hablaba con calma, Mason detectó un temblor en su voz.

–Mamá, deja que me quede. Tú no puedes prepararte el Martini, pero yo sí puedo hacerlo.

Ella hizo un esfuerzo por sonreír, y a él se le rompió el corazón.

–¿Te he dicho alguna vez lo mucho que odio esto? ¿Lo inútil que me siento al ser una carga para todo el mundo?

Bueno, aquello no era precisamente tranquilizador.

–Tú no eres una carga. Das mucho a la gente que te rodea. De camino aquí, Faith me ha dicho lo estupenda que has sido con sus hijas. ¿Has enseñado a Ruby a tocar el piano? ¿De verdad?

–Esa niña es bastante lista. He podido enseñarle mucho solo mediante explicaciones.

–Ahora sí que te reconozco. Lo del accidente fue horrible. El hecho de que papá te engañara fue horrible. Pero estamos aquí, ahora, mamá. Y tú sigues siendo tú misma.

Ella se echó a llorar.

–Yo la provoqué –dijo, con un hilo de voz.

–¿El qué?

–La avalancha.

–Oh, vamos...

–Es cierto. Tu padre y yo conocíamos perfectamente las normas para las zonas con riesgo de avalancha. Llevábamos haciéndolo toda la vida. Pero ese día, nosotros... Yo, yo fui descuidada ese día.

–¿De qué estás hablando?

–Del día que murió tu padre. Tuvimos una discusión. Era por una tontería, como siempre. Él se enfadó y se fue esquiando directo hacia una zona en la que ya había algo de nieve suelta. En vez de esperar, ya sabes que hay que mantenerse lejos de la ladera hasta que tu compañero haya pasado de largo, salí disparada tras él. Yo me di cuenta de que la nieve era inestable, pero estaba tan empeñada en decir la última palabra, que no hice caso de las señales de peligro. Le grité como una bruja. Y entonces fue cuando ocurrió todo. La montaña se nos cayó encima.

Dios Santo. Mason no sabía qué decir. No era de extrañar que se sintiera culpable. En vez de hablar, puso las manos sobre las de su madre. Ojalá ella pudiera sentir su contacto.

Su madre miró sus manos unidas, y dijo:

—Bueno, pues ya lo sabes todo. Yo sé lo que hay que hacer para no correr riesgos en una zona de avalanchas, pero discutimos y no respeté las normas, así que el accidente fue culpa mía. Después me enteré de que me había engañado y había tenido un hijo con otra, y me pregunté por qué no habíamos discutido nunca sobre eso. Y, entonces, me di cuenta de que todas nuestras discusiones eran por eso, pero yo no lo sabía.

A Mason se le cayó el alma a los pies al ver la expresión de su rostro.

—Mamá —dijo—. Siento que hayas sufrido tanto como para querer morir. Siento no haber estado aquí contigo. Pero ahora ya estoy aquí, y me voy a quedar todo el tiempo que necesites. Tal vez, para siempre.

Faith se encaminó hacia la cocina para tomar el primer café del día, y se sorprendió al oír que Ruby ya estaba levantada. Estaba hablando con alguien.

—En realidad —estaba diciendo, con autoridad—: Los Cocoa Puffs son la bomba. Son muy crujientes, y tienen chocolate. Pero yo ya no puedo comer los cereales ricos. Mi madre no me deja. Como tienen tanto azúcar, se me disparan los niveles de glucosa, así que tengo que conformarme con la comida sin azúcar.

Faith entró en la cocina y se encontró a su hija pequeña y a Mason Bellamy contemplando solemnemente un surtido de cajas de cereales que estaban dispuestas sobre la barra de desayunos. Al instante, se sintió azorada por su camisón de supermercado, que tenía estampado el banderín conmemorativo de la victoria de los Avalon Hornets en la liga regional, y sus zapatillas, que eran unas chanclas que habían conocido tiempos mejores. Además, no se había cepillado el pelo...

—Está bien que me lo hayas dicho —le dijo Mason a Ruby, mientras saludaba a Faith con la mano.

Él llevaba unos pantalones vaqueros, una camiseta negra y una americana negra. A pesar de su atuendo informal, estaba muy elegante, y, al verlo, ella se sintió aún más desaliñada. ¿Se había lavado los dientes, al menos? Sí, sí. O eso creía. Aquel hombre hacía que se le murieran todas las neuronas, una a una.

—Hola, mamá —dijo Ruby, que se bajó del taburete de la cocina para darle un abrazo—. ¿Sabes que Mason va a vivir aquí? Se va a quedar en el apartamento de la casa de los botes. A Adam le parece bien porque está haciendo un curso de bombero paracaidista.

Faith había pensado que Mason se resistiría más.

—Ha sido muy rápido.

—Trabajo rápido cuando sé lo que hay que hacer.

—Yo también —dijo Ruby.

Y, con eso, sacó su glucómetro. Sin aspavientos, se pinchó el dedo, puso una gota de sangre en el medidor y grabó su nivel de azúcar. Después, se inyectó la dosis de insulina correspondiente, y dijo:

—Ya está. Dentro de treinta minutos puedo comer.

—Vaya, eres muy habilidosa con eso —dijo Mason.

—Mi hija, el acerico —comentó Faith.

—Cuando empecé me daba miedo, pero ahora ya no.

—Impresionante —le dijo Mason.

Para sorpresa de Faith, Alice entró en la cocina con su asistente del turno de mañana. Normalmente no aparecía hasta un rato después. Alice saludó a todo el mundo con un asentimiento y se dirigió a Ruby:

—Vamos a ver si lo he entendido bien. No tienes ningún problema con las agujas y la sangre, pero dices que te dan miedo los perros, el agua y el tercer curso.

Ruby asintió tímidamente. Después se fue a prepararse un bocadillo para la comida del colegio.

—Se te olvidan las alturas, la oscuridad y la caligrafía —añadió Cara, entrando en la cocina—. ¡Ah, y las bolitas de algodón que hay dentro de los frascos de pastillas! Eso también le da miedo.

—Vaya, ¿cómo he podido olvidar todo eso?

Mason miró a su madre, a Ruby y a Cara.

—Cuando era pequeño, mi madre me decía que el miedo hace que el lobo parezca más grande —le contó a Ruby—. ¿Entiendes lo que quiere decir?

Ella asintió, mirando al suelo.

—Tengo una madre muy lista —dijo él—. Bueno, y tú, también.

Bueno, pensó Faith. Al menos, pensaba que ella era lista. Tal vez no se hubiera fijado mucho en su horrible camisón.

—¿El Avalon Hornets es un equipo de aquí? —le preguntó él, de repente.

Sí, sí se había fijado.

—Es un equipo de béisbol de tercera regional. Su sede está aquí, en la ciudad.

—¿Y podemos ir a un partido suyo alguna vez? —preguntó Ruby—. Me gustan los partidos de béisbol. Sobre todo las palomitas y los perritos calientes.

—Ya veremos —dijo Faith.

—Siempre dices «ya veremos» y esperas que se me olvide que te lo he pedido —dijo Ruby. Se volvió hacia Alice—. ¿A ti te gustaría venir a un partido de béisbol?

Alice se quedó muy sorprendida. Después, dijo:

—Bueno, pues sí. Puede que me gustara.

—¡Genial! —dijo Ruby. Rodeó el final de la encimera y le dio un beso en la mejilla a Alice.

A Faith se le infló el corazón de amor por su hija en aquel momento. El afecto innato de Ruby era un don precioso. Ni siquiera Alice, en sus momentos más malhumorados, era capaz de resistirse a él.

Cara untó una rebanada de pan con mantequilla de cacahuete.

—Gracias a Dios que es el último día de instituto —dijo. Cortó un pedazo y se lo dio a Alice. Entonces, Ruby puso una taza de café alta en la bandeja de Alice y giró la pajita en el ángulo perfecto.

Mason se quedó asombrado por la familiaridad que mostraban las niñas con su madre.

—Creía que te gustaba el colegio.

—Sí, pero me estoy haciendo quisquillosa. Si tengo que sentarme en un pupitre a que me den más clases sobre Historia y Cultura Americanas, me explota la cabeza.

—Me gustaría ver eso —dijo Ruby, suavemente.

Faith se giró hacia Alice.

—Tenemos que estar en el sitio de rehabilitación hoy a las diez.

—Lo tengo en la agenda.

—¿El sitio de rehabilitación? —preguntó Mason.

—Me están dando más clases de conducción —dijo Alice.

—Ah, muy bien. ¿Puedo ir yo también?

—No es necesario.

—Me gustaría ir.

—¿No tienes que trabajar? —preguntó Alice, y mordió otro pedacito de la tostada de Cara.

—Acabo de llegar. Me voy a tomar unos días libres para encontrar una oficina de alquiler en la ciudad e instalarme.

—Recoge tus cosas, Ruby —dijo Cara—. Donno está esperando.

—No he desayunado —protestó Ruby. Metió su bocadillo en la mochila, peló un plátano y lo mojó en una taza de yogur natural—. Dos minutos —dijo, con la boca llena de fruta—. Solo necesito dos minutos.

—Es de mala educación hacer esperar a Donno. Tiene mejores cosas que hacer que esperarnos a nosotras.

Faith también se alegraba de que terminara el colegio. Así se acababan las mañanas de prisas y de discusiones.

—Sed buenas —les dijo, y les dio un abrazo a cada una de sus hijas.

Alice se fue con la asistente a prepararse para ir al centro de rehabilitación. Faith se cruzó de brazos sobre el viejo camisón, prometiéndose a sí misma que se arreglaría más para desayunar a partir de aquel día.

—Bienvenido a las mañanas en el lago —dijo.

—Gracias.

—Seguramente, no tan tranquilas como una típica mañana en tu casa de Nueva York.

—Claro. Yo siempre encuentro la paz interior revisando el correo electrónico.

—Tu madre nunca se había levantado tan pronto a desayunar. Tal vez tenerte aquí sea una motivación para ella.

—Claro —repitió él—. Está entusiasmada. ¿No te has dado cuenta?

Faith sirvió dos tazas de té y deslizó una por la encimera hacia él. Cuando él estaba cerca, a ella le ocurría algo extraño: sentía una atracción poderosa e innegable. Por supuesto, era una tontería, puesto que Mason era inalcanzable en muchos sentidos: emocionalmente, físicamente y socioeconómicamente. Sin embargo, era tan guapo, tan agradable, tan inteligente y tan divertido…

Se preguntó si su hermano se le parecía, y si estaba disponible.

—¿Cómo fue tu conversación con ella? —le preguntó.

—He tenido que convencerla para que no te despidiera.

A Faith no le sorprendió oír aquello.

–Ya me imaginaba que se iba a enfadar.

–Pero no te preocupes. No te vas a ir a ninguna parte. Fue un momento difícil en una conversación difícil.

Ella se percató de que había muchas más cosas que no le estaba contando. Seguramente, la palabra «difícil» era un eufemismo para describir su conversación con Alice.

–¿Y?

Él le puso leche al café.

–Y tenemos muchas cosas que resolver. ¿Por qué me miras así?

–Supongo que esperaba que te resistieras más.

–Gracias.

–No quería decir que… Bueno, no importa. Lo has dejado todo y te has venido aquí, y, aunque tu madre diga lo contrario, está muy agradecida. ¿Qué puedo hacer yo para ayudar?

–Vamos a ir a su psiquiatra. Los dos juntos. Seguro que nos vamos a reír muchísimo.

–Oh, Dios –dijo ella, y llevó su taza al fregadero–. Será mejor que vaya a prepararme ya.

Él se hizo a un lado e inclinó la cabeza formalmente junto a la puerta.

–Como quieras.

Cuando Faith pasaba a su lado, Mason le dijo:

–Me advertiste que era más fácil decir la verdad que guardar un secreto.

–¿Eso te dije? No lo recuerdo. Pero, seguramente, es la verdad.

–Claro. Seguramente, es la verdad. Para que lo sepas, aunque yo esté aquí, esta situación no me entusiasma, precisamente. Pero…

–Esto no es sobre ti –dijo ella, con irritación. ¿Acaso ya se estaba echando atrás?–. Se trata de tu madre, que está sufriendo y tiene miedo, y necesita tu apoyo. Así que,

si vas a enfadarte conmigo por decirte que intervinieras, adelante. Sin embargo...
—Gracias —dijo él.
—¿Qué?
Mason sonrió.
—Es lo único que iba a decirte, Faith, si me lo permites. Gracias.

En el centro de rehabilitación, Mason se quedó a un lado, junto a Faith, observando a su madre mientras hacía los ejercicios diarios con su entrenador. Las instalaciones eran como un gimnasio muy especializado; había equipamiento especial, colchonetas, tablas, pesas y máquinas. Los terapeutas estaban trabajando con gente que sufría distintos grados de discapacidad, desde un anciano de noventa años que se había roto una cadera hasta un niño que tenía una cicatriz en el cráneo afeitado, lo cual indicaba una herida en el cerebro. Aquello era muy distinto de su gimnasio de Manhattan, donde su madre había dominado a la perfección las clases de CrossFit.

Sin embargo, él reconocía la expresión de su cara.
—Esa es mi madre —dijo, al notar la intensidad de su mirada—. Esas son su concentración y su determinación.

Para su asombro, estaba trabajando en una bicicleta estática. La máquina funcionaba con electricidad, pero el movimiento de los pedales iba a mejorar el tono muscular y la función cardíaca de su madre.

—Tu progreso es notable —dijo Tim, el fisioterapeuta—. El hecho de que fueras tan buena atleta es toda una ventaja. Todas las cualidades que adquiriste con tu entrenamiento deportivo siguen siendo esenciales para tener éxito: la determinación, la concentración, la disciplina, la fuerza y la constancia.

—Sí, qué bien —dijo ella.

—Todavía estamos trabajando para mejorar la actitud – dijo él, con una sonrisa, a Mason y a Faith–. Cuando empezamos las sesiones, esta señora era tan afable como un tejón. Ahora soy su favorito, ¿a que sí, Alice?

—Has conseguido traspasar mis defensas –dijo ella–. Ahora soy Rebecca, de Sunnybrook Farm.

—No es para tanto, pero deberías sentirte orgullosa de todo tu trabajo. Te he visto pensar en maneras de usar los brazos, a pesar de las limitaciones. Hace unos cuantos meses casi no podías hacer nada. Ahora puedes poner recta la muñeca y, a veces, manipular los dedos.

—Eso es muy útil. Solo me sirve para abrir la mano involuntariamente.

—Sigue trabajando en la movilidad de la mano, Alice. Cuesta mucho trabajo hacer un milagro. No me sorprendería que encontraras la forma de mover los dedos.

—Muy bien. Dentro de muy poco podré hacerte una peineta.

—Lo espero con impaciencia –respondió Tim.

Con cuidado de proteger su clavícula, la pasó de la bicicleta a la silla.

Mason observó una figura de plástico transparente que mostraba el sistema nervioso, los músculos y el esqueleto. El cuerpo humano le parecía algo muy complejo, casi intimidante. Faith se acercó a él.

—Siempre me ha parecido tan bello, y tan sencillo...

A él le pareció irónico.

—Yo estaba pensando justo lo contrario. Estoy desconcertado. Es como mirar el tendido eléctrico en Tailandia.

—A mí me pasa lo mismo con las finanzas, y es tu especialidad –dijo ella–. Supongo que cada uno tenemos nuestras áreas de conocimiento.

—Ojalá los expertos encontraran una forma de arreglar una médula espinal –dijo él, mirando la ilustración de las vértebras. Al pensar en la lesión de su madre, aquello no le parecía bello ni sencillo. A ella ya no le funcionaba ninguno de los nervios que estaban conectados por debajo de la lesión.

—El sistema nervioso tiene dos partes —le explicó Faith—. La central y la periférica. He estado leyendo cosas sobre los tratamientos de estimulación eléctrica, pero su neurólogo no cree que sean adecuados para ella.

—Me pregunto si verdaderamente hemos investigado absolutamente todo sobre el caso de mi madre. ¿Hemos encontrado a todos los expertos y hemos dado con todos los tratamientos?

—En este campo las cosas cambian cada día que pasa —le explicó Faith—. ¿Y... Katia? La chica que conociste en París.

A él se le encogió el estómago.

—Es médica, ¿no? Traumatóloga. Dijiste que estabas en contacto con ella.

Entonces, Mason entendió lo que quería decir Faith.

—Te refieres a que le pregunte por mi madre. Buena idea. Hoy mismo la llamaré.

—Si se mantiene fuerte, Alice estará preparada para cualquier cosa. Y supongo que, a estas alturas, te habrás dado cuenta de que su estado de ánimo tiene una gran importancia en todo esto.

—Ah, sí. El entrenador es estupendo con ella. Y tú también, Faith. Tengo que admitir que, al principio, pensé que eras muy dura con ella.

Faith enarcó las cejas.

—¿De verdad?

—Os oí un día, cuando estabais enfrentadas una con otra. Entonces, me di cuenta de por qué —explicó Mason. Volvió a estudiar el modelo, y se fijó en el sistema nervioso—. ¿Siempre te ha interesado la neurología? ¿O la anatomía, en general?

—Me interesa cualquier cosa que pueda afectar a mi

cliente –respondió ella–. Pero, sí, me encantan la neurología y la anatomía, y todo lo que tenga que ver con la Medicina. Lo cual significa que tengo la profesión más adecuada para mí. Cuando era joven, mi sueño era ser médica.

–Deberías haberlo intentado –dijo él–. Seguro que habrías sido muy buena.

Faith sonrió con melancolía mientras pasaba el dedo por los nervios del brazo de la figura.

–La vida puede desviarnos de nuestros planes, por muy perfectos que sean.

Según lo que él sabía de la vida de Faith, ella había tenido que recorrer un camino muy duro. Ser madre y quedarse viuda antes de los treinta años, tener que pagar unas enormes deudas médicas y cuidar de Ruby. Y, sin embargo, Faith encaraba cada nuevo día con una actitud positiva.

Cuando la sesión estaba terminando, ella le tiró suavemente del brazo.

–Eh –dijo–. Mira.

Solo el hecho de sentir su mano en el brazo hizo que todas las células de su cuerpo despertaran.

–¿Qué?

–Aquel hombre de ahí, el que está terminando en las barras de caminar.

Mason vio a un hombre alto y musculoso agarrado a dos barras paralelas. Tenía unas cicatrices tremendas en una de las piernas, y otra cicatriz, muy larga, en un brazo.

–¿Es amigo tuyo?

–No, es el motorista que tuvo el accidente al lado de tu casa.

Mason tuvo un escalofrío al recordar aquel día.

–¿Estás segura?

–Sí –dijo su madre, que se acercó a ellos deslizándose en su silla–. Me lo acaba de decir Tim. Deberíamos ir a saludar –añadió y, sin titubear, se dirigió hacia el hombre–.

Soy Alice Bellamy —dijo—. Le presento a mi hijo Mason y a Faith McCallum.

El hombre se detuvo entre las barras.

—Yo me llamo Rick Sanders.

—Tuvo usted un accidente enfrente de mi casa —dijo Alice.

El hombre se quedó azorado.

—¿Sí? Bueno, ese no fue mi mejor día.

—Siento que ocurriera.

—Pues ya somos dos.

—Faith fue la primera persona que lo ayudó después del accidente.

Rick Sanders se volvió hacia ella con los ojos muy abiertos.

—Oh, Dios mío, ¿de verdad? Muchas gracias.

Extendió el brazo para estrecharle la mano a Faith, pero ella se adelantó y le dio un abrazo. Después, dio un paso atrás. A Mason le encantaba ver la naturalidad con la que se relacionaba con la gente, incluso con los desconocidos.

—Me alegro de haber estado en el lugar adecuado y en el momento adecuado.

—Me salvó usted la vida. Quería averiguar quién era, pero... —Rick se señaló a sí mismo, y dijo—: Mi recuperación ha sido muy larga.

—¿Se va a poner bien? —le preguntó Alice.

—Si depende de mí, sí. Pero me han dicho que va a ser un largo camino —dijo él, y la miró con un interés y una calidez genuinos—. ¿Y usted viene a menudo por aquí?

Para asombro de Mason, su madre se ruborizó. Al menos, a él le pareció que se ruborizaba; se le pusieron las mejillas rosas y, aunque no sonrió, empezaron a brillarle los ojos.

—Sí, vengo habitualmente —dijo.

Faith le hizo una seña a Mason para salir al vestíbulo.

—Podemos esperar aquí hasta que termine.

A él debió de notársele mucho la sorpresa, porque ella se echó a reír.

–¿Qué? ¿Qué es lo que te resulta gracioso?

–La cara que se te ha puesto.

–Ah, claro. Entonces, ¿mi madre estaba coqueteando con ese tipo?

–Dímelo tú.

El rubor de sus mejillas. El brillo de sus ojos.

–Ver a mi madre flirteando no es algo que me suceda todos los días.

–¿Y te molesta?

–Cualquier cosa que haga que mi madre quiera vivir la vida me parece espléndida.

A Faith se le suavizó la mirada.

–Bien dicho.

Capítulo 18

—El final del año escolar es el comienzo de lo increíble –dijo Bree, la amiga de Cara. Estaban en la Sky River Bakery, terminando su turno de trabajo. Jenny McKnight, la dueña, le había asignado a Cara el turno de mañana durante el verano, lo cual era estupendo, porque a las doce de la mañana había terminado y tenía todo el día por delante. Todo el día para pasear, soñar, leer, bañarse en el lago... y preguntarse qué demonios iba a hacer el año siguiente. Su tutor se había pasado cinco minutos diciéndole que tenía todo el potencial necesario para entrar en cualquier universidad que quisiera, pero no le había dicho cómo podía hacerlo.

Sin embargo, aquel día no iba a preocuparse por el futuro. Porque en casa, en Downton Abbey, había ocurrido algo parecido a un milagro. La vieja señora Bellamy había accedido a que ella invitara a una amiga y a que todas fueran a bañarse. Era el día más caluroso de todo el año, hasta el momento, así que el mejor sitio para estar era el lago.

Ella no tenía demasiados amigos, porque no era demasiado sociable. Casi siempre mantenía la cabeza agachada y nunca se hacía notar. Bree era para ella lo más parecido a una mejor amiga. Trabajaban juntas en la panadería, y ambas estaban entrenándose para hacer un triatlón, así que estaban entusiasmadas con la perspectiva de pasarse la tarde en el agua.

Fueron juntas en el coche de Bree, un Subaru de segunda mano. Cara envidió a su amiga mientras recorrían la carretera del lago. Ella todavía estaba ahorrando para sacarse el carnet de conducir.

–Bueno, entonces, ¿la señora Bellamy es muy rara, o qué? –preguntó Bree–. Es que... me imagino que yo sería rara si estuviera en una silla de ruedas.

–Bueno, es un poco rara, pero no tiene nada que ver con que esté en silla de ruedas. Muchas veces tiene mal genio, pero otras es divertidísima. Al principio, cuando nos vinimos aquí, no me cayó bien, pero ahora, sí. Es muy inteligente, le gusta hablar de libros y de películas y tiene muy buen gusto para la música. Me dejó descargarme bastantes cosas de David Bowie de su ordenador.

–Eso está genial.

–Ha hecho varios triatlones, antes de tener el accidente, como es lógico.

–Vaya. ¿Crees que nos dará algún consejo?

–Claro. Vamos a preguntarle.

Bree siguió las indicaciones de Cara para llegar hasta la casa. Recorrió la carretera flanqueada de árboles hasta la gran puerta de entrada.

–¿Me estás tomando el pelo? –le preguntó a Cara, mientras salía del coche–. ¡Mira qué casa!

–Ya te dije que era como estar en una película –respondió Cara, señalando con el brazo la mansión y la finca. Hacía mucho calor, y el aire caliente le hacía cosquillas en la piel.

Entraron en la casa de la piscina para cambiarse. Cara tuvo que ponerse el traje de baño del año anterior, pero todavía le quedaba bien. Era un biquini color morado oscuro; aunque lo habían comprado en una tienda de ropa económica, no lo parecía. Sin embargo, sintió una punzada de envidia al ver que su amiga se ponía su nuevo biquini, de rayas azules marino y blancas, para aquella temporada.

Bueno.

Alice y su madre ya estaban fuera, bajando por el camino hacia la orilla del lago. Ruby iba detrás, como un reo de camino a las galeras. Alice y ella habían hecho el trato de que las dos iban a ir a nadar. Para Ruby, aquella era la primera vez. Normalmente, se ponía a gritar y salía corriendo en cuanto el agua le cubría por las rodillas.

Qué miedosilla era. Algunas veces, en sus momentos más oscuros, Cara se preguntaba si Ruby se pondría alguna vez tan enferma como su padre. Hacía años, él era un hombre activo y valiente que siempre reía. Sin embargo, Ruby había conocido a un padre enfermo que tenía que luchar por superar cada nuevo día. Maldita diabetes.

Cara tenía la descabellada idea de estudiar Medicina y hacerse médica para ayudar a la gente, para que no tuvieran que sufrir como su padre y como Ruby. Tal vez se dedicara a la investigación y encontrara una cura para la diabetes. Sin embargo, la universidad estaba fuera de su alcance.

—¿Me recibe? ¿Me recibe? Tierra llamando a Cara, Tierra llamando a Cara —dijo Bree, y le dio un codazo en las costillas—. ¿Por qué no me presentas?

Cara volvió a la realidad.

—Claro —dijo, e hizo las presentaciones. Después, le dijo a Alice—: Gracias por dejar que vengamos a bañarnos. Es el día perfecto para nadar.

—Sí —respondió Alice—. No hay nada como meterse en un lago frío un día de calor.

—Alice participaba en competiciones de salto desde acantilado —le dijo Cara a su amiga.

—Yo me conformo con saltar desde el final del embarcadero —dijo Bree.

—Mamá y yo hemos preparado la comida —dijo Ruby—.

Sándwiches de ensaladilla de huevo, patatas fritas, pepinillos y té helado.

–Vaya, suena delicioso –dijo Bree–. Nosotras hemos traído cosas ricas de la panadería, incluyendo esas galletas especiadas sin azúcar que te gustan a ti.

Ruby le lanzó una sonrisa resplandeciente.

–Muchas gracias.

Había una zona de merendero a la sombra cerca del embarcadero, con una mesa y sillas situadas alrededor de una chimenea construida al aire libre para hacer fogatas. Se oía música de los años ochenta en la radio de alguien. Todas ellas se pusieron crema protectora y comieron entre charla y risas. Fue el comienzo de un día perfecto en el lago. Lena llevó un cuenco de cerezas y de melocotones, y a Cara se le cayó el jugo de la fruta por la barbilla y entre los dedos mientras disfrutaba de uno de ellos. No le preocupó mancharse, porque muy pronto se lavaría en el agua del lago.

Incluso Alice estaba de muy buen humor, y habló de cómo eran los entrenamientos para saltar desde un acantilado, y de los viajes exóticos que hacían para participar en las competiciones. Era una pena que no pudiera hacerlo más, pero parecía que le gustaba hablar de ello.

–¿Vas a bañarte hoy? –le preguntó Cara.

–Eso tengo previsto –respondió Alice–. Ruby y yo vamos a nadar hoy.

–Quizá –dijo Ruby.

–Nada de «quizá» –dijo Alice, en un tono inflexible–. Vamos a bañarnos.

Ruby abrió mucho los ojos, pero se mordió el labio y no protestó.

–Bueno, yo voy a meterme al agua ya.

Se quitó las zapatillas y, antes de pensar en lo fría que iba a estar el agua, salió corriendo hacia el embarcadero y, al llegar al final, saltó. Durante un segundo, mientras volaba por el aire, se sintió ingrávida. Después, se zambulló en el agua con un enorme chapoteo. El frío le causó mucha impresión, y le congeló hasta el último centímetro de piel. La sensación era gloriosa. Aquel día era glorioso.

Emergió justo cuando Bree se lanzaba al agua, y gritó al salir a la superficie. Solo tardó unos minutos en acostumbrarse al agua, y nadó en círculos con unas fuertes brazadas. Su padre había sido un estupendo profesor de natación antes de enfermar. Ella todavía recordaba cómo la sujetaba con sus brazos fuertes, y cómo se reía cuando jugaba con ella en el agua.

Algunas veces los recuerdos eran como cuchillos que se le clavaban en el corazón. Cuando pensaba en que su padre se estaba perdiendo aquel día de verano perfecto, que no sabía lo preciosa y divertida que era Ruby, ni que ella quería ser médico, y que no podía bañarse en aquel lago tan precioso, quería hundirse hasta el fondo para encontrarlo.

Buceó a tanta profundidad como pudo, exhalando todo el aire, imaginándose que él estaba en algún lugar secreto del fondo y que allí podían reunirse en privado.

«Te echo de menos, papá».

Cuando casi le estallaban los pulmones, comenzó a nadar hacia la superficie. Al salir, miró hacia el embarcadero, y vio que su madre se tiraba al agua de cabeza. Le gustaba verla pasándoselo bien, para variar. Normalmente, lo único que hacía era preocuparse y trabajar. Sacó la cabeza del agua, riéndose. Después, nadaron y se bañaron juntas, disfrutando de aquel día.

—Bueno, ¿y cómo va a entrar Alice al agua? —preguntó Cara.

—Mason y Donno van a venir dentro de un rato. Van a usar la rampa y, después, ya veremos.

—¿Y Ruby?

—Ella dice que va a bañarse. ¿Tú qué crees?

En aquel momento llegaron Mason y Donno con flotadores, anillos inflables y chalecos salvavidas.

—Estamos a punto de averiguarlo.

Mason no parecía el hombre de negocios de siempre. Llevaba unos pantalones cortos y una camiseta azul, unas sandalias y unas gafas de sol. Su madre había dicho que Alice y él necesitaban pasar tiempo juntos, en familia. Parecía que él estaba contento con el plan, aunque seguramente a Regina, su prometida, no le hacía tanta gracia, porque lo llamaba y le enviaba mensajes de texto constantemente.

—Vamos —gritó Bree—. El agua está buenísima.

Donno les hizo un gesto con la mano.

—Ya vamos para allá.

—¿Necesitáis ayuda? —preguntó su madre, nadando hacia la rampa que había en el embarcadero.

—Tenemos esto —dijo Mason.

La madre de Donno, Banni, ayudó a Alice a quitarse la camisola. El traje de baño estaba adaptado para el catéter, y Faith se había ocupado de todo con antelación.

Donno se quitó la camisa. Tenía un cuerpo atlético y bronceado, y parecía un surfero de los mares del sur.

—Vaya —dijo Bree—. ¿Quién es?

—Normalmente es el chófer de Alice, pero supongo que hoy también es el profesor de natación de mi hermana —dijo, mientras Donno le ponía el chaleco a Ruby—. Se llama Donno, y es de Bali. Toda la familia vive aquí. Trabajan para la señora Bellamy.

—Está fenomenal —susurró Bree.

Mason le dijo algo a su madre. Entonces, él también se quitó la camiseta, y dejó las gafas sobre la mesa. Con cuidado, tomó a Alice en brazos y la llevó hacia la rampa. Los músculos de las piernas de Alice tenían un aspecto normal. No tenía tono muscular, pero parecían las piernas normales de una mujer.

—¿Preparada? —le preguntó Alice a Ruby.

—No —dijo la niña, agarrándose al chaleco y a la mano de Donno—. He cambiado de opinión.

—Teníamos un trato.
—Pero...
—Nada de «peros». Vamos a ser valientes.
—Valientes. Bueno, está bien.
—Vamos a entrar juntas. Donno es un experto. En Bali, era buscador de perlas.
—¿Hay perlas en el lago? —preguntó Ruby.
—No. Según la leyenda, hay diamantes —respondió Alice—. Es cierto. Alguien tiró un botín de diamantes al lago desde Camp Kioga un invierno, o eso dicen. Ponte las gafas para poder ver por debajo del agua.
—Está bien —dijo Ruby, otra vez. Y se colgó de Donno como si fuera un mono.

Los tres bajaron por la rampa y llegaron al agua.
—Está fría —gimoteó Ruby, poniéndose de puntillas.
—Se supone que es así como tiene que estar —dijo Alice. Dejó escapar un suspiro cuando Mason la bajó hasta el agua.
—¿Va todo bien? —le preguntó él a su madre.
—Sí, muy bien. Vamos a entrar del todo.

Mason apretó los dientes cómicamente mientras entraba hasta la cintura y descendía dentro del agua. Alice flotó, y soltó una carcajada.
—Es maravilloso —dijo.
—Tienes un aspecto genial —le dijo Cara, que se acercó nadando a ella—. ¿Qué tal te sientes?
—Rara. No siento el agua en la mayoría del cuerpo, pero me siento menos... paralizada, creo.

Mason le había puesto un collar cervical inflado y algunos flotadores en los hombros.
—¿Sigues bien? —le preguntó.
—Claro —dijo Alice—. Ruby, te va a encantar. Donno te va a enseñar a nadar hasta mí.
—No hago pie —dijo la niña, y empezó a retorcerse y a patalear con pánico.

—Tranquila, pequeña —le dijo Donno—. No te pelees con el agua. No vas a ganar. Deja que ella te empuje hacia arriba. Vamos, vamos a decirle «hola» a la señorita Alice.

Le recordó que debía practicar el movimiento de pies que habían ensayado aquella semana en la piscina. Cuando Ruby notó cómo se impulsaba hacia delante, se echó a reír.

—Funciona —dijo—. Es como volar. Mamá, mira. ¿Estás mirando?

—Claro que estoy mirando —dijo Faith.

Cara notó que su madre tenía la voz entrecortada, y supo el motivo: ella también estaba deseando que su padre estuviera allí para ver la primera vez que Ruby nadaba.

La niña lo hizo bien. Llegó hasta Alice, que estaba flotando junto a Mason, sola, con una sonrisa de felicidad en la cara.

—Bien hecho, Ruby —le dijo.

—Lo estamos consiguiendo, Alice. ¡Estamos enfrentándonos a nuestros miedos! No toco el fondo, pero no estoy asustada.

—La clave para vencer al miedo es hacer una cosa una y otra vez. La primera vez siempre es la más difícil.

—Lo está haciendo muy bien, señorita Alice —dijo Donno, con una gran sonrisa.

—¡Estamos nadando! —exclamó Ruby. Entonces, le tomó la mano a Alice y le dio un beso—. Voy a practicar el movimiento de pies.

—Me parece bien. La práctica es dura, pero es la única forma de mejorar en algo.

—¡Tonto el último! —gritó Faith, y echó a correr hacia el final del embarcadero, seguida por Bree y Cara. Faith se tiró la primera al agua, y salió a la superficie con el puño en alto, en señal de victoria—. Primera. Por lo tanto, no soy tonta.

—Nosotras hemos empatado —dijo Bree—. Por lo tanto, somos tontas las dos.

Faith nadó hasta ellas mientras observaba a Ruby juguetear en el agua. Donno no se alejaba de ella. La niña estaba muy orgullosa y muy contenta de poder nadar, al fin. Parecía un pequeño paso, pero para Faith era enorme.

—Es maravilloso —dijo, señalando a Ruby.

—Sí —dijo Cara—. Me alegro muchísimo de que por fin aprenda a nadar.

Alice miró a Faith y le hizo un guiño, sonriendo. Faith le dijo «gracias» formando la palabra con los labios. Entonces, Alice se giró hacia Mason. Era fantástico que pudiera manejarse un poco en el agua.

—Deja de vigilarme —le ordenó a su hijo—. No soy una inútil.

—No, mamá, claramente no eres una inútil.

—Entonces, deja de vigilarme —repitió ella.

Faith cabeceó al oír su discusión. Después, se puso las gafas de bucear y les dijo a las niñas:

—Ruby está en buenas manos. Voy a bucear un poco.

Se alejó de la orilla, deleitándose con las sensaciones que le producía el agua fría en la cabeza y en la piel. Cara y ella tenían una gran capacidad pulmonar. Buceó hasta el fondo y vio un pez entre las rocas. Por un momento, se olvidó del mundo.

Hasta que una gran mano masculina la agarró y tiró de ella violentamente hasta la superficie. Ella pataleó en medio de su confusión, y salió a la superficie con un gran jadeo. Se encontró cara a cara con Mason Bellamy.

—¿Qué demonios pasa? —le preguntó.

—Has pasado tanto rato bajo el agua, que pensaba que te ocurría algo —respondió él, y flotó hacia atrás, frotándose una marca roja que tenía en las costillas—. Qué buenos puñetazos das, Faith.

—Ha sido una patada.
—Pues patadas, entonces. Pensé que necesitabas que te salvaran.
—Pues te equivocaste. Estaba explorando el lago –dijo ella, y le salpicó de un manotazo–. Siento lo de tus costillas.
—Pues ya somos dos.
Ella se quitó las gafas, y dijo:
—Deja que te lo mire, para ver si no se te ha dislocado nada.
Mason se puso ambas manos detrás de la nuca y flotó boca arriba. Ella puso una mano bajo su cuerpo y palpó con suavidad la zona enrojecida.
—Vaya –dijo él entre dientes–. Me estás matando.
—¿De verdad? ¿Te duele?
—Me haces cosquillas –respondió él–. Para, por favor. No tengo nada dislocado ni roto.
Entonces, Faith empezó a nadar suavemente con ambas manos.
—Está bien. Siento haberte dado una patada.
—Estás perdonada –dijo él, sin dejar de flotar.
A ella le resultaba difícil apartar la mirada de Mason. Tenía unos músculos abdominales magníficos y, de algún modo, estar flotando a su lado en el lago aquel perfecto día de verano hacía que todo fuera mejor, que tuviera el tono dorado del sol.
—Estaba buscando los diamantes –dijo, para cambiar de tema–. Los que mencionó tu madre. ¿De verdad tiró alguien un montón de diamantes al lago desde el embarcadero de Camp Kioga?
—Eso dicen. Deberíamos averiguarlo.
Ella suspiró mientras seguía girando los brazos en el agua.
—Un alijo de diamantes –musitó.
—¿Qué harías con ellos?

–Dios Santo… Enviaría a Cara a cualquier universidad que quisiera. Compraría la mejor bomba de glucosa para Ruby…

–Para hacer esas cosas no necesitas diamantes –dijo él–. Necesitas un préstamo.

–Sí, claro. Los bancos no prestan dinero a la gente que no lo tiene. Es irónico, ¿verdad?

–No necesitas un banco. Tienes a Bellamy Strategic Capital.

–Ah, no. Eso no.

–Bueno, si encuentras los diamantes, tendrás que gastarte el dinero en ti misma, también –dijo él, manteniéndose a flote con facilidad y sonriendo hacia el sol.

–Por fin me compraré esas gafas rojas de Fendi que tanto anhelo.

–Me da la impresión de que no te das los suficientes caprichos, Faith.

–Si mis hijas están felices, entonces tengo todo lo que necesito. Y no me mires así; lo digo en serio. Ya lo entenderás un día de estos, cuando tengas hijos.

–Eso es mucho suponer –comentó él–. ¿Yo, hijos?

–Buena observación. Eso significaría que tendrías que madurar –bromeó ella.

–Eh.

–Esquí acuático, *kitesurf*, bicicleta de montaña, escalada… Y eso, solo la primera semana que llevas aquí. Juegas todo el rato, Mason.

–Ya está bien –dijo él, y se lanzó hacia ella por el agua–. Abajo.

Faith buceó hacia el fondo para escapar, pero no lo consiguió. Él consiguió agarrarla y la hizo subir a la superficie. Ambos emergieron riéndose, demasiado cerca el uno del otro. Ella pudo ver sus labios y sus dientes con todo detalle. Sus pestañas, y el color del cielo en sus ojos. Sintió un fuerte anhelo, terrible e inadecuado, y se alejó nadando.

—Ya sabes que era broma —dijo—. De verdad, has sido estupendo para tu madre desde que llegaste. No sé si ella lo ha admitido, pero está muy agradecida de que hayas venido.

Él la miró a los ojos un momento. Faith se dio cuenta de que estaba a punto de decirle algo, pero debió de cambiar de opinión.

—Mira cuánto nos hemos alejado —dijo Mason—. Será mejor que volvamos.

Cara estaba remando sobre la tabla de surf, y vio a su madre nadando con Mason. Estaban lejos, pero parecía que estaban manteniendo una conversación intensa.

Oh, Dios... ¿Acaso su madre se había enamorado de él? Eso sería raro, pero las cosas raras podían suceder. Su madre nunca había tenido novio. Después de la muerte de su padre, había salido de vez en cuando, pero los hombres nunca duraban mucho. Algunos salían corriendo cuando se enteraban de que su madre tenía dos hijas, pero, en la mayoría de los casos, a su madre no le gustaban. Nunca le había concedido a ninguno la atención que le concedía a Mason Bellamy.

Era extraño pensar que a su madre pudiera gustarle alguien. Y, tal vez, lo más extraño de todo era verla convertirse en una adolescente dominada por las hormonas.

Por supuesto, Mason Bellamy estaba fuera de todos los límites. Tenía novia, o prometida, o lo que fuera Regina para él. Además, era un tipo rico que no tenía nada en común con su madre.

Sin embargo...

—Me toca a mí remar —dijo Bree, sacando la cabeza del agua como una nutria.

—Sube —le dijo Cara—. Vamos a intentarlo juntas.

Era bastante fácil, pero la mitad de la diversión estaba en caerse al agua y gritar. Bree, que era experta en yoga, intentó hacer algunas posturas en la tabla, como el pino con las piernas abiertas.

Pasaron dos chicos en motos acuáticas. Uno de ellos aminoró la velocidad al ver a Bree en la tabla de surf.

–¿Hay sitio para uno más? –gritó, girando hacia ellas.

–Leighton Hayes –dijo Bree–. Oh, Dios mío, no puedo creer que vaya a parar.

Cara tampoco podía creerlo. Remó hacia la moto, y tosió al aspirar el humo.

–Hola, Leighton –dijo, con calma. Intentó comportarse como si el chico más guapo de todo el instituto tuviera costumbre de visitarla.

–Hola –dijo él, con una sonrisa tan brillante como el sol, mirando primero a Bree y, después, a Cara–. ¿Esa es tu casa? –preguntó, señalando la casa y la finca de los Bellamy.

–No es mía, pero vivo aquí –dijo ella.

–No está mal.

–No.

–Parece que tenéis una fiesta.

–No.

–¿Alguna de las dos quiere dar una vuelta en la moto?

Bree negó con la cabeza.

–Yo paso, gracias.

–A mí me encantaría –dijo Cara.

–Bueno, pues sube –dijo él.

–De acuerdo –respondió Cara, y subió a la parte trasera de la moto. Después, se puso el chaleco salvavidas con grandes gestos, para que su madre pudiera ver que estaba teniendo prudencia. Bree se tumbó en la tabla de surf, y ambas se sonrieron de forma conspirativa.

«No me grites», le rogó Cara a su madre. «Por el amor de Dios, no me grites».

En aquel preciso instante, su madre dijo:

–Jovencita, ¿qué crees que estás haciendo?

Cara hizo un mohín.

—Mi madre...

Él sonrió y la saludó con el brazo.

—Solo vamos a dar una vueltecita, señora.

Su madre gritó algo más, pero la objeción quedó enmudecida por el ruido del motor de la moto.

—Vamos a ver Spruce Island —gritó Leighton, girando la cabeza para que ella pudiera oírlo.

—Genial —respondió ella.

Él aceleró de nuevo y salieron disparados hacia delante. Cara se agarró a él y se echó a reír. Ir a aquella velocidad sobre el agua causaba una sensación de euforia. Él se dirigió en línea recta hacia la pequeña isla verde que había cerca del extremo norte del lago. Había mucha actividad en aquella zona, como si todo el mundo hubiera ido allí a disfrutar de aquel día de verano. Pasaron junto a botes, canoas y barquitos. A lo lejos se veía un hidroavión amarrado a un embarcadero.

Rodearon la isla y dejaron atrás Camp Kioga. El recinto tenía filas de preciosas cabañas de madera y un pantalán flotante, y las familias estaban jugando al voleibol y al croquet, tomando el sol y leyendo en el césped.

Ojalá todos los días pudieran ser como aquel, soleados, relajados, sin preocupaciones. Le avergonzaba un poco el ruido que hacía la moto acuática, pero era estupendo poder ir a toda velocidad por encima del agua y ver pasar el paisaje, y estar de verdad con Leighton Hayes. Era como estar en un sueño. Todo acabó muy pronto. Volvieron a la finca de los Bellamy y él apagó el motor.

—Gracias —dijo ella—. Es la primera vez que monto en moto acuática, y ha sido increíble.

—Genial —dijo él, y se giró para ayudarla a quitarse el chaleco—. Lo repetiremos otro día. Podría tomar unas cervezas del frigorífico de mis padres. Podemos emborracharnos y sacar la moto de noche.

Tenía que estar de broma.

—¿Y por qué íbamos a hacer eso?

—Porque sería una risa.

Así que el chico más guapo del instituto no tenía por qué ser el más listo, también.

—Bueno, a mí no me gusta emborracharme —admitió ella—. Oye, tenemos un picnic —dijo, señalando la mesa—. No hay cerveza, pero ¿te apetece comer algo?

—Claro. ¿Cómo te llamabas?

—Cara McCallum.

Él se acercó lentamente al embarcadero, observando la escena de la orilla. En aquel momento apareció Milo Waxman; bajó por la ladera con su bicicleta y saludó a todo el mundo.

—¿Qué hace aquí Waxman? —preguntó Leighton.

Cara se encogió de hombros mientras maldecía lo poco oportuno que era Milo.

—No lo sé.

Estupendo. Por fin estaba a punto de hacerse amiga de Leighton Hayes, y aparecía el señor Salvagatos. Cara se ruborizó de vergüenza. Entonces, vio la enorme sonrisa de Milo. Era tan entusiasta y tan inofensivo que su vergüenza se convirtió en sentimiento de culpabilidad.

Leighton se puso la mano sobre los ojos para protegerse del sol y vio con claridad lo que sucedía a la orilla del lago.

—Vaya, ¿qué ocurre aquí? —preguntó, y fijó la mirada en Milo, con sus andares torpes y su sonrisa. Después, vio a Alice, flotando con las piernas paralizadas detrás de ella, muriéndose de risa, a Bree haciendo posturas de yoga sobre la tabla de surf, a Ruby gritando mientras intentaba nadar, a su madre aplaudiendo y animándolas a las dos mientras Donno gritaba: «¡Posición de ataque, pequeña! ¡Tú puedes!», con su marcado acento balinés.

—¿Que qué ocurre aquí? Pues a mí me parece la típica tarde de baño.

–Pues a mí me parece un espectáculo de bichos raros.

Con aquel sarcasmo, Leighton Hayes ya no le pareció tan guapo. Tenía una expresión de superioridad, y un feo gesto de desprecio en los labios.

–Eh, he cambiado de opinión con lo de la merienda –le dijo Cara–. No estás invitado.

Y, con eso, se agarró a la escalera del embarcadero y empujó con un pie la moto acuática para alejarla.

–Supongo que tú encajas perfectamente en este grupo de raros –dijo Leighton, y aceleró la moto. Se marchó haciendo un ruido atronador, y dejando surcos de espuma en el agua.

Bree se acercó remando hacia ella.

–Acabo de presenciar un acto de suicidio social, ¿no?

Cara se echó a reír. Aunque fuera extraño, se sentía liberada de una carga.

–Seguramente, sí.

–¿Estás loca? Le habías gustado. Seguro que iba a pedirte que salieras con él.

–Le he ahorrado el esfuerzo –dijo Cara, y agarró una toalla–. No es tan atractivo.

Después, se marchó con los demás. Mason y Donno estaban ayudando a Alice a salir del agua. Su madre llevó toallas y un albornoz para Alice, y Cara se dio cuenta de algo curioso: cuando pensaba que nadie lo veía, Mason miraba a su madre. Tal vez la atracción que ella había notado antes fuera mutua.

No. Se lo estaba imaginando. O tal vez Mason fuera como el resto de los hombres. Su madre no era exactamente una reina de la moda, pero tenía muy buen tipo, una figura estupenda que nunca mostraba salvo cuando iba a nadar.

Cara se giró hacia Milo. Se envolvió en una toalla por la cintura y caminó hasta él.

–Hola –dijo–. ¿Has vuelto por más pienso para perros?

–No, solo quería verte ligar con el guaperas del instituto.

—No estaba ligando.

—Me alegro, porque parece que no ha salido bien. Se ha marchado disparado —dijo Milo, mientras se empujaba las gafas con un dedo para subírselas por la nariz—. Hola, Bree.

—Hola, Milo. Bienvenido al verano.

—Bueno —intervino Cara—. Entonces, ¿qué haces aquí?

Alice ya estaba acomodada en su silla, envuelta en su albornoz.

—Le he invitado yo —dijo—. Hola, Milo. Creo que tienes algo especial para mí.

—Sí, señora. ¿Le gustaría conocerla ahora mismo?

¿El qué? ¿A quién tenía que conocer Alice? Cara y Bree se miraron con desconcierto.

Milo fue hacia su bicicleta y sacó a una perrita de un transportín que llevaba detrás.

—Le presento —dijo, con la voz llena de orgullo— a Bella.

Nadie se movió. Solo se oyó la canción que estaba sonando en la radio, porque todo el mundo se había quedado mirando con los ojos muy abiertos. Milo dejó a la perra en el suelo y se acercó a Alice. La perra caminó a su lado amigablemente. Entonces, Bella miró a Alice, se sentó frente a ella y esperó con las orejas en alto.

Cara, como todo el mundo, estaba asombrada. Milo Waxman le había llevado una perrita a Alice.

Y no cualquier perrita, sino una dachshund increíblemente bonita, con los ojos azules y el pelaje marrón con manchas blancas.

Una perra. ¿Había hecho Alice aquella petición, o Milo había sido todo un valiente?

Ruby se refugió discretamente detrás de su madre. Ella siempre había tenido un miedo patológico a los perros. Incluso a los que eran tan monos como aquella perrita.

—Hola, Bella —dijo Alice, con una voz muy cálida—. Me alegro de conocerte.

La perrita movió las patas en la hierba y emitió un sonido.

—Se sentará en su regazo cuando usted la invite —dijo Milo—. La orden es «arriba».

—Bella, arriba —dijo Alice.

Y, sin vacilación, la perrita dio un salto y aterrizó suavemente en el regazo de Alice. Alice miró a la perrita. La perrita le lamió la barbilla.

Cara se quedó impresionada al ver que a Alice se le llenaban los ojos de lágrimas. Por un momento, la adusta dama desapareció, y Cara vio en su rostro una emoción maravillosa.

—Es encantadora —dijo Alice—. Gracias, Milo. Me da la impresión de que nos vamos a llevar muy bien.

Su madre se adelantó y le enjugó las lágrimas de las mejillas a Alice con una toalla. Seguramente, había pensado que Alice se sentiría azorada por exhibir sus emociones delante de todo el mundo.

—Qué buenísima idea —dijo su madre—. ¿Es una perra adiestrada?

—Exactamente —dijo Milo—. Es una perra adiestrada para terapias, compañía y asistencia —explicó, y sonrió orgullosamente a Bella.

Mason se adelantó y le tendió la mano a la perra.

—Es estupendo, mamá —dijo, y le lanzó una enorme sonrisa a Bella—. Pero, ¿una perra salchicha?

—No se deje engañar por su tamaño —dijo Milo—. Es muy hábil y muy ágil, y muy lista. Llevo adiestrándola seis meses en tareas de obediencia y ayuda. Se van a quedar sin habla cuando vean lo que sabe hacer.

—¿El qué? —preguntó Ruby, asomándose por detrás de las piernas de su madre.

—Sabe realizar cincuenta tareas —dijo Milo, con tanto orgullo como un padre primerizo—. Todas ellas destinadas a ayudar a alguien como la señora Bellamy en sus necesidades diarias, en cosas como la seguridad y la compañía —explicó, y se giró hacia Alice–. Por ejemplo, si se le desliza un brazo del reposabrazos de la silla y quiere volver a ponerlo encima, ella lo hará por usted. O, si se destapa por la noche, Bella volverá a taparla. Sabe llevar un teléfono y recoger objetos que se han caído, incluyendo una moneda que haya ido a parar a un rincón. Y sabe marcar el nueve uno uno.

–No es posible –dijo Cara.

–Sí. Y eso es solo el principio. Ya verán, tiene unas habilidades increíbles.

En aquel momento, la expresión de Milo hacía que fuera cien veces más guapo que Leighton Hayes.

–Has hecho un trabajo fantástico –dijo Alice–. Estoy encantada de que me hayas encontrado una perrita tan rápidamente.

Ruby seguía mirando fijamente al animal.

–Cuéntanos más cosas, Milo.

–Bueno, vamos a tener que hacer algunas adaptaciones en la casa. Si hay correas para tirar en las puertas y los armarios, ella sabe abrirlos, sabe descargar una secadora y llevar ropa, o una bolsa de medicamentos, y tirar de los zapatos y los calcetines de la señora. También sabe un poco de informática. Incluso sabe sacar algo de picar de la nevera, y abrir una cerveza.

–Es increíble –dijo Mason, que estaba tan asombrado como todos los demás–. En ese caso, hay varias exnovias mías que me gustaría enviar a tus sesiones de adiestramiento.

–No seas fresco, Mason –le dijo Alice. Después, miró a Ruby, que todavía estaba detrás de su madre–. Ruby, acércate a conocer a Bella.

–Me da miedo.

–Eso ya lo sé. Pero, de todos modos, puedes venir hasta aquí y echarle un vistazo.

–Me mordió un perro muy malo cuando era pequeña. Todavía tengo la cicatriz –dijo la niña, y estiró su pierna delgada y blanca para mostrar una cicatriz pequeña que tenía en la espinilla.

—Eso fue una mala suerte. Pero ¿te acuerdas de lo que les decía yo a mis hijos cuando eran pequeños?

—Que el miedo hace que el lobo parezca más grande de lo que es.

—Sí. Y Bella no se parece nada a un lobo. Nunca ha sido una perrita mala.

—En realidad, sí lo era, cuando era cachorrita —dijo Milo.

—Eso no es de ayuda —respondió Alice, con el ceño fruncido.

—Bueno, lo que sucede es que Bella fue maltratada de cachorra. Se pasó los primeros cinco meses de vida encerrada en el baño de un apartamento. Los vecinos llamaron a la protectora de animales y se la encontraron muerta de hambre y maltratada por un tipo. El doctor Shepherd, el veterinario, dijo que estaba tan malnutrida que los huesos no le iban a crecer normalmente, pero en PAWS le dimos una oportunidad, y ahora está completamente sana y lista para trabajar.

—¿Lo ves? —le preguntó Alice a Ruby—. Bella está adiestrada, y ahora es muy cariñosa.

Al oír su nombre, la perrita movió la cola e irguió las orejas.

—Pero ¿y si no le caigo bien? Shelley Romano dice que los perros huelen el miedo.

—¿Te acuerdas de cuando has entrado en el agua?

Ruby puso los ojos en blanco con resignación.

—¿Te refieres a hace diez minutos? Sí, me acuerdo de eso.

—Tenías miedo, pero confiaste en Donno y lo hiciste de todos modos. Ahora, te pido que confíes en Bella.

—Está bien —dijo Ruby, y miró a Donno—. Ven conmigo.

—Claro, Ruby Tuesday.

Ella se agarró de su mano y fue hacia la perra.

–¿Le has puesto tú el nombre de Bella? –le preguntó a Milo.

–No, el presidente de PAWS la llamó Señorita Bella Ballou. Ahora que usted es la dueña –le dijo a Alice–, puede ponerle el nombre que quiera.

–Bella me parece un nombre perfecto para ella. ¿Sabes lo que significa «Bella»? –le preguntó Alice a Ruby.

–Significa «bonita» en italiano, como la pizzería Bella Luna del pueblo –dijo Ruby, con autoridad.

–Exacto. ¿Y te parece que Bella es un buen nombre para esta perrita?

Ruby miró a mamá y, después, a Alice, y se soltó de la mano de Donno. Respiró profundamente, dio un paso hacia delante y extendió el brazo con la palma de la mano hacia arriba. Bella la olisqueó suavemente y le dio un rápido lametón.

–Por supuesto que sí –dijo Ruby.

Capítulo 19

—Ha sido un día estupendo —dijo Mason, mientras le daba a Faith una copa de vino. Había encontrado una botella de un vino blanco delicioso enfriándose en la nevera, y casi había tenido que retorcerle el brazo a Wayan para que se la cediera. El cocinero tenía un magnífico gusto para el vino, pero protegía la colección como si fueran las joyas de la corona.

—Gracias —respondió ella, con una breve sonrisa—. No parece que la cosa decaiga. No sé si voy a conseguir acostar a Ruby esta noche.

Estaban sentados en un banco de abedul en el césped, mirando al lago. Las ranas acababan de empezar con su coro nocturno, y las luciérnagas brillaban entre los arbustos. Un poco más abajo, cerca de la orilla del agua, había un fuego encendido en la chimenea exterior. Alrededor del fuego estaban Alice, Milo y la perrita, y Cara y su amiga, contando historias, asando salchichas y mazorcas de maíz, y observando la puesta de sol.

—Un brindis —dijo él.

Ella sonrió y chocó su copa con la de Mason.

—¿Por qué?

—Elige tú.

—No sé ni por dónde empezar —dijo ella, riéndose—. Por

el final del año escolar. Por el baño que se han dado Alice y Ruby en el lago. Por Bella, la perrita más linda del mundo.

A él le gustaba el sonido de su risa, y cómo se le suavizaba la expresión cada vez que hablaba de sus hijas.

–Claro. Vamos a brindar por todo eso.

Ella probó el vino.

–Vaya.

En su semblante se reflejó una gratificación absoluta. Era la mirada que todos los hombres querían ver en la cara de una mujer cuando estaban manteniendo unas estupendas relaciones sexuales.

Mason se quitó de la cabeza aquella idea.

–Bueno, ¿eh?

–Sí. ¿Es champán?

–No. Un blanc de noirs. Es un vino blanco hecho con uvas tintas. Si se prensa la uva y se retira el hollejo rápidamente, se consigue un vino blanco. Por lo tanto, este es un vino blanco espumoso hecho con uvas Pinot Noir. Casi he tenido que forcejear con Wayan para que me lo diera.

Ella tomó un poco más.

–Me encanta. Sin embargo, es un poco lujoso para tomarlo en un picnic junto al lago. ¿Le llevamos una copa a tu madre?

–Dentro de un segundo –dijo él–. Quiero contarte una noticia.

Faith frunció el ceño.

–Después del gimnasio, el otro día, no podía dejar de pensar en nuestra conversación. Ya sabes, con respecto a eso de si hemos explorado todas las posibilidades de recuperación para mi madre. Seguí tu consejo y llamé a Katia Hamini. Ella estaba en un hospital traumatológico de Amman, pero tiene un viaje a Nueva York programado para dentro de poco. En su trabajo, ve continuamente lesiones en la médula espinal. Me habló de la recuperación de las lesiones de los nervios periféricos. ¿Habías oído hablar de eso?

–No. Sé que están el cerebro, la médula espinal y el sistema nervioso central. Y después, están todos los demás nervios, el sistema periférico. Esos nervios pueden curarse y regenerarse si sufren una lesión –dijo Faith, y comenzaron a brillarle mucho los ojos.

Mason se preguntó si ella tenía la más mínima idea de lo que sentía él cuando ella se inclinaba para acercársele, con los ojos brillantes, los labios húmedos del vino y completamente concentrada en aquella conversación.

–¿Acaso tu amiga piensa que puede ayudar a Alice?

–Le describí el caso de mi madre, y Katia mencionó una operación llamada «cirugía de transferencia nerviosa». Suena inverosímil, pero ya lo han conseguido –dijo él. Sacó el teléfono móvil y consultó sus anotaciones. No solo había grabado la llamada con Katia, sino que había escrito los puntos más importantes–. Lo siento, pero no sabía si iba a acordarme de todo esto. La técnica consiste en redirigir los nervios periféricos del brazo, creando una desviación para conectarlos a la médula espinal por encima de la lesión –explicó. Dejó la copa de vino y el teléfono en la mesa, y le dijo a Faith–: Extiende el brazo.

Ella obedeció, y él notó sus pulsaciones bajo los dedos.

–Aquí hay un nervio –dijo, pasando un dedo desde su mano por todo el brazo– que se puede redirigir. La primera vez que lo intentaron, el paciente recuperó movilidad en la mano –fue explicándole. Entonces, alzó la vista y la miró–. Se te ha puesto la carne de gallina.

Ella apartó la mano.

–Es muy emocionante –dijo–. Me refiero a esta nueva posibilidad para tu madre. ¿Y el resultado de la operación será que tu madre podrá mover las manos?

–Sí.

—Mason, eso es maravilloso. ¿Y cuál es el siguiente paso?

—Katia trabajó una vez con un cirujano especializado en este tipo de operaciones llamado doctor Cross. Trabaja en el New York Presbyterian, y cuando Katia le describió el caso de mi madre, se mostró optimista. Todo su equipo está estudiando su historia, y tendrá que hacerse más pruebas, pero tiene buena pinta.

—Vaya. ¿Se lo has dicho ya?

—Vamos a decírselo mañana. Me da la sensación de que, después del día de hoy, va a estar muy cansada.

Ruby llegó corriendo ladera arriba desde la fogata, con Bella saltando a su lado. La niña había olvidado muy pronto sus preocupaciones por el animal. No era de extrañar, pensó Mason, porque la perrita era tan difícil de resistir como la propia Ruby. La niña todavía iba en bañador, descalza, y tenía las rodillas manchadas de hierba de jugar con la perra.

—Te he hecho una cosa —dijo, y puso un plato de papel en el banco donde estaban sentados—. Aquí está. *S'mores*. Los he hecho yo sola.

—Oh, vaya, mi postre favorito —dijo Mason.

—Le he dicho que podía comerse uno esta noche porque ha hecho muy buen trabajo con la natación hoy.

—Por supuesto que sí —dijo Mason. Estaba empezando a entender la estricta vigilancia de Faith con el consumo de azúcar de Ruby. Le dio un bocado al sándwich de malvavisco, chocolate y galleta y lo saboreó—. Está riquísimo, Ruby Tuesday. Gracias.

Faith le dio un mordisquito al suyo.

—Maravilloso, hija.

Ruby sonrió.

—Bueno, pues Bella y yo volvemos con Alice. A Bella no le gusta separarse mucho de ella —dijo, y se marchó con la perrita trotando tras ella.

Faith tenía una expresión de amor mientras las veía alejarse.

—¿Sabías tú que tu madre tenía pensado adoptar una perrita de asistencia? —le preguntó a Mason, y dio otro bocado al sándwich.

—¿Qué? Eh, no —dijo Mason.

Se había distraído observando un pedacito de malvavisco que se había quedado en la comisura de los labios de Faith. Para ser sincero, tenía que admitir que llevaba distraído todo el día. El hecho de no quedársela mirando como un bobo desde que ella se había quitado la camisa y se había quedado en bañador se había convertido en un esfuerzo ímprobo.

Faith estaba guapísima en bañador. Desde el primer momento en que la había conocido, empapada de sangre de un desconocido, gritándole órdenes, se había dado cuenta de que era una mujer que no sacaba partido a su físico, y el traje de baño había confirmado sus sospechas. Tenía las piernas largas y esbeltas, el estómago plano y el mejor pecho que él hubiera visto nunca.

Aquello era problemático. Él tenía una relación con Regina y, al contrario que su difunto padre, no pensaba traicionar a alguien con quien había establecido un compromiso.

Recordó lo que le había preguntado Faith la primera noche que pasaba en casa de su madre: «¿En qué piensas cuando dejas vagar la mente?». Él no había podido responder aquella vez o, quizá, no había querido hacerlo.

Desde que había ido a Avalon, su mente vagaba demasiado. Y no solo se distraía pensando en Faith, en sus enormes ojos grises y en su sonrisa suave.

El sonido de las voces y de la risa le llegaba desde el lago. Aquel sonido, su dulzura y su sencillez, le recordaba que había otra forma distinta de vivir, en un lugar tranquilo, con perros y niños... Había una parte de sí mismo que disfrutaba de aquel sentimiento de pertenencia a una familia más de lo que había pensado. Estar allí hacía que pensara en las cosas de un modo distinto, incluso que pensara en una clase de vida que antes nunca se había planteado.

Por supuesto, no era real, pero en aquel momento, se lo parecía.

—¿Y qué te parece? —preguntó Faith.

—¿El qué? ¿La perra? Me parece una idea muy buena. De hecho, lamento que no se me haya ocurrido a mí.

—Tú no puedes pensar en todo —dijo ella. Terminó su s'more y se relamió los dedos, uno a uno.

Mason estuvo a punto de gruñir. Aquella boca.

—Estate quieta —le dijo.

—¿Qué?

Él le quitó un poco de malvavisco de un lado de los labios con el dedo pulgar, y deseó probar aquella parte de su cara con todas sus fuerzas.

A Faith se le escapó un suave jadeo. Después, sonrió un poco y se quedó azorada.

—Qué postre tan pringoso —dijo.

—A mí no me importa que sea pringoso —respondió él.

Parecía que ella se había quedado embobada mirándole los labios. Si se inclinara unos cuantos centímetros más, estaría besándola. Y, por la expresión de su cara, parecía que le estaba leyendo la mente.

—Mason...

—Eh, vamos a servirle una copa de vino a mi madre.

—¡Ah! Por supuesto. Um... Voy a casa a buscar otra copa.

En cuanto ella se marchó, él tomó su móvil y le envió un mensaje de texto a Regina: *Tenemos que hablar. ¿Podrías venir este fin de semana?*

Faith se preguntó si Mason Bellamy había estado a punto de besarla, o si solo se había hecho ilusiones. Sí, tenía que ser lo segundo, porque el beso no había sucedido. Claramente, se había imaginado aquel momento de vitalidad e incipiente intimidad.

Aquel fin de semana, Faith supo con seguridad que solo habían sido imaginaciones suyas, porque Regina llegó en el tren del viernes por la noche de visita. Y su llegada, como un remolino de elegancia y estilo, sacando regalos de un bolso Birkin como un mago sacando conejos de la chistera, fue un recordatorio de que Mason Bellamy no podía verla a ella como otra cosa que no fuera la asistente de salud de su madre. Un hombre como él tenía un tipo de mujer preferida, y ese tipo de mujer era Regina Jeffries, bella y sofisticada, siempre arreglada hasta el último detalle. Era educada y encantadora, y daba gusto estar con ella. Incluso a Faith le gustaba estar a su lado, lo cual era estupendo, porque intentar competir con Regina sería un esfuerzo inútil.

—Vamos a preparar algo especial para la hora del cóctel —le dijo Alice a Faith—. Podemos hacer una fiesta de bienvenida para Regina. Yo te explico cómo se hace un cóctel *fence hopper* de fresa y ruibarbo.

Desde que se había enterado de que existía la cirugía para redirigir los nervios periféricos, Alice estaba de muy buen humor. Ya había pasado las primeras revisiones, y era optimista con respecto a la próxima reunión en el New York Presbyterian.

—Suena delicioso —dijo Faith—. Adelante.

Primero, se acercaron a los bancales elevados del huerto para recoger fresas, hojas de ruibarbo, un poco de menta y de asperilla. También recogieron algunas flores del guisante, que habían empezado a florecer. Bella, que nunca se alejaba demasiado de Alice, correteaba alegremente a su lado, olisqueándolo todo, moviendo la cola.

—El huerto está maravilloso —dijo Faith, observando las judías verdes, los guisantes y los tomates.

—Eso tengo que agradecérselo a tu hija.

—¿A Ruby?

—A mí no me interesaba mucho la jardinería, pero ella me convenció para que plantara un poco de todo –dijo Alice. Al hablar de Ruby, su expresión se suavizó.

—A mí me encantaba cuidar del jardín con mi madre –dijo Faith–. Ella no estaba bien, así que hacía el diseño, y yo hacía la mayor parte del trabajo.

—Parece muy familiar.

—¿Tus niños y tú cuidabais del jardín cuando eran pequeños?

—No. Normalmente yo estaba ocupada haciendo algo con Trevor, o planeando algo con Trevor. Sabiendo lo que sé ahora, me arrepiento amargamente.

—Alice...

—Es cierto. Yo estaba completamente centrada en él, y ahora preferiría haber estado más con mis hijos. Cuando pienso en aquellos años, me parece que siempre estaba corriendo de un lado a otro con Trevor, y a los niños, o los dejaba con una niñera, o los llevaba sin preocuparme de preguntarles si querían venir o no –explicó Alice, y suspiró–. No fui la mejor madre del mundo.

—Deja de ser tan dura contigo misma. Te he visto con Ruby. Eres una madre estupenda.

—Puede que ahora lo sea. Puede que ella sea mi segunda oportunidad.

—Puede que tú seas la suya.

—Gracias por decir eso, pero no entiendo a qué te refieres.

—Este ha sido nuestro mejor verano desde hace mucho tiempo, Alice, y todo el mérito es tuyo. Ruby siempre tendrá sus rarezas, pero, gracias a ti, ha nadado en el lago y ha hecho buenas migas con una perrita. Ha dejado de dormir con la luz encendida. Incluso puede que consigamos que empiece el tercer curso sin una rabieta.

—Eres muy buena, ¿lo sabías?

–Gracias por decir eso. Si sigues hablando así, nunca te librarás de nosotras.

Alice sonrió y giró la silla hacia la casa.

–Vamos a preparar unos cócteles.

Fueron a trabajar en una zona de bar que había en el salón. Allí había una barra rústica de madera y, detrás, un pequeño frigorífico y una máquina de hielo, un fregadero y un surtido de bebidas alcohólicas. Faith reconoció la botella de Lagavulin que Mason había compartido con ella el día de su llegada. También se quedó asombrada de la cantidad de licores y siropes que había en la barra.

–Necesitas la coctelera y el *muddler* –dijo Alice–. Es ese mortero plano de madera. Los ingredientes son fresas, ruibarbo, Becherovka, que es un licor especial de Praga, vodka y agua con gas. La asperilla y la menta son un agradable adorno.

En unos pocos minutos, Faith había reunido todos los ingredientes y había hecho una jarra de cóctel con un aspecto glorioso. Hizo una pequeña cantidad sin alcohol para las chicas. Alice quería servirlo en la terraza para darle la bienvenida a Regina.

–Es muy amable por tu parte incluirnos a nosotras –le dijo Faith, mientras sacaba los vasos–. Pero no era necesario.

–Eso ya lo sé –dijo Alice–. Pero todavía estás en tu horario de trabajo –añadió, y se echó a reír al ver la expresión de Faith–. Además, estoy rehaciendo mi vida. ¿No es eso lo que se supone que debo hacer? Rodearme de gente que me haga sentir segura y apoyada.

–Eso tiene sentido.

Bella meneó la cola como si comprendiera la conversación.

–Pero quiero que sepas que no me gustó que le dijeras a Mason que había intentado suicidarme.

–Ya lo sabía.

—Y sigue sin gustarme. Aunque entiendo por qué lo hiciste.

—¿Cómo estás, Alice? —le preguntó Faith, mientras ponía hielo en una hielera.

—Mejor —dijo ella—. Y, no hace mucho, me habría atragantado al pronunciar esa palabra. Desde entonces, he aprendido que la vida puede mejorar. Bueno, y vamos a prepararlo todo. Después, mandaré a Ruby a que vaya a buscar a su hermana, a Mason y a Regina.

Salieron a la terraza, y Faith puso algunas flores de guisante en un jarrón, sobre la mesa.

—Yo no he hecho muchas fiestas en mi vida.

—A mí me encantaba —respondió Alice—. Por supuesto, depende de quiénes sean los invitados.

—Pues sí, eso es clave.

Ruby se acercó a ellas y se sentó en la hierba a acariciar a Bella.

—Cara no está en casa. Se ha ido a PAWS a trabajar en un proyecto con Milo. Mason dice que Regina y él bajan enseguida. Están teniendo una conversación muy seria.

—¿Y cómo sabes tú que era seria? —le preguntó Alice.

—Porque estaban muy serios. ¿Puedo llevarme a Bella a jugar al césped?

Alice asintió.

—¿Problemas en el paraíso? —preguntó, cuando la niña se alejó.

—Seguro que Regina y él se echan de menos, ahora que Mason está viviendo aquí —dijo Faith.

—Le he dicho a mi hijo muchas veces que no hay ninguna necesidad de que esté aquí. Puede volver a la ciudad cuando quiera —dijo, y tomó un sorbo de la bebida que Faith había puesto delante de ella—. Pero ese no es el motivo por el que está aquí.

A Faith se le aceleró el corazón. Tuvo la sensación de que Alice estaba a punto de revelarle algo. Sin embargo, en aquel preciso instante aparecieron Mason y Regina, caminando por el sendero que había entre la casa de los barcos y el patio. Tal y como había dicho Ruby, estaban muy serios. Incluso sombríos.

—Es la hora feliz —anunció Alice—. Así que poneos contentos, por favor.

Faith se puso a servir los cócteles.

—Se llama cóctel *fence hopper* de fresa y ruibarbo. Tendréis que preguntarle por qué a Alice.

Regina tomó un sorbito.

—Dios, qué dulce —dijo, y apartó su vaso.

Mason le dio un buen trago al suyo.

—Delicioso —exclamó—. Y muy oportuno, porque tenemos algo que deciros.

—Dios mío, ¿estás embarazada? —preguntó Alice, mirando a Regina.

—Mamá, por favor—dijo Mason.

—Hemos elegido una fecha —dijo Regina.

—¿Para qué?

—Para la boda, mamá. El tercer sábado de octubre.

—¿Una boda? —dijo Ruby, que se acercó con la perrita en brazos—. Me encantan las bodas. Hubo una en *InStyle TV* que grabaron en Hawái, y fue increíble. ¿Vais a ir a Hawái?

—No. The Pierre —respondió Regina—. Es un hotel de Nueva York —dijo, y añadió, mirando a Alice—: También vamos a mirar sitios por esta zona.

—¿Dónde está tu anillo? —le preguntó Ruby.

—No molestes a Regina —le dijo Faith a su hija.

—Solo quiero ver el anillo.

—Todavía no lo hemos elegido —respondió Regina, rápidamente.

—Estoy segura de que vais a encontrar un anillo precioso —dijo Faith.

—Bueno, pues entonces, vamos a brindar —dijo Alice—. Por mi hijo y por su futura esposa.

Mason alzó su vaso.

–Gracias, mamá.

–Yo brindo con tu vaso –le dijo Ruby a Alice, tomando las riendas con orgullo.

Regina tomó un pequeño sorbo.

–Gracias, Alice.

–Enhorabuena –dijo Faith–. Es muy emocionante.

Y, en cierto modo, era un alivio para ella. Sabiendo que estaba definitivamente fuera de su alcance, podía dejar de perder el tiempo con imaginaciones absurdas.

Mason intentó repetir el día del lago con Regina. Esa tarde le producía unos sentimientos maravillosos. Casi sabía cuál era el momento en el que se había enamorado de Willow Lake: su madre estaba nadando en la medida que le permitían sus posibilidades, y sonreía. Faith y las niñas estaban tirándose de cabeza desde el pantalán, y Milo había conseguido convencer a la perrita de que bajara la rampa y se bañara en el lago. Sonaba una canción de Eddie Vedder en la radio. Todo aquel instante tenía algo de magia.

–Tengo que confesarte una cosa –le dijo a Regina.

–¿Ummm?

–Me estoy enamorando de este sitio.

–El paisaje es muy bonito –dijo ella, recostándose en la tumbona, con una postura relajada. Tal vez también estuviera enamorándose de Willow Lake. Entonces, Regina le preguntó–: ¿Y cómo vas a vivir aquí? Tú trabajas en la ciudad.

–Voy a compartir oficina y secretaria con mi amigo Logan.

–¿Logan? No sabía que tuvieras amigos aquí.

–Era un cliente. Le ayudé a encontrar fondos para comprar una estación de esquí de la zona, Saddle Mountain.

Ofrece rutas en bicicleta de montaña y circuitos de tirolinas durante el verano. Deberíamos ir a echar un vistazo.

—¿Bicicleta de montaña? ¿Tirolinas? Mi sueño dorado —dijo ella, riéndose.

—Eh, puede que te guste.

—Y lo de la oficina y el secretaria... ¿Quieres decir que vas a poder dirigir Bellamy Strategic Capital desde aquí?

—Sí. Será algo temporal.

Ella le dio un sorbito a su vaso de agua con gas.

—Contigo, todo es temporal. ¿Y yo? ¿También lo soy?

—Nena, sabes que no.

—Pues no, no lo sé.

—Acabamos de decirle a mi familia que hemos elegido la fecha de la boda.

—Se lo hemos dicho a tu madre, no a tu familia.

Allí todo el mundo era como de la familia, pensó Mason, pero no intentó explicárselo. Ella no iba a entenderlo.

—Eh —le dijo él, tomándola de la mano y tirando de ella para que se pusiera en pie—. Tonto el último.

—Eso ya no lo dice nadie.

—Yo acabo de decirlo. Vamos.

Sin soltarla, corrió hacia el embarcadero con ella. Donno ya estaba en el agua con Alice, y Banni estaba poniendo la mesa de la comida.

Al final del embarcadero, Regina vaciló.

—Va a estar helada.

—Solo al principio, de verdad.

Entonces, Mason se tiró de cabeza y salió a la superficie. El agua estaba fría, pero proporcionaba una sensación increíble.

Regina llevaba un biquini de diseño dorado y blanco, y tenía una expresión de determinación. Se tiró de cabeza con elegancia, y emergió un poco más allá.

—Bienvenida a Willow Lake —gritó la madre de Mason.

Regina jadeó.

—Espero que tengas un remedio para la hipotermia.

Él la abrazó. Ella estaba temblando de pies a cabeza.

—Esto no ayuda en nada —dijo ella. Le castañeteaban los dientes.

—Nada un rato. Te acostumbrarás.

—Tengo una idea mejor. Un vodka con tónica y una siesta al sol.

Le dio un rápido beso y nadó hacia la escalera del embarcadero.

—No ha durado mucho —dijo su madre.

—Ya se habituará.

Sin embargo, el día fue distinto. No tenía el espíritu ni la energía que él quería que conociera Regina. Él quería que ella se enamorara de Willow Lake como había hecho él, pero, hasta el momento, las cosas no habían ido bien. Faltaba algo. Aquel era el día libre de Faith, y ella estaba con sus hijas por allí, pero no estaba de servicio. Parecía que le había prometido a Ruby que le compraría un traje de baño nuevo si la niña se tiraba de cabeza desde el embarcadero y nadaba hasta las escaleras. Con ese incentivo, Ruby había hecho alarde de sus nuevas habilidades a primera hora de la mañana, y todas se fueron a la ciudad.

Por la tarde, las vio a las tres en el lago, jugando en las tablas de surf y en el kayak. El sonido de su risa llegaba desde lejos. Mason le dedicó toda su atención a Regina, porque quería que aquello saliera bien. Ella era una mujer preciosa e inteligente, y juntos formaban un gran equipo. Se los imaginaba viajando por el mundo cuando Adam volviera a la finca y ellos pudieran regresar a la ciudad. Con Regina, la transición desde la soltería al matrimonio sería muy fácil.

—Te voy a robar a Wayan —le dijo ella.

—¿Qué? —preguntó él. Había vuelto a distraerse.

—Si no estuvieras tan ocupado mirándola, me habrías oído —dijo Regina, riéndose—. He dicho que te voy a robar al cocinero de tu madre, Wayan. Es fantástico –dijo, comiendo un poco de humus con una tortilla de *kale* y sésamo. Regina seguía una estricta dieta vegetariana, sin gluten, y Wayan conseguía que fuera más agradable.

«No la estaba mirando», pensó él.

Sin embargo, era cierto: se había quedado mirando a Faith sin darse cuenta.

Pero no era nada, se dijo. Lo que ocurría era que Faith era distinta a todas las personas que él hubiera conocido. Sus hijas y ella eran como un soplo de aire fresco, y habían supuesto una gran mejoría en la vida de su madre. Era eso; lo que sentía por Faith era aprecio y agradecimiento.

–Lo que me molesta no es que la estuvieras mirando –dijo Regina, como si le hubiera leído el pensamiento–. Es cómo la estabas mirando.

–Mi madre intentó suicidarse –dijo él, empeñado en ignorar el comentario de su prometida.

Regina estuvo a punto de atragantarse con su copa.

–Por eso tengo que estar aquí. Hay cosas que ella tiene que superar, y quiero estar a su lado para ayudarla.

–Por supuesto –dijo Regina–. Mason, lo siento muchísimo.

–Gracias, Reg. Espero que mi madre se ponga bien.

–¿Qué puedo hacer para ayudar? –preguntó ella–. Seguro que le encantaría implicarse en los planes de boda.

Él no tenía ni idea. El hecho de preparar una boda no tenía ningún atractivo para él, pero tal vez a su madre sí le apeteciera. Tomó a Regina de la mano y sonrió.

–Puede que sí. Pregúntaselo –le dijo.

En el lago había empezado el juego de la gallina; Donno y Ruby, contra Faith y Cara. Su madre se mecía en el agua, junto a ellos, y los animaba.

–Creo que está ocupada –dijo Regina.

Capítulo 20

–Esta noche tengo una cita.

Faith se quedó mirando a Alice, preguntándose si había oído bien. Esperaba que la sorpresa no se le notara en la cara.

–Ah –dijo–. ¿Con alguien especial?

–No sé si es especial o no. Para eso salgo con él, para averiguarlo. Es Rick Sanders.

–El motorista –dijo Faith. Sabía que Alice y él se veían frecuentemente en las sesiones de rehabilitación. Él sonreía mucho y tenía una mirada bondadosa, y siempre le decía una palabra agradable a Alice–. Eso es estupendo.

–Bueno, no lo sé. No he vuelto a tener una cita desde que estaba en la universidad. Trevor Bellamy me llevó al baile de primavera hace cuarenta años, y nunca volví a mirar a otro hombre. Así que puede que no sea tan estupendo.

–Si puedo echarte una mano a la hora de arreglarte, dímelo, por favor.

–Llama a la peluquería. Ya sabes, a esa tan mona que hay en el centro del pueblo.

–Twisted Scissors.

–Sí, esa. Mira a ver si tienen hora para nosotras.

–¿Para nosotras?

–No creerás que voy a hacer todo eso yo sola.

—Pero... Bueno, de acuerdo. Yo puedo esperar mientras tú te pones de punta en blanco.

—Por favor, no digas eso de «ponerse de punta en blanco». Me da miedo.

Faith había aprendido hacía varias semanas que Alice se ponía quisquillosa cuando estaba nerviosa por algo.

—Está bien. Yo esperaré y me pondré al día con las revistas del corazón. Me encantan.

—Bueno, pues lo siento, pero tienes que ponerte de punta en blanco conmigo.

—¿Qué? No.

Faith no recordaba cuándo había ido por última vez a la peluquería. Era demasiado caro.

—No te preocupes por el dinero —dijo Alice—. Yo invito. Considéralo parte de tus obligaciones.

Las dueñas de Twisted Scissors eran hermanas: Tina, Leah y Maxine Dombrowsky. Su establecimiento era el salón de belleza más bonito del pueblo. Faith las conocía porque una de sus antiguas clientas iba a peinarse allí una vez a la semana. A Faith le gustaba esperar en el salón porque era su única oportunidad, en toda la semana, de sentarse y mirar revistas. Le gustaban las que la transportaban a algún lugar lejano, más allá de su propio mundo. El hecho de mirar fotografías de comida, ropa, jardines y decoración tenía algo relajante. Eran imágenes de una vida sin problemas. Era su vía de escape semanal.

Faith nunca se había arreglado el pelo allí. Las hermanas Dombrowski cobraban setenta y cinco dólares por lavar, cortar y peinar, y eso no estaba dentro de su presupuesto. Además, Faith se había convencido a sí misma de que aquellos lujos eran innecesarios para una asistente de salud a domicilio.

Cuando entró por las puertas del salón de belleza, detrás de Alice, percibió el olor de los productos para la piel y el cabello, y sintió un inesperado anhelo.

—Gracias por encontrarnos hora —dijo Faith.
—Como podéis ver, nos hace falta —dijo Alice.
—Tiene una cita esta noche —les dijo Faith a las hermanas.
—Excelente —dijo Maxine—. ¿Y tú?
—No, yo no tengo ninguna cita, pero muchas gracias.
—Bueno, pues vas a tener que salir, porque te prometo que vas a morirte de ganas de lucirte después de lo bien que vas a quedar.
—Me conformo con impresionar a mis hijas —dijo Faith.
—No, eso no es suficiente. ¿Y si sales con tus amigas?
—Bueno, supongo que podría, si Cara quiere cuidar a Ruby.
—Ruby estará perfectamente en casa —intervino Alice—. Puede cenar pizza y ver una película con Philomena.
—Está bien. Sí, puedo salir con mis amigas del Friday Night Drinking Club.
—¿Y por qué me entero de esto ahora? —preguntó Alice.
—Mi amiga Kim lo mencionó el día que vino a visitarte a casa. No es más que un nombre tonto. Se trata de un grupo de amigas que se reúnen en la Hilltop Tavern todos los viernes para pasar el rato, chismorrear y, a veces, escuchar un concierto en directo.
—Perfecto —dijo Maxine, mientras se ponía el delantal—. Me moría de ganas de ponerte las manos encima —añadió, y se volvió hacia Alice—. Y a ti. Espero que estés preparada para despedirte de ese moño de solterona.
—Por si no te has dado cuenta —le dijo Alice—, tengo razones para llevar el pelo recogido. Tengo necesidades especiales.
—Cariño, eso nos pasa a todas —respondió Maxine, mientras ponía una bata grande sobre Alice y la silla. Después, se giró hacia sus hermanas—. Estoy pensando en darles unas mechas a las dos damas. Los reflejos siempre quedan muy bien en verano.

Tina y Leah asintieron, y sugirieron también una manicura y una pedicura. Además, Leah era una gran maquilladora, y les prometió unos resultados impresionantes.

–Es la primera vez que me hago todo esto –dijo Faith, mirándose al espejo. Los envoltorios de papel de plata de los mechones le caían como escamas, unos sobre otros, por toda la cabeza–. Mis niñas ni me van a reconocer.

–Entonces, debería ser algo habitual –declaró Alice–. Sorpréndelas.

Mientras esperaban a que se fijara el tinte, Tina y Leah les hicieron la manicura y la pedicura, y Leah las maquilló por turnos. Para Faith, aquello fue un lujo enorme, pero le encantó.

–Me miras con extrañeza –le dijo Alice–. ¿Por qué?

–Porque nunca te había visto tan relajada y tan parlanchina.

–Esa es la magia de una peluquería. Es un lugar seguro para poder hablar de cualquier cosa, como un confesionario.

–Bien dicho –dijo Maxine–. Hay que desahogarse.

–Mi marido me fue infiel –dijo Alice, y aquello captó la atención de las tres estilistas al momento.

–Oh, querida –dijo Tina, mientras le limaba cuidadosamente las uñas–. Bienvenida al club.

–Supongo que Mason te lo dijo –añadió Alice, mirando a Faith a los ojos.

Faith no dijo nada. Ni lo confirmó, ni lo negó.

–Yo mataría a ese canalla –añadió Leah.

A Alice se le cortó la respiración por un momento. Después, dijo:

–Eso ya está hecho. Murió en una avalancha, y yo terminé en esta silla de ruedas.

–Oh, Dios mío –dijo Leah, y se puso muy roja–. Lo siento. No quería decir una frivolidad.

–No te preocupes, ya ha pasado más de un año. Me estoy acostumbrando a la idea.

—Una avalancha —dijo Maxine, y se estremeció—. Debiste de ser muy valiente.

—No me considero valiente —respondió Alice—. Todo sucedió muy rápido, como si nos llevara una ola del océano más frío que puedas imaginarte. Es difícil explicar todo lo que se me pasó por la cabeza, pero, sobre todo, sentí pánico. Arrepentimiento. Vi las caras de mis hijos. Los rescatadores dijeron que sobreviví porque llevaba una linterna y un air bag. Así que no puedo decir que fuera una valiente —explicó. Se mordió el labio y apartó la mirada—. Estoy trabajando en eso.

—Siento muchísimo lo que ocurrió —dijo Tina—. Aunque te engañara, supongo que fue horrible perderlo.

—Sí —dijo Alice—. Pero tengo que luchar contra el sentimiento de traición, porque nunca podré enfrentarme a mi marido y pedirle explicaciones. Yo no me enteré de su infidelidad hasta después de que muriera. Algunas veces, fantaseo con que lo tengo delante una vez más, y puedo preguntarle por qué, y decirle lo que siento al respecto.

—Podrías contarnos a nosotras qué es lo que sientes —dijo Faith, que estaba asombrada por toda aquella franqueza de Alice en una peluquería.

—Creía que ya lo estaba haciendo.

—Sí, lo estabas haciendo muy bien, cariño.

—Pues parece que Faith no opina lo mismo.

—Eh —dijo Faith.

—Tú obligaste a mi hijo a que se mudara a mi casa, por el amor de Dios.

—Yo no le obligué. Lo hizo porque quiso. Y dime que no te gusta que esté contigo.

—Pues sí —admitió Alice, y suspiró—. Estoy luchando por no arrepentirme de haberme casado con Trevor.

—Tienes tres hijos maravillosos —dijo Faith.

—Sí. Supongo que Mason, Adam e Ivy son la prueba de que había motivos para que yo estuviera con Trevor.

—¿Adam Bellamy es hijo tuyo? —preguntó Tina—. ¿El bombero?

—Mi hermana lleva toda la vida enamorada de él —dijo Maxine.

—Una vez, hasta pensó en llamar al nueve uno uno solo para que él viniera —añadió Leah.

—Ya está bien —dijo Tina, y abanicó las uñas de Alice mientras se ruborizaba intensamente.

—Dios Santo, no te enamores de mi hijo. De ninguno de los dos —dijo Alice.

—¿Por qué? —preguntó Faith, con asombro.

—Porque me preocupa que mis hijos, Ivy incluida, tengan problemas emocionales.

—Yo no conozco todavía a Adam —dijo Faith—, pero Ivy y Mason son estupendos.

—Tienes razón, pero me preocupan sus relaciones. Nunca han conocido el amor de verdad, el amor duradero. Mi matrimonio fue una mentira. Aunque yo no me diera cuenta hasta hace muy poco, eso debió de influir en toda la familia.

—Tu matrimonio sí fue real. Has criado a una familia, has viajado por todo el mundo y has hecho labores humanitarias.

—Pero ahora me arrepiento de haberme quedado con Trevor.

—El arrepentimiento es un veneno —dijo Maxine—. Intenta no sentirlo.

—Tiene razón, Alice. Tienes unos hijos estupendos. Creo que deberías concederles que son buena gente, y que saben amar. Vieron tu amor día tras día.

—Ellos... Bueno, por lo menos, Mason, me vieron engañada.

—No creo que Mason defina de ese modo a tu familia, ni a ti, ni nada de nada.

Mientras Maxine se llevaba a Alice hacia el lavabo

para aclararle el pelo, la mujer no dijo nada. Cerró los ojos mientras Maxine dejaba caer el agua por su melena, sujetándole cuidadosamente la cabeza. Después, fue el turno de Faith. Aquellos cuidados eran muy relajantes, y tenían casi algo de íntimo, algo que llevaba mucho tiempo sin experimentar. Por supuesto, en su trabajo, ella tenía que tocar a los demás, pero a ella nunca la tocaba nadie. Le gustó la simple sensación de que alguien le sujetara la cabeza con cuidado mientras le aclaraba el pelo.

Leah le dio los últimos retoques a su maquillaje, y Maxine la peinó. Cuando hizo girar la silla para que Faith se mirara en el espejo, ella se encontró con una desconocida. Tenía el pelo cortado a capas, en ondas doradas que reflejaban la luz. El maquillaje era sutil, y le daba a su cutis un brillo suave.

Y Alice...

—Necesito un pañuelo de papel —dijo Faith, que sintió una inesperada emoción—. Puede que me eche a llorar.

—Ni se te ocurra estropearte el maquillaje —le advirtió Leah. Después, sonrió—. Las dos estáis maravillosas.

El moño de Alice había desaparecido y, en su lugar, había una melena corta y rubia que destacaba el tono de su piel y destacaba la largura de su cuello y la belleza de sus pómulos. Se parecía mucho a la mujer joven que aparecía en el libro de fotografías que habían hecho sus hijos para reunir las crónicas de todas sus aventuras. Y sonreía de un modo desconocido para Faith. Sin embargo, no estaba sonriendo hacia su propia imagen en el espejo, sino que estaba sonriéndole a ella.

—Mírate, Faith —le dijo—. Estás deslumbrante.

Faith se ruborizó. Que ella recordara, nunca le habían dicho que estuviera deslumbrante, ni siquiera Dennis. Él la quería, pero no se engañaba.

—Las dos lo estamos —dijo ella.

—Tenemos un problema —comentó Alice, mientras pagaba la cuenta. Tenía un monedero electrónico en el teléfono móvil, de modo que podía hacer transacciones con facilidad.

Faith tuvo que contener un jadeo al ver la cuenta.

—¿Qué pasa? ¿No podemos pagar todo eso?

—No seas boba. No, el problema es nuestra ropa. Necesitamos algo nuevo. Vamos a Zuzu's Petals.

Faith estaba familiarizada con aquella tienda. Lo único que podía permitirse con su presupuesto era mirar los escaparates.

—Está al final de la calle, ¿no?

—Exacto. Vamos para allá.

Se despidieron de las hermanas Dombrowski, y Faith abrió la puerta. Alice alzó la barbilla y salió.

—Yo nunca me he comprado nada allí —le explicó a Faith, mientras avanzaban por la acera—. Pero a Ivy le encanta esa tienda.

La boutique tenía un toldo con festones y un surtido de pañuelos y vestidos expuestos en el escaparate. Faith se alegró al ver una puerta ancha y sin escalones, puesto que Alice podría entrar con facilidad. Dentro sonaba una música suave y olía a popurrí de flores. Había un par de mujeres mirando la ropa de los percheros, y una dependienta vistiendo a un maniquí.

—Tú debes de ser Alice —dijo la mujer que estaba detrás de la caja. Tenía un rostro agradable y era menuda, y sonreía—. La madre de Adam.

—¿Acaso mi reputación me precede?

—Trabaja con mi marido, Jeff Bailey. Yo me llamo Suzanne.

—Me alegro de conocerte. ¿Tu marido también se ha ido a hacer ese curso de capacitación especial?

—No, él está en casa. Nosotros... Él echa de menos a Adam —dijo Suzanne, y salió desde detrás del mostrador—. ¿En qué puedo ayudaros?

—Estoy buscando algo para ponerme esta noche. Voy a ir a ver a los Hornets —respondió Alice—. Y Faith va a salir con sus amigas, así que ella también necesita algo.

—Oh, eso no es neces...

—No seas pesada, Faith.

—Habéis venido al lugar idóneo —dijo Suzanne—. Para tu pelo rubio y tu cutis claro, ¿qué te parecería algo en color turquesa o azul magenta? Algo bonito y vaporoso...

Suzanne comenzó a mostrarle a Alice blusas, faldas y bonitas sandalias para que pudiera lucir la pedicura. Alice decidió rápidamente; eligió un vestido envolvente de seda color agua, de un diseñador japonés. Tenía unas mangas muy ligeras, y la mayor ventaja era que podía ponérselo desde delante hacia atrás y que podía abrocharse en los hombros.

—Es precioso —dijo Faith, sujetando el vestido contra Alice delante del espejo—. Vas a tener mucho éxito.

—Eso ya lo veremos. Ahora te toca a ti.

—Pero...

Sus protestas no sirvieron de nada. Alice se empeñó en regalarle ropa, y Faith salió de la tienda con el primer vestido nuevo que tenía desde hacía siglos, un fabuloso vestido de cuello halter con un estampado en tonos morados y un par de sandalias. Pararon en la Sky River Bakery y se sentaron en la terraza, a la sombra, para disfrutar de la brisa.

Tal y como Faith esperaba, Cara salió a atenderlas.

Su hija se quedó parada un momento, con la boca abierta.

—Pero... pero... Dios mío, estáis increíbles.

—Nos hemos arreglado —dijo Faith. Se sentía un poco azorada, pero se echó a reír al ver la expresión de su hija—. ¿Te parece bien?

—Oh, Dios, sí. Estáis guapísimas.

—Esta noche vamos a salir —dijo Alice.

—Sí, Alice tiene una cita —explicó Faith—. Va a salir con Rick, el motociclista.

—¿De verdad? Genial. ¿Vas a ir tú también, mamá?

—¿A la cita de Alice? No, no creo. Yo solo voy a ir a la Hilltop Tavern con unas amigas, a escuchar algo de música.

—Muy bien —dijo Cara. Entonces, rápidamente, les llevó su merienda favorita, té helado con *kolaches* de mora. Después tuvo que irse a atender el resto de las mesas. Faith observó con orgullo a su hija. Cara se tomaba en serio su trabajo. Era amable, atenta e intuitiva.

—Lo está haciendo muy bien —dijo Alice, siguiendo la mirada de Faith.

—Sí. Algunas veces me siento culpable porque no puede estar por ahí con sus amigas, divirtiéndose.

—A mí me parece que hace las dos cosas. No creo que tengas que preocuparte por esa chica, Faith. Es lista y va a hacer bien todo lo que se proponga. Me contó que su sueño es estudiar Medicina.

—¿Te ha dicho eso? A mí nunca me lo había dicho.

A Faith se le ablandó el corazón al ver a Cara tomar nota en otra mesa. Cara había crecido con la enfermedad de su padre y, ahora, con la de Ruby. Siempre le habían interesado los asuntos médicos, pero nunca le había dicho que su sueño fuera estudiar Medicina.

—Sabe que me preocupo constantemente por los gastos de la universidad. Y ahora, me siento culpable por ponerles límites a sus sueños.

—Ya basta. Ella va muy bien, y encontrará la manera de conseguir lo que necesita, y tú estarás ahí para ayudarla.

—Tienes razón, Alice. Gracias —dijo Faith—. Y gracias por todo lo de hoy.

—Las dos necesitábamos un empujón.

—Es verdad. Pero, por favor, no me conviertas en un caso de caridad.

—Te cuesta aceptar regalos, ¿eh?

—No, yo... —murmuró Faith. En realidad, nunca le hacían ningún regalo. Sus regalos favoritos eran los que le hacían las niñas, tarjetas, servilleteros y marcos para fotos—. Gracias —dijo nuevamente.

—Y gracias a ti. Esto ha sido una terapia especial para mí —dijo Alice—. Me ha venido muy bien hablar de las cosas que me han ocurrido en el pasado. No quiero seguir obsesionada por ellas.

—Entonces, no lo permitas. Saborea esos grandes recuerdos de tu familia y de las aventuras que habéis corrido juntos.

—Las aventuras fueron maravillosas. Es solo que... Ojalá Trevor y yo hubiéramos estado más enamorados. Éramos compañeros, pero nunca hubo una conexión emocional profunda entre nosotros. Tal vez eso no existe. Tal vez solo fuera un sueño mío que podía suceder.

—No, no lo soñaste, Alice —dijo Faith, suavemente.

—Tú lo sabes porque lo experimentaste.

—Sí. Tuve mucha suerte al conocer a Dennis —dijo Faith.

Alice suspiró.

—Te envidio esos recuerdos de amor tan fuertes. Yo ya no los tengo. Ni siquiera sé cómo llevar el duelo por Trevor. Antes creía que lo echaba de menos, pero estaba añorando a una persona que ni siquiera conocía. Él era mi centro de atención principal, pero ahora miro hacia atrás y nos veo a los dos desde una perspectiva muy distinta.

—No creo que exista un modo correcto o incorrecto de sentir dolor —dijo Faith—. Yo pensaba que nunca podría olvidar a Dennis, que se quedaría conmigo para siempre. Sin embargo, últimamente me preocupa que mis recuerdos de él se vayan volviendo borrosos.

—¿Por qué dices que te preocupa?

—Ya he perdido a Dennis una vez. Ahora lo voy olvidando poco a poco; voy perdiendo la forma de sus manos, el sonido de su voz. ¿Cómo te aferras a alguien que murió hace tanto tiempo?

—Puede que no sea posible retener esos recuerdos. Tan solo, los sentimientos, las lecciones y el amor.

Faith se quedó mirándola.

—Vaya.

Alice se echó a reír.

—No tienes por qué llegar a ser tan vieja como yo para aprender un par de cosas —dijo Alice. Entonces, se quedó pensativa—. Tal vez las cosas sean así. Los detalles se pierden porque llega el momento de que se vayan. El momento de avanzar hacia algo nuevo.

—Yo he avanzado.

—Me refiero a una relación nueva.

—Ah. Quizá —dijo Faith, y se ruborizó—. Yo he tenido alguna cita de vez en cuando, pero nunca he sacado nada en claro.

—Claramente, no has salido con los hombres adecuados. Escucha, si yo puedo hacerlo, a mi edad, y en mis condiciones, para ti debería ser pan comido.

—Tienes razón. Pero, de todos modos, hoy solo voy a salir con mis amigas.

Capítulo 21

–Qué fácil es acostumbrarse a esta hora punta –le dijo Mason a su amigo Logan O'Donnell. Era viernes por la tarde; habían salido pronto del trabajo y habían ido en bicicleta a la Hilltop Tavern para tomarse una cerveza aquella noche.

Él había ayudado a Logan a conseguir financiación para el proyecto de Saddle Mountain Resort, que no era precisamente fácil de vender a los inversores. Tanto a Logan como a él les encantaban los deportes y las empresas de alto riesgo. Ahora compartían una oficina en un edificio antiguo de ladrillo cerca de la biblioteca de Avalon.

–Es completamente distinto al distrito financiero de la ciudad, ¿eh? –comentó Logan.

–Sí. Cuando voy en bicicleta en Manhattan, me siento como si fuera un combatiente de un videojuego.

Entraron en el bar. Sus ojos fueron acostumbrándose a la penumbra del interior, y Mason percibió el olor a levadura. El programa de aquella noche estaba escrito en una pizarra: Tocaban Dogsbody IPA y un grupo del pueblo llamado Inner Child.

Logan miró la hora.

–¿Tienes que irte a algún sitio?

–No, no. Mi hijo pasa este fin de semana con su madre.

Mi mujer está hoy en la ciudad, pero los viernes solemos venir aquí, porque la cerveza es buena y hay música en directo. La vida nocturna de Avalon es un poco limitada.

–Últimamente, para mi vida nocturna solo necesito una caña y unas patatas fritas.

–Parece que te estás haciendo a la vida del pueblo –dijo Logan, mientras la camarera les ponía dos cervezas en la mesa, junto a una cesta de patatas y cacahuetes.

–Sí, ha sido todo un cambio de ritmo –dijo Mason–. Y creo que es fácil acostumbrarse a él.

–Este sitio te acaba atrapando. Al principio yo solo vine aquí para estar cerca del niño, pero terminé quedándome. Y ahora es como si hubiera nacido aquí: nueva esposa, nuevo hijo en camino...

–¿Qué tal te va la vida de casado? –le preguntó Mason.

–Muy bien. Y nunca pensé que diría esto del matrimonio. No esperaba volver a casarme, porque, después de mi divorcio, no tenía nada bueno que decir de esta institución. Sin embargo, al conocer a Darcy, desaparecieron todas las excusas y las dudas.

–Eso es estupendo. Me alegro por ti.

–Gracias. No digo que sea fácil, pero, una vez que me enamoré de ella, fue como si siempre lo hubiera estado esperando sin darme cuenta. Ahora ya no puedo imaginarme la vida sin Darcy.

–Pues, entonces, por Darcy –dijo Mason, alzando su vaso–. Me alegro de que te vaya bien.

–Antes pensaba que las relaciones eran muy difíciles. Ahora sé que no tiene por qué ser así, si son buenas.

–Mi amigo, el filósofo –dijo Mason, y volvió a beber.

Aquello le parecía demasiado romántico. Tal vez él hubiera sentido eso hacía mucho tiempo, cuando era un adolescente lleno de hormonas y se había quedado deslumbrado por una novia extranjera... pero eso le parecía un sueño, o algo de otra vida. Algunas veces, Regina le decía que necesitaban trabajar en su relación, pero él no estaba muy seguro de qué quería decir.

—¿Y tú? Adam me comentó que tienes una novia de Nueva York. Dice que parece una supermodelo.

—¿Te dijo eso?

—Sí.

—Espero que lo dijera en el buen sentido. Regina y yo nos hemos comprometido.

—Eh, enhorabuena, amigo —dijo Logan, e hizo otro brindis.

—Algunas veces pienso en que estoy comprometido y me pregunto cómo ha sucedido.

Logan se inclinó un poco hacia delante, observando atentamente a Mason.

—¿Y cómo es que no percibo tus vibraciones de futuro marido?

Mason tamborileó con los dedos en la mesa.

—Hay una complicación —dijo.

—Te refieres a otra mujer.

—Dios, no —dijo él. Al instante, se le pasó por la cabeza la imagen de su padre besando a una mujer desconocida en un apartamento de París—. Nunca. Pero...

—Vamos, desembucha, tío —dijo Logan.

—Está bien. Con Regina todo va bien. Trabajamos juntos, nos gustan las mismas cosas, llevamos saliendo un par de años y nos entendemos a la perfección.

—¿Pero...?

—Pero está Faith McCallum. No, espera, no es lo que estás pensando. Es una mujer, no la otra mujer. Ella está a cargo del cuidado de mi madre, y entre nosotros no ha ocurrido nada. Pero yo... yo nunca había conocido a nadie como ella.

Logan volvió a inclinarse hacia atrás en el asiento y lo miró con calma.

—Entonces, problema resuelto.

–¿Qué quieres decir con eso?
–Que tú mismo te has respondido, amigo.
–No había ninguna pregunta.
–No, no has hecho ninguna pregunta en voz alta, pero yo la he oído muy bien. Lo que estás intentando resolver es esto: «Si estoy completamente decidido por Regina, ¿cómo es que no dejo de pensar en Faith?».
–Espera, espera. Eso no tiene sentido.
–Todo el mundo está de acuerdo en que el amor no tiene sentido –dijo Logan, encogiéndose de hombros filosóficamente.
–Tonterías. Yo no nací ayer. Regina y yo estamos muy bien juntos. A los dos nos gusta trabajar, divertirnos, viajar, salir a cenar... Todo va bien. Créeme, estudié bien el terreno antes de tomar la decisión de sentar la cabeza. Nosotros dos formamos una gran pareja.
–Deja que lo adivine. Vuestras familias se conocen y tenéis los mismos amigos, pertenecéis al mismo círculo social.
–Claro que sí. Es perfecta para mí.
–Ay, amigo –dijo Logan. Apuró su vaso de cerveza y lo dejó sobre la barra–. A mí también me pasaba eso. Y me divorcié.

–¿Qué tal estamos? –preguntó Alice, mientras esperaban en el vestíbulo a que Donno acercara la furgoneta a la puerta. Ruby, Cara y Philomena las miraron a Faith y a ella con admiración. Bella caminaba suavemente a su alrededor, y sus uñas hacían clic clic en las baldosas del suelo. La perrita ya había aprendido a interpretar las señales de Alice, y sabía que su dueña iba a dejarla en casa.
–Vamos –dijo Cara–. Ya sabéis que estáis muy guapas.
–Han elegido unos colores muy favorecedores las dos –dijo Phil.

—Vosotras estáis guapas todos los días —dijo Ruby, lealmente—. Hoy estáis extra guapas. Me gusta mucho tu peinado, mamá.

—Ah. Dame un abrazo, cariño. Y acuérdate de que puedes llamarme al móvil cuando quieras.

—No, no —le dijo Ruby—. Phil y yo vamos a cenar pizza y vamos a ver una película, *Sonrisas y lágrimas*. Ella no se creía que yo no la haya visto todavía.

—Nadie nos lo creíamos —dijo Alice.

—Un gran error por mi parte —dijo Faith—. Seguramente, existe un infierno especial para los padres que se olvidan de que sus hijos vean esa película.

—No pasa nada, mamá —dijo Ruby—. No puedes acordarte siempre de todo.

—Gracias, Ruby. Ya verás, te va a encantar —dijo Faith, y se volvió hacia Cara—. ¿Y tú? ¿Tienes algún plan?

Cara se encogió de hombros, pero se ruborizó un poco.

—Voy a ayudar a un amigo en un proyecto.

—Especifica, por favor.

—Milo necesita que le ayude con algunos cachorritos. Son demasiado pequeños para quedarse en el refugio todo el fin de semana, así que los tiene en casa.

Eso explicaba el rubor. Últimamente, Milo Waxman había ido varias veces por casa, supuestamente, para hacer un seguimiento de Bella, pero la mayoría de las visitas terminaban con Milo y Cara yéndose juntos a nadar o a remar. Parecía un chico estupendo, dedicado a ayudar a los animales y muy interesado por la ecología. Sin embargo, tenía diecisiete años y, como cualquier otro chico de su edad, debía de pasarse el tiempo pensando en el sexo.

—¿Y está solo en casa?

—Tiene una hermana —dijo Ruby—. Wanda Waxman. Es un poco difícil.

—Mamá —dijo Cara—. Por favor.

Alice miró a Faith.

—¿Has tenido la charla con ella?

—Muchas veces —le aseguró Faith—. Para consternación de Cara.

Alice asintió sabiamente.

—Ya lo he dicho antes: criar a un hijo es más fácil que criar a una hija. Sobre todo, en la adolescencia, cuando se desatan las hormonas. Con un chico, solo tienes que preocuparte por un pene. Con una chica, tienes que preocuparte por todos ellos.

Ruby soltó una risita tapándose la boca con la mano. Philomena la agarró y se la llevó por el pasillo hacia la sala de la televisión.

—Oh, Dios mío —dijo Cara. Se colocó la mochila al hombro y se encaminó hacia la puerta.

—Realmente, no tienes filtro —le dijo Faith a Alice.

—Sé de qué hablo —dijo Alice.

Cara se volvió hacia Faith.

—Funcionan todas las luces de la bici. Te llamo cuando llegue y cuando salga de casa de Milo, y volveré a mi hora.

—No me gusta que vayas en bicicleta por la noche.

—Está bien, pues enséñame a conducir.

—¿En este instante? Claro, claro, ahora mismo empezamos.

Cara apoyó la puerta en la espalda.

—No pasa nada, mamá. Llevo más de dos años yendo a la panadería de noche.

Faith respiró profundamente. Su hija era más fuerte, más alta y más lista de lo que ella era a su edad. Cara estaba segura de sí misma y era muy espabilada. No le iba a pasar nada.

—Llámame al móvil cuando llegues.

—Sí, no te preocupes.

Abrió la puerta, probablemente, para escapar antes de

que Faith pusiera alguna condición, pero se detuvo y se dio la vuelta. Abrazó a su madre y le dio un beso en la mejilla a Alice.

—Hasta luego, guapas —dijo, y se marchó.

Alice la miró pensativamente.

—Es solo una corazonada, pero creo que no tienes nada de lo que preocuparte con esta chica.

—¿Y se supone que con eso voy a dejar de preocuparme? —preguntó Faith. Sujetó la puerta y Alice salió justo cuando Donno bajaba la plataforma de la furgoneta.

—Claro que no, pero haz el favor de pasártelo bien esta noche.

—Solo si tú me haces la misma promesa.

—¿Es que alguien se lo pasa bien en una primera cita? Casi no me acuerdo.

Durante el trayecto hacia el campo de béisbol, guardaron silencio. Donno puso una música balinesa muy relajante, pero no parecía que Alice estuviera relajada. Cuando la rampa bajó en el aparcamiento, parecía una mujer que iba a su propia ejecución.

La temperatura de aquella noche de verano era perfecta, y olía a palomitas. En el tablero luminoso anunciaron la aparición especial del pitcher de los Yankees Bo Crutcher, que había jugado en los Hornets antes de entrar en la primera división.

—Esto no ha sido buena idea —dijo, entre dientes—. No puedo creer que haya accedido a hacer esto.

—Una mujer muy sabia dijo una vez que el miedo hace que el lobo…

—Sí, sí, pero tú y yo sabemos que es solo una frase —respondió Alice.

—Ya viene. El lobo en persona —dijo Faith, y agitó la mano en alto para que Rick las viera. Se acercaba a ellas muy despacio, apoyándose en un bastón. Estaba fantástico. Tenía el pelo entrecano y se había puesto una camisa de color azul claro. En la mano libre llevaba un pequeño ramo de flores.

—Ve, Alice. Que te lo pases muy bien en el partido.

Alice hizo avanzar la silla con una expresión seria. Al reunirse con ella, Rick le dijo algo que la hizo sonreír al instante. Entonces, se inclinó hacia delante y colgó el ramo en el brazo de su silla.

—Vamos, señorita Faith —le dijo Donno, sacando la cabeza por la ventanilla—. La señora Bellamy va a estar perfectamente.

Faith tuvo una extraña sensación de vulnerabilidad cuando Donno la dejó frente a la Hilltop Tavern. Estaba tan acostumbrada a cuidar de Alice y de Ruby que, al verse sola, no sabía qué hacer. Además, con su nuevo peinado y su nuevo vestido, era una extraña hasta para sí misma.

—Eh, guapísima.

Se dio la vuelta, y sonrió.

—Hola, ¿qué tal? Estaba sintiéndome como si fuera a hacer novillos esta noche.

—Y de eso se trata —le dijo Kim Crutcher, y le dio un rápido abrazo—. Me alegro de que hayas podido venir con nosotras, al menos por una vez. Te van a caer muy bien las chicas. Algunas ya se creían que me había inventado tu personaje. Yo no dejaba de decirle a todo el mundo: «Ya veréis cuando conozcáis a mi amiga Faith...». Y tú nunca aparecías.

—Pues ya estoy aquí. Gracias por incluirme.

Entraron, y encontraron a un grupo de mujeres en la mesa de la esquina. Kim se las presentó a todas: Maureen Haven, la bibliotecaria, que estaba casada con el cantante del grupo, Eddie. Sophie Shepherd, que era la mujer del veterinario, que también era el batería del grupo. El marido de Kim, Bo, también había formado parte de la banda, pero desde que había despegado su carrera en el béisbol profesional había tenido que dejarlo. Jenny McKnight, a quien Faith conocía porque era la dueña de la panadería en la que trabajaba Cara, la saludó desde el extremo más alejado de la mesa. Guinevere de la librería, y Suzanne, la dueña de la boutique, también estaban allí. Y también estaba Claire, casada con un Bellamy y enfermera de profesión. Faith saludó a todo el mundo y se deleitó con la sensación de haber salido de casa. Sin hijas. Sin clientas. Tenía que hacer aquello más a menudo.

–Para que lo sepáis –dijo Suzanne–, ese maravilloso vestido que lleva es de mi tienda.

–Pues sí, es precioso –dijo Sophie–. El color te favorece mucho.

Al momento, Faith se sintió cómoda con aquellas mujeres.

–Gracias. Me alegro mucho de estar con vosotras.

–Venimos aquí todos los viernes –dijo Jenny–. Bienvenida al Friday Night Drinking Club.

Todas alzaron los vasos e hicieron un brindis, y Faith le dio un sorbito a su bebida, que le supo dulce y veraniega. Aquella noche todo hacía que se sintiera bien: la música, las risas de las mujeres, las tapas que les sirvió la amable camarera... Hacía mucho tiempo que Faith no veía su vida social como una prioridad. Su trabajo tenía algo buenísimo: siempre había algo que aprender de un nuevo cliente. Alice Bellamy tenía el don de sacar a la gente de su zona de confort, incluida ella.

Sonrió a Kim.

–No tengo que preguntarte qué tal están los gemelos. Ya los veo en tu página de Facebook.

–Ah, gracias –dijo Kim–. Son maravillosos. Pero tú nunca publicas nada. ¿Por qué?

–Estoy muy ocupada. Y soy aburrida, a decir verdad.

–Sí, claro –replicó Kim–. No hay más que verte. Estás radiante. Y me encanta tu pelo.

—Alice y yo hemos ido hoy a la peluquería, y de compras.
—Una forma de terapia muy sofisticada.
Claire Bellamy intervino:
—Bien hecho, Faith. ¿Y se lo ha pasado bien Alice?
—Sí, mucho. Esta noche ha ido al partido de los Hornets.
—Muy bien. Me alegro de que salga más. Ross y yo queríamos ir a visitarla un día de estos. ¿Y qué es eso que he oído decir de que mi esquivo primo Mason ha venido a vivir a Avalon?
—Como Adam no está, pensamos... Bueno, él pensó que tenía que haber alguien aquí con ella.
—Eso está muy bien –dijo Claire–. Yo nunca tuve una familia propia hasta que conocí a Ross. Cuando no me están volviendo loca, son lo mejor que me ha ocurrido.
—¿Mason? –preguntó Kim–. ¿Y qué tal es?
—Es guapísimo y muy rico –dijo Claire.
—Emocionalmente inalcanzable y está ocupado –dijo Faith, al mismo tiempo.
Claire y ella se miraron, y Faith se ruborizó.
—Es el hijo de mi clienta. Y está comprometido.
—¿Y tiene algún amigo? –le preguntó Kim.
—No parece que tenga muchos amigos, al menos por aquí –dijo ella.
Para su alivio, la banda empezó a tocar. Había tres jarras en la mesa: una de cerveza, otra de vino y otra, de limonada con mora. Ella no quería hablar de Mason, ni pensar en Mason. Se preguntó por qué no era capaz de evitarlo.
—Tu marido canta muy bien –le dijo a Maureen–. Toda la banda es muy buena, pero él es increíble.
Maureen sonrió con orgullo.
—Son divertidos, ¿verdad? Te los presento en el descanso.
—¿Conoces a Ray Tolley? –le preguntó Sophie, señalándole al teclista.

Era un tipo alto y delgado, que llevaba unos pantalones vaqueros y una camiseta con el logo *Willow Lake Surf Club*. Tenía el pelo largo, y unos ojos muy bonitos.

—No —dijo Faith—. ¿Debería?

—Claro —respondió Sophie rápidamente—. Está soltero, y ha estado interesándose por ti desde que llegaste.

A Faith le ardieron las mejillas.

—Vamos.

—Claro que sí —dijo Maureen—. Y es encantador. Tiene mucho talento, además. Estudió piano en algún conservatorio importante de Rochester. Seguro que haríais buenas migas.

—No me interesa —dijo Faith.

Siempre había reaccionado así a la hora de conocer a un hombre. Se cerraba en banda. El único con el que no había sentido aquello era Mason. Era seguro admirarlo desde lejos, porque Mason era inalcanzable, y eso significaba que podía estar encaprichada de él sin peligro.

—¿Cómo sabes que no te interesa, si no lo conoces?

—Créeme, le estoy ahorrando una situación incómoda. Tengo dos niñas. Eso siempre ha sido un gran obstáculo para todos los hombres.

Le observó mientras hacía un impresionante solo de piano en medio de *Certain Girls*. Y, al final de la canción, él la miró directamente y sonrió.

—Está bien —dijo Faith, ruborizándose de nuevo—. Es muy mono. Presentadnos en el descanso.

Mason era muy maniático con la música en directo. No tenía paciencia para las bandas amateur que hacían versiones de clásicos. Inner Child fue una agradable sorpresa para él. El cantante tocaba bien la guitarra y tenía una voz conmovedora. La bajista era Brandi, la secretaria de la oficina que compartía con Logan. Ella era totalmente distinta con su ropa de bajista de banda de música; llevaba una minifalda de tablas y un top que dejaba a la vista su estómago, y una gorra de conductor con un pompón encima.

—Siendo tan guapa, ni siquiera necesitaría ser buena –dijo Logan–, pero lo es.

Mason sentía indiferencia por su aspecto. Intentó disfrutar de la actuación, pero no podía dejar de pensar en su conversación con Logan. «A mí también me pasaba eso. Y me divorcié». ¿Cómo podía evitar cometer un error?

Tal vez su decisión de fijar una fecha para la boda con Regina hubiera sido demasiado apresurada.

Vamos... ¿A quién quería engañar? Regina y él llevaban saliendo dos años. Habían analizado la situación desde todas las perspectivas. Se llevaban muy bien, y él podía imaginarse el futuro con ella. Podrían tener una casa en la ciudad y otra en Willow Lake para los fines de semana, cuando su madre estuviera mejor y Adam volviera. Podrían viajar juntos, por trabajo y por placer. Tal vez, solo tal vez, pudieran tener un hijo, o dos. Regina decía que estaba abierta a la idea, aunque mencionaba rápidamente las virtudes de tener niñeras y ayuda en la casa.

Él no conseguía entender qué era lo que le estaba haciendo dudar. O, tal vez, en el fondo, sí lo sabía. Tenía la sensación de que, contra su voluntad, siempre que se imaginaba el futuro, se interponían otras imágenes. Imágenes de cómo había sido su vida desde que se había mudado al lago. La jornada laboral no se extendía hasta la hora de la cena. Había conversación y risas en la mesa, fogatas en el lago, la risa de los niños, tomates maduros del huerto, música y un sentimiento de pertenencia.

Estaba seguro de que Regina también deseaba todo aquello. Si trabajaban lo suficiente para conseguirlo, lo tendrían.

La banda hizo un descanso, y comenzó a sonar música

a través de los altavoces. Unas cuantas parejas se levantaron para bailar *Wonderful Tonight*.

Logan miró la pantalla de su teléfono.

—Tengo que irme. Darcy tenía una reunión tarde en la ciudad, y su tren llega a las diez.

—Bueno, pues yo también me voy a retirar —dijo Mason—. Gracias por tus consejos.

—¿Han sido consejos? —le preguntó Logan, sonriendo—. En ese caso, puede que debas tomarte otra cerveza.

—No, estoy bien. Solo un poco preocupado, quizá.

Se oyó un estallido de risas femeninas desde una mesa que había al otro lado del local, más allá de la mesa de billar.

—Darcy va a sentir mucho haberse perdido eso —dijo Logan.

—¿El qué?

—Es su grupo de amigas. Se reúnen aquí los viernes para tomar algo y charlar.

Mason volvió a mirar al grupo, y se sobresaltó al ver a una mujer con el pelo largo y brillante que estaba apoyada con los codos en la mesa. Faith. Faith estaba con el grupo, riéndose y hablando, no cuidando de su madre ni de sus hijas, ni planeando cosas ni haciendo programaciones. Oh, Dios. Él nunca la había visto arreglada para salir por la noche, y estaba guapísima.

—Una canción perfecta para darse un revolcón —estaba diciendo Logan.

Mason frunció el ceño.

—¿Qué?

—La canción de Eric Clapton que está sonando. A las mujeres les encanta. Seguramente, para eso la escribió, para darse algún revolcón.

—Bueno es saberlo —dijo Mason. De repente, ya no podía pensar en Eric Clapton, ni en nada... Salvo, quizá, en un revolcón—. Eh, tienes que ir a la estación. Yo invito.

–Gracias, Mason. Nos vemos la semana que viene.

Mason asintió, pero no vio irse a su amigo. No podía apartar los ojos de Faith. No estaba acostumbrado a verla así, hablando con sus amigas y tomando una copa. Se preguntó si debería meterse en sus propios asuntos o acercarse a decirle «hola».

Cuando estaba sopesando sus opciones, Faith miró hacia él, y el rostro se le iluminó con una sonrisa.

Sí. Tenía que acercarse a decirle «hola».

Entonces, se dio cuenta de que ella no lo había visto. Su sonrisa era para otro... para el teclista de la banda. El tipo se acercó a la mesa, se inclinó y le dijo algo. Al momento, ella le dio la mano, y fueron juntos a la pista de baile. Empezaron a bailar aquella canción lenta escrita especialmente para darse un revolcón. Y, por algún motivo que él no quería admitir, empezó a sentir una quemazón en el estómago.

La camarera tardó siglos en llevarle la cuenta. Se la puso en la mesa justo cuando terminaba la canción. Ya no tenía ningún motivo para seguir allí. Se abrió paso entre la gente, hacia la salida... y se encontró cara a cara con Faith. Su pareja de baile fue al bar mientras ella volvía hacia la mesa con sus amigas.

–Eh –le dijo Faith con una sonrisa–. No sabía que estabas aquí, Mason.

–Hola. Desventajas de la vida en un pueblo.

–Bueno, yo no diría que es una desventaja, sino todo lo contrario.

Faith se inclinó ligeramente hacia un lado, y él se dio cuenta de que estaba un poco achispada. Nunca la había visto así. Su sonrisa era más rápida, su mirada más lenta. Ella se mordió el labio, y él se fijó en que llevaba carmín. Tampoco la había visto maquillada.

–No irás a conducir esta noche, ¿no? –le preguntó.

–¿Qué? No, no. Me he tomado tres cócteles.

—Muy bien, pues yo te llevo a casa.
—Gracias —respondió ella—, pero ya me van a llevar.
Mierda... ¿El teclista?
—Ah. Bien, bien.
Mason sabía que debía de parecer un bobo.
—Bueno, pues yo me voy a casa ya.
—Yo todavía no —dijo ella, y se levantó la melena del cuello para echársela por la espalda.
Él intentó no quedarse mirando fijamente su cuello.
—¿Quién está con mi madre? —preguntó él, con una súbita preocupación.
—Ha ido a un partido de los Hornets.
—¿Qué?
—Que ha ido a un partido de béisbol de los Hornets. Es el equipo del pueblo y juegan en la liga regional.
—Sé lo que son los Hornets. ¿Quién está con ella?
—Rick Sanders.
—Pero ¿qué demonios?
—Tenían una cita, Mason.
—No puede tener una cita. Ella está...
—¿Qué? ¿En silla de ruedas? ¿Y es lo suficientemente mayor como para ser tu madre?
—Sí. ¿Qué pasa con ese tipo? —preguntó él. De repente, tuvo una imagen de pesadilla del motociclista con su madre. Su indefensa madre.
—Lo cierto es que han salido juntos. Ella es una mujer adulta. Las citas no están reservadas solo para los jóvenes sin discapacidad, por si no te habías dado cuenta.
—Ya lo sé, pero...
—Parece que te sientes incómodo con esto —comentó ella—. Me pregunto por qué.
—No estoy incómodo. Es que me he quedado pasmado, eso es todo.
—Rick parece un hombre muy agradable. Y es maravilloso que ella se centre en otra cosa que no sea su con-

dición y en el reto que representa –dijo Faith, mirándolo pensativamente–. Una cosa que he aprendido en mi trabajo es que el corazón quiere lo que quiere, cuando lo quiere.

–Sí, está bien. Pero, de todos modos...

Ella le puso el dedo en los labios, sorprendiéndolo.

–Shh... Todo va a ir bien. Hazme caso, soy una profesional.

Después, se le escapó un hipo, y echó por tierra el efecto de seriedad de sus palabras.

En aquel momento, volvió el teclista con dos copas. Mason le saludó inclinando con sequedad la cabeza, y le dijo a Faith:

–Entonces, nos vemos luego.

Intentó que no pareciera que tenía prisa mientras iba directamente hacia la puerta.

Faith quería que Ray Tolley le diera un beso de buenas noches. No lo dijo, por supuesto, cuando él la dejó delante de la puerta de casa. No quería solo un beso, sino que le gustara ese beso. Quería que el beso la hiciera olvidar el beso que realmente deseaba.

Tenía que dejar de pensar en eso.

Pero Ray no la besó. Y no la hizo olvidar.

Ella entró en casa y cerró la puerta silenciosamente. En la penumbra del vestíbulo, se apoyó en la puerta y cerró los ojos. Con un suspiro, se tocó los labios con los dedos. Podría haberlo besado ella. ¿Por qué no lo había hecho?

–Es más de medianoche.

Ella jadeó y abrió los ojos de golpe.

–Mason. Me has dado un susto. Y ya sé qué hora es.

Él llevaba a Bella bajo un brazo, seguramente, para que la perra no despertara a toda la casa con sus ladridos. Mason la dejó en el suelo y se acercó mucho a Faith. Tenía el pelo revuelto, como si se hubiera pasado los dedos varias veces entre los mechones. Tenía la camisa abierta por el cuello, y las mangas recogidas en el antebrazo. Cuando él posó ambas manos en el marco de la puerta, aprisionándola, ella percibió un olor a buen whisky escocés.

–No me gusta que salgas hasta tan tarde –dijo él–. Quiero que estés aquí, Faith. Quiero que estés en casa.

Era algo ridículamente posesivo, casi ofensivo. Sin embargo, ella lo encontró provocativo. Su parte más fantasiosa sabía exactamente adónde quería que llegara aquel momento.

–¿Mamá?

Una vocecita débil y temblorosa se oyó por el vestíbulo. La realidad se hizo patente en aquel instante.

Ruby. Estaba allí, con su pijama de verano, sujetando el Gruffalo con una mano.

Faith se agachó para salir de los brazos que la aprisionaban.

–Hola, nena –dijo, arrodillándose y tomando a su hija por los hombros. Al instante, percibió el extraño sudor de la niña y su temblor.

–¿Estás bien? No, demonios…

Tomó a Ruby en brazos y la llevó al salón. La dejó en el sofá.

–¿Qué ocurre? –preguntó Mason, que estaba justo detrás de ella.

–Hipoglucemia –respondió Faith, y le dijo a la niña–: Cariño, cálmate. No va a pasar nada.

–¿Puedo ayudar?

–Quédate con ella. Necesito ir por su estuche.

Mason se arrodilló al lado del sofá y tapó a Ruby con una manta.

–Eh, hola –le dijo, suavemente.

–Eh, hola –repitió ella, con un susurro.

Faith volvió corriendo con el kit de emergencia. Los

síntomas de Ruby eran muy familiares para ella; temblor, sudores y agitación, y no iban a desaparecer por sí solos.

–¿Llamo a alguien?

Faith sabía que se refería al teléfono de emergencias, el nueve uno uno, pero no quería decirlo delante de Ruby.

Negó con la cabeza.

–No, esto ya ha pasado más veces. Ruby es toda una veterana. Toma, tú puedes hacer la parte divertida. Métele el glaseado de azúcar en la boca.

–¿En serio?

Faith le entregó el tubo.

–Ruby, no te quedes dormida, ¿de acuerdo?

La niña estaba muy pálida, y tenía los ojos muy abiertos.

–Me duele mucho la cabeza.

–Ya lo sé, cariño –dijo Faith, mientras preparaba la inyección. Mezcló el polvo con el diluyente y agitó el frasquito. Entonces, llenó la jeringuilla, sujetando el tubo a contraluz para asegurarse de que no cambiaba de color.

Mientras, Mason le dio a Ruby el glaseado. Ella estaba tan débil que apenas podía tragarlo. Faith le dio unos golpecitos a la jeringuilla y le inyectó el Glucagon a Ruby en el muslo. La niña se estremeció y gimoteó. Mason sufrió por ella.

–Lo siento, Ruby Tuesday. Lo siento mucho –le dijo.

–Dale unos cuantos *pretzel* de estos –dijo Faith, mientras dejaba la jeringuilla en la caja de desechos–. Yo voy a prepararte un sándwich de jamón y queso, Ruby. Tu favorito. Ahora mismo vuelvo.

Faith trabajó a toda prisa en la cocina, impulsada por la descarga de adrenalina. Aquella sensación era familiar. Le recordaba a los incidentes que había sufrido su madre, a los que había sufrido Dennis, y a algunos episodios anteriores con Ruby. De repente, era como si no hubiera consumido ni una sola gota de alcohol en la Hilltop Tavern. Todo se había evaporado en cuanto se había dado cuenta de que a Ruby le ocurría algo.

Estaba terminando de preparar el sándwich cuando oyó música en el salón. La melodía era delicada como un susurro y estaba muy bien interpretada. Faith tomó el sándwich y un trapo, y salió apresuradamente de la cocina.

No era un disco, sino Mason, que estaba tocando suavemente un nocturno de Chopin al piano. Él alzó la vista cuando ella entró, pero no dejó de tocar. Ruby estaba plácidamente tumbada en el sofá, con un color mucho más saludable, comiendo un *pretzel*. Junto a ella estaban Bella y su Gruffalo. Faith se sentó en el suelo, junto a ella, e hizo una rápida comprobación de su nivel de azúcar. Después, le dio la mitad del sándwich. Al poco rato, Ruby se quedó dormida.

Faith se puso en pie, mirando a su preciosa hija. Ruby estaba relajada y tenía muy buen color. La música se detuvo, y notó que Mason se levantaba y se acercaba a ella. Se detuvo a sus espaldas y le puso las manos sobre los hombros. Ella se desplomó contra él, se derritió en su fuerza. Le pareció increíble dejarse llevar, aunque solo fuera unos segundos, antes de contenerse de nuevo.

—Ya está, Faith. Ya ha pasado todo —dijo él, susurrándole al oído.

—Lo sé. Lo siento. Soy una boba. Como ya te he dicho, esto no es nuevo para nosotras. Pero cada vez que sucede... Nunca resulta más fácil que la anterior.

—Eso es lógico, así que no te disculpes. ¿Y qué es lo que ha ocurrido, de todos modos? Explícamelo.

—La hipoglucemia es un bajo nivel de azúcar en sangre. Aunque siempre tenemos mucho cuidado, puede suceder si Ruby se inyecta demasiada insulina, o si hace demasiado ejercicio, o si no come lo suficiente. Tal vez hoy estuviera tan emocionada con la película que no cenó. O que haya corrido mucho con la perra. Bueno, eso puede sucederle rápidamente a la gente diabética. Ella ha hecho muy bien en acudir a nosotros... Es decir, a mí. A estas alturas ya conoce los síntomas: debilidad, sudor, temblores y dolor de cabeza.

—¿Y si no hubiera venido a vernos? —le preguntó él, suavemente.

—Puede empeorar muy rápidamente. Si continúa demasiado tiempo, puede causar convulsiones, un coma o la muerte —dijo ella, y estuvo a punto de atragantarse con aquella última palabra. Se apartó de Mason y se dio la vuelta para mirarlo.

Él estaba observando a Ruby con una expresión de dolor.

—No sé cómo lo haces —murmuró.

—Es mucho —respondió Faith—, pero lo hago. Siempre lo he hecho. Es lo que hace uno cuando quiere a un hijo más que a su propia vida.

Él se pasó los dedos por el pelo y miró a Faith a los ojos.

—¿Y cómo podemos impedir que suceda?

—No hay garantías. Es algo que puede sucederle a alguien con su enfermedad. Podemos permanecer alerta, mantener sus niveles en los límites adecuados, pero algunas veces, las cosas se descontrolan.

—Entonces, ¿no se puede llevar a Ruby a un especialista, o comprar un equipo diferente...?

—Hay algunas tecnologías nuevas, como una bomba que se implanta en el cuerpo, o incluso un páncreas artificial, pero como son tan nuevos y especializados, mi seguro no los cubre —dijo ella—. Y hay un inyector mucho más avanzado, pero mi seguro tampoco lo cubre. Es muy caro, pero estoy ahorrando para comprarlo.

—Mañana mismo lo compramos —dijo él—. Y vamos a buscar un especialista que estudie otras terapias.

Ella se irritó.

—No. Te agradezco tu preocupación, pero...
—No es preocupación, es sentido común —le espetó él.
Faith entrecerró los ojos.
—Sé lo que estás haciendo. Haces esto a menudo, ¿no? Estás intentando convencer al mundo de que eres un idiota. ¿Por qué?
—Porque soy un idiota.
—Que rescata a la gente.
—¿Qué dices? Tonterías.
—No te sorprendas tanto. Soy una empleada, ¿o es que no te acuerdas? Y los empleados hablamos entre nosotros. Sé que salvaste a Phil del maltrato de su marido, y que impediste que la familia de Wayan tuviera que separarse. Lena dijo que le pagaste la formación y la tarjeta de residencia...
—Yo siempre estoy dispuesto a hacer cualquier cosa con tal de desgravarme impuestos —dijo él, moviendo la mano con arrogancia.
—Entonces, no te molestes con nosotras. Nosotras no estamos interesadas en ser la desgravación de nadie.

Capítulo 22

Faith todavía estaba acostumbrándose a su nueva imagen en el espejo. Cuando se levantó por la mañana y vio su rostro enmarcado por aquella melena larga y estilosa, sintió un asombro momentáneo. Se puso unos pantalones blancos y una blusa de cuadros sin mangas, e incluso se maquilló ligeramente, intentando imitar la técnica de la peluquería.

Ruby había dormido plácidamente. Ella, no. Cuando bajó las escaleras, intentó olvidar lo que había pasado aquella noche con Mason.

–Muy guapa –dijo Alice, que estaba en la cocina, terminando de desayunar.

–Tú también –dijo Faith–. Me encanta cómo te queda el corte de pelo.

Hizo una comprobación rápida del cuadro de Ruby para asegurarse de que sus niveles estaban bien. Junto al estuche de Ruby había una caja sin abrir. El contenido era un inyector automático y varias dosis de insulina desechables.

–¿De dónde ha salido esto?

–Donno fue a comprar eso a la farmacia veinticuatro horas anoche.

Faith apretó los dientes, intentando disimular su exasperación. No iba a permitir que Mason se convirtiera en su hada madrina.

Miró la programación de Alice. Aquel día tenía una reunión con el neurólogo y el cirujano para hablar de la cirugía de transferencia nerviosa.

—Entonces, ¿comparamos nuestras veladas? —preguntó Alice—. ¿Qué tal fue la tuya?

Faith mantuvo la cabeza agachada, con la esperanza de poder ocultar su rubor.

—Estupenda. Bebí un poquitín de más, y me divertí mucho.

Aquello era cierto. Había disfrutado mucho con las chicas, y escuchando al grupo en directo. Había bailado con Ray Tolley, y aquel era su primer baile con un chico desde la boda de su amiga, que se había casado el año anterior. Ray le había parecido un tipo muy agradable. Cuando él le había pedido su número de teléfono, ella se había puesto roja. Era una tonta, porque tenía treinta y cuatro años, y ya era demasiado madura como para ruborizarse.

Y ver a Mason en el bar había empeorado las cosas. Al contrario que Ray, Mason no era solo «muy agradable». Era... complicado. Y estaba ocupado, además. La discusión de la noche anterior demostraba que no se llevaban bien. Ella iba a tener que acordarse bien de eso para contrarrestar los momentos en los que parecía que sí se llevaban muy bien.

—Necesito detalles —dijo Alice.

—¿Cómo? —preguntó Faith, y sintió una punzada de pánico—. Ah, sobre la Hilltop Tavern. Veamos... Me tomé tres cócteles, algo llamado burbujas de mora. Moras frescas, miel, limón, vodka y agua de Seltz. Era delicioso, así que me tomé un cuarto cóctel, pero sin el vodka. El grupo que tocaba se llama Inner Child y eran estupendos. Muchas versiones de los noventa, y algunas canciones originales.

Alice bostezó sonoramente.

—Me estás aburriendo.

—Está bien. Hice algunas amigas nuevas, y bailé con un chico. Se llama Ray y es el teclista del grupo. Le di mi número de teléfono.

Alice enarcó las cejas.

—Y cuando llame, ¿qué?

«Desearé que sea otra persona».

—Bueno, ya veremos. Ahora te toca a ti. Yo también quiero detalles. No los aburridos. ¿Cómo es Rick Sanders?

Alice sonrió.

—El partido fue mucho más interesante de lo que yo pensaba. Me tomé una cerveza y un perrito caliente, y no resultó extraño que él me ayudara a comer. Después del partido, fuimos hasta Blanchard Park a tomar un helado.

—Y ahora, ¿quién está aburriendo a quién? No me has dicho cómo es.

—Fue periodista y fotógrafo de la Associated Press, y resulta que tenemos en común muchos de los sitios en los que hemos estado. Ahora trabaja por su cuenta y vive en Woodstock.

Faith bostezó exageradamente.

—Eso es su currículum, Alice.

—Está bien —dijo Alice. Suspiró, y sonrió aún más—. Es encantador, es interesante y está interesado. Nos hemos caído muy bien, y hemos quedado para ir a ver una película la semana que viene. Y no se sintió descolocado por el hecho de que yo sea tetrapléjica. Por otra parte, el hecho de que un hombre me sujete el cucurucho del helado fue... gratificante. ¿Qué te parece?

—Mucho mejor —dijo Faith. Había observado con atención la cara de Alice mientras escuchaba sus palabras, y su expresión era más suave y más comunicativa. Podría ser por su impaciencia por la cita que tenía hoy con los médicos, o por su nueva amistad con Rick Sanders.

—Buenos días, señoras —dijo Mason.

Entró en la cocina vestido con unos pantalones de color marrón y una camisa, y le dio un beso en la mejilla a su madre, con un gesto que parecía natural y no forzado, lo cual era un gratificante cambio para ellos dos. Después, se giró hacia ella, y pasó un instante. Fue solo un segundo, pero a Faith se le llenó la cabeza de preguntas. ¿Qué hacían? ¿Fingían que no había pasado nada la noche anterior? ¿Hacían un pacto de silencio para evitar mencionarlo?

–¿Qué tal está Ruby? –preguntó él.

Faith exhaló un suspiro.

–Bien. Ha descansado muy bien.

–¿Qué le ha pasado a Ruby? –preguntó Alice.

–Tuvo una hipoglucemia –respondió Faith–. Sucede a veces. Pero se recuperó perfectamente.

–Vaya, qué alivio –dijo Alice, y miró a Mason–. Hay café. Yo quiero otra taza, gracias.

–Claro –dijo él, y las miró a las dos–. ¿He interrumpido algo?

–Tu madre me estaba contando cómo ha sido su cita con Rick Sanders.

Él entrecerró los ojos.

–¿Y?

–Fue muy bien –dijo Alice–, y vamos a volver a salir juntos, así que deja de mirarme así.

–¿Cómo?

–Como si fueras mi guardián.

–Yo no...

–Sí, sí lo haces.

–Disculpa que me preocupe por mi madre.

–Te lo agradezco, pero, en este caso, no hay motivo de preocupación.

Él le dio una taza de café recién hecho y colocó la pajita.

–Bueno, pues me parece estupendo que salgas con Rick

Sanders, mamá. De verdad. Lo que pasa es que me va a tomar un poco de tiempo acostumbrarme.

—¿A qué tienes que acostumbrarte? —preguntó Ruby mientras entraba en la cocina. Con eficiencia, sacó su estuche y comprobó su nivel de azúcar.

—Que mi madre tenga citas —dijo Mason.

—Te entiendo —respondió Ruby—. Cuando mi madre sale, a mí también me parece raro.

—¿Sí? —preguntó él, y se puso visiblemente rígido.

—Sí. Cara dice que debería tener un novio fijo, pero nunca lo hace.

—Disculpa —dijo Faith, con las mejillas ardiendo—. ¿Desde cuándo puedes tú hablar de mi vida personal?

—¿Desde cuándo tienes vida personal? —preguntó Cara, que entró por la puerta de la cocina con un gran bostezo.

—¿Crees que mi madre y tu madre están guapas con el nuevo peinado? —le preguntó Ruby a Mason.

—Siempre han estado guapas —dijo Mason—. Y yo siempre me he fijado en eso —añadió. E, ignorando la expresión mortificada de Faith, le preguntó a Ruby—: ¿Cómo te encuentras, Ruby Tuesday?

—Muy bien. Gracias por la música de ayer. Tocas muy bien el piano.

—¿Tocó el piano? —preguntó Alice.

—Sí, pero cerramos las puertas y tocó pianísimo hasta que yo me quedé dormida otra vez.

—Dios Santo. Eso es muy... paternal por tu parte, Mason —dijo Alice.

Él carraspeó.

—¿A qué hora salimos para el médico?

—Le he dicho a Donno que esté preparado para las nueve en punto —respondió Faith.

Él miró el reloj.

—Muy bien. Y después...

En aquel momento, su teléfono emitió un ruido, y él

miró la pantalla. Faith se dio cuenta de que, cuando pensaba, se le formaba una pequeña arruga entre las cejas. Se fijaba en demasiadas cosas sobre él.

Mientras todo el mundo se reunía para la consulta de cirugía de su madre, Mason tenía los nervios de punta. Aquello le importaba mucho más de lo que se había imaginado.

El Presbyterian Hospital de Manhattan parecía una catedral postindustrial; tenía dos alas gemelas y un cuerpo central de altura mucho mayor. El edificio y su gran entrada eran tan bellos como imponentes. Aquella reunión definitiva iba a celebrarse en un anexo del hospital. La sala tenía ventanas de suelo a techo con vistas al jardín y al río, por el que navegaban cargueros y ferris. Las siluetas de los puentes se recortaban contra el cielo azul.

Su madre ya se había sometido a una batería de pruebas neurológicas y a una evaluación psicológica y social para determinar si la cirugía de transferencia nerviosa podía ayudarla. Lo que quedaba era que el doctor Cross, el cirujano especialista, y su equipo, analizaran y valoraran sus posibilidades de mejoría después de la operación.

Mason miró la hora. Regina iba a reunirse con él allí, para estar presente en la reunión final sobre el caso de su madre. Llegaba tarde.

—¿Va todo bien? —preguntó Faith.

Cuando él la miró, sintió que la tensión disminuía un poco.

—Pregúntamelo cuando termine la reunión.

Ella sonrió suavemente.

—Ha sido un día muy largo para todo el mundo.

—Mamá se ha portado como una campeona —dijo él.

—No es verdad —dijo su madre, acercándose hacia ellos en su silla—. Estoy hecha polvo.

—Pues tienes un aspecto fantástico —le respondió Faith, rápidamente.

Mason recibió un mensaje en el teléfono móvil, y lo abrió. Era de Regina:

La organizadora de bodas se ha quedado atrapada en un atasco y ha llegado súper tarde. Seguramente, no voy a poder llegar a tiempo al hospital. Lo siento. ¡Suerte!

Cuando alzó la vista, se encontró con las miradas de Faith y de su madre.

–Regina no va a poder venir –dijo, pasando el mensaje con el dedo pulgar–. Te desea buena suerte.

Su madre sonrió con tirantez, y él no supo si era por el nerviosismo que sentía o por desaprobación.

–Bueno, pues entonces –dijo Alice–, creo que ya podemos empezar.

–Yo me quedo esperando aquí fuera –dijo Faith, buscando con la mirada un sitio para sentarse en la sala de espera.

Mason miró a su madre. Y su madre estaba mirando a Faith.

–Preferiría que vinieras a la reunión –dijo.

–Alice, no soy especialista en...

–Parece que ya tenemos suficientes especialistas –dijo su madre–. La coordinadora de cirugía hizo hincapié en el entorno familiar de la paciente –añadió, y se giró hacia la coordinadora, una mujer de mediana edad que llevaba moño y tenía una tablilla para escribir en las manos–. ¿No es así?

–Por supuesto que sí –dijo la mujer–. Se trata de un compromiso muy importante, no solo del paciente, sino también de toda la familia. El sistema de apoyo al paciente es crucial para obtener un resultado positivo.

–Ya lo has oído –le dijo su madre a Faith–. Te necesitamos en la reunión. Tú eres de la familia.

La sonrisa de Faith iluminó la habitación como el sol

que se filtraba entre las nubes. ¿Acaso siempre había tenido aquel efecto en una sala llena de gente, o era la primera vez que él se daba cuenta?

—Gracias, Alice. Me encantaría acompañarte.

Mason olvidó su irritación con Regina mientras entraban en la sala de reuniones. Se fijó en que Faith sabía tocar a su madre donde ella pudiera notarlo, en el hombro, o en la parte superior de la espalda. Aquella mujer tenía un don. Y no era la primera vez que lo pensaba.

—Por fin te veo, hombre absurdo.

Mason se giró hacia la puerta. Habría reconocido aquella voz grave, con acento inglés, en cualquier parte.

—Katia. Gracias por venir. ¿Por qué soy absurdo?

—Por tardar tanto tiempo en llamarme.

Él se acercó a ella y la abrazó. Muchas cosas habían cambiado, pero muchas otras eran iguales: el olor a sándalo de su piel y su pelo, y la dulce canción de su voz. Ella siempre sería la muchacha de la que se había enamorado cuando tenía diecisiete años, la chica que había cambiado su mundo. Y allí estaban; su juventud había sido robada por la violencia y por el paso de los años, pero ella seguía siendo hermosa.

Aquel momento de choque entre el pasado y el presente fue extraño. Se daba cuenta de que Faith estaba observando a Katia. Seguramente, estaba pensando en la historia sobre aquel verano que le había contado. Y parecía que su madre también.

—Katia, he esperado veinte años para conocerte —le dijo Alice.

—Es un honor, Alice. Y es un honor que Mason me haya llamado para ayudar —respondió Katia, y miró al equipo médico. Todos estaban en la sala de reuniones, preparando cuadros y modelos del cuerpo humano—. Veo que ya estás rodeada de talento.

—Eso quiero pensar —respondió Alice. Miró a Katia durante un momento–. He conocido a los otros chicos con los que estaba mi hijo cuando ocurrió la explosión del metro, a Lisa, a Malcolm y a Taye, pero a ti no te había conocido.

–Mi familia decidió que nos fuéramos a vivir a Londres ese mismo verano. París ya no parecía un lugar seguro para nosotros –explicó Katia, y se sentó junto a la madre de Mason–. ¿Hay algo que quieras preguntarme sobre ese día?

–¿Hay algo que tú quieras preguntarme sobre ese día?

Aunque las dos hablaban con calma, el momento estuvo lleno de tensión.

–Puedo decirte que tengo un enorme sentimiento de culpabilidad por la gente que sufrió heridas en la explosión –respondió Katia–. Los amigos de mi padre me obligaron a salir de la estación de metro minutos antes de que estallara la bomba.

–Eso nunca me lo habías contado –le dijo Alice a Mason, y miró de nuevo a Katia–. ¿Estás diciendo que esos amigos sabían que iba a haber un atentado?

–Eso nunca lo sabré con certeza. Después de que me llevaran a casa, aquella noche, no volvimos a verlos nunca más.

Mason se había acercado, inconscientemente, a Faith. Ella se dio cuenta de que estaba muy agitado por aquella conversación, porque le tocó el brazo para calmarlo.

–Katia –dijo Faith–. Tienes una vida y una carrera profesional impresionantes. He leído cosas sobre ti en Internet.

–Oh, Dios mío. Espero que no haya sido nada terriblemente escandaloso.

–No, al contrario. Tu trabajo humanitario es muy inspirador.

Mason asintió.

–Y te agradezco muchísimo que hayas encontrado tiempo para esto.

Ella sonrió y se puso en pie.

—Nosotros cinco hicimos un pacto —le explicó a Faith—. Nos prometimos que siempre estaríamos en contacto y que lo dejaríamos todo si alguno pedía ayuda a los demás —dijo, y miró a Alice—: Esta es la primera vez que él lo hace.

El coordinador de cirugía dio comienzo a la reunión. Todo el mundo escuchó atentamente los detalles del procedimiento.

—En resumen, Alice, tu espina dorsal no se puede arreglar —dijo el doctor Cross—. No sabemos cómo. Lo que sí sabemos es que se pueden redirigir tus nervios periféricos, los que conectan los brazos con la columna por encima del lugar de la lesión.

—Hay que dar muchos pasos para llegar a la recuperación —explicó la enfermera—. Habrá que cortar los nervios periféricos que vamos a redirigir y conectarlos con unos músculos diferentes. Tardan varias semanas en sanar, y hacen falta meses para entrenar al cerebro para que hable con esos nervios. Además, tendrás que trabajar para fortalecer tus músculos, porque no han tenido actividad desde el accidente.

Mason miró a su madre y a Faith. Las dos estaban escuchando con los ojos muy abiertos y una expresión llena de esperanza. El equipo médico era prudente, pero también mostraba entusiasmo por la operación.

—Estoy dispuesta a hacerlo —dijo Alice—. Cuanto antes empiece este proceso, mejor.

—Entiendes que no vas a recuperar la función de las manos inmediatamente, ¿verdad? —preguntó el doctor Cross—. No vas a despertarte al día siguiente y a empezar a preparar Martinis como por arte de magia.

—Ya veremos —respondió su madre—. Yo preparo unos Martinis buenísimos.

Entonces, se puso seria.

—Miren, haré lo que haga falta —le dijo a todo el equipo.

—Mi madre es una atleta de talla mundial —añadió Mason con orgullo—. Tiene la fuerza física y mental para superar la rehabilitación necesaria.

—Me alegro de oír eso —dijo el fisioterapeuta—. Vas a necesitar todos los recursos que tengas. Hace falta tiempo para que el cerebro entienda los cambios que supone esta cirugía. Los nervios que se usaban para flexionar el codo no proporcionan la capacidad para pellizcar, por ejemplo, y ese tipo de cosas. Otros pacientes nos han informado de que esa es la parte más difícil de todo el proceso.

—Yo puedo enfrentarme a las dificultades —dijo su madre.

—Bien. Parece que el hecho de haber sido una gran atleta va a ayudar con la intensa fisioterapia. Además, hay una parte mental. Vas a tener que entrenar a tu cerebro para que hable con el nuevo sistema nervioso. Y, al final, recuperarás el uso de las manos.

Faith, Alice y él ya habían leído y estudiado toda la documentación que les habían dado, pero oír a los médicos decir aquellas palabras era sobrecogedor. Su madre se miró las manos durante un largo rato.

—Eso sería asombroso, después de todo este tiempo.

—No puedo prometerte que vas a tocar otra vez a Chopin, pero podrás hacer muchas más cosas que ahora sin ayuda de ningún mecanismo de asistencia. Podrás dirigir tu silla, escribir a mano, utilizar los cubiertos, peinarte, lavarte los dientes... Todas estas cosas son metas realistas. Tendrás más uso de los brazos, y podrás sujetar cosas con precisión entre los pulgares y el resto de los dedos. Vas a recuperar el control de lo que nos hace humanos.

La expresión de su madre era bella y conmovedora. Mason se dio cuenta de que se había pasado un año mirándose las manos sin poder hacer que funcionaran. Debía de estar completamente impresionada por la posibilidad de recuperar el control sobre ellas.

—Parece que te vendría bien dar una vuelta en este momento —dijo Faith, en voz baja, y se inclinó hacia su madre. Con delicadeza, le enjugó las lágrimas de las mejillas y, después, las dos se fueron al servicio de señoras.

Al final de la reunión, todos salieron. Mason se quedó en la sala, junto a la ventana, mirando al cielo. La euforia que sentía era tan poderosa que le dolía el pecho al respirar. La expresión de esperanza de su madre lo había conmovido. Estaba temblando y tenía los ojos empañados. El corazón estaba a punto de explotarle.

Oyó un sonido a su espalda y se dio la vuelta. Katia estaba allí, observándolo con sus grandes ojos castaños.

—Tu madre y Faith han dicho que te reúnas con ellas abajo —le dijo—. Necesitan un poco de tiempo.

Él asintió. Sentía una gran gratitud por el hecho de tener a Faith para que cuidara de su madre.

—Me alegro de verte —dijo.

—Sí, yo también —respondió Katia—. Tu madre... Siento mucho lo que le ha ocurrido. Esto va a mejorar mucho las cosas.

Él se preguntó a cuánta gente tendría que decirle que lo sentía en su trabajo. Katia trataba a heridos en explosiones o tiroteos. Después del atentado del metro, el sentimiento de culpabilidad la había consumido, al saber que sus amigos habían resultado heridos. Tal fue en aquel momento en el que ella sintió la vocación por la Medicina.

—No sé cómo agradecerte que nos pusieras en contacto con el doctor Cross —le dijo.

Katia alzó una mano y le secó una lágrima de la mejilla.

—Acabas de hacerlo.

—¿Dónde te alojas? ¿Puedo invitarte a cenar, o...?

—Estoy en el Mercer Hotel, y tengo planes para cenar. De hecho, voy a cenar con el doctor Cross. Mañana me voy a Washington DC, a un congreso. No te preocupes por entretenerme a mí, Mason. Ya tienes suficiente en qué pensar en estos momentos.

Ella lo observó con una mirada perspicaz.

Él tomó un pañuelo de papel de una caja que había sobre la mesa y se enjugó la cara.

–¿Ocurre algo? –le preguntó a Katia.

–No estoy segura. ¿Cómo te va?

–Muy bien, como te dije por Skype. Tengo mucho trabajo, y viajo mucho. Cuando mi madre pase esta fase y se encuentre bien, me voy a ir de vacaciones una temporada. Tal vez intente hacer kitesurf, o...

–Ya, ya –dijo ella con una sonrisa–. Eso no es lo que te estoy preguntando. Hace veinte años me enseñaste tu corazón, Mason. Desde entonces, has estado intentando esconderlo. ¿Por qué?

–¿Es que ahora también eres psiquiatra?

–Vas por todo el mundo de aventura, rescatando a gente por el camino, pero no has formado una familia propia. Me pregunto qué estás buscando.

–Lo mismo que todo el mundo. Una vida que merezca la pena.

–Me da la sensación de que la vida que estás buscando la tienes delante de las narices.

Él se echó a reír.

–Es tu opinión médica.

–Te enviaré la factura.

Alice se miró al espejo del servicio de señoras mientras Faith se lavaba las manos y guardaba la bolsa que siempre viajaba con ellas. «Cómo odio esa bolsa», pensó Alice. Estaba llena de tubos extra, de guantes desechables y de bolsas de drenaje, cosas en las que nadie pensaba si no se encontraba en aquella horrible situación.

Entonces, bajó la vista y vio a la perrita que tenía en el regazo. Al instante, le cambió el estado de ánimo. Bella identificaba muchas órdenes, sí, pero lo mejor de ella era su actitud.

«Respira hondo», se dijo Alice. «Mírate las manos. Si esta operación sale bien, podrás usarlas otra vez». Aquella perspectiva la llenaba de alegría, aunque era una alegría cauta. Antes de que todo aquello comenzara había dado demasiadas cosas por sentadas. Ahora, por fin, había entendido la más sencilla y la más importante de las lecciones de la vida: que cada momento tenía valor.

Faith se giró hacia ella con una sonrisa.

—Bueno, ¿lista?

Alice le devolvió la sonrisa.

—¿Tengo bien el pelo?

Faith se lo atusó un poco con los dedos.

—Precioso. Este nuevo corte de pelo te sienta fenomenal —respondió y retrocedió un paso—. Bueno, un día emocionante, ¿no?

—Sí. Hay mucho que asimilar, pero estoy esperanzada.

—Todos lo estamos —respondió Faith, con cara de felicidad.

Alice pensó que era una mujer realmente guapa. No tenía el tipo de belleza que llamaba la atención; era una belleza que aparecía gradualmente, como cuando se abría una flor. Hasta que se ponía en bikini, claro, pensó Alice, al recordar la cara de su hijo durante el primer día de baños en el lago. Ningún hombre podría ignorar una figura como aquella.

—Esta tarde tendré que pasar un rato con Mason —dijo, mientras dirigía la silla hacia la puerta. Iba a ser una conversación difícil, pero como su hijo había ido a quedarse con ella en el lago, confiaba en que podrían superarlo.

—Por supuesto —dijo—. Me he dado cuenta de que le ha emocionado mucho la idea de que recuperes algo de tu movilidad.

Faith tenía las mejillas sonrosadas y un brillo de mujer enamorada en los ojos. Seguramente no sabía lo mucho que se le notaba lo que sentía.

–Todos lo estamos –prosiguió–. Estoy deseando que se lo cuentes a mis hijas.

Alice observó a Faith, su ayudante. Su amiga. Alguien a quien había llegado a querer como a una hija. Sí, tenía que hablar con Mason.

–Yo también lo estoy deseando –dijo, y se dirigió hacia el pasillo.

La cabina del ascensor estaba demasiado llena como para que ella pudiera pasar con la silla. Oh, cuánto detestaba que sucediera eso.

–Adelántate tú –le dijo a Faith–. Dile a Mason que Bella y yo bajamos enseguida.

Faith no puso objeciones, porque aprovechaba la más mínima oportunidad para que pudiera fortalecer su independencia, y ella se lo agradecía más de lo que nadie podría imaginarse. La llegada de Faith y de sus niñas a su vida lo había cambiado todo para ella, y ya era hora de que hablara de aquella situación con su hijo.

Mason salió a la calle y paró un taxi para que Katia se marchara a su hotel. Después, se paseó de un lado a otro por la acera del hospital. Allí fuera, el mundo parecía igual. Ninguno de los peatones que pasaban por allí apresuradamente sabía que lo que había ocurrido en aquella reunión iba a cambiar la vida de su madre.

Se pasó la mano por el pelo una vez, y otra. Vibró su teléfono pero, al ver quién llamaba, dejó que respondiera el contestador. Quería contarle a Regina lo que habían dicho en la reunión, pero no en aquel momento en el que se sentía tan emocionado y todo era tan nuevo.

–¿Estás bien? –le preguntó Faith.

Él no la había oído acercarse. Se giró a mirarla.

—Sí —dijo. Después, se corrigió—: No, pero no te preocupes. Ya se me pasará. ¿Dónde está mi madre?

—Ahora baja. El ascensor estaba lleno, así que ha esperado al siguiente.

Él asintió, intentando no pasearse de nuevo.

—Demonios, no pensé que fuera a darme tan fuerte.

—Nada de esto hubiera ocurrido si tú no hubieras tomado las riendas del asunto y hubieras llamado a Katia. Es un milagro.

—Para ser un milagro, va a costarnos un montón de esfuerzo, pero parece que mi madre está entusiasmada.

—Sí, es verdad. Y yo estoy muy feliz por ti, Mason. Y lo que es más importante, Alice está feliz. Tiene un brillo en los ojos que... no vemos muy a menudo.

—Es cierto. Mira, Faith, creo que nunca te he dicho que...

—¿Qué? —preguntó ella. Tenía una cara resplandeciente, y sus labios parecían muy suaves. Él no debería fijarse en aquellas cosas, pero no podía evitarlo.

—Solo quiero decirte que tenías razón durante todo el tiempo. Nunca podré agradecerte como es debido cómo cuidas a mi madre. Sé que ella no es la paciente más fácil del mundo, pero, tú... tú has sido estupenda, Faith. Muchas gracias.

—No tienes por qué darme las gracias —respondió ella—. Pero, de todos modos, es agradable.

No hablaron más. Esperaron a su madre en silencio. Cuando estaba con Faith, nunca sentía la necesidad de llenar los momentos con charla intrascendente. Era suficiente estar a su lado y respirar, y ver pasar el mundo. Sentía una gran urgencia por tocarla, de tomar su mano o pasar un brazo por sus hombros, pero se contuvo.

Unos minutos después apareció su madre, deslizándose en la silla. Bella iba trotando a su lado.

—Bueno, bueno —dijo Alice, y echó la cabeza hacia atrás para que Faith le pusiera las gafas de sol—. Parece que las cosas van mejorando.

—Pues sí —respondió Mason, con una gran sonrisa—. ¿Quieres llamar a Ivy y a Adam para darles la noticia?

—Iba a llamar a Adam esta noche y a Ivy mañana por la mañana —dijo su madre, y le sonrió—. Gracias, Mason, por haber hecho esto. Es increíble poder pensar que la cirugía me va a devolver algo de movimiento en las manos.

—¿Qué es lo que quieres hacer ahora? —preguntó él—. Podríamos ir a algún sitio a comer, o a tomar algo para celebrarlo.

—Eso me parece estupendo —dijo su madre—. ¿Faith?

Ella miró a Alice.

—Gracias, pero tengo que hacer algunos recados ahora que estamos en la ciudad. Enviadme un mensaje cuando vayáis a volver a Avalon.

Mason sintió cierto nerviosismo al verla encaminarse hacia la estación de metro, porque no sabía con seguridad si era capaz de atender todas las necesidades de su madre.

Notó que su madre lo estaba mirando.

—¿Qué? —le preguntó.

—Nada.

—¿De verdad? —preguntó él, con una punzada de irritación.

—Tiene una vida propia, ¿sabes?

—¿Y qué se supone que significa eso?

—Solo que Faith es... Supongo que estamos tan acostumbrados a tenerla a mano que es fácil olvidarse de que ella tiene su propia vida. Es como si fuera de la familia, pero también trabaja para nosotros.

—Para ti, querrás decir.

Le desconcertaba aquella conversación. Sacó su teléfono móvil y comenzó a leer los mensajes.

—Esta noche me voy a quedar aquí, si no hay problema.

—No hay ningún problema en absoluto. ¿Va todo bien?
—Eh... sí. Es que necesito ver a Regina para hablar con ella de algunas cosas.
—¿Como por ejemplo?
—Por Dios, mamá.
—Ah, claro. Tú puedes hacerme un interrogatorio sobre Rick Sanders, pero yo no puedo preguntarte por Regina.
—Claro que puedes —dijo él.

Donno llegó con la furgoneta, la detuvo junto a la silla de ruedas y bajó la rampa.

—¿Adónde quieres ir, mamá? —preguntó Mason—. ¿Nos tomamos una copa en el Algonquin? ¿Un té en St. Regis?
—Tengo una idea mejor: vamos de compras al centro.
—Claro, de acuerdo. ¿Necesitas algo en particular? Yo te lo regalo.
—Un frasco de Crème de la Mer de Bloomingdale's no estaría mal, si quieres darme un capricho.
—Por supuesto —dijo él. ¿Crema del Mar? ¿Qué demonios era eso?

Ayudó a Donno a asegurar la silla, y se marcharon al centro, entre el tráfico y los peatones que cruzaban en masa los cruces, los ciclistas y las camionetas de reparto.

En el centro de la ciudad las calles estaban trazadas en perpendicular. Donno los dejó cerca de la Pulitzer Fountain para que pudieran caminar unas cuantas manzanas hasta Bloomingdale's. Caminar con su madre siempre era interesante, ella le abría los ojos. Bella se comportaba magníficamente cuando tenía que trabajar. Aunque era pequeña, hacía notar su presencia caminando con seguridad. La perrita tenía la capacidad de conseguir que la multitud se abriera como el mar Rojo ante Moisés. Cuando la gente veía su chaleco naranja de perro de servicio, mantenían una distancia respetuosa entre exclamaciones de admiración.

Sin embargo, muchos peatones miraban a su madre con

lástima y se apartaban de su camino con aspavientos. El mundo no estaba hecho para gente como su madre. Un bache de la acera, o un carrito de comida, o un cómico callejero, o un mendigo, les obligaban a hacer desvíos constantemente.

—La gente no piensa —dijo Mason, apartándose del letrero de un salón de manicura que estaba en el suelo.

—Me imagino que nosotros éramos igual de ignorantes antes de que sucediera esto —dijo su madre.

A él le vibró el teléfono móvil. Tenía un mensaje de Regina.

Espero que la reunión haya sido un éxito. ¿Tomamos algo en el Ginger Man esta noche? Besos.

—¿Es Regina? ¿Quieres que la invitemos a tomar algo con nosotros?

—Bueno, podríamos, pero seguramente estará ocupada.

—El otro día me mandó un correo electrónico muy amable. ¿Sabes que está pensando en celebrar la boda en Camp Kioga?

—¿Qué? —preguntó él, distraídamente, y miró a su madre—. Ah, sí, ya me lo había comentado. A mí me parece bien.

—A quien tiene que parecerle bien es a la novia. El novio debe adaptarse —dijo su madre, y se quedó pensativa. De repente, giró hacia el Hotel Plaza—. Tu padre y yo nos casamos en el Plaza. No recuerdo quién lo decidió. Nos pareció lo mejor que podíamos hacer. Por supuesto, es un lugar precioso, y mi madre no hubiera querido otra cosa. Ni tampoco su madre, tu bisabuela Marie.

—A la abuela le encantaba el Plaza —dijo Mason—. Me acuerdo que Adam y yo nos escondíamos cuando ella venía, porque quería llevarnos a merendar allí. Ivy siempre estaba dispuesta.

—Era una buena mujer —dijo su madre—. La echo de menos.

Se quedó callada de nuevo, con los labios apretados.

—¿Qué te pasa, mamá? ¿En qué estás pensando? ¿En la operación?

—Sí, claro. Pero también...

—¿También, qué?

—Me estaba acordando de que... Durante todo el tiempo que estuve organizando mi boda, me sentía como si me hubiera subido a un tren que no frenaba, y que no paraba para que yo pudiera descansar. Me vi arrastrada por todos los planes y la diversión. Nadie me preguntó adónde iba, ni si quería estar en aquel tren.

—¿Y qué quieres decir?

Ella giró la silla hacia la enorme fuente y se detuvo junto al peto de cemento.

—Siéntate —le dijo a Mason.

Mason se sentó.

—¿Estás cansada? ¿Necesitas descansar?

Alice negó con la cabeza.

—Estoy preocupada por ti.

Aquello le sorprendió mucho. Con todo lo que estaba ocurriendo, su madre no debería estar pensando en él.

—A mí no me pasa nada. Todo va perfectamente. ¿De qué tienes que preocuparte?

—De tu futuro —dijo ella—. Voy a ser franca. Voy a tener contigo una conversación que... Ojalá alguien me hubiera dicho esto cuando yo estaba a punto de casarme.

—Ay, madre mía.

—Escucha. Sé que no eres un niño, sino todo lo contrario. Tú siempre has sido muy maduro para tu edad. Pero yo... Bueno, voy a decirlo. Regina y tú sois dos personas maravillosas, pero me pregunto si vais a ser felices juntos el resto de vuestra vida.

—Ese es el plan.

–Claro, claro. No es necesario que te diga que quiero lo mejor para ti. Pero, últimamente, al saber todo lo que he sabido de Trevor, me he preguntado algo que tú también deberías preguntarte. ¿Qué fue lo que os unió a Regina y a ti en un primer momento? ¿El amor verdadero, o tu padre?

–Mamá, eso es un golpe bajo.

–Esto no es una pelea, Mason. Te quiero. Estoy preocupada por ti. Y creo que has vivido la vida intentando estar a la altura de lo que quería tu padre.

Aquello era completamente cierto y, al oírlo, Mason se sintió como si le hubieran dado un puñetazo en el estómago. Se quedó asombrado por el hecho de que su madre hubiera sacado aquel tema. Ellos dos casi nunca hablaban de su vida personal... hasta últimamente, pensó Mason. Hasta que Faith lo había llevado a Willow Lake. Hasta que habían empezado a hablar de su padre.

Y el hecho indiscutible era que Trevor Bellamy había sido una influencia muy dominante, tanto en lo bueno como en lo malo, en las vidas de los dos.

–Mira, nadie tiene una bola de cristal para predecir el futuro –le dijo a su madre–. Reg y yo... vamos a ser felices. Nos entendemos muy bien.

–Mi perrita salchicha y yo nos entendemos muy bien. Pero eso no significa que yo deba casarme con Bella.

Él se echó a reír para disimular su incomodidad, porque tenía la sensación de que no iba a gustarle lo que quería decirle su madre.

–No hemos tomado esta decisión a la ligera. Nosotros dos lo tenemos todo en común, y hemos hecho planes para el futuro. Regina y yo sabemos que las relaciones no son fáciles, pero también sabemos que, si trabajamos juntos, todo va a salir muy bien.

–Escúchate a ti mismo. ¿Por qué vais a tener que trabajar? ¿Por qué no puede ser fácil?

–Porque no, ¿de acuerdo?

—Sí, sí puede ser fácil, si es la relación adecuada para ti. Tu padre y yo... Bueno, no voy a estropear tus ilusiones cuando mi matrimonio de treinta y ocho años no era el cuento de hadas que yo pensaba. Trevor y yo... Es difícil señalar el momento en el que ocurrió, pero cada vez lo veo más claro cuando os miro a Regina y a ti. Parecía que Trevor y yo hacíamos la pareja perfecta. Nuestras familias eran parecidas, y teníamos el mismo nivel de educación. Teníamos gustos parecidos y perseguíamos objetivos parecidos. Todo el mundo pensaba que éramos la pareja perfecta, incluidos nosotros dos.

—Pero...

—Sí, hay un pero. En cierto nivel de nuestra relación nos alejamos el uno del otro. El matrimonio murió, por decirlo de algún modo, y, a partir de ese momento, tuvimos una sociedad. Y os tuvimos a vosotros tres, cosa que no cambiaría por nada del mundo. Y, como tuve una familia tan maravillosa y una vida tan plena, me sentía ridícula y desagradecida por pensar que me faltaba algo. ¿Qué derecho tenía yo a sentirme así? Así que me puse a trabajar para crear esta familia grande y feliz, y una vida grande y feliz. Y, en su mayor parte, lo conseguí.

—Claro que lo conseguiste, mamá. Todos fuimos felices, y tú fuiste la razón de que lo fuéramos. Si tú fuiste infeliz, no se notó.

—Por supuesto que no se notó. Yo era feliz con mi vida. Crie tres hijos y me siento orgullosa de ellos. Encontré la felicidad en mis hijos, en el trabajo, en los viajes y en los amigos. Ahora, sé que Trevor encontró la felicidad fuera de nuestro matrimonio, con Celeste. Supongo que por eso me desmoralizó tanto la noticia de su infidelidad. Me permití seguir con un matrimonio muerto durante décadas. Si hubiera sabido lo que estaba pasando, se me habrían abierto los ojos, y tal vez hubiera sido horrible divorciarse en aquel tiempo. Tal vez yo me hubiera sentido muy desgraciada.

Sin embargo, también es posible que hubiera encontrado a alguien que hubiese sido más que una pareja perfecta para mí. Algo más que un socio.

—Mamá, te agradezco la sinceridad —dijo Mason, que estaba odiando aquella conversación—, pero Regina y yo no somos papá y tú.

—Cierto. Sin embargo, ¿qué clase de madre sería yo si no reflexionara sobre este gran cambio que tú vas a hacer en tu vida? Hace muchos años que no me escuchas, Mason. Quiero que me escuches ahora. No voy a decirte lo que tienes que hacer, pero voy a preguntarte una cosa: ¿Es lo que quieres para toda tu vida?

—¿Y cómo voy a saberlo? Nadie puede contestar a eso.

Entonces, se quedó callado, escuchando el sonido del agua que caía a su espalda.

—Creo que acabas de hacerlo —le dijo su madre.

—Todavía estás enfadada conmigo por haberte ocultado la aventura de papá.

—Admito que estoy enfadada, pero no por lo que tú piensas.

Alice giró la silla y se deslizó por la calle abarrotada hacia Bloomingdale's.

—Estoy enfadada conmigo misma por haber dedicado tanta energía emocional a alguien que no lo merecía, porque estaba guardando secretos y llevando una doble vida. Una persona a la que no le importaba nada, salvo las apariencias. No puedo dejar de pensar en cómo habría sido mi vida si me hubiera enterado antes de que estaba casada con un hombre infiel. Estaba tan ocupada siendo feliz, que no me di cuenta de que tu padre y yo estábamos desconectados. Ahora me siento y me imagino lo que me he perdido. ¿Quién sabe lo que habría hecho?

Se colocaron ante un paso de peatones y esperaron a que el semáforo se pusiera en rojo.

–Mamá, ya no podemos cambiar las cosas. Tú hiciste lo que hiciste. Todos hicimos lo que hicimos. ¿Acaso tengo yo que sentirme culpable por no haberte dicho lo de papá?

–Claro que no. Pero yo creía que, tal vez, te habrías convertido en alguien más perceptivo sabiendo lo que sabes de tu padre y de mí.

–¿Y qué es lo que tengo que percibir?

–Lo que debería haber percibido yo –respondió su madre, y lo miró fijamente–. Cuando Faith fue a decirte que yo había intentado suicidarme, tenía razón.

Mason se quedó helado.

Habían hablado de aquello, pero su madre había dado rodeos. Siempre lo había llamado «accidente», o «incidente». Nunca había admitido la verdad. No sabía si eso le hacía feliz, pero, al menos, sentía alivio al darse cuenta de que ella era consciente de lo que había hecho.

–Oh, mamá –le dijo, y le besó la mejilla.

–Solo quería ser sincera contigo –dijo ella, pestañeando rápidamente–. Era como un animal herido y actué sin pensar, pero Faith y tú… Dios mío, todos los que estabais cuidando de mí… Me habéis hecho recuperarme. El instinto de Faith fue infalible, y siempre se lo agradeceré. Y tú también tuviste el instinto de hacerle caso, aunque yo lo negara todo. También tú fuiste infalible.

Y, con eso, se encaminó a los grandes almacenes. Entró por las puertas que se abrieron automáticamente y fue directamente hacia el mostrador de cosméticos.

–Bueno, y, ahora, la Crème de la Mer…

Pasó unos minutos hablando con una de las dependientas, probando diferentes muestras.

–Vaya –murmuró Mason, cuando la dependienta les dijo el precio del frasco de crema–. ¿De verdad, mamá?

Ella enarcó una ceja.

–Hay cosas por las que merece la pena pagar un precio.

Él entregó la tarjeta de crédito, fingiendo que le importaba pagar tanto, pero su madre sabía que no le importaba nada.

Miró el reloj justo cuando Donno fue a recogerlos a la esquina.

—Volveré a casa mañana —le dijo Mason a su madre.

Ella sonrió.

—Me gusta que le llames «casa».

Él ni siquiera se había dado cuenta.

—Sé que vas a estar bien, pero voy a preguntártelo de todos modos: ¿Vas a estar bien sola?

—¿Te refieres a si voy a estar bien rodeada de seis o siete empleados? En ese caso, sí. Voy a estar perfectamente.

—Si necesitas algo, por favor, mándame un mensaje.

—Claro que sí. Por favor, Mason, no te preocupes.

Cuando él se inclinó para darle otro beso en la mejilla, ella le dijo:

—Espero no haberte disgustado. Me refiero a las cosas que te he dicho antes.

—No, no estoy disgustado.

—Muy bien. Saluda a Regina de mi parte.

—Y con eso, te refieres a que le diga que crees que no deberíamos casarnos.

—Yo nunca he dicho eso, Mason . Y, además, eso tienes que decidirlo tú, en última instancia. Yo voy a estar a tu lado y te voy a querer igual, hagas lo que hagas.

Capítulo 23

El final del verano siempre era una época agridulce, en opinión de Faith. Los gloriosos días de sol y baños iban a culminar con un picnic para celebrar el Día del Trabajo junto al lago. Después, llegaría el comienzo del colegio y la llegada del otoño y del invierno. A Faith nunca le había gustado despedirse de los días brillantes y de las noches estrelladas del verano. Y aquel año se sentía especialmente aprensiva, porque era el año final de colegio para Cara.

Sin embargo, el otoño también tenía algo de especial. Era la estación del aire fresco y de la caída de las hojas, de las pilas de paja en los campos, de los pantalones vaqueros, las botas y los jerséis gruesos, de los partidos de fútbol y de la sidra de manzana... y de los recuerdos de Dennis.

Aquel otoño iban a cumplirse seis años desde su muerte. Cada año que pasaba, él se alejaba más de ella y, algunas veces temía que iba a perderlo por completo. Entonces recordaba lo que le había dicho Alice: que el amor era indeleble. Y, cuando veía los ojos de sus hijas, veía a Dennis allí. Su presencia estaba en el espíritu de las chicas.

El día antes del picnic del Día del Trabajo, se sentó en la terraza con el ordenador portátil. Era nuevo y, en realidad, no le pertenecía. Alice se lo había proporcionado porque, según ella, su asistente necesitaba un ordenador rápido y eficaz.

Faith no echaba de menos su portátil de segunda mano. El nuevo era elegante y rápido, y disfrutó rellenando con él las solicitudes escolares de las niñas. Para entonces, aquello se había convertido en una rutina muy familiar, pero ella se emocionó al elegir la opción «último curso».

Miró al jardín, a la zona más soleada del patio. Las niñas estaban con Alice, recogiendo cosas para el picnic. En los bancales había tomates, pepinos, judías y hierbas aromáticas. Por insistencia de Ruby, también había girasoles, margaritas y dalias de varios colores.

Faith llamó a Cara y le hizo un gesto para que se acercara.

–El colegio empieza pasado mañana –le dijo–. Ayúdame a rellenar estas solicitudes.

–¿En mi antepenúltimo día de libertad? –preguntó Cara, con el ceño fruncido. Sin embargo, se sentó junto a Faith en la mesa, bajo la sombrilla–. Bueno, está bien.

Faith giró el portátil hacia su hija.

–He tenido que crear una nueva contraseña. La dirección de correo es la misma, pero querían otra contraseña. He puesto «BellaBallou».

–Todo el mundo utiliza el nombre de su perro, pero no pasa nada. Tampoco vamos a dar información confidencial.

–Se supone que tienes que mirar los comités de trabajo voluntario que más te interesen. ¿Adornos para la fiesta de comienzo del año académico?

–Ah, sí, claro. ¿Me ves en el comité de bailes para la fiesta de comienzo del año académico?

–Pues claro que sí. A ti te encantan la música y el baile. Siempre te han gustado.

Ella no había ido a la fiesta de su último año de colegio. Acababa de descubrir que estaba embarazada, y lo que menos le apetecía era ir a un baile de su escuela.

–Aunque quisiera ir –dijo Cara–, nadie iba a pedírmelo.

–Entonces ve con tus amigas. Eso es mucho más divertido.

–Por si no te acordabas, Avalon High todavía vive en la Edad Media. Nadie va a los bailes si no tiene acompañante.

–Bueno, pues encuentra uno. Estoy segura de que hay muchos chicos a quienes les encantaría ir contigo.

Cara se retorció un mechón de pelo morado.

–Mamá, soy un bicho raro. Nadie quiere salir conmigo.

–¿De dónde ha salido eso?

–No ha salido de ninguna parte. Es un hecho. Además, no tengo nada que ponerme.

–Tú eres increíblemente creativa con la ropa, y eres preciosa.

Cara le dio un golpecito en el brazo.

–Tú piensas eso porque eres mi madre.

–Estoy segura de que podrías pensar en algo estupendo para ponerte sin hacer un gran gasto.

–No te preocupes, mamá. Sobreviviré.

–Milo Waxman iría contigo.

Cara se ruborizó.

–Mira, aquí hay uno que me interesa. El club de cross-country y atletismo.

–No sé, pero no te veo delante de Wegmans, convenciendo a la gente para que compre muñequeras y pegatinas para el coche. Bueno, ¿y este? Comité para la noche de las universidades. Necesitan a gente para organizar el programa de las presentaciones de otoño.

Cara bajó la cabeza, pero Faith pudo ver el anhelo de sus ojos.

–No –dijo la muchacha–. Mira, voy a hacer tutorías para mis compañeros…

—¿Y por qué no quieres participar en la noche de las universidades? Vamos.

—No.

—¿Por qué no?

—Porque la universidad no me interesa.

—Sí, claro que sí. No engañas a nadie con esa actitud. Sé que te preocupa el dinero, pero no tiene por qué.

—No, claro, pero ¿cómo vamos a pagar la matrícula? ¿Para qué me voy a molestar en pensar en la universidad hasta que tenga dinero para pagarla?

—Escucha, listilla. Quiero que tengas grandes sueños.

—¿Y para qué voy a soñar con algo que no va a suceder?

—Vamos a encontrar la manera de conseguirlo. Cuando estuve en la ciudad el otro día para ir a la reunión de la cirugía de Alice, fui también a una cita con la oficina de ayuda financiera de la Columbia.

Cara frunció el ceño.

—¿De verdad?

—Quiero saber cuáles son las posibilidades para ti.

—Mamá, existen las cosas posibles y las imposibles. Yo sé cuál es la diferencia.

Faith apartó el ordenador.

—Me siento mal porque te preocupe el dinero a tu edad. Quiero que creas que todo es posible.

—Está bien, lo que tú digas. ¿Podemos terminar esto?

Cara estaba escuchando a través de los auriculares del iPod una antigua balada que hablaba sobre construir un sueño. Cantó con Grace *Slick and Starship*, pero, por muy alto que cantara, no conseguía ahogar la frustración que sentía hacia su madre.

Mientras cantaba, frotaba con fuerza la furgoneta. Le quedaba un día de vacaciones, y allí estaba, enfadada con su madre, olvidada por sus amigos y sin nada que hacer.

Bree se había ido a la playa, a Long Island, con su familia, a pasar el fin de semana. Milo tenía su fin de semana anual del Día del Trabajo en casa de sus abuelos, en el Saranac Lake. Ella no tenía más amigos, al menos, no de los que pudiera llamar para salir a dar una vuelta.

Así pues, había decidido utilizar bien el tiempo. Alice la había contratado para que limpiara a conciencia la furgoneta para el picnic del Día del Trabajo. Cuando llegó el coro, dirigió la manguera hacia el parabrisas para darle el aclarado final.

–¡Nada nos va a detener ahora! –cantó, a voz en grito.

–Me alegro de saberlo –dijo alguien, cuya voz penetró en su cabeza.

Cara se sobresaltó y se giró, y salpicó la camisa blanca de Mason Bellamy con la manguera.

–Oh, mierda –murmuró, mientras se sacaba los auriculares–. ¡Lo siento!

Él se miró la camisa empapada y se la separó del cuerpo.

–No te preocupes, no ha pasado nada.

Ella apagó el grifo.

–Lo siento –dijo, de nuevo–. No te he oído. Tenía la música muy alta.

–Sí, ya lo sé –respondió él, y sonrió–. ¿*Starship*? ¿En serio? Eso es incluso de antes de mis tiempos.

Ella tiró el cubo de agua por el desagüe de la calle.

–Es el iPod de mi madre. Tiene cosas muy antiguas.

–Ahora mismo vuelvo –dijo él–. Te ayudo a aclarar la furgoneta.

–No es necesario…

–Ya lo sé, pero voy a hacerlo igualmente.

Antes de que ella pudiera responder, él entró en la casa. Volvió a salir a los pocos minutos, con una camiseta, unos pantalones cortos y unas sandalias de plástico. Cara ya estaba en una escalera, secando el techo.

—Gracias —le dijo—, pero deberías dejarme terminar a mí. Es mi trabajo, y me pagan por hacerlo.

—¿Acaso es que a todas las mujeres de la familia McCallum os cuesta aceptar la ayuda? —preguntó él.

—No, Ruby deja que le hagan todo si ella puede escaquearse —respondió Cara, y tiró una toalla usada con fuerza a la cesta de la colada.

—Eh, ¿qué te pasa?

Ella se dio cuenta de que se estaba comportando como la típica adolescente malhumorada. ¿Y por qué no iba a hacerlo? Era una adolescente, y estaba de mal humor.

—Me siento frustrada con mi madre. Por un lado, me dice que tengo que intentar hacer realidad mis sueños y vivir la vida que siempre he querido.

—¿Y por el otro?

—Me dice que no podemos pagar la matrícula de la universidad, y que tendré que trabajar e ir a la escuela universitaria de la comunidad en el turno de noche.

La expresión de Mason se volvió rara, pero Cara no supo descifrarla. Entonces, se sintió culpable.

—Sé que no tengo derecho a quejarme, y que tengo que ocuparme de esto por mí misma y no esperar que mi madre lo resuelva todo.

—Pero...

—Ni siquiera sé por dónde empezar —murmuró ella.

La furgoneta estaba terminada, así que ella se sentó detrás del volante.

—Disculpa. Le he dicho a Donno que la metería al garaje.

Por suerte para ella, Donno había sacado marcha atrás la furgoneta en línea recta, así que solo tenía que avanzar un poco para volver a meterla en el garaje. Sin embargo, se sintió un poco azorada por la presencia de Mason. Era una torpe al volante. Ojalá pudiera deslizarse suavemente hacia la plaza. En vez de eso, avanzó entre tirones y acelerones, y tardó un siglo en mover la furgoneta.

—Ya está –dijo.

—Muy bien –respondió Mason. Apartó el cubo y llevó las toallas al cuarto de la lavadora.

—¿Tienes algún plan para hoy?

Ella se encogió de hombros.

—No.

—Tengo una idea. Ven conmigo.

Mason se encaminó hacia la parte delantera de la casa, donde estaba aparcado su coche. Cuando se acercaba, las manillas de las puertas y los espejos retrovisores salieron de sus hendiduras, aunque él ni siquiera había tocado las llaves.

—Siéntate al volante. Voy a darte una clase de conducir.

—¡Vaya! –exclamó Cara. No hizo falta convencerla. Rodeó el coche rápidamente, se sentó en el asiento y se puso el cinturón de seguridad–. Esto es genial –dijo.

—Espera, espera. Ve a decírselo a tu madre. Yo espero aquí.

Oh. Sabía que su madre no se lo iba a permitir. Su madre era rara con cosas como aquella. Iba a decirle que diera las clases en la escuela y que lo hiciera todo según las normas.

Cara tomó una decisión inmediata.

—Está bien –dijo–. Ahora mismo vuelvo.

Rodeó la casa corriendo, pero no tenía intención de ir a buscar a su madre. Era un engaño, pero... ¿Cuántas oportunidades iba a tener en la vida de conducir un coche como el de Mason? Después de un momento, volvió al coche y se sentó de nuevo tras el volante.

—Muchas gracias por enseñarme –le dijo–. Estoy muy emocionada.

—Así que tu madre ha dicho que sí.

—Piensa en que las cosas van a ser mucho más fáciles para ella cuando yo conduzca –respondió Cara, evitando dar una respuesta directa. Encontró la palanca para adelantar el asiento–. Vaya, esto es muy diferente. ¿No hay que arrancarlo?

–No hay nada que arrancar. El coche ya está encendido. Solo tienes que pisar el freno y meter la marcha.

–Entendido.

Cara intentó actuar como si hiciera aquello todo el tiempo. Tomó la palanca de cambios y la empujó. El coche emitió un sonido de aviso. Ella se sintió avergonzada y miró a Mason.

–Relájate –le dijo él–. Nadie es demasiado hábil cuando está aprendiendo a conducir. De verdad, nadie. Ni siquiera yo.

Ella se echó a reír, y se relajó. Después, la clase marchó con tanta suavidad como el coche eléctrico. Él le mostró los gestos básicos para mover el coche, y se hizo la magia. Cara recorrió la carretera de salida de la finca y se incorporó a la carretera principal.

–Estoy conduciendo –susurró–. No puedo creerlo. Estoy conduciendo.

–Sí, sí, estás conduciendo.

Él era muy buen profesor. No la reprendió por nada. Permitió que practicara la aceleración suave y el frenado y, cuando ella se sintió cómoda con eso, fueron al aparcamiento del estadio del colegio. Estaba vacío, y era el lugar perfecto para practicar con seguridad los giros, las señales, las frenadas, el uso de los espejos y cómo evitar las distracciones y no perder de vista la carretera. Después, Mason salió del coche y le enseñó a calcular las distancias de lo que había a su alrededor.

Entonces fue cuando Cara descubrió su talento para el teatro. Mason fingía que era un peatón abstraído mirando su teléfono móvil, un anciano con un bastón, un niño pequeño que huía corriendo de sus padres... Y, todo ello, con efectos de sonido. Imitó a un ciervo que cruzaba de repente la carretera, y ella estuvo a punto de morirse de la risa.

—Está bien —dijo—. Ya lo entiendo.

Él entró en el coche.

—Tienes que estar preparada para lo más inesperado. Y, a propósito, el otro día vi algo interesante en la papelera de reciclaje. Una hoja impresa de tu instituto. Siempre había sabido que eres lista, pero el informe...

—No es de tu incumbencia —dijo ella. Sintió mucho calor en las orejas y el cuello.

—Deberías sentirte orgullosa de ser una estudiante de sobresaliente y la primera de tu clase. ¿Por qué no se lo has dicho a tu madre para que también se enorgullezca?

—Ella ya sabe qué notas saco. Y, en cuanto a la clasificación... Se sentiría culpable por no poder mandarme a la universidad. Sé que piensas que es estupendo que saque tan buenas notas, y todo eso, pero ¿de qué sirve?

—Es uno de tus puntos fuertes, y sirve de apoyo, aunque todo parezca imposible.

—Tú no sabes lo que es estar en nuestra situación. Yo tengo que concentrarme en conseguir un trabajo y cuidar de mí misma.

—Bueno, bueno, no te pongas así —respondió él, riéndose afablemente—. Mira, tienes que aprender a aceptar los cumplidos. Y, mejor aún, a pedir ayuda. Mírate, estás conduciendo. Porque has permitido que te ayudara.

—Esto es una clase de conducir, no una licenciatura —dijo ella. Al instante, se sintió mortificada por sus propias palabras—. Pero, de todos modos, muchas gracias, de verdad. Gracias. Te agradezco todo lo que has hecho, y eres muy bueno por darme ánimos, pero necesito mantenerme por mí misma.

—Bueno, pero no necesitas hacerlo sola. Habla con la gente. Con tu tutor del instituto. Con tu madre. Demonios, con mi madre. Ella puede ayudarte a preparar todas las solicitudes.

El resentimiento de Cara se desvaneció por completo.

El mero hecho de hablar con él no resolvía nada, pero, al menos, se sentía mejor. Se sentía menos sola.

—Está bien —dijo—. Puede que lo haga.

—Eso es lo único que te pido. Y ahora, será mejor que volvamos a casa.

Cara asintió, aunque no quería que terminara la clase. Mason era muy agradable. Era el tipo de persona que seguramente habría sido su padre si estuviera vivo. Aquel pensamiento la entristeció. Se concentró en pasar con suavidad desde la carretera principal a la carretera de acceso a la finca.

—Lo has hecho muy bien —le dijo Mason.

Ella se emocionó.

—Ojalá pudiéramos hacer esto todos los días.

—Se lo diré a Adam y a Donno. Los dos te llevarán a conducir.

Su emoción aumentó. Aquella clase de conducción había tocado uno de sus puntos sensibles.

—Preferiría practicar contigo.

—Adam vuelve a vivir a la finca —dijo Mason—. Y yo me marcho a la ciudad. No importa quién te enseñe, siempre y cuando sea alguien que sepa lo que está haciendo.

Ella miró por la ventanilla y tragó saliva, pero el nudo que tenía en la garganta no se aflojó.

—¿Va todo bien?

—Sí —respondió Cara, con la voz enronquecida—. Es solo que... siempre me imaginé a mi padre enseñándome a conducir. Es algo que... Le echo de menos, aunque haya pasado tanto tiempo.

—Yo también —dijo él, después de una larga pausa—. Yo también echo de menos a mi padre.

Era algo horrible para tener en común, pero hacía que Cara se sintiera más cercana a él.

—¿Cómo era tu padre? —le preguntó.

—Complicado —respondió Mason—. Cuando yo era pequeño, para mí era alguien como tu entrenador favorito, Santa Claus y el flautista de Hamelin todo junto.

Ella sonrió.

—Parece divertido.

—Para un niño, lo es. Pero cuando crecí y dejé de ser niño, vi sus defectos. Aun así, lo echo de menos, con sus defectos y todo.

Cara se preguntó si ella habría visto alguna vez los defectos de su padre. Debía de tenerlos. En cierto modo, se sentía agradecida por no recordarlos.

—Ha venido alguien —dijo ella, al fijarse en un pickup que había aparcado en la finca.

—Sí, parece que ha llegado mi hermano Adam.

—¿Ha venido de visita, o para siempre?

—Para siempre. Lo cual significa que yo me marcho muy pronto.

Alice soñaba con que corría. Lo soñaba casi todas las noches, y la experiencia era tan real y tan brillante como un soleado día de otoño. Oía el ritmo de sus pisadas en el pavimento y sentía la brisa del lago mientras recorría el paseo que rodeaba el lago. Movía los brazos al ritmo de la respiración, y su cuerpo, su espíritu y su mente trabajaban en sincronía. Se elevaba sin alas, y las percepciones de sus sentidos eran muy intensas. Tenía la sensación de que su conciencia se expandía y abarcaba todo el mundo.

Se aferraba a aquel sueño con desesperación por conservar aquella dulce euforia, pero la realidad se imponía cada mañana, al abrir los ojos y encontrarse el cuerpo que poseía ahora, colocado exactamente igual que la noche anterior. Entonces, giraba la cabeza hacia el monitor de la mesilla y pedía ayuda. Así comenzaban todas sus jornadas.

Al oír la voz de Alice, Bella subió a la cama y le lamió la barbilla, transmitiéndole con los ojos el mensaje que necesitaba su corazón: «Te quiero. Estoy aquí para ayudar. ¿Qué puedo hacer por ti?».

—No sé cómo he podido arreglármelas sin ti hasta ahora —dijo Alice, y acarició torpemente a la perrita levantando a duras penas el brazo—. Ya verás —le dijo—, dentro de unos meses te estaré cepillando como una peluquera canina profesional.

Llegó Lena, y Alice le pidió que le prestara más atención de lo normal a su peinado y su maquillaje. Que sus tres hijos estuvieran juntos en casa era algo que no sucedía muy a menudo, así que aquel era un día muy especial.

Se apartó de la cabeza el sueño de la carrera y volvió mentalmente a la vida que tenía. Después, fue en busca de sus hijos.

Antes de salir a la terraza, observó su reflejo en uno de los espejos del salón. Lo que vio hizo que sonriera.

—Eres una perezosilla, ¿eh, Bella Ballou? —le dijo a la perrita, que iba en su regazo—. Se supone que eres mi perra de servicio, pero tú esperas que yo sea tu chófer.

Detuvo la silla ante la puerta, y Bella miró hacia arriba con expectación.

—Un segundo —dijo Alice, disfrutando de la imagen de sus dos hijos y su hija, que estaban manteniendo una animada conversación. Se le empañaron los ojos de felicidad, y pestañeó para que no se le cayeran las lágrimas y le estropearan el maquillaje.

Adam acababa de volver de Montana, donde había hecho un curso de entrenamiento especial para ser bombero paracaidista. Ella no había visto a Adam ni a Ivy desde el comienzo del verano, y los dos habían cambiado. Le recordó a los veranos del pasado, cuando volvían del campamento de niños, y habían crecido varios centímetros y estaban morenos y atléticos de tomar el sol y hacer deporte, y arrastraban las bolsas de lona de la ropa hacia el cuarto de la lavadora.

Solo que, en aquella ocasión, Ivy había llegado con una estilosa Rollaboard y Adam con un Jeep lleno de equipo de investigación de incendios. Ivy siempre había sido muy guapa, pero, después de aquel verano en París, tenía un encanto especial; llevaba un pañuelo de seda al cuello y unas gafas de sol muy elegantes. Adam estaba más fuerte que nunca, y los músculos se le notaban por debajo de una camiseta que había conocido tiempos mejores. Necesitaba un buen corte de pelo, aunque a ella le gustaba la melena despeinada de rizos oscuros, porque le recordaba a cuando era pequeño.

Al ver a sus tres hijos juntos sintió una gran gratitud. Seguramente todo el mundo deseaba que sus hijos llegaran a ser así de adultos: buenos, interesantes, trabajadores y seguros de sí mismos. Sin embargo, ella sentía una pequeña inquietud: ¿Cómo era posible que, siendo tan atractivos e inteligentes, estuvieran solos?

Alice pensó en sí misma cuando tenía la edad de sus hijos: qué aislada había estado, qué sola se había sentido en su matrimonio. Se había obligado a sí misma a fabricar la felicidad, por sus hijos y por las apariencias. Y había pensado que lo había conseguido. Sin embargo, quizá no fuera así. Quizá hubiera fracasado en su obstinada búsqueda de la felicidad en su matrimonio. Y tal vez sus hijos hubieran percibido aquella tensión que ella había tratado de ocultar con tanto cuidado. La única persona a la que había conseguido engañar había sido a sí misma. Tal vez, aquel era el motivo por el que sus tres hijos eran tan cautelosos en sus relaciones.

Pensaba a menudo en la conversación sobre Regina que había mantenido con Mason. «Dios Santo, qué bocazas soy». Todavía no estaba segura de si debería haber dicho algo. La mayoría de las mujeres con hijos en la treintena se alegraban cuando sonaban las campanas de boda, y empezaban a pensar en una familia más amplia, en los nietos y en las vacaciones llenas de risas y de amor.

Sin embargo, parecía que ella no era como la mayoría de las mujeres. Le habría parecido una irresponsabilidad no hacerle una advertencia a su hijo. Así pues, no se arrepentía de haber tocado aquel tema con él. Mason y ella no habían vuelto a hablar del tema. No parecía que él estuviera enfadado, al menos.

Cuando ella era joven y estaba a punto de casarse, nadie se había sentado con ella para hablar del paso que estaba a punto de dar. Su madre no lo había hecho; más bien, le había dicho que Trevor era todo un partido.

—¿Y yo? ¿Es que yo no soy un buen partido? —había preguntado ella. Sin embargo, no recordaba si su madre había respondido o no había respondido a aquella pregunta.

En aquel momento del presente, sabía que tenía que concentrarse en Adam e Ivy. Ellos no sabían nada de la infidelidad de su padre, y era toda una tentación dejar las cosas como estaban. Sin embargo, estaba harta de los engaños. Adam e Ivy eran adultos, y podrían asumirlo.

Mucho mejor que ella.

El día que había conocido la existencia de Celeste Gauthier, se había evadido de la realidad. Las interminables horas de terapia y de reflexión habían dado fruto. La lección más importante que había aprendido era que las relaciones honestas y afectuosas con los demás siempre salvaban a una persona. Alguien con el cuerpo perfectamente sano que estuviera aislado era, en realidad, mucho más discapacitado que un tetrapléjico unido a su familia y a sus amigos.

—Bien, vamos allá —le dijo a Bella.

Bella saltó al suelo y apretó la placa para abrir la puerta, y abrió paso con su acostumbrado trotecillo.

—Mira quién trabaja en el Día del Trabajo —exclamó Ivy.

Alice le dio a Bella la indicación de descanso del servicio y se reunió con todos los demás.

Adam le dio un beso.

—Mason nos estaba poniendo al día de lo de tu operación. Vamos a estar aquí para ayudar en todo lo que haga falta, mamá.

—Ya lo sé. Soy una madre con suerte —dijo Alice. Después, suspiró, y miró a sus hijos con cierto nerviosismo. No estaba deseando hablarles de su padre, precisamente—. Lo primero de todo es que quiero daros la bienvenida al lago a los dos.

—¿Y lo segundo? —preguntó Ivy, que la conocía a la perfección—. ¿Qué ha ocurrido?

—Necesito hablar con vosotros de algo que hemos sabido este verano —dijo, y miró a Mason, que asintió para darle ánimos—. Parece que... Demonios —murmuró. Al final, decidió ser directa y decir las cosas de una manera sencilla—: Averigüé que vuestro padre tuvo una aventura en París con una mujer llamada Celeste Gauthier. Y, hace veintitrés años, tuvieron un hijo.

Al ver las caras de sus hijos menores, Alice se dio cuenta al instante de dos cosas: de que Adam ya lo sabía, y de que Ivy se había quedado conmocionada.

—Lo siento muchísimo, mamá —le dijo Adam—. Es terrible.

—¿Tú lo sabías? ¿Desde hace cuánto? —preguntó Mason.

Adam se encogió de hombros.

—Años y años.

—¿Y no me dijiste nada?

Alice se sintió como si hubieran conspirado contra ella, pero, al mismo tiempo, lo entendió. Adam, como Mason, se había visto en una posición muy difícil, y parecía que los dos habían decidido continuar con la tradición familiar de mantener la cabeza agachada y la boca cerrada. Sintió un arrebato de ira. «Maldito seas, Trevor».

Ivy se sentó a su lado. La desilusión que había en la mirada de su hija le rompió el corazón.

—No sé qué decir, mamá —susurró—. Papá... Él era... Oh, Dios. Hay un chico por ahí que...

—Para mí también fue muy duro —dijo Alice. Algún día, se lo explicaría todo, pero todavía no.
—¿Seré capaz de seguir queriendo a papá? —se preguntó Ivy—. Necesito asimilar todo esto y averiguar si puedo seguir queriéndolo.
—El amor que había entre tu padre y tú no tiene por qué cambiar. No lo permitas. No pierdas los buenos recuerdos de él.
Ivy asintió, aunque estaba impresionada.
—No quiero restarle importancia a lo que hizo, pero tienes razón, tampoco quiero olvidar lo mucho que le quería, ni lo bueno que fue conmigo.
—Exacto.
—¿Y tú? ¿Cómo estás tú?
—Bien. En cierto modo, todo esto es liberador. Estoy decidida a continuar con mi vida. Es lo único que puedo hacer.
Ivy volvió a asentir.
—De acuerdo. Tengo otra pregunta.
—¿Qué pregunta?
—¿Cuándo voy a poder conocer a Rick Sanders?
Era muy extraño que, siendo la madre, tuviera que presentarles a un novio a sus hijos.
—¿Qué os parece en el picnic de hoy?

A Faith le gustaba ver a Wayan y a Banni trabajar juntos. Mientras preparaban la barbacoa del Día del Trabajo, se movían en perfecta sincronía. Además, Wayan tenía un estilo muy elegante gracias a su formación de cocinero. El banquete constaba de la comida tradicional, como, por ejemplo, mazorcas de maíz asadas y sandía, además de algunos platos balineses, como el arroz meloso con mango y algunas verduras con curry envueltas en hojas de plátano y hechas al vapor sobre la parrilla.

Todos se reunieron en el patio para tomar una copa antes de la fiesta. Banni y Wayan ofrecieron aperitivos al estilo balinés, hojas de plátano con una guarnición de flores de capuchina. Banni le dio a probar a Wayan un rollito de primavera con salsa de chili y cilantro, y él fingió que se desmayaba al tomarlo de sus dedos.

Después de que muriera Dennis, Faith sentía un dolor especial cada vez que veía a una pareja afectuosa. En aquella ocasión, sintió una punzada de anhelo, pero lo primero que se le pasó por la cabeza no fue la imagen de Dennis.

—Eso huele increíblemente bien —dijo Mason, mirando la parrilla por encima del hombro de Wayan.

—Deberías ver lo que soy capaz de hacer con una buena pieza de carne —dijo Wayan que, a menudo, le tomaba el pelo a Mason por no comer carne.

—Si hay alguien que puede tentarme, eres tú.

—Deberíamos hacer un brindis —dijo Alice—. ¿Alguien conoce un brindis del Día del Trabajo?

—Los únicos que se me ocurren son deprimentes: por el final del verano, por el comienzo del colegio, por atrasar la hora...

—Brindo por los regresos al hogar —dijo Adam—. Me alegro de haber vuelto, mamá.

—Aquí va otro: Por poder hacer un brindis de verdad —dijo Alice, con los ojos llenos de esperanza.

—Eso va a ser increíble, mamá —le dijo Mason, chocando su copa con la de su madre.

—¿Y dónde está tu prometida?

—En Suiza, trabajando.

—El Día del Trabajo. Um... Yo esperaba que pudiera reunirse con nosotros.

—Vaya, pobrecilla —dijo Ivy, y probó un poco de la crema de moras que había de postre—. Wayan, ¿qué le has echado a esto? ¿Alguna droga?

—Eh, Mason, si Adam ya ha vuelto, ¿dónde vas a vivir tú? —preguntó Ruby sin rodeos.

Faith contuvo la respiración. En parte, esperaba que él dijera que no se iba a ninguna parte, que iba a quedarse allí para siempre. Sin embargo, una vez que había vuelto su hermano, Mason se marcharía a la ciudad y retomaría su vida. Aquel había sido su plan desde el principio.

—Tengo un piso en Manhattan —dijo él—. Voy a volver a vivir allí.

—¿Y por qué tienes que irte? —preguntó Ruby. Sin duda, la niña estaba haciendo las preguntas que todo el mundo quería formular—. Te necesitamos aquí. Dijiste que me ibas a enseñar a tocar *Do re mi* a dos manos en el piano. Y estás enseñando a conducir a Cara. Y tu madre...

—Un momento, un momento —dijo Faith, que se giró y lo fulminó con la mirada.

—La dejó que condujera su coche ayer —dijo Ruby—. Los vi.

—Cállate, enana —dijo Cara.

Mason alzó las manos con las palmas abiertas.

—Tiene dieciocho años. Ya es hora de que aprenda.

—Estoy de acuerdo. Pero no está bien sentar a una niña al volante sin preguntárselo a su madre.

—Ah, sí, eso...

—Fui yo —intervino Cara.

—¿Qué dices?

—Mason está intentando no delatarme. Yo le dije que tú estabas de acuerdo...

—Maravilloso.

—Sí que lo es, mamá. Yo tengo que aprender, y Mason es un buenísimo profesor que tiene un buenísimo coche.

Aquel buenísimo profesor se iba a marchar en su buenísimo coche. Faith se dio cuenta de que, en parte, su enfado era porque él se marchaba. Aquel había sido su mejor verano desde la muerte de Dennis y, aunque Mason no se diera cuenta, él había sido una parte muy importante de aquello, con su compromiso hacia su madre, su sentido del humor y su mente tan activa a la hora de resolver problemas. Ella se había enamorado del ambiente que se había generado en la casa, con las niñas, Alice y los demás empleados trabajando y divirtiéndose juntos. Siempre había sabido que sería algo temporal. Siempre lo había sabido.

Faith le había pedido algunos libros prestados a Mason. Resultó que él era un lector tan ávido como ella, y que tenían un gusto común por las novelas largas sobre familias grandes y rígidas. La noche previa a su marcha, ella recogió todos los libros y se los llevó a la casa de los botes.

Él no debió de oír que se acercaba. Estaba en la terraza superior, mirando hacia el lago. Tal vez fueran imaginaciones suyas, pero a Faith le dio la impresión de que estaba muy triste, y hablaba en voz baja, pero con intensidad, por teléfono. ¿Por qué? Al fin y al cabo volvía a la vida que adoraba en la ciudad. ¿Qué motivo tenía para estar triste?

Ella llamó su atención moviendo la mano y dejó los libros junto a la puerta. Después, intentó alejarse de puntillas, pero él colgó.

–Eh, Faith.

–No quería interrumpir.

–No pasa nada. Tengo que terminar de sacar mis cosas para que Adam pueda recuperar su casa.

–Ah, bueno… Ahí están tus libros –dijo ella y, algo azorada, se volvió hacia las escaleras.

–Espera.

Ella lo miró.

–Vamos, pasa. Me quedan dos dedos de Lagavulin. Vamos a terminárnoslo para despedirnos del verano.

Él sujetó la puerta, y ella entró. El apartamento que había sobre el cobertizo de los botes era un gran salón con muebles rústicos de pino, cojines hechos a mano y lámparas de hierro forjado. Había una pequeña cocina y una zona de estudio, y una enorme cama de matrimonio.

Él sirvió dos copas y tiró la botella al cubo del reciclaje.

—Salud, Faith.

—Salud.

Un sorbo, y Faith recordó la primera vez que habían bebido juntos aquel whisky: percibió el sabor ahumado de la turba, y recordó la tranquilidad de aquella noche estrellada y la sensación de inmenso alivio que había experimentado al verse en una situación segura y feliz para sus hijas.

—Quiero darte las gracias por todo —le dijo—. Salvo, quizá, por llevarte a conducir a Cara sin hablar conmigo primero. No estoy segura de que deba darte las gracias por eso.

—Soy yo el que debería darte las gracias —dijo él—. Tú me trajiste a rastras aquí, mientras yo pataleaba y gritaba...

—No recuerdo el pataleo ni los gritos. Te lo tomaste muy bien. Tu madre te necesitaba, y tú viniste —dijo ella, y apuró la copa, notando su calidez en el cuerpo—. Vaya, qué bueno.

Miró a su alrededor. Junto a la puerta del apartamento había una bolsa. La cama ya no tenía sábanas. Justo encima había una lámpara hecha con el volante de transmisión de un barco.

Mason encendió la luz.

—Tengo que cambiar la bombilla —dijo.

—¿Necesitas una escalera?

—No, no te preocupes; llego —respondió Mason, y acercó uno de los taburetes de la cocina a la cama—. Sujétalo.

—Mason...

—No pasa nada.

Él subió al taburete mientras ella lo sujetaba. Faith no

pudo evitar ver sus piernas largas y atléticas. Mason se estiró todo lo que pudo y consiguió desenroscar la bombilla fundida. Se tambaleó un poco.

–Demonios, ¿por qué se ponen las bombillas en sitios que nadie alcanza?

Ella tomó la bombilla fundida de su mano y le dio la nueva.

–No te caigas –le advirtió.

–Eres enfermera. Si me rompo, me arreglarás tú.

–Sí, claro.

Él puso la bombilla nueva, que se encendió.

–Bien, todo un éxito –declaró–. Somos un buen equipo... Mierda.

Mientras hablaba, el taburete se tambaleó y él cayó sobre la cama.

–¡Mason!

Faith perdió el equilibrio y cayó prácticamente sobre él, en el colchón. Fue embarazoso y excitante; ella se echó a reír para disimular el azoramiento.

–Estoy bien –dijo él; por un momento, la rodeó con los brazos mientras se ponían en pie. Y, entonces... no la soltó.

Faith sintió algo extraño. Notaba los rápidos latidos de su corazón, tan rápidos como los de ella. Parecía que latían a la vez.

De repente, ella se zafó de él y recogió el taburete del suelo.

–Lo siento –dijo–. No he sido muy buena ayudante.

–Tú siempre eres una buena ayudante, Faith –dijo él, y dio un paso hacia ella.

Ella mantuvo el taburete entre los dos.

–Bueno, será mejor que me vaya para que puedas terminar de hacer el equipaje. Tengo que cerciorarme de que las niñas lo tienen todo preparado para su primer día de colegio, que es mañana.

–Muy bien –respondió él.

—Sé que tu madre te va a echar mucho de menos —le dijo ella.

—Va a estar muy bien con Adam. Yo ya no soy necesario aquí.

Para ella, sí.

Siempre había sabido que Mason solo iba a estar allí temporalmente. Ahora que su madre estaba llena de vida y esperando con impaciencia su operación, y que Adam iba a vivir allí de nuevo, Mason volvería a la ciudad. Con Regina.

Sin embargo, no podía evitar lo que sentía.

Iba a echarle de menos como una loca.

Sexta parte

*No está en las estrellas nuestro destino,
sino en nosotros mismos.*
William Shakespeare

Capítulo 24

Cara se dio cuenta de que Adam ocupaba el lugar de Mason. Ambos eran muy majos, pero todo era distinto ahora que Mason se había marchado. Había cumplido su palabra y había reclutado a Adam y a Donno para que la ayudaran a practicar la conducción, en aquella ocasión, con el permiso de su madre.

Pero no era lo mismo. Todos iban a tener que acostumbrarse a la idea de que Mason había vuelto a su antigua vida en la ciudad. No parecía que a Regina le interesara mucho ir de visita por Avalon. Hacía semanas que no aparecían por allí, desde que habían operado a Alice y ella estaba dedicándose en cuerpo y alma a su programa de rehabilitación. Regina estaba bien; era lista y muy elegante, pero a ella no la impresionaba demasiado.

Ella había empezado su último año de instituto con sentimientos contrarios, pero en aquel momento le parecía increíble haber llegado por fin al final del colegio. Sin embargo, también sentía incertidumbre; quería ir a la universidad, pero no sabía cómo hacerlo, y le resultaba abrumador.

Había algo que tenía que hacer en aquel mismo momento. Su madre se las había arreglado para meterla en la organización de la noche de las universidades que se celebraba en otoño, una jornada de puertas abiertas para explicarles las opciones universitarias a los estudiantes del último curso y a sus familias. La gala se celebraría en el Club de Campo de Avalon Meadows, y habría representación de una docena de universidades que iban a intentar atraer a los mejores estudiantes del distrito. Habría una actuación de un grupo a capella, el Yale's Whim'n'Rhythm, y de la coral de West Point. Habría presentaciones de Skidmore, Harvard, Rochester y Columbia, llevadas a cabo por estudiantes de las propias instituciones. Se suponía que los estudiantes de Avalon debían acudir para enterarse de todas las cosas estupendas que tenía ir a una universidad que costaba tanto como la luna.

Y, de alguna manera, ella era la que tenía que encontrar al conferenciante que diera el discurso de apertura del evento.

Por lo menos aquello era fácil.

Encontró a Alice en su despacho, con Rick Sanders. Se estaban riendo mientras ella practicaba sus nuevas capacidades con las manos. Gracias a la operación, estaba aprendiendo a agarrar cosas con las manos. En aquel momento estaba agarrando un cepillo e intentando peinar a la paciente Bella, mientras Rick les hacía fotografías.

–Hola, Cara –dijo Rick–. ¿Qué tal estás?

–Muy bien –dijo ella–. En realidad, me irá fabulosamente bien si conseguimos convencer a Alice para que sea la oradora de apertura de la jornada de puertas abiertas de la noche de las universidades.

–Ya te lo he dicho –respondió Alice–. Es halagador que me lo hayas pedido, pero no.

–Me parece una ocasión excepcional –dijo Rick, ignorando alegremente la negativa de Alice–. ¿Puedo ir?

–Tú ya has estado en la universidad. Y yo también. Yo no voy –le dijo Alice.

Cara sabía que Alice no podía resistirse a un desafío.

–¿Te acuerdas de lo que me dijiste aquel día que leímos las cartas de admisión?

—¿Qué te dije?
—Me preguntaste si decía que tenía un verdadero obstáculo o que solo lo estaba utilizando como excusa para no hacer algo que me asustaba.
—Mira, sé lo que estás intentando hacer, pero no es necesario. Yo no tengo nada útil ni inspirador que decirle a toda una sala llena de gente.
—Te van a adorar.
—Van a ser amables y van a sentir lástima por mí.
—Depende de lo que digas. Es un discurso de quince minutos. Puedes hablarles de lo que es estudiar Psicología. O de pertenecer al club de natación. O de leer *El rizo robado* –dijo Cara.
—Suena fascinante –dijo Rick.
—Por favor. Tengo una misión en este comité –dijo Cara–. No hagas que fracase.
Alice se quedó mirándola con fijeza y, de repente, se le encendió una luz en los ojos.
—Te propongo un trato. Si yo accedo a hablar en ese evento, tú tienes que acceder a solicitar plaza en tres de las universidades que se presenten esta noche.
Cara frunció los labios, contando mentalmente el precio de las solicitudes.
—No te preocupes por el precio de las solicitudes –dijo Alice, como si le hubiera leído el pensamiento–. Yo me encargaré de que no te las cobren.
—¿Con qué excusa? ¿Qué te hace pensar que soy tan especial?
—Mi niña, si tú misma no crees que eres especial, ¿quién lo va a creer?

Faith estaba saliendo con alguien. Más o menos. Había ido a un partido de fútbol nocturno con Ray Tolley.
El fin de semana siguiente, él las había llevado a Ruby

y a ella a ver los colores del otoño en el bosque, a recoger manzanas y llevarlas a una fábrica de sidra y, después, se habían llevado a casa varios litros de la sidra de manzana más fresca que hubieran tomado nunca. Faith y Ray habían ido un par de veces al cine, y cuando Inner Child había tocado en Shawangunks Outdoor Festival, ella había ido a ver al grupo con unas amigas. Los colores del otoño del cañón del río creaban un marco mágico para el concierto. La cerveza estaba deliciosa, la música era muy buena y el día fue fantástico y divertido.

Así pues, sí. Estaba saliendo con alguien. Ray era bueno, divertido y muy buen músico. Se llevaban muy bien. Después de su última cita, en la que habían visitado una galería de arte y habían cenado en la Apple Tree Inn, se habían besado en el aparcamiento. Él tenía los labios dulces de las natillas del postre, y ella quería que salieran chispas.

Fue... agradable. Sin embargo, no hubo chispas. Faith dio un paso hacia atrás y le puso las manos en los hombros, y sonrió.

Él le devolvió la sonrisa, pero en sus ojos había una mirada de sabiduría.

—¿Aquí es donde uno de los dos dice «No eres tú, soy yo»?

—Ay, Ray... —susurró Faith. No quería ver la decepción en su semblante.

—Me gustas, Faith. Tanto como para ser sincero contigo. Nos lo hemos pasado muy bien juntos, pero noto que tú no sientes nada cuando estamos juntos.

—¿Y tú sí?

Él le metió un mechón de pelo detrás de la oreja.

—No voy a mentirte. Me atraes mucho. No, no digas nada. Lo superaré. Estas cosas... no funcionan si no son mutuas.

Cara estaba muy nerviosa por la noche de las universidades. Intentó dominarse. Alice iba a ser una oradora increíble. Era inteligente y haría un gran trabajo. Philomena la había peinado y maquillado, e incluso la pequeña Bella iba vestida con los colores de Harvard. Y, sin embargo, cuando Cara llamó a la puerta de la habitación de Alice, Alice la recibió con un gesto ceñudo.

—¿Vas a ir así vestida? —le preguntó sin rodeos.

Cara se miró los pantalones vaqueros, las botas Doctor Martens y la camiseta de un festival de rock.

—La estrella de la noche eres tú, no yo.

—Vamos, por aquí —dijo Alice—. A mi armario. No, no me mires así. Puedes quedarte con las botas militares. Son más o menos bonitas...

Para sorpresa de Cara, el armario no era un mal lugar donde comprar. Encontró una falda de tablas de color gris y cierres de cuero, que quedaba bien con unas mallas y sus botas. Alice eligió un jersey de rayas azul marino y blancas, y una chaqueta de lana.

—Así —dijo Alice—. Ahora sí que pareces una joven prometedora.

Cara no podía negar que se sentía más segura de sí misma vestida con ropa bonita.

—Tú tampoco estás nada mal —le dijo a Alice—. Es hora de salir. Donno te va a llevar en la furgoneta, y yo iré después con mamá y Ruby.

Después de que Alice se marchara en la furgoneta, apareció un sedán azul oscuro deslizándose sigilosamente hasta la entrada.

A Cara se le hinchó el corazón. Le había enviado un correo electrónico a Mason para invitarle a la charla de su madre, pero no había obtenido respuesta, así que había pensado que él la había ignorado. Tenía que haber sabido que no iba a ser así. Él nunca ignoraba las cosas importantes.

—Mason —gritó Ruby—. ¡Has venido! —exclamó, y se volvió hacia todo el mundo—. ¡Está aquí! No puedo creer que estés aquí —dijo, y corrió hacia él.

Mason la tomó en brazos.

–Me he enterado de que mi madre iba a ser la estrella del espectáculo esta noche, y no podía perdérmelo.

Entonces, le dio un abrazo a Cara y se volvió hacia su madre.

–Hola, Faith.

Ellos no se abrazaron. Cara deseaba que lo hicieran, pero eso sería extraño, ya que él estaba comprometido con Regina y no debería abrazarse con otras mujeres. Y menos con su madre, porque su madre lo estaba mirando como si fuera una caja de bombones de Godiva.

Él le permitió conducir el coche. Ruby y su madre iban en el asiento trasero, y Ruby no dejaba de parlotear sobre el coche, sobre la pantalla y el sistema de sonido envolvente.

–Pon *Sube montañas*. Ya sabes, de *Sonrisas y lágrimas*.

–Oh, Dios mío, no –suplicó Cara. Desde que Philomena le había puesto aquella película a la niña, Ruby había memorizado todas y cada una de las canciones.

–Por favor...

–Solo si prometes que no vas a cantar –dijo Cara–. Mamá...

–Tú eres la conductora –dijo su madre–. Tú puedes elegir la música.

«¡Bien, mamá!».

–Pero es mi coche –dijo Mason, mientras buscaba la canción–. Vamos, ¿de qué sirve escuchar una canción como esa si no cantas?

Y, con eso, subió el volumen. Un instante después, se oyó la voz operística de la madre superiora.

Ruby empezó a cantar rápidamente y Mason la acompañó. Mamá tampoco pudo resistirse y, finalmente, ella tuvo que ceder ante la presión. Todos cantaron *Sube montañas* a voz en grito durante cinco kilómetros, hasta que se echaron a reír.

Cuando Cara bajó del coche, Ruby le dio un abrazo.

–Estás muy muy guapa –le dijo.
–Muchas gracias. Eres muy agradable.
–Después del instituto, ¿te vas a marchar?
–Sí, seguramente, sí.
–Te voy a echar de menos. ¿Qué voy a hacer sin ti, Cara?
–Pero, aunque me vaya, siempre voy a volver a verte, pequeñaja.
–No será lo mismo.
–Las cosas no son siempre iguales, Ruby Tuesday –le dijo Mason, tomándola de la mano. La hizo girar hasta que se echó a reír, y añadió–. Así es más interesante.
–¿Y tú también has cambiado? –le preguntó Ruby, mirándolo de arriba abajo.
–Eso es una larga historia. Vamos a entrar.
Una larga historia. Cara se preguntó de qué se trataba, y se dio cuenta de que su madre también se lo estaba preguntando.
En la entrada del club de campo, Cara se encontró a Milo repartiendo propaganda del programa de entrenamiento de perros de servicio. Su compromiso con PAWS consistía en convertir a perros callejeros en perros de trabajo para gente que los necesitara.
–Conozco a un chico que no va a tener que mentir sobre sus servicios a la comunidad en las solicitudes de ingreso –le dijo.
Milo sonrió.
–Voy a tener que mentir sobre mi destreza atlética. ¿Crees que me van a creer si digo que practico el salto con pértiga?
–Saltadores hay cientos de miles –respondió Cara–. Pero rescatadores de perros... Eso no tiene competidores.
–Espero que en Yale piensen lo mismo que tú.
–Ah, así que ahora es Yale.
–Cualquiera puede soñar, ¿no?

—Bueno, de eso trata esta noche, ¿no? —dijo Cara, y notó que se le encogía un poco el corazón. Era doloroso querer tanto, quererlo todo—. Eh, quería preguntarte una cosa. ¿Te acuerdas de que me hablaste sobre esos perros de alerta médica para diabéticos? Me gustaría saber algo más.

—¿Para Ruby?

—¿Podríamos apuntarla en la lista para tener uno de esos perros?

—Claro. Te conseguiré toda la información.

—Gracias, Milo. Eres el mejor. He estado pensando que sería estupendo para mi madre y para Ruby tener un perro que pueda oler su nivel de azúcar en sangre. Y, cuando me vaya, Ruby tendrá un perro que le haga compañía.

—Muy bien, lo conseguiremos. Vamos a entrar. Creo que empieza ya —dijo Milo, y le hizo una reverencia muy galante para cederle el paso.

Después de las pequeñas charlas de apertura y de una estupenda actuación del grupo de Yale, llegó el momento del discurso de Alice. Se deslizó hasta el podio acompañada por Bella, que llevaba un chaleco de perro de servicio con los colores de Harvard. La gente murmuró con admiración al ver a Bella tomar el micrófono del anfitrión, llevárselo a Alice y sentarse con una actitud tan atenta como cualquiera de los presentes en la sala.

Alice tomó el micrófono y lo ajustó en la sujeción, lentamente. Su semblante se llenó de orgullo por aquel pequeño gesto.

Cara supo cuál era el momento exacto en que Alice vio a Mason. Todos estaban sentados juntos en la primera fila, y él le hizo a su madre la señal de la victoria. Alice sonrió, y se le iluminó la cara.

—Esta noche no voy a hablaros de lo que es ser tetrapléjica —dijo Alice, mirando al público—. No espero que sintáis lástima por mí, y no voy a deciros que intentéis convertir vuestros sueños en realidad. Los sueños ocurren cuando uno duerme, y yo quiero que todo el mundo esté bien despierto.

El público rio suavemente. Alice dio una breve perspectiva general de lo que fue para ella la universidad, el hecho de crearse un futuro y tener una carrera profesional y una familia. Fue aguda e ingeniosa, y en absoluto aburrida. Sus comentarios finales arrancaron un clamor de aprobación al público.

–He hecho muchas cosas en mi vida, incluyendo el accidente que me dejó en esta silla. Podéis pensar que eso es lo peor que me ha ocurrido, pero no lo es. Lo peor es que dejé de escuchar a mi corazón –dijo, e hizo una pausa para respirar profundamente–. La parte más difícil de la vida no es la lucha física ni las preocupaciones por el dinero, ni nada de eso. Lo más difícil es aprender quién eres y a quien debes querer, y amar la vida que te has construido. Yo no me arrepiento de nada. Me siento orgullosa de las cosas que hice. No lamento las tonterías que hice y, creedme, hice muchas. Me alegro de que todo eso sucediera. Y la mejor parte de mi vida empezó con la elección de mi educación. Así que no me digáis que no podéis ir a la universidad. No me digáis que no podéis escalar una montaña ni aprender un idioma, ni explorar el espacio exterior. No me digáis que no se puede hacer. El éxito más pequeño comienza con la mayor motivación.

La fiesta posterior estuvo llena de buenos deseos y de aperitivos servidos por camareros impecablemente vestidos. Cara se inclinó y le dio un abrazo a Alice.

–Lo has clavado –le dijo–. Sabía que ibas a hacerlo.

–Tiene razón –dijo Mason–. Bien hecho, mamá.

–Gracias por venir –respondió Alice, y miró a su alrededor–. ¿Y dónde está Regina? ¿Otra vez en Suiza?

Cuando Mason encontró a Ruby al día siguiente, estaba practicando *Do re mi* de nuevo al piano. La obsesión de Ruby con *Sonrisas y lágrimas* continuaba. Se paseaba con una túnica larga de color gris, con una cofia y un velo por el pelo, y en cualquier momento se quitaba todo eso y dejaba a la vista un vestido azul y un delantal. Se había aprendido de memoria todas las canciones.

–Eh, hermana Mary Shortstuff –dijo él.

Ella se giró en el taburete del piano, y su velo blanco de monja voló con el movimiento.

–Hola –respondió–. Alice ha dicho que has cortado con Regina.

Oh, Dios. Así que ya lo sabía todo el mundo.

–Hemos decidido que no vamos a casarnos, después de todo.

La relación había terminado varias semanas antes, y él estaba vacilando entre un sentimiento de alivio y un sentimiento de derrota. Mason había tenido que admitir que quería estar allí, en Avalon, cerca de su familia. Después de pasar aquella temporada con su madre, y también con Faith y con las niñas, se había dado cuenta de que realmente anhelaba eso, una familia. No solo por las apariencias, ni para atender a su madre, sino para que su vida tuviera un significado más profundo.

Regina le había dicho rotundamente que no iba a vivir en un pueblo. Tuvo que reconocer, y no con buen talante, que él había cambiado, y que no le gustaban esos cambios.

–¿Por qué has roto con ella? –preguntó Ruby–. Es muy guapa, y lleva ropa de diseño. El vestido que se puso el Cuatro de Julio era de Missoni.

–Por aquí hay alguien que ha estado viendo demasiados programas de moda en la tele. Yo no he roto con ella.

–Entonces, ¿ha cortado ella contigo? ¿Qué hiciste? ¿No le has rogado que te perdone?

–Ya está bien de preguntas, cotilla. Tienes razón en lo de que es muy guapa y que lleva ropa muy bonita. Pero nos hemos dado cuenta de que, aunque nos apreciamos mucho y tenemos muchas cosas en común, eso no es suficiente para entablar un compromiso para toda la vida.

De hecho, pensó, Regina y él habían roto del mismo modo que se habían comprometido: por acuerdo mutuo.

—Entonces, no os queríais.

—Nos gustábamos mucho, y nos llevábamos tan bien, que parecía que era amor. Pero no era el tipo de amor que dura sesenta años, como duró en el matrimonio de mi abuelo Charles y mi abuela Jane. Lo entenderás cuando seas mayor.

—Ya lo entiendo ahora.

—Sí, creo que sí lo entiendes. Eso es estupendo.

—Entonces, ¿por qué le pediste que se casara contigo?

—No se lo pedí. Un día estábamos charlando y decidimos que nos gustaba hacer cosas juntos y trabajar juntos, y pensamos que estaría bien seguir juntos.

Ella se pellizcó el labio inferior mientras miraba las partituras que había en el atril del piano.

—Puede que seáis como el capitán Von Trapp y la baronesa. Se suponía que estabais enamorados, pero las cosas se estropearon porque tú te distrajiste con Maria.

—¿Eh? ¿Con quién? *Ah, Sonrisas y lágrimas* —dijo Mason. Apenas se acordaba del argumento de la película. Era sobre un austriaco rico que quería acostarse con el ama de llaves, o algo así—. No, no somos así. Fue solo... un error. La gente comete errores. Reg y yo pensábamos que hacíamos buena pareja, pero nos equivocamos.

—Vaya —dijo Ruby.

—Sí, lo sé. No lo pensamos bien.

—Bueno, entonces, ¿vas a quedarte fuera del mercado?

—¿Cómo? —preguntó él, con una carcajada.

—Eso es lo que dice la gente cuando no quiere tener una cita, que están fuera del mercado.

—Sí, seguramente, voy a tomarme un tiempo de descanso —dijo él.

—Lo siento.
—Gracias, Ruby Tuesday.
—¿Duele?
—¿Cómo? No. Oh… sí. Me siento mal porque ya no estemos comprometidos, porque las cosas no funcionaran y tuviéramos que separarnos.
—No te sientas mal por intentarlo.
—De acuerdo, es un buen consejo. Gracias.

Aquella niña era una dulzura. En una sola conversación le había roto más el corazón que la propia Regina.

—De nada. ¿Y estás fuera del mercado para siempre?
—No. Solo durante una temporada.
—Y después, ¿qué?
—Y después, tú dejas de hacer tantas preguntas. Vamos a ahogar nuestras penas con una bolsa de Cheetos.

Ella le tomó la mano y le dio un beso en el dorso.

—Para que lo sepas, me parece que Regina no está bien del coco por no quedarse contigo.
—¿Sí?
—Sí. Eres un buen partido.
—¿De verdad? ¿Significa eso que tú vas a quedarte conmigo?
—No, tonto. Yo soy una niña. Cuando tu pareja de verdad llegue, ella se dará cuenta de que eres un buen partido.
—Creo que esa eres tú. Mi pareja de Cheetos.
—Pero no se lo digas a mamá.

Capítulo 25

—He invitado a Simon Gauthier a que pase las vacaciones con nosotros —dijo Alice una noche, después de la cena, muy poco antes de Navidad—. Espero que no os importe.

Nadie movió ni un músculo. Nadie dijo una palabra. Mason miró a sus hermanos, que se habían quedado petrificados.

Por fin, Adam dejó el tenedor en el plato.

—Por Dios, mamá, ¿lo dices en serio?

—Sí. En realidad, los invité a los dos, pero Celeste no quiso venir. Es comprensible. Simon sí aceptó. Creo que quiere conocer a sus hermanastros.

—¿Y por qué no nos dijiste que iba a venir? —preguntó Ivy.

—Acabo de hacerlo.

—¿Y por qué le has invitado? —preguntó Mason.

—Es vuestro hermano. Seguro que los tres tenéis preguntas que hacerle. Y él, también. Yo no tengo nada contra él. Simon no pidió nacer del lío que montó tu padre. No me hago ilusiones de que os convirtáis en amigos para siempre, pero...

Ivy se puso en pie de un salto y le dio un abrazo a su madre.

—Pero quizá sí, y eso sería maravilloso. Mamá, eres increíble. Invitar aquí a Simon es muy generoso por tu parte.

—Me sorprende que haya aceptado la invitación —dijo Adam—. ¿Cuándo llega?

Bella saltó y fue corriendo hacia la puerta. Estiró el rabo y emitió un ladrido.

Alice miró el reloj de la pared.

—Donno fue al aeropuerto a recogerlo. Parece que han llegado a tiempo para tomar el postre.

Para Mason, Simon Gauthier era un fantasma de un breve encuentro del pasado. Después del atentado, Mason había entrado de repente en el piso de su padre y se lo había encontrado con Celeste y con el niño, y su impresión de él era muy vaga: un pequeño vestido con pantalones cortos, con las rodillas huesudas y el pelo oscuro, que se agarró a las faldas de su madre al ver al intruso.

En el presente, con veintitrés años, se había convertido en un chico alto y delgado. Tenía el pelo oscuro, un poco largo, y los ojos castaños. Su mirada era directa, y le estrechó la mano con firmeza. Llevaba una chaqueta de color verde oliva, unas botas y un jersey grueso de lana. Su equipaje era una mochila muy abultada, con aspecto de usada y con muchas etiquetas de viajes colgando de las asas.

—Gracias por invitarme, Alice —dijo, después de las presentaciones. Hablaba inglés con fluidez—. Durante toda mi vida me he preguntado cómo eras tú, y cómo era tu familia.

—Tenemos mucho de lo que hablar —dijo ella—. Me alegro mucho de que hayas aceptado la invitación.

Faith y sus hijas entraron en el salón para conocer a Simon. Mason observó que era un chico afable. En cosa de minutos, todos estaban hablando sobre su vida en Grenoble, donde acababa de terminar sus estudios universitarios. Se había licenciado en Ingeniería y Diseño Industrial, y trabajaba de profesor de esquí.

Para Mason, el recién llegado no era lo más interesante de la habitación. Tenía que esforzarse por no quedarse mirando a Faith. Quería abrazarla. Ella, por el contrario, estaba algo apagada, y parecía distante. Demonios, ¿acaso seguía saliendo con aquel músico?

—Deberíamos ir todos a esquiar —dijo Ivy—. A mí me encanta.

—Eso suena muy bien —dijo la madre de Mason—. Para mí, esquiar era como respirar. Lo adoraba.

—Entonces, deberías hacerlo otra vez —dijo Ruby. Ella siempre iba al grano.

—Estoy de acuerdo —dijo Simon, sonriendo—. Creo que podría diseñar algo para ti, Alice. ¿Conoces los asientos adaptados para esquiar?

Ella se ruborizó.

—Oh, no creo que...

—Vamos, mamá —dijo Adam—. Seguro que Simon puede idear algo.

Ella se mordió el labio.

—Te propongo un trato, Ruby. Yo voy a esquiar si venís tu hermana y tú. Y tu madre, también.

—Me da miedo —dijo Ruby, como siempre que se le planteaba hacer algo nuevo.

—¿Y crees que a mí no?

Faith estaba en la falda de la estación de esquí de Saddle Mountain, observando las huellas entrecruzadas de los esquiadores con cierta aprensión. Había una nieve muy buena y el cielo estaba despejado y azul. Sin embargo, ella esquiaba muy mal. Solo lo había intentado unas cuantas veces, y hacía muchos años de ello.

—Esto es estupendo —dijo Cara que, claramente, no sentía temor alguno—. ¿Me has visto bajar aquella pista?

—Sí. Se te da muy bien, nena. Y a Ruby, también.

Ruby ya estaba en la pista de los principiantes con su clase de esquí del colegio. Había superado sus miedos en tiempo récord, y Faith oía su risa a distancia. Las niñas habían empezado pronto con Ivy, que le había dado a Cara una clase.

—Simon me ha dicho que si consigo bajar esa pista varias veces sin caerme, me lleva al remonte. Mamá, estás guapísima con ese traje.

—Gracias. Me lo ha prestado Ivy —dijo. Eran una chaqueta azul claro y unos pantalones blancos que le sentaban como un guante—. No quiero ser uno de esos principiantes torpes que están maravillosos pero que son unos patosos.

—Al empezar, todo el mundo es patoso —intervino Mason, que se había acercado a ellas en una moto de nieve—. Es una regla.

En la moto, llevaba un bi-ski para su madre. Se trataba de un asiento con mandos de mano, con dos esquís y con dos gruesas correas que Simon iba a utilizar para ayudar a Alice a descender por la montaña.

Donno salió de la cabaña, empujando la silla de Alice.

—No puedo creer que te haya permitido que me líes para esto —dijo Faith.

—Va a ser divertido, ya lo verás —respondió Alice—. Necesitaba que me acompañaras porque cabe la posibilidad de que necesite más de un solo médico.

—Qué graciosa.

—Por si no te habías dado cuenta, estoy intentando emparejaros a Mason y a ti —añadió Alice.

Faith estuvo a punto de atragantarse.

—¿Qué?

—Oh, vamos, ¿es que te crees que no me he dado cuenta de lo mucho que os atraéis el uno al otro?

A Faith le ardieron las mejillas.

—Tú sueñas.

—No. Cuando estáis juntos, casi se siente la electricidad en el ambiente, así que no lo niegues. No sé de qué tienes tanto miedo, Faith. Mírame a mí. Estoy a punto de bajar esquiando una montaña, sin brazos y sin piernas. Si eso no me asusta a mí, entonces, admitir que estás enamorada de mi hijo no debería asustarte a ti.

—Pero es que yo no estoy...

Pero sí lo estaba.

Para su alivio, se acercaron Simon y Adam para ayudar a Alice a sentarse en el asiento adaptado y subir la montaña. Todos se reunieron en la cima, y llegó el momento del primer descenso de Alice.

Con la ayuda de Simon, ella bajó la colina. Fue algo increíble de ver; se deslizó como si fuera una nube. Los controles le permitían girar y controlar la velocidad. Faith se olvidó de su propia torpeza mientras iba esquiando a su lado. Alice se rio y gritó de alegría durante toda la bajada.

—Por fin se está divirtiendo —dijo Mason, que se detuvo junto a Faith—. Eso me encanta.

Faith le sonrió.

—A mí también. Tu madre es una mujer increíble. Ha trabajado mucho, y ha llegado muy lejos.

Mason sintió un arrebato de alegría al ver a su madre esquiar otra vez. Adam e Ivy también, y se daban palmadas de triunfo al ver a su madre hacer giros y aprender a frenar el asiento adaptado como si fuera un jugador de hockey en el hielo.

Después de unos cuantos descensos, Alice dijo que estaba fatigada, y Donno la llevó a casa con Faith y las niñas. Simon, sus hermanos y él se quedaron en las pistas para esquiar un poco más. Él tenía un sentimiento de competitividad hacia Simon, lo cual era una estupidez, puesto que el chico tenía quince años menos que él y estaba trabajando de profesor de esquí en los Alpes franceses. Sin embargo, Mason no pudo negar que tenía la necesidad de ganarle esquiando.

–La última vez que esquiamos juntos, estábamos esparciendo las cenizas de papá –dijo Ivy, cuando los cuatro se reunieron en la cima de la montaña, al final de la tarde. El sol se estaba poniendo y teñía de naranja el extremo oeste de las montañas, y los encargados del remonte habían anunciado por megafonía que aquella era la última subida del día.

Simon la miró con solemnidad, y apretó los bastones flexionando los dedos.

–Ni siquiera sabíamos que existías, ese día –añadió ella.

Simon miró a Mason.

–¿No? Y tú, ¿eh?

–Ya conoces la respuesta a eso.

–Me hubiera gustado estar presente –le dijo Simon–. ¿Por qué no me llamaste?

Se miraron furiosamente durante tres segundos. Después, Mason se puso las gafas y se lanzó ladera abajo.

Simon se tomó el descenso como si fuera un eslalon. Intentó adelantar a Mason con todas sus fuerzas.

Y Mason, por supuesto, no estaba dispuesto a permitirlo.

Los dos estaban tan concentrados en llegar en primer lugar a la meta, que al tratar de esquivar a un perro que invadió la pista corriendo, no pudieron evitar chocar uno contra el otro.

Mason se sintió como si hubiera chocado contra un árbol. A aquella velocidad, el impacto le provocó una vibración en todos los huesos del cuerpo. La nieve polvo explotó a su alrededor. Se le soltaron las ataduras de los dos esquís, que salieron disparados por el aire. Oyó un crujido y una exhalación de Simon.

Adam e Ivy llegaron a los pocos segundos.

—¿Qué ha pasado? ¿Estáis bien? —preguntó Adam.

Mason se soltó la correa del casco y se lo quitó con cuidado. Se incorporó, apoyándose en los codos, mientras la nieve volvía a caer al suelo lentamente. Tuvo la sensación de que alguien le había pasado una apisonadora por encima de la pierna.

—Yo estoy bien —dijo, masajeándose el muslo. Miró a Simon, que se había incorporado y estaba sentado, quitándose la nieve de la cara—. *¿Et toi?*

—*Merde alors. Casse-toi* —respondió Simon, escupiendo el epíteto mientras se ponía en pie. Se le habían roto las gafas y se le estaba formando un moratón en el pómulo. Tenía un arañazo en el puente de la nariz, y estaba empezando a sangrar—. *Fait de l'air*.

Ivy le dio un puñado de nieve para que se lo pusiera en la mejilla.

—Bienvenido a la rivalidad fraternal.

Mason y Simon resolvieron sus diferencias con una botella de licor. Como gesto de paz, Simon compró una botella de un Jameson's especial y ofreció una copa en cuanto llegaron a casa. Se reunieron alrededor de la chimenea y entraron en calor tomando un poco de whisky irlandés. Fuera caían unos gruesos copos de nieve.

Alice llegó con Faith, y ambas observaron la cara de Simon. Se le había puesto el ojo morado, y tenía dos tiritas cruzadas sobre el puente de la nariz.

—¿Qué ha pasado? —preguntó Alice—. ¿Ha sido en la pista de esquí, o en el cuadrilátero?

Simon miró a Mason.

—*Une petite chute*. Toma un poco de whisky irlandés. El

chico de la tienda me dijo que tiene un fuerte efecto analgésico –dijo, y añadió sonriendo–: Parece que hace efecto.

–En ese caso, sí, voy a tomar un poco.

–¿Y tú, Faith? –preguntó Simon–. ¿Te apetece un poco?

–Gracias, pero voy a salir.

«Mierda», pensó Mason. ¿Acaso tenía alguna cita?

–Mi hija Ruby actúa en la función de Navidad de este año. Hace de cordero del belén. Tengo que recogerla a un ensayo.

–Deberías pedirle a Donno que te lleve –dijo Mason–. La carretera va a estar muy mal.

–No, no te preocupes –respondió ella–. Ya estoy acostumbrada –añadió, y se despidió de todo el mundo agitando la mano–. Buenas noches.

Simon la siguió con la mirada.

–Contadme más cosas de Faith –dijo, cuando ella se hubo marchado–. Es viuda, ¿no?

–Sí, es viuda –respondió Ivy.

–¿Y sale con alguien?

Mason tuvo ganas de golpearlo. Aquel chico era demasiado joven para ella.

–Sí –dijo, después de apurar un dedo de whisky–. Sale con tipos que tienen edad suficiente para votar.

Simon lo miró con placidez durante un momento.

–Ah –dijo.

Aquel «ah» francés. Qué irritante era.

–¿Y qué se supone que significa eso? –inquirió Mason.

–Significa que lo comprendo –dijo Simon–. ¿Y ella lo sabe?

–¿Que si sabe qué?

–Que te gusta. Que sientes algo por ella.

–¿Qué demonios…?

–Tiene razón, ¿sabes? –intervino Ivy.

–Eh, no te metas en esto.

–Ya te gustaría. Mi deber como hermana menor es entrometerme. Y ahora, deja de discutir conmigo y ve con ella.

Faith soltó un juramento entre dientes en la furgoneta helada, que tosía como si fuera una víctima de neumonía agonizante. Por fin consiguió arrancarla. Aunque aquel era un vehículo absurdo para ella, al menos estaba pagado. Lo de comprar un coche nuevo era una de aquellas cosas que sucederían algún día. Después de las facturas, después de las niñas, después de encontrar la manera de que Cara fuera a la universidad.

Apareció una figura junto a la ventanilla, y ella se sobresaltó.

—Mason —dijo, bajando el cristal—. ¿Va todo bien?

—Sí. Voy a llevarte al pueblo —dijo.

—No es necesario.

—De todos modos voy a llevarte.

—Has bebido —respondió Faith.

—He bebido dos dedos. Vamos, sal de la furgoneta o vamos a llegar tarde a recoger a Ruby.

Algunas veces, pensó ella, era mejor rendirse. Subió la ventanilla y cerró la furgoneta. El asiento con calefacción del coche de Mason era muy cómodo, y también lo fue su silencio mientras la llevaba a la iglesia. No podía dejar de pensar en lo que le había dicho Alice aquella tarde. Ella no podía negarlo, pero ¿sabría Mason lo mucho que le gustaba?

Llegaron justo cuando terminaba en ensayo. Los directores de la función, Eddie y Maureen Haven, habían conseguido que los niños cantaran como los ángeles, y la actuación final era muy bonita.

Ruby estaba agotada. Faith le había llevado un poco de comida y consiguió que tomara algo antes de quedarse dormida en el asiento trasero del coche.

—Se cansa tanto... —dijo Faith—. Sobre todo, después de haber esquiado hoy.

Cuando llegaron a casa, él tomó a Ruby en brazos y la llevó hasta la puerta. La niña se acurrucó contra Mason, y a él se le cortó la respiración. En su rostro se reflejó una increíble ternura, como si no pudiera creer lo que estaba sintiendo.

—Es tan ligera como una pluma.

—Sí, ya lo sé. Algunas veces me parece demasiado frágil. Vamos a llevarla directamente a la cama.

Ruby no se despertó, y la acostaron entre los dos. Cara dormía como un tronco en la otra cama. Estaba tan cansada como todo el mundo después de aquel día de esquí.

Faith no estaba cansada. Le apetecía quedarse despierta toda la noche, hablando con Mason. Cuando estaba con él, sentía un cosquilleo en todos los nervios del cuerpo. Bajaron al salón juntos; Mason puso dos troncos más en la chimenea y Faith preparó dos tazas de chocolate.

Se sentaron en el sofá y miraron el fuego mientras tomaban chocolate. A los pocos minutos, Mason dejó su taza en la mesa de centro. Tomó la de Faith e hizo lo mismo.

—Tengo un regalo para ti —dijo, y le entregó una bolsita.

—¿De verdad?

—Ábrelo.

A ella le dio un vuelco el corazón al ver un estuche. ¿Joyas? Lo abrió, y se echó a reír.

—Oh, Dios mío. Me has comprado unas gafas rojas de Fendi.

—Pues sí.

—No sé cómo te has acordado.

—Te sorprendería saber cuántas cosas recuerdo de ti, Faith.

Ella se puso las gafas. Eran elegantes y lujosas y, a través de ellas, las llamas de la chimenea adquirieron un brillo especial.

—Pero yo no tengo nada para ti.
—Oh, sí —dijo él—. Claro que sí. Feliz Navidad, Faith.

Y, con lentitud, con deliberación, como si hubiera estado toda la vida pensando en aquel momento, se acercó a ella, la abrazó y la besó.

Ella se aferró a él, y sus corazones latieron al unísono. Fue un beso fantástico, de aquellos besos que hacían olvidar todo el mundo. Cuando terminó, ella esperó un momento, con los ojos cerrados, como si no quisiera abrirlos y enfrentarse a la realidad.

Se obligó a mirar a Mason. No sabía qué pensar de aquel beso. ¿Acaso se sentía solo?

Él sonrió y le apartó un mechón de pelo de la mejilla.

—Pareces preocupada.

—¿Sí?

Se inclinó para besarla de nuevo, pero ella se apartó. Flexionó las rodillas y las pegó contra su pecho.

—Tienes que dejar de hacer esto. Tenemos que dejar de hacerlo.

—Pero si acabo de empezar.

—Yo no quiero empezar nada contigo.

—Faith...

—No, escucha. No podemos empezar nada, porque ya puedo decirte que terminaría mal. Y sería un lío, y la gente sufriría...

Él le puso un dedo en los labios.

—¿Sigues viendo a ese músico? ¿Al teclista de la banda?

Ella se quedó hipnotizada al sentir su caricia. Y, aunque iba contra su sentido común, respondió:

—En este momento no estoy viendo a nadie, salvo a ti.

Capítulo 26

Después de las vacaciones, Mason volvió a su piso de la ciudad. Era cómodo y bonito: tenía una terraza con vistas al centro, y estaba amueblado con estilo. Había algunos muebles que había elegido Regina, y esos también eran bonitos, pero él no sentía nada al mirarlos. Cuanto más pensaba en Avalon, menos acogedor le parecía aquel piso. Sin embargo, era un sitio estupendo en un barrio estupendo. Tenía muy cerca bares, restaurantes, un gimnasio, cines, tiendas...

¿Alguna vez le habían importado todas aquellas cosas?

Le parecía que todo lo que le había importado estaba muy lejos. Se concentró absolutamente en el trabajo e hizo lo que mejor se le daba: cerrar tratos, hacer felices a sus clientes, ganar mucho dinero. Fue de viaje a Nassau e hizo kite surf. Le gustó volar entre las olas y sentir el viento. Conoció a gente en bares, bebió, bailó y coqueteó, pero nada llenaba el vacío que tenía por dentro.

Cuando iba de visita a Avalon, Faith se las arreglaba para desaparecer. Estaba empeñada en que mantener una relación sería un error. Un lío, tal y como ella lo denominaba.

Y él no podía contradecirla. Con respecto a las relaciones, sabía que tenía el hábito de liarlo todo. Sin embargo, no podía dejar de pensar en que con Faith todo era distinto. Él era distinto. Quería cosas que no había querido nunca:

pasar tardes tranquilas en casa, disfrutar del silencio en su compañía y también de largas conversaciones con ella. Quería saberlo todo de Faith, y que ella lo supiera todo de él. Quería estar con ella para siempre.

Él lo sabía todo con certeza. Lo difícil era convencer a Faith de que era absolutamente sincero. Decidió cortejarla, por muy anticuado que pudiera parecer. Decidió ganarse su corazón.

—Ven a la ciudad —dijo él, cuando ella contestó al teléfono—. Vamos a cenar y al cine.

—¿Cómo?

—He dicho que...

—Sí, ya te he oído. ¿Es esa tu manera de pedirme que salga contigo?

—Sí.

—Pues no te he oído pedir nada.

Ah.

—Bueno, ahora vuelvo a llamarte.

Colgó el teléfono y esperó un par de minutos. Después, la llamó de nuevo.

—¿Hablo con Faith McCallum?

—Sí —dijo ella, con una sonrisa en la voz.

—Faith, soy Mason. Me preguntaba si te gustaría venir a la ciudad el viernes por la noche para cenar conmigo y ver una película.

—Parece divertido.

Sí, sí.

—Pero no puedo. Tengo otros planes.

Demonios, ¿acaso estaba saliendo con aquel tipo otra vez? ¿O con otro tipo?

—¿Y el sábado? —sugirió él.

—Bueno, eso sí puede ser —respondió ella.

Faith se retorció las manos y respiró profundamente.

Estaba segura de que la iban a despedir. Alice tenía una mirada adusta. Y, una vez que la despidieran, todo iba a desmoronarse como un castillo de naipes. Volvería a quedarse sin casa con las niñas, y tendría que buscar trabajo otra vez. Y, en aquella ocasión, todo sería mucho peor, porque...

—Vamos a ver si lo entiendo bien —dijo Alice, con frialdad—. Dices que vas a la ciudad para salir con mi hijo. De noche.

—Sí —dijo Faith, pero no quiso pedir disculpas. Deseaba aquello. Y desear algo solo para ella era una sensación rara que tenía intención de explorar. Así pues, se enfrentó a Alice—: Sé que puede ser problemático el hecho de que salga con el hijo de mi jefa.

—Problemático. ¿Y por qué? —preguntó Alice.

—Porque tal vez te parezca que es cruzar una línea roja —dijo Faith—. Y no te culpo por ello.

—Tú no tienes ni idea de lo que yo pienso —dijo Alice.

—Entonces, ¿por qué no me pones al corriente? —preguntó Faith.

—Lo que pienso es que ya era hora —respondió Alice—. Os he visto a Mason y a ti comportaros como imanes, acercándoos sin poder evitarlo y separándoos después. Me alegro de que por fin hagas algo al respecto.

Faith la miró pestañeando.

—Entonces, ¿no tienes ningún problema con esto?

—Es una buenísima idea. Te dije aquella tarde en la pista de esquí que estaba a favor —dijo Alice. Después, se deslizó hacia su vestidor, y Bella la siguió—. Voy a abrirte mi armario. Vamos a ver qué puedes ponerte.

—Solo vamos a ir a cenar y al cine —dijo Faith. Sentía tanto alivio que casi estaba mareada.

—En Nueva York. Con mi hijo. Llévate ese vestido negro.

—Estoy viendo cuatro vestidos negros.

—El de Celine. Lo compré por impulso, pero es demasiado juvenil para mí y nunca me lo puse. La mayoría de estas cosas son de mi vida anterior. No sé por qué las conservo —dijo, con una sonrisa de melancolía—. O quizá sí, por fin. Es una suerte que tengamos la misma talla.

Faith tomó el vestido y lo sujetó contra su cuerpo. Era de seda.

—No puedo.

—No empieces con eso. Es tedioso. Y te presto también mi abrigo de Missoni. Todavía hace frío por las noches. Toma esos zapatos de ahí —dijo Alice, y Bella se acercó a los zapatos y los empujó con la nariz hasta que Alice la recompensó con un «muy buena perrita».

Faith tomó los zapatos. Tenían la suela roja.

—Perfectos —dijo Alice—. Sí, ponte esos.

—No puedo —dijo Faith, al darse cuenta de que estaban completamente nuevos.

—Puedes, y vas a hacerlo —dijo Alice—. ¿Acaso puedo utilizarlos yo?

Mason estaba nervioso por aquella cita. Quería impresionar a Faith. Quería empezar algo con ella. Quería que las cosas fueran bien.

Pidió a la asistenta que dejara impecable el apartamento, y puso flores y velas, porque, al final de la cita, tenía la intención de llevarse allí a Faith y hacerle el amor con tanta dulzura que no quisiera marcharse más.

Fue a buscarla a la estación, y tomaron un taxi para ir al teatro. Fueron charlando durante el trayecto, sobre el frío, sobre si cenar en un restaurante italiano o en uno tailandés. Ella titubeó cuando salieron del taxi y entraron en una zona acordonada con cuerdas de terciopelo a la que solo se accedía con invitación.

—¿Qué pasa?

–Cena y película –respondió él–. Bueno, en realidad, película primero y después, cena.

Ella miró la marquesina.

–Un momento –dijo–. ¿Esta es tu idea de ir a cenar y al cine?

–Sí. Dijiste que eres admiradora de Bill Hader.

–Tienes buena memoria.

No tenía nada que ver con la memoria, sino con el hecho de que no podía dejar de pensar en ella.

–Es el estreno mundial de su nueva película. Uno de mis clientes es productor, y me dio las entradas. Va a estar aquí esta noche.

–¿Tu cliente?

–No, Bill Hader.

–Me estás tomando el pelo.

–No, ya lo verás. Van a presentarlo al principio de la película. Ah, y por allí... –la tomó de la mano y la guio entre la gente–. Está la alfombra roja.

–¿Qué?

–Que vamos a recorrer la alfombra roja. Prepárate.

–Ni hablar –dijo ella, y clavó los tacones en el suelo.

–Demasiado tarde.

Él tiró suavemente de ella a través de una nube de flashes. Se detuvieron juntos delante de un panel verde cubierto de logotipos. Él le pasó el brazo por la cintura y la atrajo hacia sí mientras los fotografiaban.

Ella jadeó y, después, se echó a reír.

–Oh, Dios mío. ¿Acaban de fotografiarnos los paparazi?

–Deben de pensar que somos importantes.

La película era buena, tan buena como para hablar de ella durante la cena. Él la llevó a Butter, porque era un lugar tranquilo y romántico, y el maître siempre encontraba sitio para él.

–Te has tomado muchas molestias –le dijo Faith, mirándolo desde el otro lado de la mesa–. Te lo agradezco mucho.

–No ha sido ninguna molestia. Solo quería que te lo pasaras muy bien. Es maravilloso verte relajada, divirtiéndote.

–Yo siempre me divierto.

–Pero nunca permites que los demás cuiden de ti, como tú cuidas de los demás –dijo Mason.

Le hizo una seña al camarero para que les llevara la cuenta, y después fueron caminando a su apartamento. La noche era fría y despejada y, aunque había mucha gente por la calle, parecía que eran las dos únicas personas que había en la ciudad.

–Si estás intentando impresionarme, te está saliendo bien –le dijo Faith con una sonrisa. Cuando llegaron al portal de su edificio y subieron a su piso, ella abrió unos ojos como platos–. Y tu idea de cenar e ir al cine supera todas mis expectativas.

Cuando él le quitó el abrigo, se quedó detrás de ella y le acarició los hombros. Inhaló el olor de su pelo y notó el calor de su piel.

–¿Qué estamos haciendo, Mason? –le preguntó ella, con su habitual franqueza.

–Te estoy cortejando. Estoy intentando ganarme tu corazón haciendo que te lo pases bien.

–Ya has conseguido que me lo pasara bien, pero ese no es el modo de ganarte mi corazón –dijo ella.

¿No?

–Entonces, ¿cómo debo hacerlo?

–Uno no se gana el corazón de una mujer haciendo que se divierta, sino mostrándole quién es.

Ah. Nuevo plan.

–Eso es lo que estoy intentando hacer ahora –dijo él.

La giró entre sus brazos y la besó. Faith emitió un suave sonido, algo entre un suspiro y un gemido, y su impaciencia fue muy excitante para él.

—Vamos al dormitorio.
—Excelente idea.

Directa. Eso era algo que Mason adoraba en ella, pensó, mientras la llevaba a su habitación.

—La primera vez que te vi en bañador, me excité —le dijo, mientras le bajaba la cremallera del vestido.

—¿De verdad?

—Sí. Quería acariciarte aquí —dijo, pasando un dedo por su cintura y por su cadera—, y aquí... —añadió, tocándole los labios—, y aquí...

La tendió sobre la cama, y se quitó la camisa.

A ella se le escapó un jadeo, pero, de repente, se quedó inmóvil, y preguntó:

—Espera, ¿te refieres a la primera vez que me viste en bañador? ¿La primera vez que tu madre se bañó en el lago?

—Sí. Y me estoy excitando otra vez, con solo pesar en tus piernas —dijo, pasándole la mano por el muslo, hasta la rodilla.

—¿Te excitaste tanto que fuiste con Regina y fijaste una fecha para casarte con ella? —preguntó Faith—. De verdad, Mason, no sé cómo funciona tu mente.

—Yo estaba... No sé, estaba confundido, aunque ya sé que eso no es excusa. Pero yo estaba con Regina, y quería que las cosas funcionaran. Intentaba mantener aquella relación porque me parecía que era la idónea —explicó. Se tendió sobre ella y le sujetó las muñecas contra el colchón—. Pero nunca me sentí bien. Nunca me sentí como ahora.

La besó, y no volvieron a hablar durante mucho tiempo.

Ella se quedó dormida con la cabeza apoyada en su hombro, y cuando él sintió su respiración en la piel, sintió una felicidad tan exquisita que se le hinchó el corazón.

Por la mañana, Mason se despertó sonriendo. Miró sus

mensajes y se encontró la bandeja de entrada llena de correos sobre la noche anterior.

—Mira —dijo, girando la pantalla del teléfono hacia Faith—. Salimos en *Time Out New York*.

Parecía que era una página web de cotilleos. Su fotografía estaba en un artículo sobre el estreno de la película. El pie de foto decía: *El magnate de las finanzas Mason Bellamy y su nueva conquista*.

—Soy un magnate. ¿Qué te parece?

—Y yo soy una conquista. La nueva.

—Me gusta conquistarte. De hecho...

—Eh...

Él le tomó la mano y se la besó.

—Lo de anoche fue realmente delicioso. Y no me refiero al estreno de la película.

—Sí, es la mejor cita que he tenido desde hace muchos años. Tal vez, la mejor de mi vida.

Pero... Él oyó aquel «pero» silencioso. ¿Qué necesitaba Faith de él? Sabía que necesitaba algo más. Él sabía cómo conseguir que una chica lo pasara bien, sí, pero con sinceridad, se daba cuenta de que era un artificio, algo superficial.

Y, desde el principio, Faith le había dejado claro que ella valoraba la franqueza, la responsabilidad, la dedicación a los demás.

«Esto es lo que soy», pensó él. «¿Y si no es suficiente para ella?».

—Háblame de tu marido.

Demonios, ¿de verdad había dicho eso?

—¿De Dennis? ¿Qué puedo decir de Dennis? Fue todo mi mundo prácticamente desde el momento en que lo conocí. Dennis era... No sé. Me salvó. Mi madre acababa de morir y yo estaba completamente sola, y él entró en mi vida montado en su moto. Al verlo, me pareció que el mundo cambiaba de color ante mis ojos. Éramos tan jóvenes que parece increíble que sobreviviéramos el uno al otro. Fue una de esas raras parejas que funcionan desde el principio, y nosotros no nos cuestionamos nada. Dennis no era perfecto. Era temerario y no tenía el don de la planificación. Se olvidaba de las cosas, incluidas sus medicinas. Postergaba las cosas y era muy mal administrador. Sin embargo, me dio su corazón, y cuidó del mío. Y cuando se marchó de este mundo, mi corazón se fue con él.

Faith se apoyó contra la almohada. Estaba bella, triste, despeinada.

–Es tan sencillo como eso –dijo–. Solo pude continuar por las niñas. Por ellas, conseguí sobreponerme y seguir.

Entonces, Mason se dio cuenta de que no importaba quién fuera él, ni lo que dijera, ni lo que prometiera. Ella no había olvidado a su marido.

Y él no podía competir con un fantasma.

Aquella mañana, Faith tomó sola el tren de vuelta a Avalon. Le había dicho a Mason que necesitaba tiempo para pensar, pero eso no era exactamente cierto. Sabía perfectamente lo que pensaba, sabía perfectamente lo que estaba ocurriendo: que se estaba enamorando. Que sentía un amor que nunca había sentido.

Aquel sentimiento era distinto al amor que había sentido por Dennis. Aquel amor estaba entrelazado con las esperanzas y los sueños de la juventud, y con el vínculo compartido de la paternidad.

Pero, aquello con Mason Bellamy... Las emociones eran tan fuertes que tenía miedo de dejarse llevar por ellas, porque no quería perder aquella euforia que la invadía como una droga. Eran una pasión y una alegría tan fuertes que parecían imposibles. Y ese era el problema: que era algo imposible. No podía imaginarse la manera de que aquello terminara bien.

Faith sabía lo que tenía que hacer. Tenía que acabar con aquella dulce locura antes de que alguien se hiciera daño de verdad. Era lo mejor que podía hacer: volver a Avalon, a trabajar y a cuidar de las dos niñas, que la necesitaban.

Por no mencionar a Alice.

En cuanto entró por la puerta, Alice se deslizó hacia ella. Últimamente, tenía tanto control de la mano derecha que ya no necesitaba el mecanismo de control mediante la respiración.

–¿Y bien? –preguntó.

Faith sabía perfectamente lo que le estaba preguntando, y no se anduvo con rodeos.

–Lo he pasado muy bien. La película y la cena fueron sensacionales, y Mason fue un perfecto caballero.

–Dios Santo, espero que no –dijo Alice.

Faith se ruborizó. Intentó disimular su azoramiento quitándose los zapatos prestados.

–Muchas gracias por el traje. Me siento como Cenicienta.

–Por si no te habías dado cuenta –respondió Alice–, eres Cenicienta.

–Sí, claro. Y tú eres el hada madrina. ¿Dónde están las niñas?

–Ruby está ayudando a Milo en el refugio. Milo la ha puesto en la lista para conseguir un perro de asistencia para diabetes.

–No podemos permitírnoslo.

–No empieces. Si ella cumple los requisitos, y encuentran un perro adecuado, nosotras encontraremos la manera.

–¿Nosotras? –preguntó Faith, irritada.

–Sí, nosotras. Como vamos a encontrar la manera de ayudar a Cara a que vaya a la universidad a estudiar Medicina, o la carrera de payaso, o lo que le dé la gana.

–Alice, te agradezco tu interés y tu ayuda, pero he estado analizando varias opciones de ayuda financiera para la universidad y todas ellas implican más deudas para mí. No puedo...

–De verdad, Faith, tienes la costumbre de intentar abarcarlo todo por ti misma. Mason te organizará la financiación. Se le da muy bien.

La idea de buscar con él algún tipo de préstamo le causó rechazo. Acostarse con un hombre... Un intercambio de dinero... No, gracias.

–Ya pensaré algo –dijo–. Y no necesito la ayuda de Mason.

–Eso es verdad. Faith, eres tan transparente como el cristal. ¿Por qué no puedes permitirte querer a mi hijo?

–Porque estoy asustada –dijo Faith, antes de poder contenerse.

Alice se quedó inmóvil. Miró a Faith como si fuera a explotar, y se echó a reír hasta que tuvo que tomar aire con un jadeo.

–Vamos a ver si lo entiendo. Te quedaste sin madre y sin marido, sobreviviste a la pobreza y al desahucio, criaste a dos niñas extraordinarias, ¿y me estás diciendo que te asusta enamorarte?

–Me alegra que te divierta –dijo Faith, en voz baja–. Y no me da miedo enamorarme. Me da miedo desenamorarme.

–Hazme caso, no es tan malo –dijo Alice, y se rio de nuevo–. Vamos, vamos a tomar una taza del café de Wayan.

Fueron juntas a la cocina.

–¿La carrera de payaso? –preguntó Faith.

–Solo era una sugerencia.

Capítulo 27

Hubo una ola de calor temprana en la ciudad, y Mason estaba impaciente por salir de allí. Estaba deseando sentir la brisa fresca de Willow Lake y, en cuanto pudo dejar todo el trabajo de la semana terminado, se marchó.

Cuando llegó, la casa estaba muy silenciosa. Phil le dijo que su madre y Rick se habían llevado a las niñas a la bolera.

—¿Mi madre ha ido a la bolera?

Phil sonrió.

—Seguramente, solo ha ido a observar. Y a emitir juicios.

—¿Y Faith? ¿Ha ido con ellos?

—No creo.

La encontró en la lavandería, cantando una canción de White Stripes que sonaba en la radio y doblando ropa. La habitación era como un horno, y ella se había recogido el pelo y llevaba una camiseta de tirantes y unos pantalones cortos. Se quedó observándola antes de que ella notara su presencia, y sintió un gran afecto. Nunca estaba quieta. Siempre había algo que hacer, alguien que necesitaba que lo cuidaran: sus hijas, su madre, su colada, sus vidas. Era una cuidadora nata y, para Faith, no se trataba solo de su trabajo. Era su vocación.

—Búu —dijo.

Ella pegó un salto, y tiró sin querer una pila de ropa doblada.

—Me has asustado —dijo.

—Bueno, pues no debería. Porque quiero que sepas que no soy un fantasma.

—Eso ya lo veo.

—¿Sí?

Faith se agachó para recoger la ropa que se había caído, pero él la detuvo y le dio un beso, largo y profundo.

—Faith, no puedo dejar de pensar en lo de Nueva York.

Ella se ruborizó.

—Fue maravilloso. Hasta el último momento.

—Entonces, ¿por qué no quieres salir más conmigo?

—Mason, no veo que tenga sentido. Aquella noche fue una fantasía preciosa, una escapada, y me encantó, pero me demostró que somos completamente distintos, que pertenecemos a dos mundos diferentes.

—¿Y eso es un problema?

—No, pero no es... No creo que debamos... Mason, tú estás superando una ruptura, y yo estoy... rota.

—Eso es una tontería —dijo él, perdiendo la paciencia—. No me lo trago. Mira, siento muchísimo lo que te ocurrió. Siento que muriera el hombre al que tanto querías. Puede que no vuelvas a sentir un amor así, pero él no acabó con toda tu capacidad de amar. Eso no funciona así.

—¿Y cuándo te has hecho un experto en eso?

—Cuando oí las cosas que me susurraste aquella noche. Créeme, Faith, tienes una inacabable reserva de amor.

—Pero...

—Deja que termine. Cuando te veo con tus hijas, Faith, le doy gracias a Dios porque ese hombre estuviera en el mundo y te diera a Cara y a Ruby. Ahora que ya no está, no puedes seguir guardando luto por él toda la vida. Tienes que vivir el resto de tu vida. No estás rota. Solo tienes el corazón parado, y no tienes por qué seguir así.

Ella lo miró con asombro. Al menos, parecía que se había quedado asombrada. El calor de aquel día entraba por la ventana del lavadero.

—Vamos a dar un paseo —dijo.

—¿Qué?

—Que no quiero mantener esta conversación en un cuarto de la plancha.

—¿Qué conversación? Mason...?

—Vamos —dijo él.

No esperó a que protestara más. La tomó de la mano y la llevó por el camino que conducía al paseo del lago.

—¿Cómo están las chicas? —preguntó.

—A Cara la han aceptado en cuatro universidades. Estoy muy emocionada por ella, pero me da miedo perderla. Y también me da miedo fallarle. El precio, incluso con la ayuda financiera...

—Va a estar muy bien. Dale la oportunidad de construir su propia vida. Te preocupas demasiado.

—Ese es el terreno de las madres.

—Tú eres madre desde que tenías su edad.

—Sí, es raro pensarlo. Algunas veces, se me olvida lo que es ser un niño, salvo... —Faith se quedó callada y se mordió el labio.

—¿Qué? ¿Qué ibas a decir?

—Salvo cuando estoy contigo —dijo ella, sonriendo brevemente—. Cuando estoy contigo me siento como una niña.

—Eso es buena señal. Casi nunca te veo hacer nada solo por diversión.

—La vida ya es lo suficientemente divertida. No tengo que hacer nada en particular para conseguir más diversión.

—Vamos, vamos, ¿es que no crees que sería divertido intentar hacer kite surf, o tirarte de cabeza al agua desde un acantilado?

—Supongo que sería divertido cuando todo terminara y yo me diera cuenta de que he sobrevivido —dijo ella, y lo observó por un momento–. Somos muy diferentes. Para mí, la vida es suficiente. Para ti, siempre tiene que haber algo más, algo que implique riesgo y peligro.

–Porque es divertido. Te desafías a ti mismo, cruzas tus límites y superas las barreras. ¿Cuándo fue la última vez que corriste un riesgo físico por un motivo que no fuera ayudar a alguien o salvarle la vida a alguien? ¿Cuándo fue la última vez que corriste un riesgo físico solo por placer?

Ella lo observó atentamente durante un largo instante.

–¿Y cuándo fue la última vez que tú corriste un riesgo emocional?

Entonces, fue él quien se quedó mirándola fijamente.

–Cuando me enamoré de ti –dijo. Después, siguió caminando–. Vamos a saltar desde un acantilado.

Ella permaneció inmóvil, preguntándose si lo había oído bien.

–Espera un momento. ¿Tú te has enamorado de mí?

Él se detuvo y se giró hacia ella, tendiéndole la mano.

–Sí. Me asusta de un modo muy extraño, pero me gusta. Me gusta la sensación de quererte.

–Estás loco. No puedes declarar algo así y obligarme a saltar desde un acantilado.

–Claro que puedo. No es tan peligroso como parece. Mis primos y yo veníamos mucho a estos acantilados cuando éramos pequeños –respondió Mason. Al ver la cara de asombro de Faith, sonrió–. Mira, en mi vida todo es mejor por ti. Antes, me mantenía a distancia de todo el mundo, pero ya no quiero hacer eso. Contigo, eso no me funciona.

Ella respiró profundamente, con un jadeo de sorpresa y placer. Él conocía aquel sonido. Lo recordaba de su noche en Nueva York. Y aquel fue el momento en el que supo que se la había ganado.

Sin embargo, ella vaciló.

–Mason. Todo esto es muy repentino.

–No lo es. Si lo pienso bien, sé que mi corazón lo supo

enseguida. Mi cabeza tardó un poco más en darse cuenta. Creo que probablemente lo supe aquel día en que nos duchamos juntos, cuando nos conocimos. Será una buena historia para contarles a nuestros amigos: que, la primera vez que nos vimos, nos duchamos juntos y nos fuimos a hacernos un análisis de sangre y de exposición a fluidos corporales.

La sonrisa de Faith vaciló.

—Hace mucho tiempo de eso.

—Sí. Porque había... complicaciones. Ahora ya no las hay.

La llevó hasta el borde del acantilado rocoso e hizo un gesto con el brazo para abarcar toda aquella zona. Tenía el corazón acelerado, pero habló con la voz calmada, porque nunca había estado tan seguro de nada en su vida.

—Esa laguna de ahí se llama el Devil's Punchbowl.

Ella se inclinó ligeramente hacia el borde.

—Está muy abajo.

—Eso hace que sea muy divertido.

—¿Cómo va a ser divertido algo que da tanto miedo?

Él sonrió, e hizo que ella inclinara la cabeza hacia él.

—Eres lo mejor que me ha ocurrido, y no voy a soltarte nunca. Jamás.

A Faith se le llenaron los ojos de lágrimas, pero estaba sonriendo.

—Entonces hay buenas noticias.

—¿Sí? ¿Cuáles?

—Que yo siento lo mismo. Con todo mi corazón.

Él llevaba una eternidad esperando a oír aquellas palabras. Se giró, posó la mano en su mejilla y dijo:

—Oh, nena, espero que lo digas muy en serio.

—¿Te parece que estoy de broma? He intentado por todos los medios no pensar en ti, pero no funcionó. Solo puedo pensar en ti, soñar contigo. Y es como un milagro, porque pensaba... Pensaba que nunca volvería a enamorarme.

—Pues te equivocabas, Faith. Estoy aquí, y no voy a ir a ninguna parte.

Ella sonrió de nuevo.

—Está bien. Pero yo no soy la única variable de esta ecuación. ¿Estás seguro de que quieres tener una familia instantánea? ¿Quieres tener que convivir con dos niñas que no siempre son lo más fácil del mundo?

—Estoy listo para cualquier cosa, Faith. Te quiero, y quiero a tus hijas, y nuestra vida en común va a ser increíble.

Ella respiró profundamente, y él se dio cuenta de que estaba temblando.

—Me da miedo saltar.

—Y a mí me daba miedo enamorarme. Pero lo hice. Y sobreviví. Tú también vas a sobrevivir.

Y, con eso, la tomó de la mano, y saltaron juntos.

Epílogo

El murmullo de *Pomp and Circumstance* se oyó a través de los altavoces que habían preparado en el césped de la bajada al lago, junto a la casa, como un eco de la melodía icónica que había acompañado a Cara al atravesar el escenario de la Columbia University aquella mañana.

Se sintió orgullosa al salir a la terraza y ver la zona de la merienda. Estaba a punto de empezar su fiesta de graduación. La prima de Mason, Daisy, se había ofrecido voluntaria para hacer las fotografías del evento, y Zach, un amigo de la familia, iba a hacer el vídeo. Los dos eran profesionales, así que Cara se había tomado la molestia de arreglarse el pelo y de maquillarse. Hacía tiempo que había abandonado su estilo *steampunk* del instituto, para alivio de todos los que la conocían.

Nadie se había fijado todavía en ella, así que se detuvo en la terraza para admirar la vista y saborear el momento. La brisa cálida agitó las hojas de los árboles y movió la superficie del agua del lago. Olía a hierba recién cortada y a las flores que habían plantado Alice y Ruby aquel primer verano, y que siempre volvían a florecer.

Era estupendo estar en casa.

La familia se estaba reuniendo junto al lago, en la zona de picnic. Los manteles y los globos eran del color azul de

Columbia, y la bandera de la universidad estaba izada al final del embarcadero. Habían creado un pasillo para que ella pudiera hacer su marcha de graduación. Era un poco bobo, pero, al menos, Cara podría repetir aquella ceremonia para Alice, que no había podido asistir.

Después de la cena habría hoguera, *s'mores* y brindis por su futuro, que todavía estaba sin decidir. Hacía cinco años, si alguien le hubiera dicho que iba a graduarse en la escuela universitaria, con una familia extensa de más de diez miembros, habría pensado que estaba colocado.

Y, sin embargo, allí estaba, con su diploma recién conseguido, a punto de comenzar una nueva etapa de su vida. Con el apoyo de tanta gente, tenía la seguridad de que todo iba a ir bien.

Ella ya no pensaba en los empleados como «empleados». Wayan, Banni, Donno, Lena y Phil seguían en la casa, y eso significaba que iban a estar todavía mucho tiempo más. Había lugares mucho peores para trabajar y vivir que aquella preciosa finca junto al lago.

Ruby marchaba con movimientos exagerados para recrear el desfile. Su perro, un labrador dorado llamado Fisher, caminaba obedientemente a su lado. Nunca se separaba de ella. Era un perro adiestrado para percibir los cambios del nivel de azúcar en sangre, y le había proporcionado a Ruby un sentimiento de libertad y de coraje. Iba a necesitarlo. Cara no iba decírselo, pero el octavo curso era muy difícil.

Cara pensó en Milo, que había sido esencial para conseguir aquellos dos perros. Para pagarse los estudios, se había alistado en la Guardia Nacional y había terminado en un destacamento militar de trabajo con perros. Lo habían desplegado en el extranjero, y ella apenas recibía noticias suyas aquellos días.

—Espero que estés seguro, allá donde estés —susurró, entre dientes. Después, se puso el birrete y la toga para las fotos.

La perrita de Alice, Bella, fue la primera en ver a Cara, y ladró para saludarla. Lentamente, y con un esfuerzo evidente, Alice alzó el brazo para saludar y formó el signo de OK con los dedos. Al verla usando el brazo y la mano, a Cara se le formó un nudo en la garganta. Alice había trabajado muy intensamente después de su operación.

Rick le tomó la mano a Alice y se la besó.

—La invitada de honor ha llegado.

—¡Cara! —exclamó Ruby, y subió el volumen de *Pomp and Circumstance*—. Ya hemos empezado las fotos. ¡Vamos a verte recorrer el pasillo!

Con dignidad y aplomo, con su diploma en la mano, Cara marchó al ritmo de la música mientras Daisy y Zach hacían fotografía tras fotografía.

Al pasar junto a todas aquellas caras sonrientes, Cara pensó en su padre, que aquel día tenía muy presente en su corazón. «Te encantaría todo esto, papá», pensó. «Estarías tan feliz por mí...».

Aminoró el paso y se abandonó a las emociones. Encontró a su madre con la mirada, que estaba esperándola junto a Mason al final del pasillo. Su madre estaba muy guapa y muy feliz. Hacía cuatro años, se había casado con Mason en aquel mismo lugar y, desde entonces, vivían felizmente en la casa junto al lago.

Cara aún recordaba a la madre ansiosa y estresada de su niñez, una madre viuda y muy joven que luchaba por mantener a sus hijas. Había hecho sacrificios que ella estaba empezando a comprender ahora para que Ruby y ella crecieran sintiéndose seguras y amadas. Aquellos años tan duros hacían que la felicidad de su madre fuera aún más dulce.

Al llegar al final del pasillo, Cara se detuvo y se giró hacia su madre. Se quitó el birrete e inclinó la parte superior hacia la cámara para mostrar lo que había escrito allí aquella misma mañana: *Gracias*.

Agradecimientos

Estoy muy agradecida:

A mi equipo de editores, Meg Ruley, Annelise Robey, de Jane Rotrosen Agency, Margaret Marbury, Lauren Smulski, Loriana Sacilotto, Craig Swinwood y la gente estupenda de MIRA Books.

A Mindy Anderson, orgullosa dueña de Bella Ballou, Sam y Rocky. Gracias por tu apoyo a PAWS.

A Waterfront Bakery Brain Trust: Elsa, la defensora de las comas, y Kate, la detractora de las comas. A Sheila, Lois y Anjali, mis primeras lectoras y mejores amigas.

A Cindy Peters, por sus conocimientos en redes sociales, por su actitud y su pensamiento positivos, y a Elizabeth Maas por sus boletines informativos y por... todo.

A Lori Cross y a Jerry Gundersen, mi hermana y mi alma gemela. Terminar un libro es todo un desafío, pero este, en concreto, nunca se habría materializado sin su amor y su apoyo durante el tiempo que pasé escribiéndolo.

Quiero darle las gracias especialmente a Jim McMahon, un verdadero cuidador, que le da a las palabras «cuidado» y «generosidad» un nuevo significado.

ÚLTIMOS TÍTULOS PUBLICADOS EN HQN

La doncella de las flores de Arlette Geneve

Vuelve a casa conmigo de Brenda Novak

Acariciando la oscuridad de Gena Showalter

La chica de las fotos de Mayte Esteban

Antes de abrazarnos de Susan Mallery

El jardín de Neve de Mar Carrión

Un amor entre las dunas de Carla Crespo

Siempre una dama de Delilah Marvelle

Las chicas buenas no... mienten de Victoria Dahl

Un viaje por tus sentidos de Megan Hart

De repente, el último verano de Sarah Morgan

Trampa a un caballero de Julia London

Amor en cadena de Lorraine Cocó

Algo más que vecinos de Isabel Keats

Antes de la boda de Susan Mallery

www.ingramcontent.com/pod-product-compliance
Lightning Source LLC
LaVergne TN
LVHW030333070526
838199LV00067B/6263